Livia Rose

Au Revoir – Der verlorene Duft der Pfirsiche

Livia Rose ist das gemeinsame Pseudonym zweier schreibverrückter Autorinnen, die zusammen mit ihren Familien in Wien, Österreich wohnen. Seit gut zwanzig Jahren eng befreundet, arbeiten sie gemeinsam daran, ihre Geschichten in Buchform zum Leben zu erwecken.

Livia Rose

Au Revoir

Der verlorene Duft der Pfirsiche

Roman

PIPER

Mehr über unsere Autorinnen, Autoren und Bücher:
www.piper.de

Wenn Ihnen dieser Roman gefallen hat, schreiben Sie uns unter Nennung des Titels »Au Revoir – Der verlorene Duft der Pfirsiche« an empfehlungen@piper.de, und wir empfehlen Ihnen gerne vergleichbare Bücher.

Wir produzieren nachhaltig
www.piper.de

ISBN 978-3-492-50608-3

Redaktion: Julia Feldbaum
Satz auf Grundlage eines CSS-Layouts
von digital publishing competence (München)
mit abavo vlow (Buchloe)
Covergestaltung: Giessel Design
Covermotiv: Bilder unter Lizenzierung von Shutterstock.com genutzt
Printed in Germany

Prolog

»Flug Air France 69 von Los Angeles International Airport nach Brest, mit Umstieg in Paris Charles de Gaulle, Flug Air France 7738.«

Unruhig umklammerte Aurélie den massiven, mit unzähligen Diamanten besetzten Ring, den sie an einer Kette um ihren Hals trug. Ob man das Flugzeug so kurz vor dem Start noch besteigen konnte? Hatten sie die Gangway schon abgedockt? Waren die Türen geschlossen? Immer wieder huschte ihr Blick die Gänge entlang. Der Ring entglitt ihren Fingern. Er war wie eine Fessel … Zu schwer und viel zu klobig für sie. Und sie hasste ihn! Genauso wie jenen Mann, der ihn ihr mit einem heuchlerischen Lächeln im Gesicht an den Finger gesteckt hatte, während er sich wie ein Blutegel heimlich in ihre Firma fraß und dabei auch noch mit anderen Frauen ins Bett ging. Es zu beenden war ihr einziger Ausweg gewesen. Den Ring hatte sie nur behalten, um sich selbst daran zu erinnern, nie wieder zu schweigen, wenn sie hätte sprechen sollen. Wenn sie früher den Mund aufgemacht hätte, dann hätte Jake nie solch eine Macht über sie und ihre Firma erlangt. Er hätte es nie geschafft, sich zwischen sie und ihren Vater zu drängen, und sie würde jetzt nicht in einem Flieger sitzen, um die Bedingungen eines Deals zu erfüllen, der sie und ihren Vater noch weiter entzweien würde – nur um endlich frei zu sein. Es tat weh. Aber sie schaffte es nicht länger, die Fassade für ihn und *Parfait Fragrance Inc.* aufrechtzuerhalten. Sie wollte so viel mehr sein als ein hübsches Gesicht ohne Stimme.

Mit einem leisen »Ping« ging das Anschnallzeichen an. In der Ferne erkannte Aurélie die grellen Lichter, welche die Rollbahn kennzeichneten.

»Cross check«, schallte es durch die Kabine.

Flugzeuggeräusche ertönten. Aurélie entknotete ihre Finger und umklammerte stattdessen die Armstützen ihres Sitzes. Eine hochgewachsene Stewardess, deren Hände über die Gepäckklappen glitten, schritt an ihrer Reihe vorbei. Dabei überprüfte sie die geschlossenen Gurte der Passagiere.

»Miss? Wir begeben uns in wenigen Minuten in Startposition.«

Aurélie nickte, dann wandte sie das Gesicht ab und verbarg es hinter einem glatt gebügelten Vorhang aus langem blonden Haar. Ihr Puls beschleunigte sich. Warum ging die Stewardess nicht einfach weiter? Hatte die Frau sie etwa erkannt? Aurélie war sofort aufgefallen, dass die Flugbegleiterin die neue, limitierte Edition des Sommerduftes ihrer Firma trug.

War sie aufgeflogen? Ein Laut des Schreckens entfloh ihren Lippen. Dabei war sie extra in der Holzklasse abgestiegen! Hatte Jake seine Finger im Spiel?

Paranoid, Aurélie. Ja, du bist völlig durchgeknallt! Du bist doch nicht der einzige Passagier in dieser Reihe!

Ihre Finger bohrten sich in den grauen Stoff. Niemand wusste, was sie vorhatte. Niemand, außer Cassandra und ihrem Vater.

»Geht es Ihnen gut? Sie sind so blass.«

Fuck … Die Flugbegleiterin sprach immer noch mit ihr. Aurélie atmete hörbar laut aus. Widerwillig hob sie den

Kopf. Ihre Finger begannen zu zittern. Ebenso wie ihre Unterlippe und ihre Knie. Eigentlich alles an ihr. Verdammt! Eine Panikattacke konnte sie jetzt beim besten Willen nicht gebrauchen! »Es … es geht mir gut. Ich leide nur … unter Flugangst«, brachte sie mühselig hervor.

Die Stewardess nickte, und ein mitleidiges Lächeln erschien auf ihrem Gesicht. »Machen Sie sich keine Sorgen, Miss! In der Sitztasche vor Ihnen befindet sich ein Papierbeutel. Versuchen Sie, gleichmäßig ein- und auszuatmen, und rufen Sie mich, wenn Sie etwas benötigen.«

Ich brauche deine Hilfe nicht! Geh weg, lass mich einfach in Ruhe!

»Miss? Hallo, Miss?« Eine bekannte Stimme lenkte die Aufmerksamkeit der Flugbegleiterin von Aurélie ab. »Ich kann mich leider nicht anschnallen, mein Gurt klemmt!«

Dankbar linste sie zwischen den Sitzen hindurch. Cassandra nickte ihr aufmunternd zu.

Ein Knacken ertönte. »Meine Damen und Herren, hier spricht Ihr Kapitän. Mein Name ist Jacques Bernard, und zusammen mit der gesamten Besatzung möchte ich Sie auf unserem Air-France-Flug von Los Angeles nach Brest mit Umstieg in Paris willkommen heißen. Die Türen sind geschlossen, wir werden gleich starten. Weitere Informationen erhalten Sie in der Luft …«

Langsam verebbte das Zittern. Die Stimme des Piloten wurde leiser, bis Aurélie nichts mehr hörte außer dem gleichmäßigen Pochen ihres Herzens. Das Flugzeug setzte sich langsam in Bewegung und rollte raus in Richtung Startbahn. Irgendwann blieb es noch einmal stehen.

Aurélie hielt den Atem an. Die Turbinen starteten, und in weniger als ein paar Sekunden beschleunigte die Maschine. Sie hoben ab. Aurélies Körper wurde in den Sitz gedrückt. Es war furchtbar unbequem, aber das war ihr egal. Lieber ein unbequemer Economy-Class-Platz, als noch einen Tag länger in L. A. verbringen zu müssen ...

Endlich!

Aurélie schloss die Augen. Je höher sie stiegen, desto schwächer wurde der Druck auf ihrer Brust. Geschafft. Sie hatte es geschafft! Endlich war sie frei und auf dem Weg nach Frankreich ...

Sie öffnete die Augen. Vorfreude vermischte sich mit Angst und dämpfte das Hochgefühl ihres Triumphes. Plötzlich war sie sich nicht mehr so sicher, ob sie sich nicht doch übergeben musste. Der Ring drückte sich mahnend in ihre Brust und erinnerte sie daran, wie schwer der Weg werden würde, der vor ihr lag. Aurélie biss sich auf die Unterlippe. Wie lange würde es dauern, bis Jake ihr Verschwinden bemerken würde?

Die Frau neben ihr räusperte sich leise. Angespannt verschloss Aurélie den funkelnden Stein in ihrer Handfläche.

Allein. Ich bin allein. Wieder sah sie zwischen den Sitzen hindurch. Nein, das stimmte nicht ... Sie war nicht allein. Cassandra war bei ihr. Ihre Assistentin war ihre engste und einzige Freundin. Ihr vertraute sie bedingungslos. Nicht wie den übrigen Menschen in ihrem Leben, die sich allesamt als Lügner und Betrüger entpuppt hatten. Vor allem *er* ... Aber Cassandra war anders. Sie war immer an ihrer Seite gewesen. Und wer sonst wäre freiwillig mit ihr in dieses verdammte Flugzeug gestiegen?

Aurélie seufzte. Die Minuten verstrichen, während sie das Anschnallzeichen anstarrte, als ob sie es mit bloßer Willenskraft zum Erlöschen bringen könnte.

»Meine Damen und Herren, wir haben soeben die vorgeschriebene Reisehöhe erreicht. Bitte warten Sie mit dem

Abschnallen, bis das dafür vorgesehene Zeichen erloschen ist ...«

Das »Ping-«Geräusch ertönte, und Aurélie löste den Gurt. Cassandra war gerade an ihr vorbeigegangen.

Schnell erhob sie sich und zwängte sich zwischen den Sitzen und fremden Knien auf den Gang hinaus. Ihre Assistentin wartete bereits vor den Toiletten auf sie. Wortlos reichte sie ihr das Telefon.

Aurélie tippte auf den Home-Button und keuchte entsetzt auf. Zweiunddreißig Anrufe in Abwesenheit. Unzählige Nachrichten. Ihre Knie wurden weich. Nein, nein, nein ... Warum? Konnte Jake sie nicht einfach in Ruhe lassen?

»Mach dir keine Sorgen! Er wird uns nicht in die Quere kommen.« Cassandra nahm ihr das Handy aus der Hand. »Gleich nach unserer Ankunft wird uns ein Wagen abholen und nach Saint Roseraie bringen. Ich habe unter falschem Namen ein Zimmer in einer kleinen Pension gebucht. Und eines in Paris, eines in Madrid und eines in Zürich ... unter deinem echten Namen ... Das sollte ihn auf eine nette Schnitzeljagd schicken. Was denkst du, wo man dich eher vermuten wird? In einer Dorfabsteige oder in einem Fünfsternehotel?«

Aurélie rang sich ein Lächeln ab. »Was würde ich nur ohne dich machen?«

»Dasselbe, was du immer tust. Augen zu und durch!«

Aurélie lachte. Ein bitteres Lachen. Ob Cassandra wusste, wie verdammt richtig sie lag? *Augen zu und durch ...* Das war schon immer ihre Devise gewesen. *Mit dem Kopf durch die Wand* und *Lass dich niemals unterkriegen* reihten sich gleich dahinter ein.

»Wieso hast du den da überhaupt mitgenommen?« Cassandra deutete auf den Klunker.

Aurélie zuckte mit den Schultern. »Falls die Fische Hunger haben«, sagte sie knapp. *Oder falls dieser Apotheker mit meinem Angebot nicht zufrieden sein sollte ... Nur die wenigsten Probleme lassen sich nicht mit Geld lösen ...*

Cassandras Mundwinkel zuckten vor Belustigung. Wenigstens eine von ihnen hatte ihren Humor noch nicht verloren. Fast hätte auch sie losgelacht. Aber nur fast ... Bis der Nachrichtenton erklang und das Blut in ihren Adern gefrieren ließ. Cassandra kniff die Augen zusammen. Mit einer schnellen Handbewegung wurde das Handy zum Schweigen gebracht und landete in ihrer Tasche.

Plötzlich fühlte sich Aurélie wie paralysiert. Jake hatte ihr schon wieder geschrieben. Gerade eben. Bestimmt lag er mit irgendeiner Frau im Bett in ihrem gemeinsamen Penthouse und freute sich darüber, dass sie sich so lange ohne Gegenwehr von ihm zum Narren hatte halten lassen. Arschloch. Gott, wie sehr sie ihn hasste! Aber noch mehr hasste sie sich selbst, weil sie ihm immer noch erlaubte, diese Macht über sie zu haben. Und er wusste, was er in ihr auslösen konnte. Dieses nagende Unbehagen, das ihren Rücken in Wellen hinabkroch, durch ihre Eingeweide sickerte und ihr Herz zum Explodieren brachte. Es nützte auch nichts, dass sie abgetaucht war und ihre gemeinsame Wohnung seit Monaten nicht mehr betreten hatte.

»Alles wird gut«, flüsterte Cassandra in ihr Ohr, bevor sie sich zu ihrem Platz begab.

Wie benommen schob sich Aurélie ein zweites Mal an den fremden Knien vorbei und sank auf ihren Sitz.

Saint Roseraie ... Aurélie reckte sich und knipste die kleine Lampe über ihrem Kopf an. Die erste Getränkerunde war vorbei, das Licht in der Kabine gedimmt worden. Dankbar nahm sie Kissen und Decke entgegen. Dann griff sie unter den Vordersitz nach ihrer Tasche. So leise wie möglich begann sie zu kramen, bis sie es gefunden hatte. Ehrfürchtig strich sie über den weichen purpurfarbenen Samtbeutel. Das Tagebuch ihrer Ururgroßmutter.

Ihr Vater hatte es ihr erst vor Kurzem gezeigt. Sie seufzte resigniert, legte den Beutel auf ihren Schoß und blätterte durch einen Reiseführer. Da waren Bilder der Côte de Granit Rose, Brocéliande und Saint-Malo. Dazwischen lag das kleine Dorf Saint Roseraie – die Heimat ihrer Ururgroßmutter. Sie schloss die Augen und stellte sich vor, wie sie eine enge Gasse entlangschlenderte und die blau-violetten Hortensienbüsche bewunderte. Dann saß sie am Strand und blickte aufs Meer hinaus. In Gedanken versunken löste sie die Kordel und nahm das Buch an sich.

Port Angeles, im Jahr 1877
Heute habe ich Au revoir zum letzten Mal hergestellt. Vielleicht kann sich die klaffende Wunde in meinem Herzen nun schließen ... Kann ich tatsächlich einen Abschluss finden? Die Öle sind aufgebraucht. Die letzte Komponente für immer verloren. Ich habe meine Heimat verlassen, und nun hat sie mich endgültig verlassen ...
Der Schmerz ist so groß. Viel größer, als ich es erwartet habe. In meinen Träumen sehe ich ihn, beobachte ihn bei seinem Tun. Kehre zurück in das mit Rosenranken überwucherte Haus. Er steht hinter dem Tresen und lächelt mich an.
Aber in meinem Herzen ist nichts als Dunkelheit ...

Ihr Vater hatte ihr das Tagebuch nicht ganz freiwillig überlassen. Sie war zufällig in seinem Arbeitszimmer darauf gestoßen, dabei hätte er ihr das Büchlein nach dem frühzeitigen Tod ihrer Mutter sofort aushändigen müssen. So hatte es das Testament ihrer Ururgroßmutter vorgesehen, wie sie später von ihrem Anwalt erfahren hatte. Die Abschriften sollten ungebrochen innerhalb der weiblichen Nachkommenschaft weitergegeben werden. Aber ihr Vater hatte dies alles vor ihr verheimlicht, seine Kenntnisse sogar gegen sie benutzt, um sie an der kurzen Leine zu halten. Selbst jetzt handelte er noch auf diese Weise, um sie an die Firma zu ketten.

Dabei wollte sie aussteigen und ihren CEO-Posten abgeben. Nie mehr in der Öffentlichkeit stehen, unter der Beobachtung von Menschen, die sich an ihrem Privatleben ergötzten. Nie mehr Heuchelei, Missgunst und Eifersucht. Aurélie hasste es, Aurélie Evans, das Gesicht von *Parfait Fragrance Inc.* zu sein. Deshalb hatte sie diesem unmöglichen Deal überhaupt zugestimmt.

Ich will doch einfach nur meine Ruhe haben. Frei sein. Niemandem Rechenschaft ablegen. Kein Mit-dem-Kopf-durch-die-Wand mehr ...

Nachdenklich strich sie über die kunstvoll geschwungene Handschrift ihrer Urahnin.

Auf der Suche nach Freiheit hatte ihre Ururgroßmutter Frankreich als junge Frau verlassen und in Amerika neu angefangen. Welch Ironie, dass Aurélie ihre Ambitionen teilte, nur in die andere Richtung. Auch sie lief davon. Weil sie hoffte, das Ultimatum ihres Vaters in Roseraie erfüllen zu können. *»Finde* Au revoir, *und ich kaufe deine Anteile zurück. Dann bist du frei zu tun, wonach dir der Sinn steht.«*

Sein gehässiges Lachen klingelte immer noch in ihren Ohren. Das Rezept war seit einem Jahrhundert verschollen.

Ihre Chancen, es tatsächlich zu finden, waren gering. Aber solange es noch eine Chance gab, musste sie es probieren.

Und genau das war ihr Plan. Anfangs hatte sie nicht verstanden, was er damit gemeint hatte. Ihr Vater neigte zu kryptischen Aussagen.

Aurélie blätterte um. Konzentriert formte sie Worte, die sie kaum verstand. Dabei waren diese Zeilen der Beweis. Mit der Hilfe eines Studienfreundes hatte sie sie übersetzt und war zu dem Ergebnis gekommen, dass es sich bei *Au revoir* nicht um eine Verabschiedungsfloskel, sondern um ein Duftwasser handelte. Das Parfum, mit dem alles begonnen hatte. Der Grundstein ihrer Welt. Ihr Familienerbe. Aber es war verloren gegangen, und ihre Ururgroßmutter hatte das Wissen mit ins Grab genommen.

Aurélie atmete hörbar laut aus. Die Dame neben ihr gab ein unruhiges Schnarchgeräusch von sich. Das Buch verschwand in dem Samtbeutel. *Au revoir.* Sie würde es zurückholen. Ganz gleich, was es kostete. Ihre einzige Chance, das unvollständige Rezept wiederherzustellen, war, mit dem heutigen Besitzer der französischen Dorfapotheke zu sprechen, von der ihre Ururgroßmutter in diversen Einträgen berichtet hatte. Bestimmt würde er es ihr gern überlassen, sollte es noch in dessen Besitz sein. Sie würde auch dafür bezahlen.

Aurélie verstaute Beutel und Reiseführer in der Tasche. Dann lehnte sie sich zurück. Ihr Blick fiel auf den Ring. Ganz gleich, was es kostete! Ihre Lippen pressten sich zu einem festen Strich zusammen. Mit der Brutalität eines Feldherren zerrte sie an der Kette, doch die Glieder waren so unnachgiebig wie eine Fessel. Aurélie seufzte.

Ihre Freiheit war zum Greifen nahe, doch zuerst musste sie sich von ihrer Vergangenheit befreien.

1. Saint Roseraie

Dienstag, 4. Mai 1875

Aveline lag in ihrem Bett. Sie hatte das Laken bis zum Kinn hochgezogen, trotzdem hatte sich eine Gänsehaut über ihren Armen ausgebreitet. Die heißen Steine, die ihr die gute alte Renée unter die Matratze gelegt hatte, waren längst ausgekühlt. Sie hatte mit den verstreichenden Stunden gespürt, wie die Wärme sie immer mehr verlassen hatte. In Paris hatte sie für kühle Nächte eine Wärmeflasche besessen, aber die hatte sie beim Einpacken vergessen. Ebenso wie die Kräutertinktur, die ihr normalerweise half, einen geruhsamen Schlaf zu finden. Das Feuer im Kamin war erloschen, aber hier und da drang noch ein Knistern an ihr Ohr. Ein sanftes Glimmen erhellte den Raum.

Sie wälzte sich hin und her. Die dritte schlaflose Nacht in Folge. Ihre Augen hatten sich an den blassen Schein der Glut gewöhnt, und sie fing an, die Obstbäume an der Zimmerdecke zu zählen. Dreizehn Apfelbäume, drei Pflaumenbäume, sieben Kirschbäume und in der Mitte ein Pfirsichbaum. Ein unscheinbarer junger Keimling, der im Schatten seiner großen Brüder stand, doch die Früchte des zarten Pflänzchens schienen zu leuchten. Unter den Ästen des keimenden Baumes saß ein Pärchen. Das Mädchen schlief im Schoß ihres Geliebten.

Wie es wohl war, von einem Mann gehalten zu werden? Geliebt zu werden? Avelines Ohren fingen bei dem Gedanken an zu glühen. Sie schüttelte den Kopf. »Besinne dich, Aveline«, flüsterte sie in die Dunkelheit, verärgert über das Kribbeln in ihrem Bauch. Ihr Blick glitt weiter die Wand entlang. Blumen und Weinranken schmückten das Mauerwerk. Fresken, die ihre Mutter in Auftrag gegeben hatte, als Aveline geboren wurde.

Wenn sie die Augen zukniff, schienen die Wandmalereien lebendig zu werden. Als sie noch klein war, hatte sich ihre Mutter abends oft zu ihr ins Bett gelegt. Im Schein der untergehenden Sonne hatte sie ihr von Odysseus und seinen Abenteuern erzählt. Ihre Mutter hatte die griechischen Mythen geliebt, aber auch die Philosophie der Antike. Diese Liebe hatte sie versucht, an Aveline weiterzugeben. Sie hatte ihr das Lesen und Schreiben beigebracht, obwohl ihr Vater dagegen gewesen war. Ein Mädchen müsse nicht klug sein, nur hübsch. Aber die Marquise war stur geblieben. Zu Avelines Glück. Denn hinter ihrer zierlichen Gestalt mit den himmelblauen Augen und den erdbeerblonden Locken versteckte sich ein wacher Verstand. Schon mit acht Jahren hatte sie Platons *Politeia* gelesen und mit ihrer Mutter sein Höhlengleichnis diskutiert.

Der Ruf eines Sperlings ließ Aveline aufhorchen. Der kleine Singvogel hatte sein Nest in den Wacholderbüschen gebaut, die im wilden Garten ihrer Mutter wuchsen.

Avelines Mundwinkel zuckten. Endlich. Die erste zarte Morgenröte durchbrach die Nacht. Sie sprang auf. Noch während sie durch den Raum tänzelte, entledigte sie sich ihrer Nachtwäsche. Hinter einem Paravent versteckte sich ein Garderobenständer, auf dem ein paar luftige Kleider hingen. Kleidungsstücke, die einst ihrer Mutter gehört hatten. Sie griff nach einem tannengrünen Kleid und presste ihr Gesicht in den weichen Stoff. Der Geruch von wilden Kräutern stieg ihr in die Nase. Ein Jahr lang hatte sie schwarz getragen, doch die Zeit der Trauer war verstrichen, obgleich der Schmerz geblieben war. Aveline atmete tief durch, sie musste jetzt beginnen, sich ihren Gefühlen zu stellen und ihr Schicksal in die eigene Hand zu nehmen, bevor ihr Vater es für sie tun würde.

Frei von einem Korsett, das sie einschnürte, oder der lästigen Tournüre, mit der sie ständig irgendwo anstieß, schlüpfte Aveline in einen weißen Unterrock und drehte sich freudig im Kreis. Ihr Oberkörper und ihre Taille zeigten deutliche Spuren des eisernen Gefängnisses, in welches sie in Paris immer hineingezwungen worden war. Aber sie waren auch Zeichen dessen, dass sie nun kein Kind mehr war. Aveline stieg die Röte in die Wangen, obwohl niemand sie sehen konnte. Sie beeilte sich, ihre Blöße zu bedecken. Das tannengrüne Kleid glitt geschmeidig ihren Körper entlang. Erstaunt stellte sie fest, dass es ihr zu kurz war und an der Brust spannte. Obgleich sie so zierlich erschien, so elfenhaft wie ihre Mutter war sie nicht.

Sie drehte sich vor dem Spiegel hin und her. Der Saum ihres Unterrocks blitzte hervor. Um von diesem modischen Fauxpas abzulenken, wählte Aveline ein weißes Tuch, das sie sich um ihre Schultern legte. So würden die Menschen nicht mehr darauf achten.

Das Gesicht ihrer Mutter lächelte ihr aus dem Spiegel entgegen. Aveline war froh, nicht nach ihrem Vater geraten zu sein.

Zufrieden kam sie hinter dem Paravent hervor und schlich zu der hölzernen Tür im hintersten Eck ihres Zimmers. Diese führte zu einer kleinen Kammer, in der ihre Gouvernante schlief. Die Tür war einen Spaltbreit geöffnet. Aveline lauschte auf das gleichmäßige Atmen, das alle fünf Sekunden durch ein leises Grunzen unterbrochen wurde. Vorsichtig zog sie die Tür zu. Kein Grund, die alte Renée zu wecken, sie würde ihr sonst jeden Spaß verbieten. In Paris hatte ihr Vater darauf bestanden, dass sie sich standesgemäß kleidete, aber hier in diesem kleinen Dorf am Rande der Bretagne ließ er sie gewähren. Renée hätte auf das Korsett bestanden.

Erleichtert atmete Aveline auf und setzte sich an ihren Frisiertisch. Ein nervöses Kribbeln kroch in ihre Fingerspitzen. Sollte sie es wagen? Sie blicke über ihre Schultern. Ihre Räume lagen weit abseits der Gemächer ihres Vaters und ihrer Brüder. Keiner würde sie hier stören. Sie entzündete eine Kerze und blickte noch einmal über ihre Schultern.

So leise wie möglich hob sie den ovalen Spiegel des Frisiertisches aus seiner Verankerung heraus. Behutsam legte sie ihn auf das Bett und sah verstohlen zur Wand, die dahinter zum Vorschein gekommen war. Aveline wusste genau, nach welchem Ziegel sie greifen musste, um ihn aus dem Mauerwerk zu lösen. Sie zog an dem kalten Stein, der ihr rieselnd entgegenkam. Mit der Kerze leuchtete sie in das geheime Fach, das nun freigelegt war. Sie schob den Goldschmuck ihrer Mutter beiseite und holte ein in Baumwolle gebundenes Büchlein aus dem Loch hervor. Ehrfurchtsvoll platzierte sie es auf ihrem Tisch. Seite um Seite war in der fein säuberlichen Handschrift ihrer Mutter beschrieben worden. Es waren Rezepte, die sie über die Jahre gesammelt hatte. Duftmischungen aus Indien, Badeöle aus China, Räuchertechniken aus dem Fernen Osten. Mittel, um die eigene Schönheit zu unterstreichen. Aber auch Kräutersäfte gegen Magenbeschwerden und Salben zur Wundlinderung. An den verschiedensten Orten hatte sie Bekannte gehabt, mit denen sie Brieffreundschaften unterhielt. Aveline blieb an einer Rezeptur hängen, welche das Anrühren einer Paste beschrieb, die sich zum Färben der Augenbrauen und Wimpern eignete. Die Zutaten bereiteten Aveline keine Probleme, aber die Mengenangaben waren nicht vorhanden, und auch die Anleitung war nur in Stichworten wiedergegeben. Dafür enthielt es einen Reisebericht über Ägypten von einer Freundin, deren Gatte das Amt eines Diplomaten bekleidet hatte. Anscheinend stammte das Rezept aus Kairo.

Aveline seufzte. So gern sie auch etwas über die Wüste erfuhr, eine Anleitung wäre ihr lieber gewesen.

So war es bei fast jedem Rezept: Aveline war gezwungen, sich die Anleitung selbst zusammenzureimen, weswegen ihr die Rezepturen nie gut gelangen. Aber diese Paste schien simpel zu sein. Sie brauchte nur Kohle, Mehl und Öl. Sie öffnete eines der Fächer ihres Frisiertisches und holte eine kleine Phiole Fischöl und ein Döschen Mehl hervor. Beides hatte sie aus der Küche entwendet. Von der Feuerstelle nahm sie sich ein abgekühltes Stück Kohle. Da ihr die Mengenangaben fehlten, gab sie nach Gefühl die drei Zutaten in einen Mörser, den sie ebenfalls in einer Schublade aufbewahrte. Sie begann, in dem runden Gefäß herumzustochern. Doch so sehr sie sich auch bemühte oder die Mengen variierte, eine geschmeidige Paste wollte ihr nicht gelingen. Sie war entweder zu bröckelig oder zu wässrig. Außerdem stank es nach Fisch. Frustriert schob sie den Mörser von sich weg.

Die Sonne kitzelte sie im Nacken und erinnerte sie daran, dass der Morgen voranschritt. Renée würde bald erwachen. Schnell verstaute sie das Büchlein wieder in dem geheimen Fach, steckte den Ziegel in das Mauerwerk und hob den Spiegel in seine Verankerung zurück. Leicht außer Atem setzte sie sich wieder an den Frisiertisch. Sie wollte nach ihrer Bürste greifen, als ihr ein Medaillon auffiel, das davor noch nicht auf dem Tisch gelegen hatte. Es musste aus dem Fach gefallen sein. Sie hob das goldene Kettchen an und beobachtete, wie sich das ovale Schmuckstück hin und her drehte. Sie konnte sich nicht erinnern, dass ihre Mutter es je getragen hatte. Auf der Rückseite befand sich eine Gravur: *Ewige Liebe.* Im Inneren befand sich das Hochzeitsbild ihrer Eltern. Ihre Mutter strahlte, und ihr Vater stand mit stolzgeschwellter Brust da.

Aveline schluckte.

Sie schloss die Augen und versuchte, Herr über ihre Gefühle zu werden. Frust und Wut dominierten schon viel zu lange in ihrer Brust. Sie legte sich das Medaillon um den Hals. Nicht der Nostalgie wegen, sondern als Mahnung. Liebe hatte das Leben ihrer Mutter zerstört – sie war in ihrer Ehe nie glücklich gewesen. Ihr würde niemals dasselbe passieren.

Renée begann, in ihrer Kammer zu rumoren. Aveline griff nach der Efeubrosche ihrer Mutter und befestigte das weiße Tuch straff um ihre Schultern. Ihre Haare versteckte sie unter einem Strohhut, der zwar nicht modisch, aber praktisch war. Denn die wilde Lockenpracht bekam Aveline ohne die Hilfe ihrer Kinderfrau nicht in den Griff.

Vorsichtig, mit dem Mörser in der Hand und so geräuschlos wie möglich, öffnete sie die gläserne Flügeltür, die sie direkt in den Garten ihrer Mutter führte. Es ziemte sich eigentlich nicht für ein junges Mädchen, so weit weg von den Haupträumen und im Erdgeschoss zu residieren, doch ihr Vater zeigte sich auch in diesem Fall milde.

»Hier erinnert ihn einfach alles an Mutter«, flüsterte Aveline dem Sperling zu, der frech vor ihre Füße gehüpft war. Renée hatte sie davor gewarnt, die Vögel zu füttern, doch Aveline hatte nicht gehört. Jetzt flog ihr das Federvieh im Garten immer hinterher. Sie griff in die Tasche ihres Kleides und förderte ein paar Brotkrumen zutage. »Das muss aber reichen, mehr hab ich nicht«, raunte sie dem Vögelchen zu, das sich freudig auf die Krümel stürzte. Sie atmete die kühle Morgenluft ein und griff nach einem Weidenkorb, der achtlos am Boden lag. Sie fand außerdem eine Gartenschere und Arbeitshandschuhe. Den Mörser versteckte sie in einem der Wacholderbüsche. Darum würde sie sich später kümmern ...

Die ersten Sonnenstrahlen tauchten den Garten in ein funkelndes Farbenspiel aus Gold und Rottönen. Aveline wanderte durch den liebevoll angelegten Kräutergarten und zupfte zwei Minzblätter ab, um davon zu naschen. Wilde Erdbeeren wuchsen zwischen den Kräutern, doch sie hatte die reifen Früchte erst gestern abgeerntet – jetzt würde sie sich wieder ein paar Tage gedulden müssen. Hinter der präzisen Ordnung der Beete wuchsen wilde Obstbäume, so weit das Auge reichte. Äpfel und Birnen, Pflaumen und Kirschen, und im Herzen des alten Baumbestandes thronten die jungen Pfirsichbäume ihrer Mutter. Nirgendwo in der Bretagne würde man eine solche Frucht finden. Statt der sonst so üblichen rosé-roten Farbgebung schimmerten diese Früchte in einem sanften Weiß, als hätte der Himmel seine Wolken in die Bäume gepustet. Hinter der Schale jedoch verbarg sich purpurrotes Fleisch – saftig und bittersüß.

Zielstrebig ging Aveline auf die Bäume zu und raffte im Gehen ihren Rock, um auf die knorrigen Äste zu klettern. Der Geruch der Pfirsiche strömte ihre entgegen und hieß sie willkommen. Als sie einen halbwegs bequemen Platz in der Krone eines niederen Baumes gefunden hatte, lehnte sie sich gegen den Stamm und beobachtete, wie der Himmel immer blauer wurde. Die Morgenröte verschwand, und eine sanfte Brise trug all die anderen feinen Duftaromen der gedeihenden Pflanzen an ihre Nase. Hinter dem Geruch der Blumen und Kräuter kitzelte kaum merkbar das Salz des Meeres ihre Sinne. Die Sommerresidenz ihres Vaters lag jenseits des kleinen Örtchens, das als Saint Roseraie bekannt war, und noch weiter weg vom Meer, welches sie nur an klaren Tagen vom Dach des Herrenhauses aus betrachten konnte.

»Du bist früh wach, kleine Schwester.« Aveline schreckte aus ihrem Tagtraum hoch und hielt sich angespannt am Stamm fest.

»Jean-Luc«, sagte sie überrumpelt. Woher kam er so früh am Morgen? Er schlief sonst immer bis zur Mittagsstunde. Sie klammerte sich Schutz suchend an das Holz des Baumes. Doch die raue Baumrinde drohte, ihre zarte Haut aufzuscheuern.

»Steig doch hinab, Schwesterherz, oder willst du deinen Bruder nicht begrüßen?« Er grinste süffisant und leckte sich mit der Zunge über die trockenen Lippen.

Der Wind trug den Geruch gegärter Trauben und ungewaschener Körper nach oben. Avelines Magen rebellierte. Die schmächtigen Schultern ihres Bruders hoben und senkten sich im Takt seines haltlosen Gekichers. Sein Haar ergoss sich wie schwarzes Pech über sein Haupt. Er humpelte zwei Schritte zurück und sah Aveline mit einem Blick an, den sie nicht deuten konnte. Aveline wand sich innerlich hin und her. Alles in ihr sträubte sich dagegen, zu ihrem Bruder hinabzusteigen.

»Komm schon, lass mich nicht warten«, flötete er. Seine Stimme schwankte, und er kicherte wieder unkontrolliert. »In dem Kleid siehst du aus wie Mutter, weißt du das eigentlich?«

Jean-Luc war der drittgeborene Sohn der Marquise und einer ihrer vier älteren Brüder, die noch lebten. Als Kind hatte er Aveline stets an den Haaren gezogen und sich über sie lustig gemacht. Das hatte sie ihm übel genommen. Trotzdem hatte sie sich nie bei ihren Eltern beschwert. Er war doch ihr Bruder. Außerdem plagte ihn eine chronische Krankheit.

Seit Mutters Tod war es schlimmer geworden. Die Anfälle häufiger. Sein Verhalten noch seltsamer. Ihr junges Herz fürchtete die Blicke, die er ihr in letzter Zeit zuwarf. Er zog nicht mehr an ihren Locken, vielmehr strich er ihr durchs Haar, ließ seine verschmutzten Hände durch ihren Schopf gleiten und roch an ihren Haarsträhnen. Und er hatte ein Talent dafür entwickelt, sie abzupassen, wenn sie allein war. Sein Verhalten verursachte ihr Übelkeit und hinterließ den bitteren Nachgeschmack einer uralten Angst, die sie nicht zu greifen vermochte.

»Ich möchte noch Obst fürs Frühstück pflücken«, sagte sie ausweichend und erkletterte einen höheren Ast, wissend, dass ihr Bruder nicht imstande war, ihr zu folgen.

»Es sind doch kaum reife Früchte auf dem Baum. Außerdem kann das auch die Küchenmagd machen«, meinte er gelangweilt und pulte mit dem Zeigefinger in seinem Ohr herum.

»Du weißt, dass ich nicht möchte, dass jemand in Mères Garten arbeitet«, sagte Aveline mit zu viel Nachdruck in der Stimme, denn nun wurde ihr Bruder aufmerksamer.

»Du stellst ziemlich forsche Forderungen für ein Weib, das kaum den Kinderschuhen entwachsen ist«, sagte er grob, und Aveline griff zur Gartenschere.

Er starrte sie an, und Aveline biss sich in ihre Wangen, bis sie Blut schmeckte.

»Die Tage, an denen du unbeschwert auf Bäume klettern kannst, sind gezählt, kleine Mamsell.« Jean-Luc spuckte auf den Stamm des Baumes, auf dem sie saß, bevor er sich humpelnd in Richtung Anwesen bewegte.

Aveline ließ die Luft aus ihrer Lunge entweichen. Sie saß zitternd auf dem Ast. Tränen benetzten ihre Augenwinkel. Man sollte sich nicht vor dem eigenen Bruder fürchten müssen. Der Sperling flog um den Pfirsichbaum herum und ließ sich vergnügt neben ihr nieder. Wie konnte er nur so fröhlich sein, und wie konnte der Tag so schön sein, wenn in ihrem Inneren alles grau war?

»Mamsell hat er gesagt«, erzählte sie dem Vogel, um sich ein wenig abzulenken. »Wie eine Küchenmagd und nicht die Tochter eines Marquis.« Bekümmert sah sie dem Tier dabei zu, wie es sich sein Federkleid putzte. »Die Menschen in Saint Roseraie nennen mich auch so«, flüsterte sie und legte die Stirn auf die Knie. »Es ist nicht nett, weißt du, kleiner Vogel?« Nur weil sie gern auf Bäume kletterte und sich die Hände im Garten schmutzig machte. »Und sie tun es hinter vorgehaltener Hand.«

Plötzlich begannen bunte Punkte auf Avelines Haut zu tanzen. Ein Lichtstrahl hatte sich in dem Medaillon an ihrem Hals verfangen und brach sich in den kleinen farblosen Steinen, die in die Fassung eingelassen waren. Sie nahm die Kette ab und betrachtete den Anhänger genauer. Das Schmuckstück war ihr zunächst schlicht vorgekommen, aber sie hätte es besser wissen müssen. Ein trauriges Lächeln erschien auf ihren Lippen. Ihre Mutter hatte nie etwas besessen, das sie mit dem Wort *schlicht* hätte beschreiben können. Bei genauerer Betrachtung sah sie die kleinen Diamantsplitter, die in das Gold eingebettet waren. Wo auch immer das Sonnenlicht sich in den Steinen brach, erschien ein kleiner Regenbogen. Aveline beobachtete das Farbenspiel, als sie einen Ast knarzen hörte. Ihr Herz pochte laut.

War Jean-Luc noch hier?

Sie suchte die Schatten der Bäume nach ihrem Bruder ab. Jean-Luc war wie eine Katze, die auf eine Maus lauerte, und sie wusste nicht, was er ihr antun würde, wenn er sie einmal gefangen hatte. Doch sie konnte ihn nirgendwo entdecken. Ihr Verstand spielte ihr einen Streich. Ihr Blick fiel auf den Weidenkorb. Da sie die Gartenschere immer noch umklammerte, begann sie, ein paar der reifen Früchte von den Ästen zu lösen. Behutsam legte sie die Pfirsiche in den Korb. Ihre Finger zitterten, und sie knetete ihre Hände, bis sich ihr Herzschlag beruhigt hatte.

Der Sperling pickte in der knorrigen Rinde nach Insekten. Die Wiese unter ihr war zum Leben erwacht und summte und brummte mit tausend Stimmen. Sie rieb ihre Hände aneinander, um das klebrige Baumharz loszuwerden. Zwecklos. Sie hätte die Gartenhandschuhe anziehen sollen.

Aveline seufzte. Wäre sie doch nur der einzige Mensch auf dieser Welt! Keine Gouvernante, die sie belehrte, kein Bruder, der sie in ihre Albträume hinein verfolgte. Ihr Blick verdunkelte sich, ihre innere Uhr tickte unaufhaltsam.

»Ich muss weg von hier«, flüsterte sie dem Vogel zu.

Das Notizbuch ihrer Mutter war ihre Fahrkarte in die Freiheit, doch nur, wenn sie es endlich schaffen würde, die Rezepte richtig umzusetzen. Ihr fehlten die grundlegenden Kenntnisse. Sie richtete sich auf und sah auf das Dorf hinab, das am Fuße der kleinen Anhöhe lag. Es sah so friedlich aus. Die Häuser standen dicht beieinander. Die grauen Steine, aus denen die Gebäude erbaut worden waren, hätten dem Dorf einen tristen Charakter geben müssen, doch ein Blumenmeer aus violetten, rosaroten und tiefblauen Hortensien schmückte beinahe jeden Garten. Efeu rankte sich die Wände entlang, und auf den Fensterbänken blühten und gediehen Lavendel und wilder Wein. Aveline sog den Anblick wie frische Bergluft tief in sich hinein.

Die Kirchenglocke läutete. Kinder in blauen Uniformen stürmten die Hauptstraße entlang hin zum Marktplatz, auf das dunkle Backsteingebäude neben der Kirche zu. *L'école pour tous les enfants* war ein Herzensprojekt ihrer Mutter gewesen. »Die Zeiten ändern sich, mon amour, und nicht Stärke oder Geburtsrecht werden unsere Zukunft bestimmen, sondern Fleiß und Wissen.« Die Worte ihrer Mutter hallten in ihrem Herzen wider. Ihr Blick wanderte die Hauptstraße entlang. »Fleiß und Wissen …«

Am Ende des Weges stand ein mehrstöckiges Haus. Eines der ältesten im Dorf. Es war über und über mit Rosenranken überwuchert. Selbst aus der Ferne konnte sie den ordentlich angelegten Garten hinter dem Haus erkennen.

Dort wohnte jemand, der ihr bei ihrem Problem helfen konnte. Nun brauchte sie nur noch den Mut, um zu fragen.

2. Saint Roseraie

Gegenwart

Damien erstarrte in seiner Bewegung. Eines der dunkelbraunen Fläschchen, die er gerade ins Regal sortierte, entglitt seinen Fingern, wo es auf den Boden krachte und in winzig kleine Scherben zersprang, die sich um seine Schuhe verteilten. Er fluchte lautstark, stieg über die Glassplitter und nahm den Besen, welcher hinter der Tür hing, zur Hand. Seufzend bückte er sich, um die Misere aufzukehren. Ein ohrenbetäubendes Lachen schallte ihm entgegen. Madame Rivans ...

Damien schnaubte. Auch das noch! Zum Glück war sein Bruder heute mit der Kundenbetreuung an der Reihe.

»Alles in Ordnung?« Als hätte er seine Gedanken gelesen, streckte Kosmas den Kopf ins Hinterzimmer.

»Hm«, brummte Damien missmutig, während er die Scherben in den Mülleimer warf. »Es ging mir nie besser!«

»Lügen hat noch nie zu deinen Stärken gehört.«

»Und Sarkasmus nicht zu deinen.«

Kosmas blickte ihn herausfordernd an, aber dann schüttelte er den Kopf und seine Lippen verzogen sich zu einem breiten Lächeln. »Bevor wir uns ernsthaft prügeln – lass mich nur noch schnell unsere letzte Kundin bedienen! Danach darfst du mir gern die Lippe blutig hauen!«

Er wackelte mit seinen perfekt manikürten Augenbrauen und schlang sich den langen, geflochtenen Zopf um den Hals, als wäre er eine Schlinge. Damien lachte. Kosmas verstand sich wirklich bestens darauf, seine Wut in weniger als einem Augenblick zu Rauch verpuffen zu lassen. Womöglich lag es aber auch daran, dass sie Zwillinge waren.

Damien sammelte die letzten Splitter auf. Ein stechender Schmerz ließ ihn zusammenzucken. »Fuck!«, stieß er aus und beobachtete, wie das Blut seinen Finger tränkte und den Ärmel seines Mantels mit dunkelroten Flecken besudelte.

So ein Mist! Der Tag ist wie verhext! Ja, er muss einfach verhext sein ... Und was kommt als Nächstes?

Mit zusammengebissenen Zähnen eilte er zur Spüle, um das Glas zu entfernen.

»Was machst du denn? Da lässt man dich zwei Minuten allein, um den Laden abzusperren ...« Kosmas packte seine Hand, zückte eine Pinzette und entfernte den Splitter aus dem blutenden Finger. »Bist du nicht der Ältere von uns beiden?«, zischte er und klebte ein Pflaster auf den Schnitt.

»Aua, verdammt!«

»Jetzt reiß dich zusammen, Damien! Du bist doch kein Kind mehr!«

»Wer weiß, vielleicht haben sie sich bei der Geburt ja vertan und du bist doch der Erstgeborene«, schnaubte Damien.

Kosmas zuckte mit den Schultern. »Du verhältst dich schon die ganze Woche so eigenartig! Liegt es am Datum? Bist du vielleicht einsam? Brauchst du eine Umarmung? Eine Frau? Irgendwas?«, schlug er vor.

»Meine verdammte Ruhe brauche ich! Und sonst gar nichts.« Griesgrämig beäugte Damien das schiefe Pflaster an seinem Finger. Womöglich lag es ja doch am Datum. In ein paar Tagen jährte sich der Todestag ihrer Eltern.

»Vielleicht liegt's auch am Stress?«, überlegte Kosmas. »Unser Vorrat an Duftölen geht schneller zur Neige, als wir bis drei zählen können. Und die Nachfrage wächst, obwohl schon das ganze Dorf wie besessen an deiner Minze schnüffelt.« Nachdenklich stemmte er die Hände in die Hüften. »Aber wenn ich's mir recht überlege, hat dich das Ernten immer sehr beruhigt.« Kurzerhand schob Kosmas seinen Bruder durch die Hintertür nach draußen. »Du kümmerst dich im Garten um deine Midlife-Crisis und ich mich um den Laden.« Dann schlug er ihm die Tür vor der Nase zu.

»Hey, was zum ...«, rief Damien, doch anstatt sich erneut Zutritt zu seinem Haus zu verschaffen, drehte er sich um und verließ das schützende Blätterdach aus wildem Wein, welches sich über dem runden Vordach gebildet hatte. Kosmas hatte recht. Die Gartenarbeit hatte eine besänftigende Wirkung auf ihn.

Fast zwei Jahre war es jetzt her, seit er nach Hause zurückgekehrt war, um das Familiengeschäft zu übernehmen. Zwei Jahre voller Ruhe und Frieden, abseits der Hektik der großen Stadt. Er hatte es keine Sekunde lang bereut. Auch wenn ihn die Sonderwünsche der Menschen im Dorf bis ins Mark nervten.

Aber seit ein paar Tagen lag etwas in der Luft. Und es war nicht die schweißtreibende Hitze, welche die Bretagne schon den ganzen Sommer über fest in ihren Klauen hielt.

Damien entkrampfte seine geballten Finger und atmete kehlig aus. Zielstrebig ging er zu der schiefen Hütte neben dem Brunnen, wo Korb, Handschuhe und Gartenwerkzeug lagerten. Er schlüpfte in die weichen Stoffhandschuhe und nahm eine Zange. Dann wanderte er von Beet zu Beet, kniete sich auf den erdigen Boden und ließ die Finger durch die üppigen Kräuterbüsche gleiten. Er trennte Zweige ab, roch daran und kostete von den rauen Auswüchsen. Dieses Prozedere wiederholte er so oft, bis er zu den schiefen Pfirsichbäumen im hintersten Teil des Gartens gelangte. Die Zange landete achtlos im Korb.

Damien trat an die Bäume heran und befühlte die knorrigen Äste. Erst letztes Jahr waren sie von lästigen Schädlingen befallen gewesen, die eine ertragreiche Ernte unmöglich gemacht hatten. Sie hatten alle Hände voll zu tun gehabt, um sie ohne Chemie davon zu befreien. Zu seiner Erleichterung standen die Bäume in diesem Sommer wieder in voller Blüte. Schon bald würden sie saftige Früchte hervorbringen, die außerordentlich süß schmeckten. Ganz besondere Pfirsiche, deren Haut weiß glänzte, während das Fruchtfleisch von einem satten Rotton war. Eine Art, die in dieser Region nur hier in ihrem Garten wuchs. Diese seltene Sorte war einst ein Geschenk an seine Familie gewesen.

Damien wischte sich den Schweiß von der Stirn. So ganz nebenbei hatte er alle Kräuter gesammelt, die er für seine heiß begehrten Duftöle und Tinkturen benötigte. Die Großmütter aus dem Dorf schworen darauf und kauften seine Vorräte in regelmäßigen Abständen leer. Aber nicht nur sie. Durch Kosmas' Social-Media-Präsenz war die Naturkosmetik seiner Familie inzwischen bis weit über die Grenzen Frankreichs hinaus bekannt. Zwischen Saint Roseraies Alltagsgeschehen und den Modeerrungenschaften seines Bruders fanden sich dort Fotos von

Damiens Händen, die mit der Arbeit an ätherischen Ölen beschäftigt waren.

Damien wandte sich ab. Gemächlichen Schrittes folgte er dem schmalen Weg zurück und stellte den Korb vor die Tür. Er langte nach der Flasche auf dem Fenstersims. Schales Wasser floss seine Kehle hinab und tilgte den bitteren Geschmack von Beifuß aus seinem Mund. Den Rest der Flasche kippte er über seinen Kopf und stieß einen erleichterten Seufzer aus.

Hitze strömte ihm brennend heiß aus den Poren – eine Mischung aus innerer Unruhe und der gnadenlosen Hitzewelle der letzten Tage. Nur den Pfirsichbäumen gefiel es. Sie genossen die schweißtreibenden Temperaturen.

Damien fuhr sich durch das nasse Haar und schlüpfte aus Kittel und Hemd. Dann rubbelte er den karierten Stoff durch seine schwarzen Haare und warf seine Klamotten über den wackeligen Holzstuhl neben der Tür. Die letzten Sonnenstrahlen des Tages spiegelten sich auf seiner blanken Brust wieder. Regenbogenfarbene Wassertropfen perlten seine Haut hinab und versickerten in dem Ansatz seiner dunklen Jeans, die etwas zu tief an den Hüften saß. Seine Wut war endgültig verraucht – so wie Kosmas es vorausgesagt hatte. Er wollte hineingehen, als leise Stimmen in seine Richtung drangen und seine Aufmerksamkeit forderten.

»Ich glaube nicht, dass wir hier richtig sind.«

»Rue de ... Jetzt warte auf mich, Cassandra. Hier um die Ecke! Nein ... geradeaus! Nein, doch nicht. Blödes Google Maps!«, schimpfte eine ungewöhnlich tiefe Frauenstimme. »Herrgott, dieses Dorf ist winzig! Es kann doch nicht so schwer sein, sie zu finden!«

»Lass mich mal sehen. Wir sind auf der Hauptstraße ...«

Ein wohliger Schauer kroch wellenartig über Damiens Rücken, und er versteifte sich. Es war, als ob ihn jemand mit Alkohol übergossen, ein Streichholz nach ihm geworfen und ihn damit in Brand gesteckt hatte. Langsam drehte er sich um. Sein Herzschlag beschleunigte sich. Dann sah er sie auf der anderen Straßenseite stehen. Eine zierliche Frau mit langen blonden Haaren, die in sanften Wellen über ihren Rücken fielen. Damien trat näher an den Gartenzaun. Sie war klein. Ja, beinahe winzig! Und verschwand in dem Oversized Shirt, das den Großteil ihres Körpers vor ihm versteckte.

Dreh dich um, ich will dein Gesicht sehen ...

Seine Augen verengten sich zu schmalen Schlitzen. Wer zum Teufel war sie? Keine Einheimische, aber auch keine typische Touristin. Immer wieder schnappte er französische Wörter auf, die furchtbar falsch klangen. Damien umklammerte den Zaun. Gerade tänzelte sie von einem Bein auf das andere und tippte wie eine Verrückte auf ihrem Smartphone herum. Dabei fluchte sie. Ihr Gesicht lag im Halbschatten.

Damien grinste. *Ein Hitzkopf.* Genau wie er. Wenn sie so weitermachte, dann würde sie sich noch ihre Fingernägel an dem Display abbrechen.

Neben der Blondine stand eine zweite Frau. Größer, die Haare zu einem hohen Pferdeschwanz gebunden. Eine runde Brille zierte ihr herzförmiges Gesicht. Sie wirkte etwas gefasster als ihre Freundin, aber ebenso verwirrt. Damien verschränkte die Arme vor der Brust. Dieses Kabarett erheiterte ihn. Jetzt bückte sich die fluchende Blondine, weil ihr die Sonnenbrille von der Nase gerutscht war, und präsentierte ihm ihre wohlgeformte Kehrseite. »Qu'elle est belle ...«

»Hallo, Sie da! Was haben Sie gesagt?«

Damien blickte auf. Scheiße ... Er hatte seinen Gedanken laut ausgesprochen! Noch bevor er reagieren konnte, hatte die Blondine die schmale Straße überquert und den Zaun erreicht.

Sie schob die Sonnenbrille über ihre Stirn und stemmte die Hände in ihre einladenden Hüften. Damien hielt den Atem an. Obwohl sie für seinen Geschmack etwas zu viel Make-up aufgelegt hatte, sah sie aus der Nähe genauso hinreißend aus, wie er sie sich vorgestellt hatte. Strahlend blaue Augen, die ihn an das Meer vor der Küste der Bretagne erinnerten. Elfenhafte Gesichtszüge und eine gerade Stupsnase. Zum Küssen gemachte Lippen, die sich unter einer verführerischen Schicht von rotem Lippenstift verbargen.

Zum Anbeißen.

Belustigt hob er eine Augenbraue, als sie sich mit nach vorn gerecktem Kinn vor ihm aufbaute.

»Können Sie mir sagen, wo ich die hiesige Dorfapotheke finden kann? *La pharmacie.* Der Empfang ist sehr schlecht«, erklärte sie betont langsam, wobei sie nervös auf das fehlende Verbindungszeichen im rechten oberen Eck ihres Displays deutete.

Eine Amerikanerin. Damien lehnte sich weiter über den Zaun und schüttelte den Kopf, als verstünde er kein Wort von dem, was sie sagte. Dabei verstand er die aufgeregte Blondine sogar außerordentlich gut. Er war schließlich kein hinterwäldlerischer Trottel. Scheinbar hielt sich der Ruf Frankreichs, die englische Sprache abzulehnen, da draußen immer noch hartnäckig, was die ganze Sache nur umso amüsanter machte ... »Pardon?«

»Ich suche die Apotheke ... la pharmacie!« Jetzt wirkte sie verzweifelt.

»La pharmacie se trouve juste au coin de la rue«, antwortete er. Die Apotheke war doch gleich hier um die Ecke. Hatte sie das Schild denn nicht gesehen?

»Er scheint dich nicht zu verstehen.« Ihre Freundin war neben sie getreten.

»Anscheinend ...«, zuckte die Blondine mit den Schultern. »Können wir es ihm irgendwie zeigen, Cassandra?«

»Wir suchen nach einem Mann namens Damien Roix. Ihm soll die Apotheke gehören. La pharmacie.«

Damien horchte auf. Woher kannten sie seinen Namen? Diese Cassandra zog einen handgeschriebenen Zettel aus ihrer Hosentasche, den sie ihm vor die Nase hielt. Darauf standen sein Name und die Adresse der Apotheke.

»Vielleicht hat sie inzwischen dichtgemacht? Es sind fast 130 Jahre vergangen.« Die Blondine wirkte enttäuscht.

Damien zog die Augenbrauen hoch, während er von dem Zettel zu ihr, nach rechts in Richtung seiner Apotheke und wieder zurück zu ihr blickte.

»Das glaube ich nicht. Google sagt, dass sich das Haus immer noch hier auf dieser Straße befindet. Vielleicht sind wir noch nicht weit genug. Mach dir keine Sorgen, wir finden sie schon!«

»Wie gut, dass ich eine Assistentin habe, die mir den Weg zeigt, nachdem ich scheinbar zu blöd bin, um eine Karte zu lesen.«

»Ach, Blödsinn ...« Cassandra kicherte.

Aha, ihre Assistentin? War sie etwa eine Geschäftsfrau? Dabei wirkte sie viel zu jung, um ein Unternehmen zu führen. Damien räusperte sich. Cassandra blickte auf. Und wurde rot.

»Aurélie ... Er ... trägt kein Hemd ...«, wisperte sie.

Blitzmerkerin.

Dann fiel ihm der Name der Blondine auf. Aurélie. Eindeutig französisch. Interessant ... und irgendwie verdächtig.

Aurélie drehte den Kopf – und errötete ebenfalls. Ihre Lippen öffneten sich einen Spaltbreit, sie biss sich auf die Unterlippe und stieß einen erschrockenen Laut aus. Damien hielt den Atem an und umklammerte die Holzlatten fester. Sein Puls beschleunigte sich, die Glut in seinem Bauch loderte hoch, und ihm war, als ob die Luft zwischen ihnen dicker wurde und zu flirren begann. Das Meerblau ihrer Augen verdunkelte sich, sie erwiderte sein Starren. Kraftvoll entließ er den angehaltenen Atem aus seiner Lunge.

Sie zuckte zusammen. Ha! Er hatte sie aus der Fassung gebracht!

»Komm, Cassandra, wir gehen!« Ihre Stimme klang rau, aber wenigstens zwei Oktaven piepsiger als zuvor.

Schnell packte sie ihre Assistentin am Arm und schleifte sie wie ein Wirbelwind hinter sich her. Fluchtartig. Natürlich in die falsche Richtung. Damien wollte ihr nachrufen, aber da waren sie schon verschwunden.

Mit klopfendem Herzen wandte er sich ab, fragte sich, ob er sie je wiedersehen würde und was sie in seiner Apotheke gesucht hatten ...

3. Saint Roseraie

Gegenwart

»Jetzt komm schon, Damien! Es wird bestimmt lustig!« Mit der Präzision eines Chirurgen klebte Kosmas das handbeschriebene Etikett auf eines der braunen Fläschchen.

»Ich habe aber keine Lust.«

»Jeder braucht mal ein bisschen Spaß!«

»Ich nicht.«

»Du ganz besonders ...«

Damien seufzte. »Das ganze Dorf wird da sein.«

»Na und?«

»Ich will mich nicht unterhalten.«

»Wo steht, dass du dich mit jemandem unterhalten musst? Du kannst dein Bier auch einsam in einer dunklen Ecke trinken.«

»Als ob ...«

Kosmas verdrehte die Augen, dann kicherte er.

»Nein«, beharrte Damien.

»Na gut. Dann habe ich mich eben umsonst wochenlang für das wichtigste Dorffest des Jahres aufgeopfert, habe organisiert und nachgedacht, geplant und so weiter. Aber ... ich bin's ja schon gewohnt.«

Damien zuckte zusammen. Natürlich drückte sein Bruder jetzt auf die Tränendrüse ...

»Niemand in diesem Dorf weiß meine Arbeit zu schätzen! Nicht einmal mein eigener Zwillingsbruder! Nicolas hat sich auch schon beschwert, weil du ihm nicht geantwortet hast.«

»Sie werden mich nur wieder ausfragen.«

»Worüber?«

»Paris, meine Heimkehr, alles eben.«

»Ach, wen juckt's! Wenn du nicht da bist, werden sie erst recht über dich tuscheln. Du weißt doch, wie das hier ist. Aber wenn du da bist, werden sie sich vielleicht nicht trauen. Besonders wenn du so dreinschaust wie jetzt.« Kosmas prustete. »Niemand wird dich ansprechen, das ganze Dorf wird wie erstarrt sein!« Jetzt lachte er laut.

Damien verdrehte die Augen. Seit er nach Hause zurückgekehrt war, stellten ihm die Menschen in Saint Roseraie immer die gleichen Fragen ... Fragen, die er weder beantworten konnte noch wollte:

»Warum bist du nicht eher zurückgekommen?«

»Warum hast du deine Eltern nie besucht?«

»Warum hast du das Medizinstudium überhaupt begonnen, wenn du gar nicht vorhattest, es zu beenden?«

Kosmas stieß ihn in die Seite. »Jetzt komm, Damien! Vielleicht verirren sich ja auch ein paar Touristinnen aufs Fest«, sagte er anzüglich zwinkernd.

Augenblicklich kam Damien die Begegnung mit einer gewissen Amerikanerin und ihrer Assistentin in den Sinn. Sein Puls beschleunigte sich.

»Woran denkst du?«, fragte Kosmas.

»An nichts.«

»Du grinst wie ein Idiot, der ein schönes Erlebnis hatte. Das ist nicht nichts.«

»Ich komme mit«, lenkte Damien ab.

»Ach, wirklich?« Kosmas klatschte begeistert in die Hände. »Ich verspreche, ich werde mich hüten, dich nach diesem plötzlichen Sinneswandel zu befragen. Nein, ich frage dich erst, wenn du betrunken bist!«

Damien krempelte die Ärmel seines Hemdes auf. Ein Hemd bei dieser Hitze ... Aber etwas anderes hätte sein Bruder wohl kaum als passend durchgehen lassen. Ein letzter Blick in den Spiegel, bevor er sich den Schlüssel schnappte und die Tür hinter sich zuzog. Die Hände tief in die Hosentaschen gebohrt, schlenderte er die Straße entlang, bis er die ersten bunten Fähnchen und Lampions an den Zäunen erkannte. Es war schon Jahre her, seit er zuletzt auf einem fest-noz gewesen war. Und obwohl er zuerst nicht hatte kommen wollen, regte sich ein freudiges Gefühl in seinem Bauch. Beschwingte Musik hallte über den Platz, es gab eine kleine Bühne und Hütten, die mit kulinarischen Köstlichkeiten oder selbst gemachtem Firlefanz lockten.

Mädchen und Jungen tanzten im Kreis, einige Frauen waren in typisch bretonische Trachtenkleider gehüllt und trugen hohe weiße Spitzenhäubchen.

Würde er sie hier treffen? Die fluchende Frau vom Gartenzaun ... Damien ließ seinen Blick über die Menge schweifen.

Wahrscheinlich ist sie längst abgereist ...

»Damien!« Lautstark schallte die Stimme seines besten Freundes Nicolas über die Köpfe der Leute hinweg und lenkte ihn von seiner Suche ab.

Auf einer Festzeltgarnitur etwas abseits des ausgelassenen Geschehens saßen die drei wichtigsten Menschen in seinem Leben, tranken Wein und aßen Muscheln. Damien nahm die Einladung an.

»Wusst ich's doch, dass du kommst!« Nicolas klopfte ihm auf die Schulter. »Ihr schuldet mir zwanzig Euro, ein Bier und ein Stück Butterkuchen!«

»Butterkuchen? Von *Kouign-amann* war nie die Rede! Du spielst unfair!«, protestierte Kosmas.

Damien setzte sich und nahm das Glas Wein, welches ihm François, der Verlobte seines Bruders, reichte. »Es freut mich, dass euch mein Leben erheitert und zu unfairem Glückspiel animiert.« Er verzog die Lippen zu einem kleinen Lächeln, bevor er an dem Wein nippte.

»Du bist heute so gut gelaunt, Damien! Was ist los? Hast du etwa schon ohne uns angefangen?« Kosmas tippte auf eine der drei Weinflaschen auf dem Tisch, bevor er misstrauisch die Arme vor der Brust verschränkte und sich nach vorn lehnte.

»Wenn ich das nur wüsste ...« Vielleicht lag es ja an der möglichen Aussicht, Aurélie zu treffen.

»Du musst das als Kompliment verstehen. Dein Festkomitee hat hervorragende Arbeit geleistet. Das ganze Dorf feiert so ausgelassen wie schon lange nicht mehr!« François hauchte einen Kuss auf Kosmas' Wange. »Das ist dein Verdienst, mein Liebling! Und zur Belohnung begebe ich mich jetzt wie ein Ritter auf das Schlachtfeld, um Butterkuchen von Madame Rivans Dessertstand zu erobern.«

»Ein Grund mehr, diesen Mann zu heiraten«, bestätigte Damien.

Kosmas errötete.

»Habt ihr endlich ein Datum gefunden?«, fragte Nicolas.

Sein Bruder nickte. »Nächstes Jahr im Sommer, wahrscheinlich der 29. August.«

Nicolas seufzte. »Wenn ich doch auch endlich eine Frau finden würde, die mich heiraten will ... Sonst werde ich irgendwann zusammen mit ihm hier in einem Altersheim enden.« Er stieß Damien in die Seite.

»Nur über meine Leiche ...« Damien fischte nach der Zigarettenschachtel in seiner Hosentasche. Er steckte sich den Glimmstängel in den Mund und entfachte ein Streichholz. Doch noch bevor er die Kippe anzünden konnte, entglitt sie seinen Lippen und landete auf dem Tisch.

In der Ferne erkannte er einen langen blonden Schopf.

Sie ist hier.

Er fluchte und ließ das schwelende Hölzchen fallen, bevor er es austrat.

»Damien? Ist alles in Ordnung? Hast du dich verbrannt?«

Aber Damien ignorierte die Sorge seines Bruders und sprang auf. Er zwängte sich durch die tanzende Menge hindurch, wobei er eine ältere Dame anrempelte, die ihm einen koketten Blick zuwarf. Warum kam er plötzlich nur so langsam weiter? Er wollte sich nur davon überzeugen, dass er sich nicht geirrt hatte.

In seinem Bauch flatterte ein aufgeregter Schwarm Schmetterlinge. Dann sah er sie. Sie war es. Lange, seidig gewellte Haare, die in hohem Bogen durch die Luft flogen, weil Aurélie gerade an der Hand einer anderen Frau im Kreis schwebte. Dabei lachte sie so unbekümmert wie ein Kind. Von dem knallig roten Lippenstift war keine Spur zu sehen.

Seine Schritte verlangsamten sich. Die Musik wurde leiser und rückte in den Hintergrund, bis er nur noch ihre Stimme hörte, die sich mit dem lauten Pochen seines Herzens verband.

Damien wusste, welches Bild er für Außenstehende abgeben musste. Starrend, mit grimmigem Ausdruck im Gesicht … Der mürrische Pariser, wie sie ihn gern hinter vorgehaltener Hand nannten.

Plötzlich versetzte ihm jemand einen kräftigen Stoß. Nicolas lautes Lachen dröhnte in seinen Ohren. Die Seifenblase um ihn herum zerplatzte. Damien taumelte. Dann fluchte er. Und landete weich. In den Armen seiner verdutzten Amerikanerin.

»Steh nicht herum wie der verdammte Idiot, der du manchmal bist. Nimm ihre Hand!«

Das würde ihm sein bester Freund noch büßen …

Aurélie trat einen Schritt zurück und rieb sich die Stirn. Dann blickte sie auf. Unzählige Emotionen flackerten über ihr Gesicht, als sie ihn erkannte. Ärger, Überraschung, Scham? Eine niedliche Röte erschien auf ihren Wangen.

»Ihre Hand!«

Ein Ruck ging durch Damiens Körper. Und ehe er sich's versah, war er ihr schon entgegengekommen und hielt ihr die Hände hin. »Voulez-vous m'accorder cette danse?

Sie biss sich auf die Unterlippe. Zaghaft berührte sie seine Handflächen.

Die ersten Töne einer Drehleier, einer Zurna und eines Akkordeons schlugen an. Wie auf Kommando setzten sich die Menschen um sie herum wieder in Bewegung. Damien platzierte Aurélies Hände auf seinen Oberarmen und umfasste ihre Taille. Einmal mehr fiel ihm auf, wie klein sie war. Und verdammt schön … Er zog sie näher heran. Sein Herz machte einen Sprung. Aurélie hielt sich an ihm fest, als er die ersten Schritte vorgab. Dann hob er sie hoch und wirbelte sie herum. Ihr goldblondes Haar bauschte sich, und sie gab einen erschrockenen Laut von sich. Damien stellte sie wieder auf die Füße. Er ließ sie los, und gemeinsam mit den anderen Tanzpaaren bildeten sie einen Kreis. Jetzt stand sie ihm gegenüber. Ihre Augen strahlten.

Der Wein und die Atmosphäre spornten ihn an. Beinahe sehnsüchtig wartete er darauf, dass die Kette aufbrach und Aurélie zurück in seine Arme geführt wurde. Die Klänge der verschiedenen Musikinstrumente verebbten, und eine Geige trat an ihre Stelle. Ein langsames Lied.

Wie selbstverständlich kehrte sie zu ihm zurück.

Damiens Welt verschwamm vor seinen Augen, bis er nur noch sie sah. Eine fremde Frau, die er erst einmal gesehen hatte und von der er nicht mehr wusste, als dass sie auf der Suche nach ihm war. Wenn sie nur wüsste, dass sie ihn längst gefunden hatte ... Neugierig blickte sie zu ihm hoch. Er strich ihr vorsichtig eine Strähne aus der Stirn. Perfekte kleine Sommersprossen zierten ihr Gesicht. Sie atmete hörbar laut aus. Ihre Lider flatterten. Aber sie stieß ihn nicht fort. Nicht einmal dann, als er sie noch näher an sich heranzog. Nein, sie blieb genau da, wo sie war.

»Tu es très belle ...«, flüsterte er.

Aurelie kicherte. »*Belle*, das bedeutet schön ...«

Damien hob ihr Kinn an. Er könnte sich zu erkennen geben. Ja, er sollte es tun! Aber er tat es nicht ... Stattdessen neigte er den Kopf. Ihre Finger krallten sich in sein Hemd. Die Zeit stand still.

»Aurélie? Aurélie!«

Sie erstarrten.

Diese Cassandra war auf der Suche nach ihr. Mit Madame Rivans Butterkuchen bewaffnet kam sie auf sie zu.

»Ich habe doch noch ein Stück Butterkuchen bekommen. So ein blonder Typ hat ihn mir geschenkt.« Triumphierend hielt sie ihn Aurélie vor die Nase. »Ah, der nackte Mann vom Gartenzaun ...«

Ich war nicht nackt!

Aurélie löste sich aus seiner Umarmung. »Ich ... ich muss gehen ...«, hauchte sie.

Cassandra warf ihm einen wachsamen Blick zu.

Dann waren sie fort.

»Erde an Damien! Bitte kommen! Hallo?« Jemand wedelte mit der Hand vor seiner Nase herum.

»Wo ist sie? Hast du sie gesehen?«, fragte Damien.

»Die heiße Blondine? Keine Ahnung!«

Nicolas' Gesicht tauchte vor ihm auf.

»Wir haben getanzt ...«

»Das hab ich gesehen. Du warst drauf und dran, sie zu küssen.«

»War ich nicht.« *Doch ... war ich.* Nicolas hatte recht. Damiens Herz hämmerte immer noch aufgeregt gegen seine Rippen.

»O Mann, dich hat's ja voll erwischt! Wer war die Schöne?«

Die Schöne? Ein eiskalter Schauer ergoss sich über Damiens Rücken. Die Haare auf seinen Armen und an seinem Nacken stellten sich auf. Instinktiv straffte er die Schultern. Nein, das war keine Eifersucht ... nur ... nur Unbehagen. »Ich gehe.«

»Was? Jetzt schon?«

»Eigentlich hatte ich gar nicht vor zu kommen.«

Nicolas seufzte. »Du bist so ein elender Spielverderber, Damien! Wenn du jetzt gehst, dann schuldest du mir ein kaltes Bier im Chopé! Nächste Woche?«

»Unlauteres Glückspiel und Erpressung?«

»Na gut, ich zahle!«

»Hm.«

»Ach, komm schon! Wann warst du das letzte Mal so richtig aus? Das Dorffest ausgenommen. Das zählt nicht.«

Nachdenklich verschränkte Damien die Arme. Ein, zwei Bier … Vielleicht. »Na gut, ich komme.«

»Ja! Wusst ich's doch, dass ich mich auf dich verlassen kann! Ein echter Freund lässt seine bessere Hälfte nicht allein in einer Bar vergammeln!«

Damien verdrehte die Augen. »21 Uhr?«

»21 Uhr im Chopé«, bestätigte Nicolas. »Ich frage auch deinen Bruder und seinen Mann.«

»Mach das.« Damien deutete eine Verabschiedung an. Dann ging er davon.

In Gedanken versunken folgte er dem Weg nach Hause. Obwohl die Sonne längst untergegangen war, glühte jede einzelne Faser seines Körpers. Er atmete tief durch. Sie war ihm so nahe gewesen. Ihre warme, kleine Hand in seiner. Ihre Strähnen wie flüssiges Gold zwischen seinen Fingern. Und ihr Geruch … Die Schmetterlinge in seinem Bauch fingen Feuer.

Vorfreude rauschte durch seine Adern.

Vielleicht kam sie ja morgen zu ihm. Vielleicht auch übermorgen. Er wollte sich keine Gedanken darüber machen, warum sie nicht schon längst in der Apotheke gewesen war. Das Dorf war klein. Warum hatte sie niemanden nach dem Weg gefragt? Es musste einen Grund dafür geben.

Seine Gedanken drehten sich im Kreis. Er wollte sie wiedersehen.

4. Saint Roseraie

Freitag, 7. Mai 1875

Es war ein Affront, unbegleitet durch das Dorf zu spazieren. Aber Renée hätte zu viele Fragen gestellt. Aveline sah von links nach rechts und huschte über die Straße. Dennoch durfte sie sich nicht beständig auf die Milde ihres Vaters verlassen. Er würde nicht ewig wegsehen, schon gar nicht, wenn sie seinem Namen schadete. Sie zog ihren geflochtenen Sonnenhut tiefer ins Gesicht und presste den gefüllten Weidenkorb dichter an ihren Körper. Dabei rümpfte sie die Nase und beschleunigte ihren Schritt. Hier unten im Dorf roch es trotz der herrlich duftenden Hortensien nach Küchenresten und Schweinetrog. Sie zupfte ein paar Pfirsichblüten, die zusammen mit dem Obst in ihren Korb gewandert waren, heraus und zerrieb sie zwischen ihren Fingern. Dann tupfte sie sich den öligen Sud unter die Nase. Es half. Ein wenig zumindest. Schneller, als ihr lieb war, hatte sie ihr Ziel erreicht. Nur wenige Schritte trennten sie von der Apotheke. Das graue Mauerwerk war unter dem grünen Blättergewirr der Kletterrosen kaum mehr zu erkennen. Ein bronzenes Schild wippte in der Sommerbrise sanft hin und her.

Aveline blickte die Hauptstraße entlang. Sie war leer. Nur ein paar Frauen standen neben dem Brunnen oben am Marktplatz und unterhielten sich. Aveline tippelte hin und her und sah verstohlen zur Apotheke hinüber.

Es war die einzige Apotheke in Saint Roseraie, und Gael Roix war der Inhaber. Ein paar Mal war sie ihm bereits begegnet. Als sie noch Kinder gewesen waren. Er hatte ständig einen Zeichenblock mit sich herumgetragen, und seine Hände waren schwarz gewesen von den Kohlestiften, die er zum Skizzieren benutzte. Aveline musste bei der Erinnerung grinsen. Er war ein in sich gekehrtes Kind gewesen, und sie das genaue Gegenteil: laut, wild und voller Neugier auf die Welt. Dann war er nach Paris gegangen, und sie hatte ihn etliche Sommer nicht mehr getroffen. Sie wusste, dass sein Zwillingsbruder Simon im Krieg gefallen war. Und das seine Eltern letztes Jahr die Grippewelle nicht überlebt hatten. Deswegen war Gael nach Saint Roseraie zurückgekehrt.

Gut, dass die Leute im Dorf gern tratschten und Aveline mit dem Küchenpersonal auf einer Wellenlänge war. So war sie immer auf dem neuesten Stand.

Die Tür der Apotheke öffnete sich, und eine korpulente Dame verließ mit einem schreienden Säugling den Verkaufsraum. Jetzt war ihre Chance gekommen. Durch das Schaufenster war kein anderer Kunde zu sehen. Aveline sammelte sich und atmete tief durch. »Sapere aude«, flüsterte sie. »Habe Mut, dich deines Verstandes zu bedienen!« Sie war das kommende Gespräch Hunderte Male in ihrem Kopf durchgegangen. Hatte alle Eventualitäten bedacht und sich für jede mögliche Frage eine passende Antwort zurechtgelegt. »Jetzt ist nicht die Zeit für Zweifel«, flüsterte sie und überquerte die Straße. Die Klinke der Apothekentür schon in der Hand stockte sie trotzdem. Sollte sie es wagen? Wenn es schiefging und Gael sich an ihren Vater wandte, würde großes Unheil über sie hereinbrechen. Doch Stillstand würde ein ebenso großes Unheil heraufbeschwören. Bevor sie der Mut verließ, stieß sie die Tür auf.

Ein helles Glöckchen kündigte ihr Eintreffen an. Der Geruch von getrockneten Kräutern wehte ihr entgegen. Sie trat so beherzt ein, dass sie prompt über die ersten Holzplanken stolperte. Obwohl sie den Sturz abfing, kippte der Weidenkorb und die Pfirsiche kullerten über den Boden.

»Pardon«, rief sie und bemühte sich, das flüchtige Obst schnell wieder einzusammeln. Das war nicht der Start, den sie sich erhofft hatte.

»Attendez, Mademoiselle, ich helfe Euch.« Eine dunkle Stimme ließ den Raum leise vibrieren. Jemand hielt ihr einen Pfirsich unter die Nase, und sie war gezwungen, innezuhalten und aufzusehen.

Monsieur Gael Roix stand vor ihr. Der kleine Junge von damals war erwachsen geworden. Adrett gekleidet in einem schwarzen Dreiteiler, die honigbraunen Haare nach hinten gekämmt, lächelte er sie an. Doch die erzwungene Höflichkeit schaffte es nicht, den Ärger in seinen veilchenblauen Augen zu verbergen.

Warum war er wütend? Wegen der Unordnung?

Ihr Magen wurde flau, und ihre Hände fingen an zu schwitzen. Sie durfte sich von seinem strengen Blick nicht einschüchtern lassen. Ein schwieriges Unterfangen. In ihren Erinnerungen war er ein schwächlicher Jüngling gewesen, nun stand ein kräftiger junger Mann vor ihr. Nur seine Gesichtszüge kamen ihr noch bekannt vor. Zwischen den Ecken und Kanten lugte das sanfte Wesen des Jungen hervor, der verträumt in seinem Zeichenblock gekritzelt hatte, wenn alle anderen Kinder wild tobten.

»Mademoiselle Vieuville?«

Sie hatte zu lange gestarrt. Gael reichte ihr die Hand, um ihr aufzuhelfen. Natürlich hatte er sie erkannt. Selbst nach all den Jahren. Ihrer Familie gehörte immerhin der Grund und Boden, auf dem dieses Dorf stand.

Sie griff nach der sauberen Hand, die keine Anzeichen von Kohlestiften trug. Ihre Haut kribbelte unter seinem festen Griff, während sie versuchte, Ordnung in ihren Gedanken zu schaffen.

»Wie kann ich Euch behilflich sein?« Gael begab sich hinter die Theke und sah sie gebannt an. Falls er es für unangebracht hielt, dass sie seine Apotheke ohne Anstandsdame betrat, ließ er es sich nicht anmerken.

»Nun«, suchte Aveline nach Worten. Sie legte ihren Sonnenhut ab und stellte den Weidenkorb auf den Tresen. Ihr Haar kräuselte sich an ihren Wangen und kitzelte sie. Nur mit Mühe konnte sie ein Niesen unterdrücken.

»Wartet, Mademoiselle.« Gael griff nach der lästigen Haarsträhne, die sie fast zum Niesen gebracht hätte. Mit viel Vorsicht löste er einen kleinen Zweig, der sich darin verfangen hatte. Seine Hände rochen nach Seife und Kamille.

Aveline wagte kaum zu atmen. Warum war er ihr so nahe gekommen? Ja, sie war jung, aber sie war doch kein Kind mehr! Ein verspieltes Lächeln legte sich auf die Lippen des Apothekers. Spürte er ihr Unbehagen etwa? Seine Hand verweilte einen Moment zu lange an ihrer Wange, als er den Zweig im Weidenkorb platzierte und sie auffordernd ansah.

Die Großvateruhr im hinteren Eck der Apotheke tickte achtmal, bis Aveline einfiel, dass sie etwas sagen sollte. »Nun«, brachte sie holpernd heraus und räusperte sich, »ich brauche tatsächlich Eure Hilfe.«

»Das tun die meisten Menschen, die mich aufsuchen«, antwortete er belustigt und begann, den ohnehin sauberen Tresen mit einem Stofftuch zu polieren.

»Ja, aber ich brauche Hilfe anderer Art.«

Gael legte den Kopf schief, und seine fein säuberlich gekämmten Haare wippten zur Seite.

Wenn er sie so musterte, wirkte er jünger, als sein ordentliches Auftreten vermuten ließ.

»Ich denke, das müsst Ihr weiter ausführen, Mademoiselle«, sagte er geschäftig. »Handelt es sich vielleicht um ein Damenproblem?«

Aveline stieg die Röte in die Wangen. »Nein!«, rief sie empört. »Nichts dergleichen.«

Der Apotheker lachte. »Nichts, wofür Ihr Euch zu schämen bräuchtet«, sagte er und musterte sie weiter eindringlich.

»Nein, bitte, Ihr versteht mich falsch, Monsieur Roix.« Sie knetete ihre Hände.

»Bitte, Mademoiselle, nennt mich Gael, Monsieur Roix war mein Vater«, sagte er mit einem Lachen in der Stimme, doch eine tiefe Trauer spiegelte sich in seinen Augen.

Aveline stockte, es war dieselbe Art von Trauer, die sie verspürte, wenn man ihr zum hundertsten Mal sagte, wie ähnlich sie ihrer Mutter sah.

»Monsieur Gael«, begann sie also erneut.

»Ihr könnt das Monsieur gern weglassen«, fiel er ihr ins Wort. »Ich bin nur ein einfacher Mann.« Die Strenge in seinem Gesicht schwand, und ein sanfter Ausdruck umspielte seine Lippen.

Großartig! Aveline stöhnte auf. So hatte sie sich ihren Auftritt in der Apotheke nicht vorgestellt. In ihren Tagträumen hatte sie souverän ihre Wünsche geäußert, und der Apotheker war distanziert und professionell darum bemüht gewesen, ihr entgegenzukommen. Gael brachte sie eindeutig aus dem Konzept. Er war frech und humorvoll und so gar nicht der schüchterne Junge von damals. Ihre Wange kribbelte immer noch an der Stelle, an der er sie berührt hatte. Avelines Herz flatterte. Wieso konnte er nicht alt und runzlig sein? Sein schiefes Grinsen ließ sie all ihre fein säuberlich einstudierten Sätze vergessen.

»Ich möchte lernen«, fasste sie ihren Wunsch endlich in Worte und atmete erleichtert aus.

»Lernen?«

»Ja, Euer Handwerk, Monsieur.«

»Ihr wollt Apothekerin werden?«

»Nein, oder doch. Nein, eigentlich nicht wirklich.«

Gael legte die Stirn in Falten und verschränkte die Arme vor der Brust. Seine Lippen zuckten, so, als würde er mit Mühen ein Lachen unterdrücken.

Verflucht soll er sein!

Aveline hatte so lange an ihrem Plan getüftelt. Gael war gelernter Apotheker, neben Medizin konnte man in seiner Apotheke Duftwasser, Kräuterbäder und wohl riechende Salben kaufen. Er musste also eine Ahnung von deren Herstellung haben. Wenn sie bei ihm in die Lehre ging, dann gelang es ihr womöglich, die Rezepte ihrer Mutter zu entschlüsseln.

Aveline holte tief Luft und versuchte, sich erneut zu erklären. Sie schob den Weidenkorb samt Inhalt über die Theke. »Ich möchte lernen, aus diesen Zutaten, Düfte und Kosmetika herzustellen, Monsieur Gael.«

Der Apotheker sah in den Korb hinein. Er griff nach einem Lavendelzweig. Lavendel wucherte in Saint Roseraie wie in manchen Orten das Unkraut. Gael zerrieb die tiefvioletten Blüten zwischen seinen Fingern.

Aveline schluckte. Eine seltsame Wärme breitete sich in ihrem Magen aus, nicht unangenehm, aber eigenartig. Woher kam dieses Gefühl?

»Dies ist kein leichtes Unterfangen. Schon gar nicht für ein junges Mädchen, das harte Arbeit nicht gewöhnt ist, wenn Ihr meine Bedenken entschuldigt«, sagte er und legte den Lavendelzweig wieder zurück in den Korb.

Aveline hatte mit Widerstand gerechnet. »Ich entschuldige Euere Bedenken, doch überlasst die Erwägung hinsichtlich dessen, was ich zu lernen imstande bin und was nicht, bitte mir selbst.«

Gael sah sie verdutzt an und kratzte sich am Kopf. »Ich wollte Euch nicht kränken«, sagte er, und Unsicherheit lag in seiner Stimme. »Wieso ist Euch dies ein Anliegen, Mademoiselle? Ich bin mir gewiss, es gibt schönere Zeitvertreibe für ein junges Mädchen.«

»Auch das könnt Ihr meine Sorge sein lassen.« Aveline versuchte, sich größer zu machen, als sie war. Dass er sie ständig *junges Mädchen* nannte, missfiel ihr. Ja, sie war erst vor Kurzem achtzehn Jahre alt geworden, doch gewiss kein Kind mehr. Die meisten ihrer Freundinnen waren verheiratet und hatten bereits Nachwuchs.

Gael sah ihr in die Augen. Er lachte nicht mehr, und er machte sich auch nicht lustig über sie. Das war doch schon mal ein kleiner Erfolg. Aber der Ernst, mit dem er sie betrachtete, vertrieb die Wärme aus ihrem Bauch. »Das Studium der Pharmazie erfordert einiges an Vorkenntnissen«, sagte er. »Ihr seid noch sehr jung.«

Aveline knirschte mit den Zähnen. »Das Alter bestimmt ja wohl nicht den Intellekt. Und es ist nicht nötig, mich in die Grundbasis der Naturwissenschaften einzuweisen. Diesbezüglich erfuhr ich eine fundierte Ausbildung.« Gael starrte sie an. Sie konnte seine Miene nicht deuten. War sie zu bestimmend aufgetreten? Sie versuchte einen neuen Ansatz und gab ihrer Stimme einen sanften Unterton: »Nun, wie Ihr Euch sicher denken könnt, Monsieur Gael, hat mein Vater nur die besten Lehrer für meine Brüder engagiert.«

»Und Ihr habt während des Unterrichts Mäuschen gespielt?«, schlussfolgerte der Apotheker.

Aveline verneinte nicht. Sollte er doch seine eigenen Schlüsse ziehen. Er brauchte nicht zu wissen, dass ihre Mutter ihr Unterricht gegeben hatte und sie mit zehn Jahren schon ihre ersten Unterweisungen in der höheren Mathematik genossen hatte. »Auf jeden Fall braucht Ihr Euch wegen meines Intellekts keine Sorgen zu machen.« Sie biss sich auf die Lippen, denn sie spielte ein gefährliches Spiel. Es gab eine Grenze dessen, was nicht nur dieser Mann, sondern ein jeder Mann bereit wäre, ihr zu glauben, und sie durfte diese feine Linie nicht unbedacht überschreiten.

»Dennoch würde mich das Warum interessieren, Mademoiselle.«

Sie trat von einem Bein auf das andere und überlegte, wie sie ihre Karten spielen sollte. »Habt Ihr meine Mutter gekannt, Monsieur?«, fragte sie.

Der Apotheker hustete, als hätte er sich verschluckt, und schüttelte dann schnell den Kopf. So reagierten die meisten Menschen, wenn das Gespräch auf ihre Mutter kam. Ihr Ableben war doch recht unorthodox gewesen. Aveline räusperte sich.

»Sie war Amerikanerin«, bemerkte Gael und sah ihr direkt in die Augen.

Die Intensität seines Blickes ließ die Wärme wieder zurück in ihren Bauch kriechen. Was hatte dieser Mann an sich, dass sie auf der einen Seite am liebsten die Flucht ergreifen würde, aber gleichzeitig nicht erwarten konnte, was als Nächstes passierte?

»Ich hörte, sie verkehrte mit Künstlern, Philosophen und Wissenschaftlern.«

Aveline nickte und spürte den Kloß, der sich langsam in ihrem Hals bildete. Sie hätte nicht mit dem Thema beginnen sollen, sie war doch noch nicht bereit dafür. »Wisst Ihr«, beeilte sie sich zu sagen, denn die Trauer kroch durch ihre Adern, »meine Mutter war eine sehr aufgeschlossene Frau und hatte vielseitige Interessen, aber ihre wahre Leidenschaft war ihr Garten.« Je mehr sie sprach, desto mehr Distanz brachte sie zwischen sich und den Schmerz. Doch sie konnte sich nicht selbst belügen, die Trauer war ständig da, wie ein dumpfes Echo, das keinen Widerhall mehr fand. »Sie hat die Lehren von Mendel und Darwin studiert und sich selbst an der Zucht versucht.«

Gael hob die Hände und schüttelte den Kopf. »Ihr sprecht von Gregor Mendel und Charles Darwin?«

Aveline nickte. »Sie versuchte, durch die Kreuzungen unterschiedlichen Samenguts einzigartige Pflanzen zu kultivieren.« Das war ihr mit dem Pfirsich auch gelungen, doch das erwähnte Aveline lieber nicht.

Gael schien zur Abwechslung sprachlos zu sein. Er schüttelte immer wieder den Kopf. »Mendel, der Erbsenzähler, und Darwin mit seinen Affen?«, fragte er, als sei es unmöglich, dass eine Frau sich diese hochwissenschaftlichen Texte erschließen könne.

»Ich bin sicher, die Herren wären nicht sehr erfreut darüber, ihre Erkenntnisse auf ein paar Floskeln reduziert zu wissen.« Sie knetete wieder ihre Hände.

»Nein, natürlich nicht.« Gael blickte zur Seite wie ein Schuljunge, der ermahnt worden war. »Es ist nur eine äußerst komplexe Literatur«, sagte er nach einer gefühlten Ewigkeit.

»Habt Ihr Euch etwa an den Texten versucht und seid gescheitert, Monsieur?«, fragte Aveline belustigt und wusste im selben Augenblick, dass es ein Fehler gewesen war, als Zorn in den Augen des Apothekers aufblitzte.

»Eure Mutter wollte also Gott spielen. Und wie kommt Ihr dabei ins Spiel?«

»Nun«, druckste Aveline herum, sie hatte ihn in seinem Stolz gekränkt, dennoch gefiel ihr der Ton des Apothekers nicht. »Seht, die Bemühungen meiner Mutter waren humanitärer Natur. Sie war ein Kind der Aufklärung. Sie hat nicht versucht, Gott zu spielen, sie war neugierig, an den Naturwissenschaften interessiert und wollte den hungrigen Menschen helfen ...«

»Und die Ambitionen Eurer Mutter sind nicht die Euren?«

Aveline schüttelte den Kopf. Nicht so, wie er dachte. »O nein, Monsieur. Ich fürchte, ich bin mir selbst am nächsten. Ich habe das eigennützige Denken meines Vaters geerbt.«

»Nicht sehr christlich.«

»Sind wir nicht alle Scheinheilige, Monsieur? Oder verschenkt Ihr etwa Eure Medizin?«, konterte Aveline. Die Arroganz des Apothekers hatte sie vergessen lassen, ihr Temperament zu zügeln. »Und in Zeiten von politischen Umschwüngen, wo in den Köpfen der Menschen noch ein Kaiser regiert, obwohl eine Republik ausgerufen wurde, in denen uns Adeligen unser Geburtsrecht aberkannt wird, schadet es auch einer Frau wie mir nicht, ihren Kopf zu benutzen.«

»Touché«, sagte er und nickte ihr zu. »Und Ihr wollt nun damit anfangen, Duftwasser und Lippenbalsam zu verkaufen? Für den unerwarteten Fall, dass Euer über die Maßen wohlhabender Vater in den Bankrott fällt oder Ihr keinen standesgemäßen Ehemann findet?«

Aveline war von seiner Dreistheit und Direktheit schockiert. Doch der Schockzustand hielt nicht lange an. Wut sammelte sich in ihrem Bauch. Ja, ihr Vater war reich. Und ja, ihr Vater würde sie womöglich an den meistbietenden Edelmann verscherbeln. Doch mit welchem Recht urteilte der Apotheker über sie? Als wären die Sünden ihres Vaters die ihren ... »Was ich mit meinem Wissen anfange«, presste Aveline zwischen ihren Lippen hervor, »ist ja wohl ebenfalls meine Angelegenheit.«

Es folgte ein angespanntes Schweigen.

»Sollte ich nicht dennoch mit Eurem Vater darüber sprechen, wenn Ihr wirklich in die Lehre gehen wollt?«, fragte Gael. »Ich nehme an, der Marquis unterstützt Euer ökonomisches Denken?« Der Apotheker hob fragend die Augenbrauen.

Davor hatte sich Aveline gefürchtet. »Mein Vater ist mit allem einverstanden, was sein Vermögen mehren könnte.« Was nicht gelogen war. »Er wird natürlich für die Kosten aufkommen und Euch auch ein Lehrgeld zahlen.«

Gael starrte sie stur an, und sie starrte ebenso stur zurück. »Es wäre mir dennoch lieber, diese Art von Geschäft mit Eurem Vormund zu besprechen.« Eine Kälte lag in seiner Stimme, die ihr unmissverständlich klarmachte, dass die Zeit zu spielen vorbei war. »Außerdem sehe ich mich im Augenblick gar nicht in der Lage, einen Lehrling aufzunehmen. Ich habe die Geschäfte meiner Eltern erst vor Kurzem übernommen. Zudem muss ich mich auch noch um meine verwaisten Geschwister kümmern.«

Aveline nickte. Das wusste sie bereits. Dennoch, ihr Anliegen war wichtig, zu wichtig, um jetzt zu kneifen. »Wie gesagt: Ich will Euer Handwerk nicht in vollem Umfang erlernen. Und wäre es dann in Eurer Situation nicht vorteilhaft, ein zusätzliches Einkommen zu haben?«, fügte sie schnell hinzu. »Es sind ja nicht nur Eure Geschwister, Ihr habt doch auch die Obsorge über Eure verwitwete Schwägerin und deren kleinen Sohn.«

Nun war es an dem Apotheker, ins Stocken zu geraten. »Ihr seid gut informiert, ma chère.« Die Stimmung im Raum hatte sich geändert. Gael betrachtete sie nun abschätzend. Seine Augen suchten ihre, und mutig sah sie ihm entgegen.

»Saint Roseraie ist ein kleines Dorf, und die Leute reden gern«, sagte Aveline, ohne mit der Wimper zu zucken.

Gael trommelte mit den Fingern auf der Theke herum. »Ich möchte die doppelte Besoldung«, sagte er langsam, ihre Reaktion abwartend. »Und ich möchte mit Eurem Vater sprechen.«

Aveline zuckte innerlich zusammen. Jetzt hieß es: alles oder nichts. »Ihr bekommt die dreifache Besoldung und verzichtet auf das Gespräch mit meinem Vater. Er ist ein viel beschäftigter Mann und hat für derlei Angelegenheiten keine Zeit.« Gebannt hielt sie die Luft an. Dass sie ihn von den geheimen Ersparnissen ihrer Mutter bezahlen würde, die diese ihr hinterlassen hatte, musste sie ihm ja keineswegs auf die Nase binden. Ebenso wenig würde sie ihrem Vater erzählen, dass sie vorhatte, in der Apotheke zu lernen. Aber auch diesbezüglich würde sie sich noch etwas einfallen lassen müssen.

Gael legte die Hand über den Mund und betrachtete sie eingehend. Dann trat er hinter dem Tresen hervor und baute sich vor ihr auf. Aveline musste den Hals recken, um ihm in die Augen sehen zu können. Wilde Schauer jagten ihren Rücken hinunter. Würde er ihr Angebot annehmen? Für sie hing alles davon ab.

»Hört, Mademoiselle«, zischte Gael. »Ich weiß nicht, welches Spiel Ihr hier spielt, aber ich bin bereit mitzuspielen, da ich es mir nicht leisten kann abzulehnen.«

Avelines Herz machte einen Satz. Hatte sie tatsächlich gewonnen?

»Wie Ihr bereits angedeutet habt, kann man von Nächstenliebe allein nicht leben.« Sein Blick wurde härter, als würde er einen inneren Kampf mit seiner Wut ausfechten. »Sollte meiner Familie wegen Euch jedoch Gefahr drohen, seid Euch gewiss, dass ich nicht zögern werde, Euch mit uns in den Abgrund zu reißen.«

Gael war immer weiter auf sie zugekommen. Ihr Herz pochte. Er griff nach ihrem Kinn und drehte ihren Kopf wachsam hin und her. Wie ein Arzt, der einen Patienten betrachtete, oder ein Künstler, der ein Gemälde im Sinn hatte. Aveline konnte nicht verhindern, dass ihr ein Wimmern entfloh. Kurz verschwand die Härte aus seinen Augen. Seine Finger strichen für einen Wimpernschlag über ihre Wange, dann war der Augenblick vorbei.

Gael entließ sie, und sie stolperte zwei Schritte zurück. Sie sollte wütend sein, doch ihr Herz pochte zu einer ganz anderen Melodie. Sie richtete sich auf und strich ihr Kleid glatt.

»Haben wir eine Übereinkunft?«, fragte sie und versuchte, ihrer Stimme eine kalte Note zu verleihen.

Der Apotheker sah sie lange an. Sonnenlicht fiel durch das Fenster und ließ Schatten über sein Gesicht tanzen. Er nickte. »Lasst mich meine Entscheidung nicht bereuen.«

5. Saint Roseraie

Gegenwart

Seit dem Fest waren ein paar Tage vergangen. Konzentriert stand Damien über den Arbeitstisch gebeugt und füllte das fertige Pfefferminzöl in die dafür vorgesehenen Fläschchen, bevor er daran roch. Die frische Duftnote des ätherischen Öls stieg ihm in die Nase. Es war perfekt. Zufrieden schlüpfte er aus den Handschuhen und warf sie in den Müll. Dann setzte er sich auf den Stuhl und blätterte in dem alten Rezeptbuch seines Ururgroßvaters.

Kam sie heute? Oder hatte sie das Interesse an ihm verloren? War sie längst abgereist?

Die kleine Kammer neben dem Büro war der einzige Ort, an dem er in Ruhe arbeiten konnte. Sein Blick fiel auf die vergilbte Fotografie an der Wand. Das Bild zeigte Gael, genau hier sitzend und an seinen Studien arbeitend. Auch er war noch sehr jung gewesen, als er die Apotheke übernommen hatte. Aber im Gegensatz zu Damien war er nicht freiwillig nach Saint Roseraie zurückgekehrt, sondern weil es seine familiäre Pflicht gewesen war. Damien seufzte. Pfefferminze, Salbei, Thymian, Myrte ... Seine Finger glitten über die runde, geschwungene Schrift und die detailgetreuen Bleistiftzeichnungen. Kein einziger Tintenfleck war auf dem leicht ergrauten Papier zu sehen. Wie er war Gael ein Perfektionist gewesen.

»Er war genauso seltsam verbohrt wie du.« Kosmas lehnte im Türrahmen. »Jetzt schau nicht so pikiert, du weißt, dass das bei mir nichts nützt! Ihr seht euch sogar ähnlicher, als wir beide es tun! Und ich bin immerhin dein Zwilling.«

»Zweieiig.«

Aber es stimmte. Mit seinem schwarzen Haar und den breiten Schultern wirkte Damien wie ein Hüne. Kosmas hingegen hatte etwas ähnlich Elfenhaftes an sich wie Aurélie. Die einzige Gemeinsamkeit, die er mit seinem Bruder teilte, war das Veilchenblau ihrer Augen.

Damien seufzte. »Ist dir langweilig?«

»Furchtbar langweilig.«

»Hast du François wegen heute Abend gefragt?«

»Natürlich! Wie könnte ich mir einen lustigen Abend mit dir und Nicolas entgehen lassen? Wein, Weib und Gesang …« Er kicherte.

»Weib? Vielleicht sollte ich meinem Schwager von deinen Plänen erzählen«, witzelte Damien.

Kosmas klopfte seinem Bruder auf die Schulter. »Ich freue mich, dass du heute so gut gelaunt bist.«

Die Türglocke erklang.

»Kundschaft!«, flötete sein Bruder und verschwand.

Damien lehnte sich in dem Stuhl zurück. Mit dem Buch in der Hand schloss er die Augen.

»Bonjour, Mademoiselle! Wie kann ich Ihnen behilflich sein?«

Ein Lächeln huschte über Damiens Lippen. Kosmas war eindeutig der bessere Verkäufer von ihnen beiden. Besonders in letzter Zeit, wo ihm sein leicht reizbarer Gemütszustand noch mehr zu schaffen machte als üblich. Erst gestern hatte er einer Kundin ihre Pillenpackung nachgeworfen und sie des Ladens verwiesen. Aber die Leute nahmen es hin. Schlussendlich war es immer noch bequemer, einen übellaunigen Dorfapotheker zu ertragen, als in die nächste Stadt zu fahren, um an Medikamente zu gelangen. Und vielleicht steckte er ja wirklich in einer Midlife-Crisis ...

Damien rieb sich die Schläfen.

»Bonjour, Monsieur! Ich bin auf der Suche nach dem Inhaber.«

Damien erstarrte und riss die Augen auf.

Aurélie ...

Die melodische Rauheit ihrer Stimme legte sich wie ein Mantel um seine Schultern und ließ sein Herz höherschlagen. Er verstand es nicht. Diese Frau war ihm doch eigentlich fremd. Er kannte sie nicht länger als ein paar Minuten! Warum löste der bloße Klang ihrer Stimme solche Reaktionen in ihm aus? Seine Handflächen begannen zu schwitzen, und er musste jede verfügbare Kraft aufbringen, um nicht wie ein dummer Junge hinauszustürmen, um sie zu sehen ... Augenblicklich schweiften seine Gedanken ab, zurück zu dem Fest. Zurück zu dem Moment, als er ihr in die Arme gefallen war. Wie sie ihn angesehen hatte. Die Kälte, die er gespürt hatte, als sie sich von ihm gelöst hatte.

Damien hielt den Atem an. Er zwang sich, sitzen zu bleiben und das Gespräch aus dem Verborgenen zu verfolgen. Was würde sie sagen, wenn er durch die Tür trat? Er kannte sie. Wusste, dass sie auf der Suche nach ihm war. Aber sie wusste nicht, dass sie ihn längst gefunden hatte. Und das bereits zum zweiten Mal. Würde sie wütend werden? Ihn verfluchen? Ja, das würde sie ... Wenn er an ihre Begegnung am Gartenzaun dachte, war er sich dessen sogar ziemlich sicher. Neugierig lümmelte er den Kopf in seine Hand und lauschte.

»Bitte, ich muss ihn etwas sehr Wichtiges fragen!«

Sie sprach Französisch. Es klang angestrengt, und er konnte hören, dass sie lange überlegen musste, bevor sie sich traute, die Worte laut auszusprechen. Aber das machte nichts. Er fand es irgendwie ... süß.

»Dieses Geschäft befindet sich in Familienbesitz. Nach wem genau suchen Sie denn? Mein Bruder und ich führen diese Apotheke gemeinsam«, antwortete Kosmas auf Englisch.

Stille folgte. Damit hatte sie wohl nicht gerechnet ...

»Dann sind Sie Damien Roix? Ich hörte, er sei der Inhaber der Apotheke.«

Seinen Namen aus ihrem Mund zu hören, ließ Damien innehalten. Allein das genügte, um die Flamme in seinem Bauch erneut zu entfachen.

»Nun, da muss ich Sie leider enttäuschen. Ich bin Damiens Bruder, Kosmas. Es freut mich, Ihre Bekanntschaft zu machen, Mademoiselle?«

»Evans. Aurélie Evans.«

Vermutlich schüttelten sie gerade die Hände.

»Nun, was führt Sie zu uns, Mademoiselle Evans?«, fragte Kosmas. »Vielleicht kann ich Ihnen anstelle meines Bruders behilflich sein.«

»Also, wenn ich nur kurz mit ihm sprechen könnte ...«

»Ich fürchte, das wird heute leider nicht mehr möglich sein. Damien arbeitet und möchte nicht gestört werden. Die Herstellung unserer Arzneien bedarf großer Konzentration.«

»Wie schade.« Sie klang enttäuscht. »Ich hatte gehofft, unter vier Augen mit ihm über diese ... Angelegenheit sprechen zu können.«

»Wie ich schon sagte, womöglich kann auch ich Ihnen behilflich sein.«

Stille.

Aurélie räusperte sich. »Nun, es geht um mein Familienerbe. Sie verzeihen, aber ich möchte das wirklich nicht hier, zwischen Tür und Angel besprechen ...«

Damien horchte auf. Was konnte denn so geheim sein, dass es niemand außer ihm hören durfte? Neugierig linste er durch den Türspalt.

»Nun, da es bereits kurz vor sechs ist und ich den Laden ohnehin gerade schließen wollte ...« Kosmas trat hinter dem Tresen hervor und ging zur Tür.

Endlich sah er sie. Aurélie Evans. Aber sie wirkte so anders ... Mit einem schwarzen Hosenanzug bekleidet, der teurer wirkte als seine gesamte Garderobe, war sie ein völlig anderer Mensch. Ihr blondes Haar war zu einem strengen Knoten gedreht, und sie trug wieder ihren tiefroten Lippenstift. Cassandra wartete etwas abseits und widmete ihre Aufmerksamkeit dem Regal mit den Duftölen.

»So, jetzt sind wir ungestört. Was brennt Ihnen auf der Seele, Mademoiselle? Geht es um unsere Naturkosmetik, eines von Damiens Ölen?«

»Au revoir ...«, flüsterte sie »Die Abschrift des Rezeptes ...«

Damien und Kosmas erstarrten gleichzeitig. Es war, als ob Aurélie mit ihren Worten die Zeit angehalten hätte.

»Ich hörte, dass es sich im Besitz Ihres Bruders befindet.«

Kosmas löste sich zuerst aus der Starre. »Nun, dazu kann ich Ihnen wirklich nichts sagen!« Jetzt klang er panisch. »Womöglich wäre es besser, wenn ich zuerst mit Damien spreche. Dann kommen Sie morgen noch einmal vorbei und wir ...«

»Aber verstehen Sie doch! Es gehört mir!«, sagte sie mit Arroganz geschwängerter Stimme. »Ich weiß, dass Sie im Besitz einer Abschrift sind, Monsieur! Und ich verlange, dass Sie sie mir aushändigen!«

Das Feuer in Damiens Bauch erstarb und verwandelte sich in einen spitzen Eisklumpen.

»Aber Mademoiselle Evans! Hier muss eine Verwechslung vorliegen!«

»Ich spreche von dem Parfum, Monsieur Roix! Bitte, ich kann beweisen, dass ich die Wahrheit sage! Diese Papiere belegen es!«, fügte sie schnell hinzu.

Damien gab ein ungläubiges Schnauben von sich. Eine Abschrift? Von einer seiner Formeln? Es stimmte, dass seine Familie im Besitz einer großen Sammlung von Rezepten war. Aber sie alle stammten aus der Feder *seines* Ururgroßvaters. So wie ... *Au revoir,* bei dem es sich um ein spezielles Duftwasser handelte. Gael hatte es immer wie einen besonderen Schatz gehütet. Wie konnte es also möglich sein, dass sie ausgerechnet von diesem Rezept wusste?

An der Art, wie sich Kosmas versteifte, erkannte Damien, dass er den Unglauben seines Bruders förmlich durch den Türspalt spüren konnte. Warum sich also noch länger verstecken? Egal, wer sie war, ob sie getanzt hatten und sie dieses ungezügelte Verlangen in ihm auslöste. Wenn diese Frau glaubte, sie könnte einfach in seine Apotheke marschieren und unverschämte Forderungen stellen, dann hatte sie sich geirrt!

»Was ist hier los?« Damien trat neben seinen Bruder.

»Du?«, stieß sie erschrocken aus und wurde knallrot im Gesicht. Die Sonnenbrille, die wie eine Krone auf ihrem Haupt thronte, verrutschte und fiel auf den Boden.

»Du?«, fragte Kosmas und drehte sich zu Damien um. »Ihr kennt euch?«

Er ignorierte seinen Bruder. Aurélies entsetzter Gesichtsausdruck verwandelte sich in eine verärgerte Grimasse. »Ich dachte, du hättest mich nicht verstanden!«, schimpfte sie. »Warum hast du mir nicht gesagt, dass du der Besitzer der Apotheker bist? Du ... du!«

»Ich?« Er stützte sich auf der Theke ab und lehnte sich herausfordernd zu ihr rüber. Sie biss sich auf die Unterlippe. Schon wieder. Damien musste sich zurückhalten, um nicht lautstark zu seufzen. Je näher er ihr kam, desto intensiver nahm er ihr Parfum war. Ein betörender Duft ... fruchtig, aber holzig zugleich. Ein Hauch von Harz und Vanille. Seine Finger begannen, rhythmisch auf die Glasplatte zu trommeln, während er darauf wartete, dass sie etwas sagte.

»Das Rezept gehört mir. Bitte, gib es mir einfach!« Verzweiflung kratzte an ihrer aufgeschminkten Fassade.

»Nein.«

»Warum nicht?«

»Wieso sollte ich.«

»Aber es gehört mir ... Hier, sieh hin!«

Ohne Vorwarnung schnellte seine Hand hervor, und er griff nach einer Strähne, die sich aus ihrem Knoten gelöst hatte. Sie wehrte sich nicht. Stattdessen warf sie ihm einen zornigen Blick zu und kam ihm entgegen. Ihr warmer Atem traf auf seine Wange und verursachte ihm eine Gänsehaut, die sich prickelnd über seine Glieder ausbreitete. Damien neigte den Kopf. »Ich wollte dir helfen. Aber du warst so schnell verschwunden, dass ich keine Gelegenheit mehr dazu hatte. Aber jetzt hast du mich ja gefunden, Aurélie.« Sie atmete hörbar laut aus, machte aber keine Anstalten, sich zu bewegen. Warum zum Teufel rührte sie sich nicht? Stattdessen stand sie einfach nur da und wartete ab. Wie ein General auf dem Schlachtfeld. Oder eine Königin, die ihre Fäden aus dem Verborgenen zog? So, wie sie in der Gasse geflucht hatte, hatte er einen regelrechten Wildfang erwartet! Womöglich hatte er sie überschätzt. »Hat es dir die Sprache verschlagen?«, raunte er ihr ins Ohr.

Aurélie gab einen kehligen Laut von sich. »Monsieur Roix …« Ihre Finger legten sich über seine Hand. »Glaubst du mir, wenn ich dir sage, dass ich nicht damit gerechnet habe, dass du es mir freiwillig überlassen wirst? Aber wie es die unangenehme Situation, in der ich mich gerade befinde, erfordert, bin ich gewillt, dir eine Chance zu geben! Wenn du *Au revoir* also einfach rausrückst, dann werde ich dir und deiner Apotheke keine Schwierigkeiten bereiten. Ich bin sogar bereit, eine sehr hohe Summe für dieses Rezept zu bezahlen«, sagte sie.

Damien ließ die blonde Strähne fallen. Ihre Finger rutschten von seiner Hand. Er richtete sich zu seiner vollen Größe auf und starrte auf die kleine Frau vor ihm hinab. Ihr Blick war eiskalt. So wie seiner.

»Tun wir mal so, als ob ich es dir überlassen würde … Was hast du dann wohl damit vor?«

»Ich wüsste nicht, was dich das angeht! Es gehört mir«, sie deutete auf eine lederne Mappe, welche auf der Glasplatte lag, »schau hinein, dann wirst du es vielleicht verstehen.«

Sie schäumte vor Wut. Genau wie er.

»*Au revoir* befindet sich seit über hundert Jahren in unserem Familienbesitz. Was du da sagst, ist gänzlich unmöglich!«

»Aber die Unterlagen in dem Umschlag beweisen es!«

»Ist mir egal, was da steht. Ich verkaufe es dir nicht.«

Aurélie schüttelte den Kopf und verzog ihre knallroten Lippen zu einem missmutigen Strich. »Warum nicht?«

»Darum. Und jetzt raus!«

»Damien, beruhige dich doch!« Kosmas schob sich zwischen ihn und die bebende Blondine. »Das bringt doch alles nichts! Lasst uns morgen Abend in Ruhe darüber sprechen. Bei einem Glas Wein oder ...«

»Was gibt es da noch zu bereden? Ich verkaufe es nicht. Und das ist mein letztes Wort!« Damien schnaubte. Niemals würde er das Erbe seines Ururgroßvaters verscherbeln, weil eine dahergelaufene Amerikanerin behauptete, es gehöre ihr!

Als hätte sie seine Gedanken gelesen, trat Aurélie einen Schritt zurück. Cassandra schnappte sich den mysteriösen Umschlag.

»Wie du willst! Aber ich gebe noch nicht auf! Wir sehen uns wieder, da kannst du Gift drauf nehmen.« Aurélie drehte sich um und stolzierte hoch erhobenen Hauptes aus der Apotheke. Die Tür krachte ins Schloss.

Damien schlug auf die Glasplatte, dass es knackte. Was zum Henker bildete die sich eigentlich ein?

Kosmas seufzte. »Damien, jetzt hör doch ...«

»Ich werde es nicht verkaufen! Niemals. Und wenn sie mir bis in alle Ewigkeit auf den Geist geht.« Der Eisbrocken verwandelte sich in ein loderndes Stück Kohle. Damien machte auf dem Absatz kehrt und polterte durch das Hinterzimmer. Dabei ignorierte er nicht nur die Rufe seines Bruders, sondern auch das verräterische Stolpern seines Herzens.

Was auch immer geschah, er würde standhaft bleiben.

6. Saint Roseraie

Gegenwart

Leise Musik drang auf die Straße hinaus, als Kosmas und sein Lebensgefährte François Arm in Arm über den Hauptplatz schlenderten und direkt auf die kleine Bar an der Ecke zusteuerten. Das Chopé gehörte zu Guineveres Pension und war außerordentlich beliebt, was vermutlich auch daran lag, dass es die einzige Bar weit und breit war. Mit seiner familiären Atmosphäre und der rockigen Livemusik bot Guinevere ihren Gästen den idealen Ort, um nach einem anstrengenden Arbeitstag die Seele baumeln zu lassen. Der rustikale Stil, die bunten Lichter und die wuchernden Pflanzen machten die Bar zu dem lebendigen Herzstück des Dorfes.

»Kommst du?« Kosmas, mit einem rosafarbenen Oversized-Hemd und den dazu passenden pinkfarbenen Lederschuhen bekleidet, warf seinem Bruder einen fragenden Blick zu.

Damien war neben einer Straßenlaterne stehen geblieben und starrte in den sternenklaren Nachthimmel.

»Lass uns reingehen, Darling! Damien kommt schon nach. Du weißt doch, wie er ist«, schlug François vor und öffnete die Tür.

Kosmas zuckte die Schultern. »Na dann, auf ins Getümmel!«

Die wummernden Töne einer Gitarre erklangen. Die Tür fiel ins Schloss.

Damien seufzte und trat aus dem Licht der Laterne in die Dunkelheit. Dann angelte er in der Innentasche seines Jacketts nach der Zigarettenschachtel und den Streichhölzern. Das erste Zündhölzchen brach ab, und Damien fluchte lautstark. *Die Unterlagen in dem Umschlag beweisen es …* Die Kippe im Mundwinkel hängend zog er das nächste Hölzchen über die Reibefläche, doch es wollte sich einfach nicht entzünden. Fuck … Aurélie Evans … Diese Frau lenkte ihn zu sehr ab! Er schnaubte. Wer zum Teufel war sie wirklich? Und woher wusste sie von *Au revoir*? Niemand außer seiner Familie konnte von dem Duft wissen, was den Kreis der Personen auf seinen Bruder und ihn reduzierte. Wenigstens hatte er das gedacht. Bis jetzt. Womöglich wäre es doch von Vorteil gewesen, zuerst einen Blick in den Umschlag zu werfen, bevor er sie vor die Tür gesetzt hatte.

»Dein finsteres Gesicht verursacht mir eine Gänsehaut, Mann.« Nicolas gesellte sich zu ihm. »Wenn ich nicht wüsste, dass in diesem schwarz gekleideten Teufel ein Apotheker steckt, hätte ich dich für einen verschlagenen Mafioso gehalten. Du solltest dringend an deinem Auftreten arbeiten. Sonst wirst du die hübsche Blondine vom Fest noch vergraulen!«, ergänzte er vergnügt.

Damien knurrte. »Wer sagt, dass ich sie überhaupt will?«

»Ein wenig Liebe und Zärtlichkeit können nicht schaden.« Nicolas zündete sich eine Zigarette an, bevor er Damien das Feuerzeug reichte. »Seit wann rauchst du eigentlich wieder?«

»Seit heute.« Beim letzten Versuch hatte Aurélie ihn gestört.

»Ein rauchender Apotheker ...« Sein Freund schüttelte den Kopf. »Du bereust es, oder? Dass du nach Hause gekommen bist, meine ich. Wenn du in Paris geblieben wärst, dann wärst du längst Arzt, würdest im Hospital arbeiten und reihenweise Krankenschwestern flachlegen.«

Damien zog an der Kippe. »Du irrst dich, Nicolas, ich vermisse Paris nicht. Ganz im Gegenteil. Ich genieße es, wieder hier zu sein.«

»So siehst du aber nicht aus. Du warst zehn Jahre fort und hast uns nie besucht. Mir kannst du nichts vormachen! Und glaub mir, alle hier können deine Wut verstehen!«

Graublauer Rauch stob in die Dunkelheit, bevor Damien antwortete. »Hast du je darüber nachgedacht, nach Paris zu gehen?«

»Nun, ein-, zweimal vielleicht ... aber nie ernsthaft. Wenn ich fort wäre ... wer sollte dann unsere Kinder unterrichten?«

»Dieser Ort, deine Wurzeln halten dich hier fest. Und auch mein Herz hängt hier. Du weißt, dass ich nie fortgegangen wäre, wenn mein Vater mir eine Wahl gelassen hätte. Aber das hat er nicht.«

Nicolas warf ihm einen ungläubigen Blick zu. »Als pharmazeutischer Assistent konnte Kosmas die Apotheke wohl kaum allein führen! Du hattest also schon wieder keine Wahl.«

»Die Familie steht immer an erster Stelle! Kosmas hätte die Apotheke schließen oder verkaufen müssen. Er hat mich unter Tränen gebeten, nach Hause zu kommen. Verstehst du nicht? Ich hege keinen Groll gegen Saint Roseraie. Die Wahrheit ist, dass ich nur auf diesen Anruf gewartet habe. Er oder mein Vater. Wer außer mir, sollte euch sonst mit Medikamenten versorgen und Erste Hilfe leisten? So ist es besser für alle.«

»Du bist heute ja so furchtbar empathisch! Na los, spuck's schon aus! Was ist passiert?«

»Aurélie Evans war im Laden.«

»Wer?«

»Die Blondine vom Fest. Du weißt schon, die, in deren Arme du mich gestoßen hast? Sie kam heute Nachmittag in die Apotheke, um mit mir zu reden.«

»Aha, und was wollte sie von dir?«

»Sie behauptet, die rechtmäßige Besitzerin eines unserer Familienrezepte zu sein.«

»Unmöglich!«

Damien zuckte die Schultern. »Es ist wohl eine Lüge.« Augenblicklich kämpfte sich brodelnde Wut empor und entfachte ein feuriges Brennen in seiner Magengegend. Schon der bloße Gedanke an sie trieb ihm Schweißperlen auf die Stirn.

Nicolas verschränkte die Arme vor der Brust. »Und was hast du gemacht?«

»Na, was wohl? Ich habe sie rausgeworfen.«

»Du hast sie ... rausgeworfen?«

Damien nickte.

»Wieso bist du der Sache nicht auf den Grund gegangen?«

»Weil es nichts zu ergründen gibt. Ich will nicht mehr darüber nachdenken. Lass uns einfach hineingehen.«

»Dann reden wir eben nicht mehr darüber. Kosmas wird es mir schon erzählen ...«

Damien verdrehte die Augen, machte kehrt und öffnete die Tür. Das heitere Getöse der feiernden Menschen verklang. Alle starrten ihn an.

»Hey, hey, hey. Wer morgen noch seine Medikamente haben möchte, konzentriert sich besser wieder auf sein Bier. Euer Apotheker hat schlechte Laune!«, versuchte Nicolas, die Situation zu entschärfen.

Ausdruckslos schweifte Damiens Blick durch die Bar.

»Bonjour, mein Lieber! Es ist schön, dich zu sehen, du warst lange nicht hier. Warst du auf dem Fest? Ich habe dich gar nicht gesehen.« Eine tiefe, äußerst melodische Frauenstimme ertönte hinter ihm. Fast wie Aurélies.

Eine ältere Frau mit voluminösen schwarzen Locken schlang ihre Arme um seinen Hals und küsste ihn auf beide Wangen. Mit ihrem eng anliegenden weinroten Kleid und den spitzen, hochhackigen Stiefeln lenkte sie erfolgreich alle Aufmerksamkeit auf sich und von ihm ab.

»Dein Bruder sitzt dort hinten!«

»Danke, Guinevere.«

Guinevere zwinkerte ihm zu. Zum Abschied tätschelte sie seine Wange, als ob er ein kleiner Junge wäre, und widmete sich wieder ihren Gästen.

»Guinevere mag dich immer noch«, kicherte Kosmas, als sich Damien auf einen der alten Holzstühle fallen ließ und nach dem kalten Bier vor seiner Nase griff.

»Kümmere dich lieber um François und deinen Applejack. Guinevere ist zu all ihren Kunden gleich freundlich. Außerdem könnte sie unsere Mutter sein!«

»Natürlich ist sie das. Aber zu dir ist sie immer ganz besonders freundlich.« Sein Bruder lachte und strich sich das lange blonde Haar aus dem Gesicht.

Nicolas gesellte sich ebenfalls zu ihnen und stellte seine Flasche auf den Tisch. »Damien erzählte von eurer Begegnung mit einer gewissen Blondine. Die Alten im Dorf munkeln, dass sie ein Promi ist«, begann er.

Kosmas hustete und verschluckte sich an seinem Applejack, wobei er die Hälfte des Drinks in das Glas zurückspuckte. Damien gab einen entnervten Laut von sich. Warum drehte sich plötzlich alles nur noch um diese Frau? Zum Teufel, er wollte jetzt nicht mehr über sie reden. Er war ins Chopé gekommen, um so etwas Ähnliches wie Spaß zu haben. Stattdessen saß er hier mit ihrem Gesicht vor Augen und diesem fruchtigen Duft in der Nase. Die Flasche knallte auf den Tisch.

»Wie wär's mit einem schönen Glas Wein und einer geselligen Runde Billard?«, schlug François vor, sichtlich um Auflockerung der stummen Männerrunde bemüht.

»Eine hervorragende Idee!« Kosmas klatschte in die Hände und sprang auf. »Kommst du, mon cher?« Dann verschwand er über die schmale Wendeltreppe in den oberen Stock.

François gab einen zustimmenden Laut von sich, nahm seine Flasche und nickte Damien und dem verwirrt dreinblickenden Nicolas aufmunternd zu. »Billard wird eure erhitzten Gemüter besänftigen!«, flüsterte er, bevor er Kosmas mit einem verliebten Lächeln folgte.

»Ob ich mir auch einen Mann suchen sollte? Die beiden scheinen einander so aufrichtig zu lieben, dass man fast neidisch werden könnte«, sagte Nicolas schmunzelnd.

Damiens Mundwinkel zuckten und er nahm den letzten Schluck aus seiner Bierflasche, bevor er antwortete: »Kein Mann auf diesem Planeten würde dich wollen! Außerdem würdest du die Frauen vermissen. Und auch wenn ich kaum fassen kann, was ich jetzt sage: Sie würden dich genauso vermissen.«

»Wie gut, dass du deiner Amerikanerin gleich mehrere Seiten von dir gezeigt hast. Dann weiß sie wenigstens, womit sie es zu tun hat.« Er wackelte mit den Augenbrauen.

»Hätte ich ihr das Rezept vielleicht einfach überlassen sollen, hä? Was hättest du denn an meiner Stelle gemacht?«

»Ich hätte sie gefragt, warum sie glaubt, dass es ihr gehört. Aber du bist eben ein Widerling. Und darum mögen mich die Frauen mehr als dich!« Nicolas lachte. »Ich steige auf etwas Härteres um. Whiskey?«

Damien nickte. »Kann nicht schaden.«

»Das ist wahr. Wenigstens ein paar Stunden Spaß, bevor deine Welt ein für alle Mal untergeht ...«, prophezeite sein Freund.

Zwei gut gefüllte Whiskeygläser später erreichten die Männer den Billardtisch. François war gerade dabei, seinen Queue mit Kreide zu bearbeiten, während Kosmas die farbigen Kugeln in der richtigen Reihenfolge anordnete.

Damien nahm einen tiefen Schluck von der bernsteinfarbenen Flüssigkeit, räusperte sich und ergriff einen Billardstock aus der Halterung an der Wand.

Kosmas hob das Dreieck an und reichte es François. Dann nickte er ihm zu. »Du fängst an.«

Damien öffnete sein Jackett und warf es achtlos in eine Ecke, wo es kopfschüttelnd von seinem Bruder aufgehoben und sorgfältig aufgehängt wurde. Mit dem Queue in den Händen beugte er sich über den Tisch und stieß die weiße Kugel an.

»Was war da heute wirklich los, Damien?« Nicolas stand neben ihm.

Damien lochte die Kugel ein. Dann eine weitere. Und noch eine. Langsam tat ihm der Kiefer weh, weil er die Zähne so fest zusammenbiss.

»Ich habe das Gefühl, er konzentriert sich nicht mal und trifft trotzdem immer.« François zischte und nahm einen Schluck von seinem Bier.

»Und ich habe das Gefühl, ich räume immer hinter ihm her, als wäre ich unsere Mutter«, antwortete Kosmas.

Nicolas räusperte sich, nahm seinen Stock und versenkte zwei Kugeln. Dann richtete er sich auf und grinste schief, als ob er eine Erleuchtung gehabt hatte. »Ha! Jetzt ist mir endlich ein Licht aufgegangen! Diese Frau hat dir gefallen, gib es zu! Aber du willst es nicht wahrhaben. Pfeif drauf, was sie will! Nimm sie dir, Tiger! Du hast es dringend nötig!«

»Glaub doch, was du willst!«, knurrte Damien.

»So schlimm kann's doch nicht gewesen sein! Muss man dir eigentlich immer alles aus der Nase ziehen? Auf dem Fest habt ihr so schön getanzt. Viel hätte nicht mehr gefehlt und du hättest sie geküsst ...«

»Wer hätte wen geküsst?«, fragte Kosmas verwirrt.

»Du bist noch schlimmer als alle Großmütter in Saint Roseraie zusammen!« Damien nahm einen Schluck und positionierte den Queue.

»Da ist sie ja!«

Der Stock ratterte über den grünen Filz.

»Wer?«

»Die Amerikanerin! Jesus, der Teufel soll mich holen. Diese Frau ist ein Juwel in der Einöde der Vorhölle ...«, säuselte er poetischen Nonsens.

Damien trat neben ihn und erstarrte in der Bewegung. »Auf dem Fest kam sie mir eher wie ein Engel vor ... aber jetzt ...«

Da stand sie. Mitten in der Dorfkneipe. Aurélie.

Ihre knallrot geschminkten Lippen zu einem umwerfenden Lächeln verzogen, schlüpfte sie aus ihrer dünnen

Jacke, reichte sie Cassandra und blickte sich suchend um. Hatte sie dieses kleine Ding etwa absichtlich gewählt? Hauteng und tiefschwarz umschmeichelte es ihren Körper und betonte jede einzelne ihrer geschwungenen Kurven. Wer zum Henker zog sich so etwas an, wenn er in eine einfache Dorfkneipe wollte? In Paris oder Los Angeles vielleicht. Aber hier? Der arme Junge, der auf dem kleinen Podest neben dem Tresen saß und bis eben tief in die Musik versunken die Saiten seiner Gitarre gezupft hatte, hörte abrupt auf zu spielen und starrte sie mit offenem Mund an. Es fehlte nicht mehr viel, um seinen Speichelfluss anzukurbeln, der geradewegs auf sein zerschlissenes T-Shirt tropfen würde. Aber vielleicht war es ja wirklich das erste Mal, dass er eine Frau sah, die so dermaßen heiß war, dass einem die Augen aus dem Kopf fielen. Ebenso wie den anderen Männern, die an der Bar saßen. Und obwohl er es nicht zugeben wollte, erging es ihm ähnlich. Verdammt!

Nicolas pfiff leise und winkte nach Kosmas und François, die sich neugierig über die Balustrade beugten.

»Ja, das ist sie. Und sie sieht überraschend sexy aus«, stellte Kosmas mit einem anerkennenden Unterton in der Stimme fest.

»Sie sieht ganz anders aus, als du sie beschrieben hast, mon amour.«

»Gestern Nachmittag trug sie auch noch einen Hosenanzug.«

François kicherte und lege einen Arm um die Schultern seinen Lebensgefährten. »Sie ist genau die Richtige für unseren Damien, nicht wahr?«

Die beiden Männer warfen ihm eindeutige Blicke zu, aber Damien reagierte nicht. In seinem Inneren brodelte es wie in einem Vulkan. Verfolgte sie ihn etwa? Weil er ihr *Au revoir* nicht überließ? Er hatte nur einen heiteren Abend haben wollen! Ein bisschen Spaß mit seinen Freunden, nichts weiter ...

Nicolas hielt ihm das Glas hin. »Was auch immer gestern zwischen euch vorgefallen ist, ich flehe dich an, trink! Trink, damit wir einen lustigen Männerabend haben können!«

Damien schnaubte. »Macht, was ihr wollt, mir ist die Lust vergangen. Ich gehe.«

»Das ist nicht gut. Gar nicht gut ...«, jammerte Kosmas und tupfte sich die Stirn mit einem Stofftaschentuch.

»Zuallererst beruhigen wir uns. Unser Spiel ist schließlich noch lange nicht vorbei! Ja, Damien?« François deutete auf den Billardtisch.

Aber Damien stand immer noch wie festgefroren da. Guinevere trat hinter dem Tresen hervor und begrüßte ihre Gäste. Die Frauen umarmten sich und verfielen in eine angeregte Unterhaltung. Als ob sie sich nicht erst gestern Abend kennengelernt hätten ... Was hatte das zu bedeuten? Sprachen sie Englisch oder Französisch? Damien lehnte sich weiter über die Balustrade, um ein paar Wortfetzen zu erhaschen.

Plötzlich grölte Perceval, ein Stammgast und offenkundig sturzbetrunken, lauthals los und brachte die Damen zum Lachen, was die Plauderei zwischen ihnen abrupt beendete. Der arme Junge mit der Gitarre fasste sich wieder und spielte weiter, wofür er von den Männern mit Geklatsche, Gepfeife und hämischen Rufen belohnt wurde. Mit hochrotem Gesicht stimmte er ein altes französisches Liebeslied an, und Perceval sang dazu.

»Perceval gibt wieder einmal alles!«, meinte François kichernd.

»Er singt besser, als er Croissants bäckt«, antwortete Kosmas.

»Er hat doch schon immer behauptet, er wäre zu Höherem bestimmt als zum Backen«, überlegte Nicolas.

Die drei Männer lachten einträchtig und widmeten sich wieder ihrem Billardspiel. Plötzlich stieß Guinevere einen spitzen Schrei aus und hielt sich erschrocken die Hände vor den Mund. Aurélie schüttelte den Kopf und begann zu gestikulieren, doch die ältere Frau verzog ihre Lippen zu einem warmen Lächeln und strich ihr eine blonde Strähne aus der Stirn.

»Hier ist er«, brüllte Nicolas hinter ihm.

Was zum Teufel?

Wie in Zeitlupe hob Aurélie den Kopf und blickte ihm direkt in die Augen. Ein Ruck ging durch ihn hindurch, und er straffte die Schultern. Demonstrativ hob er sein Glas an die Lippen und trank es in einem Zug leer, wobei er es so fest hielt, dass es anbrach. Aurélie presste die blutroten Lippen zu einem festen Strich zusammen und wandte sich ab. Jetzt schien sie sich von Guinevere zu verabschieden.

Ja, geh nach Hause ...

»Damien, du bist an der Reihe.« Kosmas drückte ihm den Queue in die Hand.

Sie drehte sich nicht wieder um ... Jeder einzelne Muskel in seinem Körper spannte sich an. Unzählige Schauer jagten über seinen Rücken und verebbten zwischen seinen Lenden. Er schloss die Augen und atmete tief durch. Wenn sie jetzt ging, dann ...

»Die Herren haben doch sicher nichts dagegen, wenn wir euch ein bisschen Gesellschaft leisten?« Guineveres Stimme riss Damien aus seinen Gedanken. Natürlich stand auch Aurélie nicht mehr da unten. Dennoch war ihre Präsenz stärker den je. Er umklammerte den Holzstock fester. Wortlos schritt er an den anderen vorbei, nahm einen Schluck aus Nicolas' Glas und beugte sich über das Spielfeld. Dann lochte er drei Kugeln ein, bevor er den Queue an François weitergab.

»Natürlich nicht, meine Damen«, antwortete Kosmas mit dünner Stimme.

»Wie es scheint, wird Damien die Partie sowieso gewinnen. Sollen wir aufhören und das nächste Spiel beginnen?«, bot François an.

»Nein. Wir spielen es fertig«, raunte Damien. Alle Augen waren auf ihn gerichtet. Sie war hier. Direkt hinter ihm. Aber er drehte sich nicht um.

»Wie du willst«, sagte François und verspielte sich ebenso wie Nicolas, der die weiße Kugel zweimal über den Tischrand schoss. Dann war Damien wieder an der Reihe. Obwohl er kaum einen klaren Gedanken fassen konnte, lochte er ein.

»Du bist gut.« Aurélie war lautlos neben ihn getreten.

Scheiße, jetzt sitze ich in der Falle ...

»Habe ich mich gestern Nachmittag nicht klar und deutlich ausgedrückt?«, fragte er, ohne seinen Blick von dem Billardtisch zu nehmen.

Dieser fruchtige Duft, den er kaum zu bestimmen vermochte, hüllte ihn ein. Er seufzte. Dann wandte er sich ihr zu. Aurélies rot geschminkte Lippen verzogen sich zu einem kleinen Lächeln, bevor sie sich eine blonde Locke hinters Ohr strich. Ein schöner, porzellanweißer Hals ... Er hielt den Atem an. Wollte sie ihn absichtlich reizen? Sein Puls beschleunigte sich.

»Dann bist du also Aurélie«, säuselte Nicolas und stützte sich auf dem Spieltisch ab.

»Und du bist?« Sie streckte die Hand aus, und der blonde Mann ergriff sie.

»Ich bin Damiens bester Freund. Ich hab gehört, dass du extra wegen ihm den weiten, weiten Weg aus Amerika auf dich genommen hast.«

»Das stimmt.«

»Und warst du erfolgreich?« Er nahm ihre Hand.

Aurélie verstummte und suchte Damiens Blick. »Nein, ich fürchte nicht ... nicht heute«, antwortete sie.

Nicht heute? Niemals!

Was zum Henker tat Nicolas da gerade? Wollte er ihn ärgern?

»Ach, unser Damien ist immer so mürrisch ... Aber davon darfst du dich nicht abschrecken lassen. Harte Schale, weicher Kern.« Er hauchte einen Kuss auf ihren Handrücken.

Damiens Herz setzte aus, und etwas in seiner Magengegend explodierte. Wie in Trance kippte er Nicolas' Whiskey hinunter, wischte sich über den Mund und verschwand ohne ein weiteres Wort durch den Vorhang die Treppe hinab.

»Damien, warte!«, rief sie und folgte ihm auf ihren schwindelerregend hohen Pumps nach.

»Er steht auf sie, ich wusste es! Ran an den Speck, Damien!«, brüllte Nicolas und jubelte dabei wie bei einem Fußballspiel.

»Das überlebe ich nicht, François. Was sollen wir nur tun?«, hörte er seinen Bruder jammern.

Damien trat aus der Bar. Angestrengt atmete er ein und aus. Er steckte eine Zigarette in den Mund und entzündete sie mit Nicolas Feuerzeug, welches er unabsichtlich eingesteckt hatte. Der Rauch füllte seine Lunge, und er schloss die Augen. Aurélie Evans. Diese Frau machte ihn fertig. Was zum Henker stimmte nicht mit ihm? Seine Gefühle waren ein absolutes Chaos. Erst Zorn, dann Eifersucht. Wie ein dummer Teenager!

»Vielleicht sollten wir noch einmal von vorn beginnen?«

Er fuhr herum. Wie schaffte sie es nur, sich in diesen Schuhen so lautlos an ihn heranzupirschen? Sie nahm ihm das Päckchen aus der Hand.

Damien reichte ihr das Feuerzeug. Aurélie entzündete die Zigarette und steckte beides in ihre Tasche, als gehörte es ihr. Dann nahm sie einen tiefen Zug und blies den Rauch in den sternenklaren Nachthimmel.

Damien beobachtete sie von der Seite und erkannte, wie sich das Mondlicht auf ihrem Gesicht spiegelte und ihre Augen zum Strahlen brachte. Sie bemerkte es und lächelte ihn an. Die Wut in seinem Bauch erstarb und verwandelte sich in etwas anderes. Etwas, wofür er keine Worte hatte.

»Mein Name lautet Aurélie Evans. Es freut mich Ihre Bekanntschaft zu machen, Monsieur …?«

Damien seufzte. Na gut, wenn sie unbedingt Spielchen spielen wollte, dann würde er eben mitmachen. »Roix. Damien Roix.«

»Wie ich hörte, sind Sie der Inhaber der Dorfapotheke.«

»Hm.«

»Nun, ich bin den weiten Weg aus Amerika gekommen, weil ich Ihre Hilfe brauche.«

»Sie brauchen meine Hilfe nicht«, antwortete er. »Sie wollen *Au revoir*. Sonst nichts …«

Aurélie blickte ihn an. »Ja, da haben Sie recht. Aber anders als Sie denken, ist das nicht der einzige Grund.«

»Was soll das heißen?«

Sie presste die Lippen zusammen.

Damien schäumte. »Ich verkaufe es nicht. Und wenn du ab heute jeden Tag in meiner Apotheke stehst und mich auf Knien anflehst. Ich verkaufe das Rezept nicht!«

»*Au revoir* gehört meiner Familie«, antwortete sie und zog an ihrer Zigarette. »Früher oder später wirst du es mir überlassen müssen.«

»Nein.«

»Nein? Wie du weißt, habe ich Beweise dafür.«

»Deine Beweise interessieren mich einen Dreck! *Au revoir* wurde von meinem Großvater verfasst und hat unsere Apotheke nie verlassen«, antwortete er und warf seine Kippe auf den Boden. »Was du da sagst, ist unmöglich!«

»Ist es nicht! Ganz egal, was du sagst oder tust, ich werde es von dir bekommen.«

Damien horchte auf. »Sonst was? Hm? Wirst du mich weiter verfolgen, bis ich irgendwann nachgebe? Oder mir deinen Anwalt auf den Hals hetzen?«

»Ich verfolge dich nicht!«, rief sie empört.

»Dann warst du also rein zufällig in der Bar? Wieso kann ich dir das nicht glauben?«

»Ich wohne hier, weil Guinevere der einzige Mensch in diesem gottverlassenen Dorf ist, der Zimmer vermietet. Eigentlich wollte ich nur einen Drink, und dann ab ins Bett. Woher hätte ich denn wissen sollen, dass du auch hier bist?«

Damien lachte. Ein kaltes, ungläubiges Lachen. »Hältst du mich für einen kompletten Idioten? Hier kennt jeder jeden, und alle glauben, irgendein Geheimnis über irgendjemanden zu wissen! Kosmas hätte es der Kassiererin im Supermarkt erzählen können und sie Guinevere ... Guinevere dir ...«

»Die Welt dreht sich nicht nur um einen gewissen Damien Roix.«

»Aber auch nicht um eine rotzige Amerikanerin, die glaubt, sie könnte einfach mal so in meine Apotheke kommen und einen Scheck auf den Tisch knallen.«

»Es interessiert dich zwar nicht, aber das war kein Scheck. Es war der Beweis dafür, dass ich die Wahrheit sage.«

»Ihr Amerikaner ... Ihr glaubt doch wirklich, euch gehört die Welt, nicht wahr? Hast du allen Ernstes gedacht, du könntest einfach in mein Geschäft kommen und deine lächerlichen Forderungen stellen? Fahr nach Hause! Und damit das ein für alle Mal klar ist. Ich. Verkaufe. Nicht. Niemals!«, knurrte er sie an.

Aurelie warf ihre Kippe neben seine und trat sie mit ihren teuren Schuhen aus. Dann drehte sie sich zu ihm um. Blanke Wut stand ihr ins Gesicht geschrieben. Sie ballte ihre Hände zu Fäusten und machte einen Schritt auf ihn zu. Sie starrten einander an.

Damien weigerte sich zwar, es zuzugeben, aber das Feuer in ihren tiefblauen Augen verwandelten das Gefühl von vorhin in etwas Dunkles, Besitzergreifendes. Plötzlich wusste er nicht mehr, ob er sie schütteln oder übers Knie legen sollte. Am liebsten aber wollte er sie in seine Arme ziehen und küssen. Bis sie keine Luft mehr bekam und stöhnend in seinen Mund atmete. Allein der Gedanke daran, ließ ihn so hart werden, dass es schmerzte.

»Was?«, fragte er und setzte zum Gehen an, aber dann erkannte er die kleine, schimmernde Träne, die über ihre Wange rollte. Hatte *er* sie etwa zum Weinen gebracht? Die toughe Geschäftsfrau, die sie ihm gestern Nachmittag in der Apotheke präsentiert hatte, schien verschwunden zu sein.

»Wie kannst du es wagen? Du weißt gar nichts über mich! *Au revoir* ist das Einzige, was mir noch von meinen französischen Wurzeln geblieben ist … und meine einzige Chance!« Die perfekt einstudierte Maske fiel, und sie holte aus. Blonde Haare flogen durch die Luft, doch Damien fing den Schlag ab und packte ihr Handgelenk. Ohne Rücksicht auf ihr halsbrecherisches Schuhwerk schleifte er sie hinter sich her. Aurélie wand sich, trommelte mit der freien Hand auf ihn ein, wobei sie ihn mit französischen Flüchen überhäufte, die selbst ihm neu waren. Jetzt musste er doch tatsächlich lachen! Obwohl sie kaum dazu fähig war, einen geraden Satz zu formulieren, fluchte sie wie eine verdammte Weltmeisterin. So wie bei ihrem ersten Treffen am Gartenzaun.

»Wenn du mich nicht sofort loslässt, werde ich schreien …«, drohte sie.

»Nur zu … Schrei ruhig!«, konterte er.

Jetzt standen sie etwas abseits und wurden von dem Schatten verschluckt, den das Gebäude auf die Straße warf. Wie der Teufel mit blutrot geschminkten Lippen funkelte sie ihn bitterböse an.

Damien ließ die bebende Frau los. Wäre sie nicht in seine Apotheke gekommen, um sein Familienerbe an sich zu reißen, dann hätte er sie gefragt, ob sie mit ihm ausgehen wollte. Eigentlich hatte er sie das schon am Fest fragen wollen.

»Warum bist du wirklich hier?« Er streckte die Hand nach ihr aus und wischte über die nasse Spur, die die Träne auf ihrer Wange hinterlassen hatte.

»Das habe ich doch schon gesagt.«

»Was erhoffst du dir dann hiervon? Warum willst du *Au revoir*? Willst du es zu Geld machen? Aus Langeweile? Aber das werde ich nicht zulassen. Geh nach Hause und such dir eine andere Beschäftigung, um dir die Zeit zu vertreiben.«

Aurélie presste die Lippen zu einem festen Strich. »Nein«, zischte sie.

Damien lachte. Diese Frau war genauso stur wie er. »Ich werde meine Meinung nicht ändern! Oder dachtest du, deinen teuren Hosenanzug gegen ein kurzes Kleid zu tauschen würde genügen, um mich umzustimmen?«

»Arschloch!« Sie holte aus und schlug ihm ins Gesicht.

Der Schmerz ihrer Ohrfeige brannte auf seiner Wange und verstärkte das tosende Verlangen zwischen seinen Lenden.

Erschrocken taumelte sie zurück, starrte auf ihre Hand und presste sie an ihre Brust. »Ich bin eine erfolgreiche Unternehmerin, keine dahergelaufene Schlampe! Also sprich nicht über mich, als ob du mich kennen würdest!«

Damien fasste nach der pulsierenden Stelle in seinem Gesicht und warf ihr einen finsteren Blick zu.

»Ich werde mich nicht dafür entschuldigen!«, fauchte sie und hob ihre Arme abwehrend vor die Brust.

Dachte sie etwa, er würde zurückschlagen?

»Du kannst mich später dafür hassen.« Zwei Schritte genügten, und er war ihr so nahe, dass er ihre Körperwärme durch sein Hemd spüren konnte. Der Duft ihres Parfums drang in seine Nase und brachte ihn um den letzten Funken Verstand, den er noch besaß. Zu spät. Er schlang seinen Arm um ihre Taille und zog sie mit sich – zurück in die Dunkelheit, bis er gegen die Häuserwand stieß.

»Damien …«, hauchte sie und lehnte sich an ihn.

Oh, zum Teufel. Er schob seine Hand in ihr Haar und zwang sie, ihn anzusehen. Wie schön sie war … Selbst im Halbdunkel konnte er es erkennen. Sein Puls beschleunigte, als sie den Mund einen Spaltbreit öffnete. Wollte sie etwas sagen? Aber stattdessen atmete sie geräuschvoll aus, als ob sie die ganze Zeit über die Luft angehalten hätte. Ihre Hände lagen auf seiner Brust. Direkt über seinem verräterischen Herzen.

»Aurélie ...«

Nachdem sie ihn zuvor so heftig geschlagen hatte, hatte er geglaubt, sie würde sich mit Händen und Füßen gegen ihn wehren, ihn anschreien oder lauthals um Hilfe rufen, aber das waren alles nur leere Floskeln gewesen. Weil sie es ebenso sehr wollte wie er ...

»Ich werde dich küssen, also halt still.«

»Ich halte doch still.«

»Du musst immer das letzte Wort haben, oder?«

»Ja.«

Damien atmete kehlig aus. Mit dem Daumen fuhr er über ihre Lippen und verschmierte das knallige Rot auf ihrer bleichen Haut. Dann küsste er sie, und es war, als ob ein Feuerwerk in seiner Brust explodierte. Seine Finger gruben sich in ihre weiche Taille. Die Umgebung um sie herum verschwand, und er sah nur noch sie. Schmeckte sie. Warm und einladend. Die verbotene Frucht.

Später wusste Damien nicht mehr zu sagen, wie lange sie sich geküsst hatten, oder ob sie etwas zu ihm gesagt hatte, bevor sie gegangen war. Aber als er wieder bei Sinnen war, fand er sich auf einer Parkbank vor dem Chopé sitzend neben seinem Bruder wieder, der sein Kinn hin und her drehte und kopfschüttelnd seine geschwollene Wange beäugte. »Das ist doch roter Lippenstift von Chanel. Damien, was zum Teufel hast du nur getan?«

»Was ich getan habe?«

Kosmas seufzte. Dann nahm er einen Schluck von seinem Applejack und schüttelte den Kopf. »Wir sind so was von am Arsch, mein lieber Bruder …«

»Nein, *ich* bin am Arsch. Du stehst auf Männer.«

»Da hast du recht. Das wird nicht gut für dich ausgehen, Damien. Gar nicht gut.«

7. Saint Roseraie

Sonntag, 9. Mai 1875

Sie konnte nicht aufhören, an ihn zu denken. Seit sie die Apotheke vor zwei Tagen mit einem wild pochenden Herz verlassen hatte, wollte sich das verräterische Organ nicht mehr beruhigen. Aveline strich sich über die Wange. Auch wenn Gael sie nur für den Sekundenbruchteil eines Augenblickes berührt hatte, spürte sie den sanften Druck seiner Finger so, als hätte er sie nie hinfortgenommen.

»Ihr habt schon wieder eine Kerze brennen lassen«, sagte Renée und holte Aveline aus ihren Tagträumen zurück. Mit erhobenem Zeigefinger stand die Gouvernante vor ihr. »Irgendwann werdet Ihr uns alle in den Feuertod schicken mit Eurer Leichtfertigkeit.« Ihre Augenbrauen schoben sich bedrohlich auf und ab, was dazu führte, dass sich die Falten in ihrem Gesicht glätteten und wieder runzelten.

Aveline kicherte, ihre Gouvernante sah aus wie eine japsende Bulldogge. Sie stellte das Buch, in dem sie seit dem Morgengrauen las, zurück ins Regal. Die Bibliothek ihrer Mutter war zwar nicht umfangreich, doch sie hatte die wichtigsten philosophischen und wissenschaftlichen Werke der letzten Jahrhunderte gesammelt.

»Ich verstehe nicht, was Ihr in diesen verstaubten Dingern zu finden hofft?«, schnaubte Renée und griff wahllos nach einem Büchlein. »Sicherlich werden sie Euch nicht helfen, einen Gemahl zu finden, außer Ihr hofft, einen Gelehrten zu ehelichen. Doch diese sind meist nicht gut gestellt.« Die alte Kinderfrau wackelte mit dem Buch hin und her, als würde sie nicht wissen, wie man es öffnete.

Aveline zuckte innerlich zusammen, doch sie ließ sich nichts anmerken. »Warum muss sich mein ganzes Leben nur darum drehen, einen Ehemann zu finden?«, jammerte sie leise und nahm Renée das Buch aus der Hand. Sie warf einen Blick auf den Einband »Ego sum, ego existo«, zitierte sie aus dem Buch, doch Renée sah sie verständnislos an. Latein war nicht ihre Stärke. »Ich bin, ich existiere«, wiederholte Aveline deswegen.

»Aha«, kam es wenig enthusiastisch von ihrer Kinderfrau.

»René Descartes, ein Namensvetter von Euch und ebenfalls ein Franzose.« Den Horizont der alten Dame zu erweitern, erwies sich als äußerst mühselig.

»Interessant. Ist der gute Mann denn schon vergeben? Vielleicht könntet Ihr dann gemeinsam Eurer Leidenschaft für Verstaubtes frönen.«

»Er ist seit über einhundert Jahren tot«, meinte Aveline kichernd und ein wenig entsetzt darüber, dass ihre Gouvernante diesen wichtigen und berühmten Denker nicht kannte. Sie war zwar nicht die Tochter eines Marquis, aber Renée war dennoch aus gutem Hause.

»Kind, findet Ihr das etwa lustig?« Die Gesichtsfarbe ihrer Gouvernante nahm die Färbung einer reifen Tomate an.

»Nicht doch, Mamie, lasst Euch von mir nicht ärgern«, sagte Aveline beschwichtigend und legte ihre Arme um

Renées breite Schultern. »Ich bin ein dummes Mädchen und finde einfach keine Freude in dem Besticken von Tüchern oder dem Malen von Stillleben.« Sie drückte ihrer Gouvernante einen Kuss auf die Stirn.

»Wäre ich wirklich Eure Großmutter, hätte ich Euch schon längst mit dem Rohrstock zur Besinnung gebracht ... ungezogenes Ding.« Die Kinderfrau gab Aveline einen spielerischen Klaps auf die Wangen und hielt ihr Gesicht zwischen ihren wulstigen Fingern gefangen.

»Oh, mon cœur, ich will doch nur, dass Ihr all die Wunder erlebt, die das Leben für Euch bereithält. Die, welche Euch bei Eurer Geburt versprochen wurden.«

Aveline befreite sich aus dem Griff ihrer Gouvernante und wanderte zum Fenster. »Welche Wunder, Mamie?«, fragte sie und zupfte an ihren Haaren. »Meine Zukunft hält keine Wunder bereit.« Ihr Blick schweifte hinaus in den Garten. »Ich werde einen Mann heiraten, den ich nicht kenne. Kinder gebären wie eine Zuchtstute. Mein Körper wird irgendwann aufgeben, und dann ...« Sie schüttelte den Kopf und verdrängte den Gedanken an ihre Mutter. Wenn Renée von ihren tatsächlichen Plänen wüsste, würde sie vermutlich tot vom Stuhl kippen. Aveline liebte ihre Gouvernante, aber dieses Geheimnis musste sie für sich behalten.

»Ihr Schicksal wird nicht das Eure sein« sagte Renée leise. »Und abgesehen davon hatte Eure Mutter ein vortreffliches Leben. Sie unterhielt eine Vielzahl an Freundschaften, reiste, besuchte Opern, Museen und Soiréen. Eure Mutter war eine viel beschäftigte Frau.«

Ein Pochen an der Tür hielt Aveline von einer Antwort ab. Ein blasses, zierliches Mädchen betrat den Raum. Sie sah scheu nach unten und hatte die Hände vor ihrer weißen Schürze verschränkt. Aveline erkannte sie. Ihr Name war Cordelia. Sie war neu im Haushalt der Vieuvilles.

»Vorzüglich.« Renée klatschte in die Hände und schob das verschüchterte Mädchen näher heran. »Cordelia wird Euch von nun an unterstützend zur Seite stehen. Sie wird Eure Kammerzofe sein.«

Die beiden Mädchen warfen sich entsetzte Blicke zu.

»Ist das wirklich notwendig, Mamie?«, fragte Aveline.

»Bien sûr, mon cœur. Ihr werdet langsam zur Frau. Ihr seid nun alt genug, Euch zu verheiraten, also braucht Ihr eine Kammerzofe und keine Gouvernante mehr.« Renée begann, geschäftig auf- und abzugehen.

Aveline kämpfte gegen die aufsteigende Panik an. Was sollte das bedeuten, sie brauchte keine Gouvernante mehr? Natürlich brauchte sie Renée!

»Aber, Madame«, kam es stockend aus Cordelias Mund. »Ich wurde nicht zur Kammerzofe ausgebildet.«

Die alte Dame schnalzte mit der Zunge. »Du bist von nun an der Mademoiselle unterstellt und wirst in ihren Räumlichkeiten wohnen. Hilf ihr bei ihrer Toilette und sei ein aufmerksamer Schatten, der sie unterstützt. Das ist eine große Ehre, mein Kind. Sieh zu, dass du der Aufgabe gerecht wirst.«

Cordelia wurde noch bleicher, dann nickte sie.

Aveline presste das Buch, das sie immer noch in den Händen hielt, an ihre Brust. »Und wo soll Cordelia schlafen?«, fragte sie alarmiert. Ihre Gemächer bestanden doch nur aus drei Räumen! Ihrem eigenen Schlafgemach, das direkt an den Garten grenzte, einem kleinen Salon, in dem sie Besucher empfangen könnte, wenn sie den welche hätte, und einer winzigen Kammer, in der Renée schlief.

Die Kinderfrau kramte im Kleiderschrank und durchwühlte die Truhen. Ein Fischbein-Korsett landete auf Avelines Bett gefolgt von einer Tournüre, einem Unterrock, einem Unterkleid und einem schweren nachtblauen Satinkleid.

»Mamie! Bitte, ich werde in der Messe bewusstlos, wenn ich dies alles anziehen muss. Und noch mal, wo wird Cordelia wohnen?«

Die Gouvernante hielt inne und warf ihrem Schützling einen traurigen Blick zu.

»Mamie, Ihr macht mir Angst«, sagte Aveline leise und klang dabei wie ein Kind.

»Ihr seid nun beinahe erwachsen und der Zweck einer Gouvernante hat sich erfüllt«, meinte Renée trocken. Doch Aveline kannte ihre Kinderfrau, sie sah, wie aufgewühlt Renée innerlich war. »Euer Vater schickt mich zurück nach Paris.«

Nein!

Ihr Vater konnte ihr Renée nicht wegnehmen! Nicht, nachdem sie schon ihre Mutter verloren hatte. Cordelia war kein passender Ersatz! Während sich ihr Herz in Selbstmitleid wälzte, arbeitete ihr Verstand auf Hochtouren. Warum wurde Renée zurück nach Paris geschickt? Auf einmal? Sie war doch seit Jahrzehnten für die Kinder dieser Familie verantwortlich!

»Ihr wisst etwas, das ich nicht weiß.« Avelines Stimme überschlug sich, und ihr fehlte die Luft zum Atmen. Renée vermied es, sie anzusehen. »Was ist es? Sagt es mir!« Es folgte ein unheilverkündendes Schweigen. »Bitte, Renée!«, flehte Aveline.

Die alte Frau seufzte. »Euer Vater hat nicht vor, Euch nach dem Sommer wieder mit nach Paris zu nehmen.«

Aveline stutzte. »Er möchte mich ... hierlassen?«

Renée tauschte einen Blick mit Cordelia aus, anscheinend hatte die angehende Kammerzofe etwas verstanden, das ihr entgangen war. Cordelia sah zu Boden, und Renée ließ entmutigt die Schultern hängen.

Es dauerte ein paar Sekunden, bis Aveline endlich begriff, was die zwei Frauen ihr mitteilen wollten. »Er hat jemand ... Passenden für mich gefunden?«, flüsterte sie und hatte das Gefühl, als zöge man ihr den Boden unter den Füßen hinfort. Zu früh. Sie war noch nicht bereit, ihren Plan in die Tat umzusetzen. Wie viel Zeit blieb ihr? Wochen? Monate? Bis zum Ende des Sommers? Sie setzte sich aufs Bett. »Wer ist es, Mamie?«

»Ich weiß es nicht. Und es ist auch noch nicht sicher, aber Euer Vater möchte Euch vorbereitet und präsentabel wissen.«

»Aber Ihr habt doch gewiss eine Vermutung.« Aveline kochte vor Wut und Enttäuschung machte sich breit. Nicht nur, dass ihr Vater es wagte, ihr die geliebte Kinderfrau zu entreißen ... Nein! Er plante, sie noch dieses Jahr zu verheiraten! Und hielt es nicht einmal für nötig, dies mit ihr zu besprechen ... mit keinem einzigen Wort.

»Euer Vater wird Euch sicher in den nächsten Tagen aufklären«, sagte Renée, als hätte sie ihre Gedanken gelesen.

»Wer ist es?«

Wieder warfen sich die Gouvernante und die Kammerzofe verunsicherte Blicke zu.

»Es wird gemunkelt«, sprach Renée leise, als könnten die Wände sie belauschen, »dass der alte Herzog wieder Witwer sei.«

Augenblicklich wurde Aveline übel. Ihre Knie wurden weich, und sie sah kleine schwarze Punkte vor ihren Augen tanzen.

»Großonkel Sebastien?«, frage sie mit zittriger Stimme. *Bitte lass es nicht wahr sein!* Doch Renée nickte. »Aber er ist doch älter als Vater! Und wie oft war er schon verheiratet? Fünf-oder sechsmal? Außerdem ist er ein Herzog und ich bin nur die Tochter eines Marquis.« Aveline ruderte verzweifelt mit den Armen. Sie ging wie ein Tiger im Käfig in ihrem Zimmer auf und ab.

»Er ist kinderlos und seine Ländereien grenzen an die Eures Vaters.«

Aveline begriff sofort, was Renée ihr damit sagen wollte. Jedes Gefühl in ihr erstarb. »Ihr meint also, falls ich meinen zukünftigen Gatten überlebe, werden seine Ländereien laut Erbgesetz an meinen Vater fallen? Oder an Noel, falls Vater nicht mehr unter uns weilt?«

Renée nickte. »Das Vermögen und der Einfluss Eurer Familie würden sich erhöhen.«

Wollte die Gouvernante sie aufheitern? Dabei interessierte es Aveline nicht im Geringsten, wie wohlhabend Ihre Familie noch werden würde. »Das ändert jedoch nichts an der Tatsache, dass er ein Herzog ist und ich unter seinem Stand bin.« Renée blickte beschämt zu Boden. »Was denn?«, entfuhr es Aveline. Was hatte sie schon wieder übersehen?

»Euer Vater handelt angeblich einen Preis aus. Der Herzog scheint exzentrische Vorlieben zu haben.«

Aveline ließ sich aufs Bett fallen, ihre Wut verrauchte und machte einem kälteren Gefühl Platz, dem sie keinen Namen geben konnte.

»Es wird nur eine Zwischenstation sein, mon cœur. Euer Vater wird anschließend sicher wieder jemanden für Euch finden.«

Renée versuchte tatsächlich, sie aufzuheitern. Verstand sie die Ungeheuerlichkeit der Lage etwa nicht?

»Womöglich findet er jemanden, der Eurem Geschmack entspricht, als Witwe seid Ihr nicht mehr so wertvoll wie als junges, jungfräuliches Mädchen, aber ein Gelehrter, wie zuvor besprochen, ist nicht so wählerisch.«

Die Worte der Kinderfrau rieselten wie ein Eishagel auf Aveline nieder. Das sollte ihr Leben sein? Wie konnte Renée das gutheißen? Verkauft wie Nutzvieh ... Sie öffnete den Mund, um etwas zu sagen, doch ihre Gouvernante warf ihr einen kühlen Blick zu, der jeden Widerstand im Keim erstickte.

»Mein liebes Mädchen«, sagte sie, »die Zeiten des Müßiggangs und der Träumerei sind vorbei.«

Renées Miene war wie versteinert. So hatte Aveline ihrer Mamie noch nie erlebt.

»Ein jeder von uns muss sich seinem Schicksal fügen, also seid dankbar, dass Eures Euch in ein warmes Haus mit vielen Annehmlichkeiten führen wird.«

Erneut öffnete Aveline den Mund, doch die alte Dame ließ sie nicht zu Wort kommen.

»Es ist mir gleich, welche Flausen Euch Eure Mutter in den Kopf gesetzt hat. Unsere Welt funktioniert nun mal nach gewissen Regeln, und es liegt in meiner Verantwortung, Euch zu einer feinen Madame zu erziehen. Cordelia!«

Die junge Bedienstete, die es bis jetzt nicht gewagt hatte, sich zu bewegen, kam zögerlich auf Renée zu.

»Du wirst der Mademoiselle in ihre Sonntagskleider helfen.« Dann machte Renée auf dem Absatz kehrt und ließ die Tür ins Schloss knallen.

Die beiden Mädchen blieben allein zurück. Es war still im Zimmer. Avelines Herz pochte unregelmäßig, und eine tiefe Leere machte sich in ihr breit, denn ihr waren die Tränen in Renées Augen nicht entgangen.

8. Saint Roseraie

Sonntag, 9. Mai 1875

Aveline saß wie gelähmt auf der hölzernen Kirchenbank. Ihr Kleid zwickte und kratze, und das Mieder presste sich schmerzhaft gegen ihre Rippen. Es roch nach Weihrauch und zu vielen Menschen. Hinter ihr saßen die weiblichen Bediensteten ihres Haushaltes. Dahinter, eng zusammengepfercht, quetschten sich die Frauen aus dem Dorf auf die Bank. Auf der anderen Seite thronten die Männer. Der Priester stand mit dem Rücken zu ihnen und predigte auf Latein. Aveline bezweifelte, dass irgendwer außer Tristan und ihr der Messe folgen konnte. Immer wieder warf sie ihrem Vater und ihren Brüdern verstohlene Blicke zu. Seit dem Tod seiner Frau hatte der Marquis sowohl an Gewicht als auch an Haaren verloren. Ihr ältester Bruder, Noel, welcher neben ihrem Vater saß, brachte sicher das Doppelte auf die Waage. Tristan hatte bedächtig den Kopf geneigt und seine Hände züchtig auf dem Novizenkleid gefaltet. Isaac schien es dagegen schwierig zu finden, still zu sitzen. Ein gläubiger Mann und ein hart gesottener General – unterschiedlicher hätten ihre Brüder kaum sein können. Am Ende der Bank saß Jean-Luc ... kichernd und murmelnd.

Ihr Blick wanderte die Reihen der Männer entlang, den Apotheker konnte sie nicht entdecken. Sie seufzte und versuchte, dem Priester zu lauschen, doch sie konnte sich nicht konzentrieren. Sie sehnte das Ende der Messe herbei. Ein Prickeln in ihrem Nacken ließ sie herumfahren. Sie wurde beobachtet. Doch von den Männern schien sich keiner für sie zu interessieren.

Wer war es dann?

In der letzten Reihe stand eine hochgewachsene junge Frau. Sie sah nicht demütig zu Boden, sondern direkt in Avelines Augen. Wer war sie? Ihr Äußeres war schlicht, aber ihre Haltung würdevoll. Sie stand nicht gekrümmt, zu Boden geneigt da, wie viele Frauen in Saint Roseraie. Ein warnendes Gefühl durchfuhr Aveline, und sie blickte wieder nach vorn, doch das Prickeln in ihrem Nacken blieb.

»Mademoiselle, auf ein Wort?«

Aveline hatte damit gerechnet, dass die Frau aus der Kirche sie ansprechen würde. Doch nach den Enthüllungen des Morgens war ihr nicht nach einem Gespräch zumute. In Gedanken war sie bei Renée. Wann würde sie sich von ihrer geliebten Kinderfrau verabschieden müssen? Wenn sie gezwungen war, ihren Plan noch diesen Sommer in die Tat umzusetzen, war es ein Abschied für immer. Das Herz wurde ihr schwer.

Aveline sah zum Springbrunnen. Er war die Zierde des Hauptplatzes. Viele Frauen standen dort und unterhielten sich. Kinder spielten und liefen um das plätschernde Gewässer herum. Die meisten Männer waren ins Chopé gegangen, um die Sonntagsmesse bei einem Glas Wein ausklingen zu lassen. Ihr Vater und ihre Brüder waren zum Anwesen zurückgeritten. Keiner hatte auf sie gewartet oder sich darum gekümmert, dass sie sicher wieder in ihre Kutsche kam. Die Dienerschaft begab sich auf den kurzen Fußmarsch nach Hause, nur Cordelia war wie von Renée angeordnet bei ihr geblieben. Wie ein braver Schatten hielt sie sich im Hintergrund.

Ein beharrliches Räuspern riss Aveline aus ihren Gedanken. Fast hätte sie auf die wartende Frau vergessen. »Meine Kutsche wartet, Madame …?«

»Antoinette Roix, Mademoiselle.«

Interessant. War sie etwa die verwitwete Schwägerin des Apothekers? Mit neu entfachtem Interesse betrachtete Aveline ihr Gegenüber. Antoinette war eine unscheinbare Frau, ihr Kleid war schwarz, und die haselnussbraunen Haare hatte sie zu einem strengen Knoten zusammengefasst. Ihre Größe und ihre Haltung waren das einzig Imposante an ihr. Ob sie eine gehobene Erziehung genossen hatte? Sie wirkte auf jeden Fall nicht wie eine Einheimische, dafür war sie zu blass und zu hochgewachsen. Die meisten Menschen im Dorf waren eher von stämmiger Natur, mit Kurven und Kanten und wilden dunklen Haaren.

»Sie sind verwandt mit Monsieur Roix, dem Apotheker«, ließ sich Aveline auf das Gespräch ein.

Antoinette nickte. »Ich bin die Witwe seines Bruders, Simon.«

»Mein Beileid.«

Antoinette schüttelte den Kopf. »Ich kannte ihn kaum, als er mir bereits wieder genommen wurde.« Ihre Worte klangen unbeteiligt, und ihr Blick glitt eiskalt an Aveline entlang, doch ihr Körper sprach eine andere Sprache. Die linke Hand lag verkrampft über ihrem Herzen.

Aveline legte den Kopf schief, Antoinette schien Simon, den sie angeblich kaum gekannt hatte, dennoch zu vermissen.

»Was wünscht Ihr, Madame?« Aveline wollte schnellstmöglich weg von dieser Frau, die sie so abschätzend musterte. Diesen Blick kannte sie zur Genüge. Unter der Tochter eines Marquis stellten sich viele etwas anderes vor. *Jemand* anderen ...

»Ich möchte Euch nicht Eurer wertvollen Zeit berauben, Mademoiselle, aber ich trage eine große Sorge in mir, die ich mit Euch teilen möchte.«

Aveline verschränkte die Arme vor der Brust. Antoinettes Worte sollten womöglich entwaffnend wirken, doch wieder verriet der Körper der jungen Frau ihre wahren Intentionen. Ihr Rücken war durchgestreckt, die Hände straff am Körper. Das war keine Frau, die sich Sorgen machte, sondern eine Frau, die bereit für den Angriff war.

»Mein Schwager hat mit Euch ein Abkommen abgeschlossen, ohne mich davor zu konsultieren.«

»Ich wusste nicht, dass Euer Segen vonnöten war«, gab Aveline gereizt zurück. Drohte diese Frau etwa, ihren Plan ins Wanken zu bringen? Das konnte sie sich im Augenblick wirklich nicht leisten! Die Kirchenglocken ertönten und erinnerten Aveline an ihre voraussichtlich bevorstehende Hochzeit mit dem Herzog. Wenn sie diesem Schicksal entfliehen wollte, dann brauchte sie Gaels Hilfe!

»Wieso, Madame? Weil ich eine Frau bin und nicht mitzureden habe? Immerhin wohnt mein Kind unter Gaels Dach.«

Die Vertrautheit, mit der sie seinen Namen aussprach, missfiel Aveline. Ebenso wie die Tatsache, dass sie Aveline wie eine Chauvinistin darstellte. »Und Eure Bedenken wären?«, presste Aveline zwischen zusammengebissenen Zähnen hervor.

»Nun, zum einen natürlich das Gerede der Leute. Der gute Ruf eines Apothekers ist sein halbes Geschäft! Und wenn die Menschen damit anfangen, Gael anzuzweifeln, dann werden sie aufhören, bei ihm einzukaufen«, sagte Antoinette, als hätte sie schon lange an ihrer Rede gefeilt. »Außerdem bin ich, wie Ihr vermutlich längst wisst, als Lehrerin an der hiesigen Dorfschule angestellt. Dies würde also bedeuten, dass Ihr untertags mit meinem Schwager allein wärt. Und wir beide wissen, dass es sich für ein junges Mädchen blauen Blutes nicht schickt, mit einem Mann allein zu sein!«

Aveline hatte nicht gewusst, dass Antoinette die Lehrerin an der Schule ihrer Mutter war. Aber es machte Sinn, denn wenn sie sich recht erinnerte, war Simon einst der Lehrer an der Schule gewesen. Antoinette musste den Posten nach seinem Tod übernommen haben. Was ebenfalls für ihre Theorie sprach, dass Antoinette nicht aus dem Dorf stammen konnte. Vor der Eröffnung der Schule waren die meisten Menschen in Saint Roseraie Analphabeten gewesen. »Eure Bedenken drehen sich also vorwiegend um das Geschnatter der Leute, wenn ich Euch recht verstehe, Madame.«

Antoinette kniff die Augen zusammen. »Euer Ruf ist Euch vielleicht nicht wichtig, aber ich bin eine ehrbare Frau und erziehe mein Kind und im Übrigen auch Gaels Geschwister in einem christlichen Haushalt. Eure Anwesenheit wäre auf mehreren Ebenen überaus störend.« Wie aufs Stichwort kamen drei Kinder auf Antoinette zugeschossen und umrundeten sie spielerisch im Kreis. Das Jüngste von ihnen sah Antoinette sehr ähnlich – das musste ihr Sohn sein. Er wirkte dünn, viel zu dünn. Die zwei älteren Kinder ebenso.

»Das sind Henry und Élodie«, stellte Antoinette die beiden größeren Kinder vor. »Und das ist Charlie, mein Sohn.«

»Hast du uns die leckeren Pfirsiche dagelassen?«, fragte der Junge sie und schenkte ihr ein Lächeln voller Zahnlücken.

Aveline war zunächst verwirrt, dann erinnerte sie sich daran, dass sie den Weidenkorb in der Apotheke vergessen hatte.

»Bringt Ihr uns das nächste Mal wieder welche mit, Mademoiselle?«, fragte das Mädchen weitaus höflicher. »Sie waren sehr köstlich.«

»Natürlich«, erwiderte Aveline.

Die Kinder umrundeten sie nochmals lachend, bevor sie wieder zum Brunnen zurückliefen.

Antoinette warf Aveline einen vernichtenden Blick zu, und Aveline hatte das Gefühl, den wahren Kern dieses Gespräches nicht begriffen zu haben. »Was wollt Ihr mir wirklich sagen, Madame?«, fragte sie irritiert.

Antoinette kam einen Schritt auf sie zu, sodass Aveline trotz der geflüsterten Worte kein Problem hatte, die Lehrerin zu verstehen. »Ich will Euch sagen, dass diese Kinder einen Vater brauchen und dass Ihr Euch mir nicht in den Weg zu stellen habt.«

Aveline stockte und riss vor Schreck die Augen auf. Wie konnte Antoinette es wagen, ihr so direkt zu drohen und ihr solche Beweggründe zu unterstellen? Aveline wollte protestieren, doch die Lehrerin hatte sich bereits umgedreht und sie wie eine Idiotin vor der Kirche stehen lassen.

Aveline war zu wütend, um nachzudenken. Trotz Protest hatte sie Cordelia mit der Kutsche heimgeschickt. Sie wanderte ziellos durch das Dorf. Was hatte sich diese impertinente Lehrerin nur dabei gedacht, so mit ihr zu reden? Ein kicherndes Paar kam ihr entgegen. Der junge

Mann hatte seinen Arm um die Schultern des errötenden Mädchens gelegt. Bei dem Anblick wurde Avelines Herz schwer. Sie ertrug dieses Glück nicht. Antoinette verstand nicht, dass Aveline nicht auf der Suche nach einem Mann oder einem Abenteuer war. Sie wollte die Möglichkeit, ein selbstbestimmtes Leben zu führen. Und Gael war der Schlüssel dazu. Aber das konnte sie niemandem sagen. Ihr Geheimnis war nur bei ihr selbst sicher.

Aveline rauschte durch die Straßen, bis sie das Dorf hinter sich gelassen hatte, ihrem geliebten Obsthain entgegen. Vielleicht konnten die Bäume ihr Trost spenden.

»Diese blöde Pute!«, rief sie, als sie die erste Baumreihe erreicht hatte, und trat nach einem Büschel Gras. Als ob eine Verbindung zwischen ihr und Gael überhaupt im Bereich des Möglichen lag! Ja, der Apotheker war charmant auf eine freche, verwirrende Weise, und vielleicht dachte Aveline ein wenig zu oft an ihn, doch sie war die gottverdammte Tochter eines Marquis! Unter welchen Umständen würde es ihr dieses Leben gestatten, eine Liaison mit einem Bürgerlichen einzugehen? Obwohl ihr Titel nichts mehr wert war und der Adel annektiert wurde, waren die alten Stände in den Köpfen der Menschen immer noch präsent. Diese Gesellschaft würde sich nicht von heute auf morgen ändern. Aveline kämpfte mit den Tränen. Wieso nur musste sie sich immerzu für jeden Atemzug, jede Bewegung, ja, für ihre bloße Existenz rechtfertigen?

»Ihr werdet umkommen, wenn Ihr vorhabt, in diesem Aufzug den Hain zu erklimmen.«

Erschrocken fuhr Aveline herum. Der Apotheker stand keine zwei Meter von ihr entfernt. Warum war er hier? Süffisant grinsend hielt er seinen Arztkoffer in der rechten Hand und kam langsam auf sie zu.

Aveline war zu wütend, um schüchtern oder gar beschämt zu sein.

»Wisst Ihr, Monsieur ...«, warf sie ihm entgegen. »Für einen Tag haben mir genügend Menschen gesagt, was ich tun und nicht tun kann! Also haltet Euch mit Eurer Meinung zurück.« Sie raffte ihre Röcke und bahnte sich ihren Weg zur nächsten Baumreihe.

»Antoinette scheint Euch ziemlich zugesetzt zu haben«, meinte Gael sanfter.

Aveline hielt inne. »Ihr wisst davon?«

Gael hatte sie eingeholt und stand jetzt neben ihr. Er zog belustigt die Augenbrauen nach oben. Avelines Zusammentreffen mit dieser furchtbaren Frau war doch noch keine Stunde her!

»Antoinette glaubt zwar immer, sie sei die unsichtbar lenkende Macht in unserem Haushalt, aber ich lese in ihr wie in einem offenen Buch.« Er zupfte einen Faden von seinem Jackett. »Es war mir klar, was sie vorhatte, als sie das Haus heute Morgen wie eine Gorgone verließ. Ihre Freude über unser Arrangement hält sich in Grenzen.«

»Steht unsere Abmachung noch?«, fragte Aveline besorgt. Der Gedanke, dass Gael einen Rückzieher machen könnte, war ihr in ihrer Wut gar nicht gekommen.

Der Apotheker nickte, und sie atmete erleichtert aus. »Ihr solltet Euch vor Antoinette jedoch züchtiger benehmen, nicht dass sie auf falsche Gedanken kommt.« Gael lachte.

Aveline fand das gar nicht komisch und warf einen Apfel nach dem Apotheker. Er fing ihn gekonnt in der Luft auf und biss knackend in das noch nicht reife Obst. Aveline rollte nicht besonders damenhaft mit den Augen und machte sich wieder an den Aufstieg. Hoffentlich würde er Bauchweh von dem unreifen Obst bekommen.

»Ich habe es übrigens ernst gemeint. Ich denke nicht, dass es eine gute Idee ist, in solch einem Gewand einen Hügel zu besteigen.«

Aveline warf Gael einen giftigen Blick zu, die ersten Schweißtropfen bildeten sich bereits auf ihrer Stirn, und ihre Kleidung wiegte eine gefühlte Tonne.

»Ihr wisst also, wie Eure Schwägerin über Euch denkt?«, versuchte Aveline die Aufmerksamkeit des Apothekers von sich abzulenken.

Er wanderte schmatzend neben ihr her, seine Schritte um einiges leichter als ihre. »Es ist offensichtlich. Antoinette ist sehr berechnend.«

Aveline nickte. Eine Zeit lang gingen sie schweigend ihrer Wege, und Aveline wurde in dem Kleid immer heißer. Sie hätte Gael gern gefragt, wie er zu Antoinettes Werben stand. Doch das würde sich nicht geziemen, selbst für eine Adelige, die sich nicht zu benehmen wusste.

»Ich habe Euch in der Kirche nicht gesehen«, sagte sie stattdessen.

»Nein«, war seine schlichte Antwort, und dann schwiegen sie wieder.

Als die Hälfte des Weges geschafft war, musste Aveline eine Pause einlegen. Sie ließ sich auf einen Stein nieder. Das Atmen fiel ihr schwer.

»Ihr müsst mich nicht begleiten«, sagte Aveline. »Den Rest des Weges schaffe ich allein.«

»Wer sagt denn, dass ich Euch begleite, Mademoiselle? Wir folgen nur zufällig demselben Pfad.«

Aveline wurde schlagartig rot. Sie hatte angenommen … Ja, was eigentlich? Dass Gael hierhergerauscht war, um sich nach ihrem Empfinden zu erkunden, nachdem Antoinette ihr die Leviten gelesen hatte? Wie dumm von ihr!

»Hat mein Vater Euch rufen lassen?«, fragt sie deswegen kleinlaut.

Der Apotheker nickte. »Ja, Euer Bruder scheint wieder eine seiner ... Episoden zu haben.«

Jean-Luc? Es war ein großes Tabu, niemand sprach darüber, aber manchmal war Jean-Luc so aufgebracht, dass man ihm Beruhigungsmittel verabreichen musste. Die Ärzte meinten, es sei aufgrund seiner minderwertigen Konstitution. Vater war zu geizig, um einen Arzt von Paris über den Sommer mitzunehmen. In Saint Roseraie gab es keinen Mediziner, also war Gael der Einzige, der halbwegs angemessen helfen konnte.

»Mutter hat immer gesagt: ›In einem schwachen Körper wohnt ein schwacher Geist.‹«

»Sie hatte nicht viel Mitgefühl mit Eurem Bruder?«

Aveline schüttelte den Kopf. »Nein, ich denke, sie hat immer gespürt, dass mit ihm etwas nicht stimmt.«

Gael wiegte den Kopf hin und her. »Jeder von uns kommt als leeres Blatt zur Welt, das erst befüllt werden muss.«

Aveline sah ihn von der Seite aus an. »Ich hätte nicht damit gerechnet, dass ein Apotheker mit den Lehren von John Lock vertraut ist.«

Gael lächelte. »Und ich hätte nicht erwartet, dass ein junges Mädchen mich intellektuell herausfordern könnte.«

Avelines Ohren glühten. Seine Direktheit war erfrischend und erschreckend zugleich.

»Ruht Euch noch ein wenig aus. Ich muss weiter, sonst glaubt Euer Vater noch, er könne meinen Lohn drücken.«

Aveline nickte ihm zu. »Vergesst unsere Abmachung nicht.«

»Vergesst nicht, dass Euer Handeln Konsequenzen haben könnte, die weit über Euer Denken hinausgehen.«

Da war er wieder … dieser eiskalte Blick, der Aveline selbst an diesem lauen Vorsommertag zum Erzittern brachte. Sie hätte gern woanders hingesehen, doch seine veilchenblauen Augen hielten sie gefangen. Dann veränderte sich etwas in seiner Mimik. Die Härte schwand. Er beugte sich zu ihr herab und strich ihr eine verirrte Strähne hinters Ohr.

Aveline schluckte.

»Adieu, kleine Mademoiselle …«, hauchte er dicht an ihr Ohr, bevor er zwischen den Bäumen verschwand.

9. Saint Roseraie

Gegenwart

Als Damien am Samstagmorgen seine Augen öffnete, fand er sich halb nackt und ohne Decke in seinem Bett wieder. Die ersten Sonnenstrahlen des Tages drangen durch die offenen Vorhänge und versprachen einen weiteren schweißtreibenden Sommertag. Ächzend setzte er sich auf. Ein scharfer Schmerz durchbohrte seine Schläfen und ließ ihn zusammenzucken.

Es war das erste Mal seit einer Ewigkeit, dass er sich so maßlos betrunken hatte – und dann auch noch wegen einer Frau. Ausgerechnet *sie* war der Grund! Er strich sich durchs Haar und räusperte sich, wobei er immer noch die Reste des Whiskeys in seinem Mund schmecken konnte. Whiskey und etwas Süßes … die Amerikanerin, Aurélie Evans.

Damien lehnte sich vor und zog den Vorhang zu. Jede verdammte Bewegung schmerzte. Stöhnend glitt er zurück auf die Matratze und fragte sich, wie er es in diesem Zustand nach Hause geschafft hatte.

Die Couch knarrte. Jemand brummte, gefolgt von einem lang gezogenen Schnarchgeräusch.

»François, ich flehe dich an! Hör endlich auf zu schnarchen! Als ob Damiens abgehaktes Röcheln nicht schon störend genug wäre! Sonst heirate ich einen anderen Mann!«, fauchte sein Bruder.

François schnappte nach Luft. Vermutlich weil sein Verlobter ihm gerade die Nase zuhielt. Dann hustete er, und es wurde wieder still.

Damien linste ins Halbdunkel.

Die beiden Männer hatten es sich auf der Ausziehcouch gemütlich gemacht und lagen dort einträchtig zusammengerollt unter *seiner* Decke. Jetzt wusste er wenigstens, wie er in sein Bett gekommen war ...

Seufzend schloss er die Augen und versuchte, sich an den gestrigen Abend zu erinnern. Sie waren in Guineveres Bar gewesen. Er hatte Aurélie getroffen. Dann hatte er nach Hause gehen wollen, und sie war ihm gefolgt. Er hatte sie provoziert, und sie hatte ihm eine gehörige Ohrfeige verpasst, die er auf jeden Fall verdient hatte.

Er berührte seine Wange. Die Stelle pochte immer noch. Damien grinste. Wie konnte eine so kleine Frau nur so derart hart zuschlagen? Er hätte einfach gehen sollen. Aber diese eine Träne hatte ihm auf unerklärliche Weise zugesetzt. Sie in die Arme zu nehmen hatte sich richtig angefühlt. Ja, er hatte es jeder Vernunft zum Trotz getan. Und dann war es passiert. Er hatte sie geküsst. Der bloße Gedanke an ihre samtig weichen Lippen brachte sein Blut zum Kochen und schickte es auf direkten Weg zwischen seine Beine.

Verdammt ... Er atmete angestrengt aus. Wie hatte er sich nur so gehen lassen können? Sie wollte das Rezept. Nicht ihn! Er wusste das. Und trotzdem hatte er sich nicht beherrschen können. Der süße Geschmack ihres Mundes, ihr keuchender Atem und die Art, wie sie sich an ihm festgekrallt hatte, hatten sein Herz höherschlagen lassen. Ihr betörender Duft hatte ihm den Kopf verdreht, und er war sicher, dass sie es genauso empfunden hatte wie er. Hätte sie sonst so bereitwillig mitgemacht? Oder war alles nur Show gewesen? Wer hatte es beendet? Sie oder er?

»Damien, bist du wach?«

Kosmas' leise Stimme zwang ihn dazu, aus dem Sumpf seiner wirren Gedanken herauszukriechen und in die Wirklichkeit zurückzukehren. Dorthin, wo er sie nicht mehr im Arm halten konnte. »Hm.«

»Was ist da gestern zwischen euch passiert?«

Damien holte tief Luft. »Ich weiß es nicht.« *Doch natürlich ... Ich habe sie geküsst.*

»Du weißt es nicht?« Sein Bruder schnaubte ungläubig.

Damien seufzte. Kosmas wusste es. Natürlich wusste er es! »Ich wollte, dass sie verschwindet! Aber sie wollte nicht gehen!«

»Und?«

»Sie hat geweint.«

»Sie hat ... geweint?«

Damien konnte förmlich hören, wie sein Bruder die Augen verdrehte.

»Was hast du gemacht?«

»Wieso denkst du, dass es meine Schuld war?«

»Weil ich kein Idiot bin. Ganz im Gegensatz zu dir, mein lieber Bruder. Also, spuck es schon aus!«

Damien sagte nichts. Eine ganze Weile lang. »Sie hat mir eine Ohrfeige verpasst und ich hatte es verdient, okay? Mehr gibt es darüber nicht zu wissen.«

»Und dann sind deine Lippen ganz zufällig auf ihrem Mund gelandet?«

Kosmas setzte sich auf. Selbst im Halbdunkel konnte er seinen *Verkauf mich nicht für dumm, ich weiß, was ihr getan habt*-Blick erkennen.

»Es ist einfach passiert.«

»Blödsinn. Sie kam auf wackeligen Beinen ins Lokal gestolpert, der Lippenstift unschicklich verschmiert, auf der Suche nach ihrer Assistentin, die gerade im Begriff war, die Bar mit deinem besten Freund zu verlassen«, rief er. »Jeder verdammte Idiot mit zwei Augen im Kopf konnte sehen, dass da draußen etwas zwischen euch war! Und du weißt doch, wie die Leute hier sind. Sie zu begleiten wäre das Mindeste gewesen! Ein Gentlemen …«

»Ich habe ihr unmissverständlich zu verstehen gegeben, dass ich ihr das Rezept nicht verkaufen werde. Sie kam *mir* nach! Nicht ich ihr! Was denkst du, warum ich gegangen bin! Ha?«

»Und hat sie auch gesagt, dass du sie küssen sollst?«

»Sie hat doch mitgemacht! Warum bin ich jetzt der Schuldige?« Erbost richtete er sich auf. Schon vom ersten Moment an, als er Aurélie in der Gasse gesehen hatte, war die Anziehung zwischen ihnen förmlich greifbar gewesen. Dann das Fest, der Tanz … Ihr warmer Körper an seinen gepresst. Sie war wie ein Wirbelwind in sein Leben getreten. Ein Blitz, der direkt in ihn eingeschlagen hatte. Und Damien schämte sich nicht für sein Verlangen nach ihr. Er verstand es nur nicht. Jedes Mal, wenn er sie sah, war es, als ob sich ein Schalter in seinem Gehirn umlegte, und der Gedanke daran, ihr die Kleider vom Leib zu reißen, kam ihm gar nicht mehr so abwegig vor.

»Hast du sie geküsst oder war es umgekehrt?«

»Was tut das zur Sache?«, knurrte Damien und warf die Hände in die Luft. »Es war doch nur ein Kuss, verdammt!« *Nein, war es nicht.*

»Seid ihr jetzt endlich fertig? Wie spät ist es eigentlich?« François hob den Kopf und sein langes, lockiges Haar hing wie ein Vorhang in sein Gesicht. »Du hast sie geküsst und es hat etwas bedeutet. Punkt. Toast mit Avocado«, raunte er, raffte sich auf und wankte in Richtung Damiens kleiner Küchenzeile, wo er verschlafen zu hantieren begann.

»Toast mit Avocado«, bestätigte Kosmas.

»Ich habe keine Avocado! Und wollt ihr nicht langsam mal nach Hause gehen?«

Damien wälzte sich aus dem Bett. Seine Müdigkeit war wie weggeblasen.

»Gern geschehen! Wir wollten längst gehen. Aber dann kam Aurélie von eurem kleinen Ausflug zurück und verschwand mit der Tasche vor dem Gesicht im Obergeschoss. Kosmas war der Meinung, wir könnten dich in deinem Elend nicht einfach allein lassen. Aber du wolltest ja nicht nach Hause gehen. Der Whiskey und die Frau waren dir zu Kopf gestiegen!« François deutete mit einem Buttermesser in seine Richtung. »Guinevere war ziemlich sauer auf dich, als die Kleine so verwirrt angelaufen kam. Aber nachdem sie eher so wirkte, als ob sie gerade ein schönes Erlebnis gehabt hätte, vergaß sie ihren Ärger gleich wieder und schien sogar außerordentlich erfreut darüber zu sein. Nicolas blieb etwas traurig ohne Cassandra im Chopé zurück und trank weiter. Kosmas und ich haben dich überredet, nach Hause zu fahren. Das war das Ende des Abends.«

»Wie theatralisch.« Damien verdrehte die Augen.

»Aber vor allem war es peinlich.«

»Das halbe Dorf hat gehört, wie du gebrüllt hast, dass du sie heiraten wirst.«

Damien erstarrte. »Ich habe was?«

»Das ist mein Ernst! Du sagtest, ihr seid füreinander bestimmt und das euch das Schicksal zusammengeführt habe.«

»Ihr wollt mich doch verarschen!«

François lachte lauthals. »Natürlich. Du hast die ganze Zeit nur grimmig in dein Glas gestarrt und kein Wort dazu gesagt. Das war alles.«

Kosmas zog die Augenbrauen hoch. »Ja, und vielleicht solltest du auch noch einen Blick aus dem Fenster werfen, bevor wir gehen. Wir wollen ja nicht riskieren, dass du mutterseelenallein in Ohnmacht fällst.«

Was sollte das denn wieder heißen? Damien stand auf und öffnete die Fensterläden. »Was zum ...? Was ist das?«, rief er aus und lehnte sich über das Fensterbrett.

»Ich hab's dir doch gesagt!«, zischelte François, während er in Damiens Wohnküche hantierte.

»Es ist ja nicht so, als ob wir es vor ihm hätten verheimlichen können ...«

Damien drehte sich zu den beiden Männern um. »Was zum Teufel ist mit meinem verdammten Garten passiert?«

Jemand hatte sich einen gut sichtbaren Weg durch seine Kräuterbeete gebahnt, Löcher gegraben, Gartenschere und Korb liegen lassen und unzählige Blütenblätter verstreut. Der Stuhl lag zweibeinig auf dem Rasen. Es sah aus wie auf Napoleons Schlachtfeld.

»Du warst das«, raunte sein Bruder.

»Aber wie ...?«

»Diese glorreiche Idee kam dir, nachdem du dich dreimal übergeben hattest. Du wolltest die Zutaten für euer Duftwasser ernten und Aurélie beweisen, dass du der Einzige bist, der es herstellen kann. Weil es dir gehört und nicht ihr.«

»Dabei fehlt doch diese eine Zutat!«, meinte Kosmas kopfschüttelnd.

François nickte. »Jedenfalls konnten wir dich nicht davon abhalten, wie ein Verrückter im Garten zu wüten. Als du dich auf den Stuhl gesetzt hattest und die Beine abbrachen, dachte ich, es sei aus.«

»Aber du hast gelacht, mein Liebster.«

»Na und, es war lustig!« François gestikulierte mit zwei Gläsern in der Hand und stellte sie auf den Tisch. »Du warst wie verzaubert, Damien.«

»Wie bitte?«

»Ja, verzaubert trifft es irgendwie«, stimmte Kosmas zu.

Damien starrte aus dem Fenster auf seinen verwüsteten Garten hinab und schluckte schwer. Wie hatte er nur so die Kontrolle verlieren können? Sie wollte das Familienrezept. Nicht ihn. Und er wollte sie erst recht nicht! Seine Finger verkrampften sich um das Fensterbrett. Er würde *Au revoir* nicht kampflos hergeben! Für kein Geld der Welt und ganz sicher nicht für eine Frau. Das war er seinem Ururgroßvater schuldig ...

»Damien, ist alles in Ordnung?«, fragte sein Bruder und klopfte ihm auf die Schulter. »Mach dir keine Sorgen. Wir kriegen das schon wieder hin. Du wirst sehen.«

Aber Damien erwiderte nichts. Was hätte er auch dazu sagen sollen?

»Das Frühstück ist fertig!«, flötete François.

Der Duft von frisch aufgebackenen Croissants und Kaffee erfüllte den Raum, doch selbst das konnte seine Wut nicht schmälern. Es half auch nichts, wie angewurzelt hier zu stehen und seine kaputten Pflanzen zu betrauern. An dieser Misere trug nur er allein die Schuld.

10. Saint Roseraie

Gegenwart

Nachdem sich Kosmas und François verabschiedet hatten, beschloss Damien, das Chaos im Garten zu beseitigen. Er schlüpfte in seine dreckige Jeans und warf sich ein bequemes Flanellhemd über die Schultern. Dann atmete er tief durch und öffnete die Tür. Es war noch viel schlimmer, als er es sich vorgestellt hatte ... Am liebsten hätte er sie wieder zugeworfen und sich in seiner Wohnung verkrochen, um dort weiterzutrinken.

Überall waren herausgerissene Kräuter verstreut. Das Johanniskraut und der Salbei waren zertrampelt, und es sah so aus, als ob er noch an Ort und Stelle versucht hatte, etwas in seinem Mörser zu zerstampfen. Und wo war sein Andornkraut?

Damien schüttelte den Kopf. Er sammelte die herumliegenden Utensilien ein und legte sie in eine Kiste. Dann machte er sich daran, die losen Pflanzenteile aufzukehren und die verstreute Erde zu entfernen. Als er im hintersten Teil des Gartens angekommen war, stellte er überrascht fest, dass dort ausgespuckte Pfirsichkerne lagen. Dabei waren die Früchte der knorrigen Bäume noch gar nicht essbar. Er hob die Kerne auf und starrte sie an. Zwei Pfirsiche. Als ob jeder von ihnen einen gegessen hätte ...

Nein! Warum dachte er schon wieder an sie? Wütend auf sich selbst ging er zurück und begann damit, die Beete zu glätten und alles in seinen ursprünglichen Zustand zu versetzen.

Als Damien endlich fertig war, stand die Sonne bereits tief am Horizont und markierte einen späten Nachmittag.

Er ging ins Haus und angelte im Kühlschrank nach einer Flasche Bier. Dann setzte er sich auf den reparierten Stuhl, zündete sich eine Kippe an und schloss die Augen. Schweiß tropfte ihm von der Stirn, doch es war ihm egal. Wenn er so recht darüber nachdachte, dann war ihm einfach alles egal.

Es glich einem Wunder, das heute noch kein einziger Nachbar am Gartenzaun vorbeigekommen war, um einen klugen Kommentar abzugeben. Nicht einmal Nicolas. Ihn würde er nachher anrufen müssen, um sich zu entschuldigen, weil er sich gestern wie ein eifersüchtiger Idiot benommen hatte. Sein bester Freund war zwar einiges von ihm gewöhnt, aber ein unbestimmtes Gefühl sagte ihm, dass er etwas übertrieben hatte. Wegen einer Frau, die er kaum kannte.

»Bonjour, Damien …«

Hatte er sich gerade eben verhört? Sein Herz stolperte, und jeder einzelne Muskel in seinem Körper spannte sich an.

»Wirst du jetzt einfach weiter hier sitzen und so tun, als ob du mich nicht gehört hättest?«, fragte sie.

Er blinzelte.

»Gartenarbeit ohne Shirt ist wohl dein Ding …«

Damien atmete kehlig aus und nahm einen Zug von seiner Zigarette, ehe er sie austrat und sich erhob.

Die Amerikanerin wartete auf der anderen Seite des Zauns auf ihn.

»Was willst du, Aurélie?«, fragte er und verschränkte die Arme vor der Brust.

»Reden.«

Der rauchige Unterton in ihrer Stimme verursachte ihm eine Gänsehaut. Damien betete, dass sie es nicht bemerken würde. »Ich wüsste nicht, worüber wir reden sollten.«

»Gestern Abend?«, flüsterte sie.

Alarmiert hob er den Kopf. Sie wirkte unsicher, fast so, als ob sie Schwierigkeiten hatte, ihre Gedanken in Worte zu fassen. Noch gestern Nacht war sie wie eine Amazone auf ihn losgegangen! Aber jetzt ...

»Und?«, gab er gelangweilt zurück.

»Und?«, wiederholte sie. »Hast du mir denn gar nichts zu sagen? Ich ... ich konnte die ganze Nacht nicht schlafen, weil ich andauernd daran denken musste!«

Ihre Worte schürten die Glut in ihm. Eine kleine, hoffnungsvolle Flamme.

»Ich hatte gehofft, wir könnten noch einmal darüber reden. Dieser Kuss. Mein Angebot ...«, fuhr sie fort.

Damien erstarrte. *Darum* ging es ihr also! »Dein Angebot? Du willst mit mir über *Au revoir* reden?«

Aurélie nickte. »Ich dachte, wir könnten ein besseres Arrangement treffen. Gemeinsam an *Au revoir* arbeiten ... Ich könnte dich und deinen Bruder an den Verkäufen beteiligen. Dann könntet ihr die Apotheke ausbauen, neue Apparaturen anschaffen. Es wäre eine Partnerschaft voller Vorteile.«

»Eine ... Partnerschaft?«

Sie nickte. »Eine Hand wäscht die andere Hand. Du überlässt mir das Rezept, und ich gebe dir dafür ein Mitspracherecht.«

Als ob sie ihm einen Kübel eiskaltes Wasser über den Kopf geschüttet hätte, erlosch die Flamme, und zurück blieb nichts weiter als eine dünne Rauchfahne.

»Und was genau lässt dich glauben, dass ich das will?« Sein Ton klang barscher, als er es geplant hatte.

Erschrocken zuckte sie zusammen und trat einen Schritt zurück. »Ich weiß nicht, ich dachte ...«

»Was dachtest du?«, unterbrach er sie und umklammerte die Holzlatten, bis seine Knöchel weiß hervortraten. »Hast du geglaubt, ich würde meine Meinung ändern, wenn du mich nur nahe genug an dich heranlässt?«

»Ich weiß nicht, wovon du da redest!«

»Ich rede von dem Kuss, verdammt! Pour qui est-ce que tu me prend? Du hast mich verarscht, Aurélie! Mir vorgespielt, du würdest es ebenso wollen wie ich.«

»Nein, ich ...«

»Erspar mir deine Ausreden! Ich verkaufe es nicht. Und jetzt scher dich zum Teufel oder wohin auch immer! Ich habe hier noch Arbeit zu erledigen. Auf Wiedersehen, Miss Evans.« Dann drehte er sich um, langte nach seinem Bier und warf die Tür hinter sich zu.

Scheiße, verdammt!

Sie hatte ihn zum Narren gehalten! Er schmetterte die Bierflasche in die Spüle und ignorierte das Geräusch von zersplitterndem Glas. Dann ging er ins Bad, warf die verdreckte Kleidung auf den Boden und sprang unter die Dusche.

Kaltes Wasser rauschte auf ihn herab und stach wie spitze Dolche auf ihn ein.

Du bist ein Idiot, Damien. Ein Idiot! Was hast du denn erwartet? Dass dieser Kuss irgendwas ändern wird? Dass sie dich genauso begehrt wie du sie? Dass sie Einsicht zeigt und ihr Vorhaben über Bord wirft?

Die Stimme in seinem Kopf lachte hämisch. Damien knurrte. Sein Kinn fiel auf seine Brust, als er sich keuchend gegen die Fliesen lehnte.

»Scheiß drauf!«, fluchte er und zerriss die Erinnerung an diesen Kuss in seinen Gedanken.

11. Saint Roseraie

Gegenwart

Seit Aurélies Bemühen, ihn dazu zu bringen, ihr das Duftwasser zu überlassen, war fast eine Woche vergangen. Damien saß hinter seinem Schreibtisch und machte die Buchhaltung, während Kosmas vorn die letzten Kunden bediente. Heute war Samstag, und für gewöhnlich schlossen sie die Apotheke um die Mittagszeit.

»Nur für Sie, meine liebste Georgette!«, ertönte die honigsüße Stimme seines Bruders.

Damien schüttelte den Kopf. Wie praktisch, dass Kosmas so anders geraten war als er. Ohne ihn könnten sie das Familiengeschäft nicht so weiterführen, wie es sich ihr Vater immer gewünscht hatte. Die Menschen wussten ihn und seine mitfühlende Art zu schätzen. Auch er liebte das an ihm. Aber im Gegensatz zu seinem Bruder wollte Damien einfach nur in Ruhe gelassen werden.

Das Rascheln eines Papierbeutels erklang.

»Ach, Kosmas, mein Lieber! Du strahlst ja richtig! Nun sag schon! Wann findet die Hochzeit statt? Werdet ihr Anzüge tragen? Schwarz-weiß? Hast du die Ringe bei Marcine anfertigen lassen? Und dein Bruder? Wird *sie* seine Begleitung sein? Ich habe gehört, dass er …«

»Pssst«, zischte Kosmas. »Er sitzt hinten und kann Sie hören, Georgette!«

Damien hob eine Augenbraue, legte den Stift neben die Tastatur und verschränkte die Arme. Während er darauf wartete, dass das Programm die Daten seiner Eingabe sicherte, lauschte er Madame Rivans dröhnender Stimme.

»Das Mädchen ist noch hier, nicht wahr?«, kicherte sie.

»Bitte, nicht so laut, Georgette! Mit ihm ist heute wirklich nicht gut Kirschen essen. Sie können ja einfach wieder nach Hause gehen! Aber ich? Ich muss noch mein restliches Leben mit ihm verbringen!«

»Ach, Unsinn! Damien Roix war schon immer ein kleiner Griesgram. Ich erinnere mich noch gut daran, als er ...«

Hatte diese Klatschbase denn nichts Besseres zu tun, als in seine Apotheke zu kommen und seinen Bruder auszuquetschen? Damien seufzte. Natürlich hatte er recht behalten. Die Gerüchte hatten sich wie ein Lauffeuer verbreitet. Selbst in der Kirche tuschelten sie über ihn und die geheimnisvolle Amerikanerin. Und jeder einzelne Mensch in ganz Roseraie fragte sich, warum sie überhaupt hier war ...

Sein Magen zog sich zusammen. Ein Gedanke genügte, um seine Wut erneut zu entfachen.

»KOSMAS!«, brüllte Damien.

»Ich komme gleich!«

»Dann werde ich jetzt lieber gehen«, flötete Georgette.

Die Tür fiel ins Schloss. Damien zückte sein Handy und prüfte, ob es auf laut gestellt war, um für den Notfall erreichbar zu sein. Immerhin war er der Einzige im Dorf, der in einer Notsituation schnell genug zur Stelle sein konnte. Beinahe Arzt geworden zu sein hatte ihm diese zusätzliche Aufgabe eingebracht.

»Hast du es gehört?«, fragte Kosmas.

»Es zu überhören hätte nur funktioniert, wenn ich mir den Kugelschreiber in die Ohren gerammt hätte«, antwortete er.

Kosmas lachte. Wenigstens gab es noch einen einzigen Menschen auf diesem Planeten, der sich über seinen Humor amüsierte.

»Aurélie und Cassandra scheinen bei Guinevere zu wohnen. Sie werden wohl noch ein paar Wochen hierbleiben. Ich habe gehört, dass sie einen Ausflug ans Meer planen.«

»Na und?«

»Na und? Du könntest dich dort mit ihr treffen. Eine Aussprache könnte helfen, eure Differenzen beizulegen! Probleme ...«, schlug er vor.

»Ich habe kein Problem. Sie hat eines. Und dabei kann ich ihr nicht helfen.«

Sein Bruder verdrehte die Augen und setzte sich auf die Schreibtischkante. »Warum hast du sie dann geküsst? Und wehe, du gibst dem Alkohol die Schuld.«

»Fängst du schon wieder damit an?«

»Wer hätte gedacht, dass die kleine Amerikanerin Damien Roix mit ihrer stürmischen Art verzaubern könnte? Erst am Fest, dann im Chopé. Diese Frau hat dich an den Eiern, mein lieber Bruder. Und sie hat Mumm, das muss man ihr lassen! Jetzt weiß sie wenigstens auch, worauf sie sich bei dir eingelassen hat.«

Damien verschränkte seine Finger miteinander. »Wohl eher umgekehrt! Nachdem ihr weg wart und ich das Chaos im Garten beseitigt hatte, stand sie plötzlich am Gartenzaun.«

»Und?«

»Sie wollte reden.«

»Jetzt lass dir doch nicht alles aus der Nase ziehen ... Worüber wollte sie reden? Über den Kuss? Wollte sie ...«

»Sie will uns beteiligen«, unterbrach er Kosmas' Euphorie.

»Sie will was? Oh ...«

Damien warf ihm einen finsteren Blick zu. Der Miene seines Bruders nach zu urteilen, waren ihm seine Gefühle ins Gesicht geschrieben.

»Warum hast du nicht angerufen? Ich wäre gekommen.«

»Damit ich mich in deinem Armen ausweinen kann?«, sagte er lachend.

»Ganz genau! Und ich weiß wirklich nicht, was daran so lustig ist. Ich kann sehen, dass sie dir aus irgendeinem Grund mehr als nur unter die Haut geht.«

»Sie bedeutet mir nichts. Gar nichts!«

Kosmas erhob sich und schlüpfte aus seinem Mantel. »Nie im Leben hätte ich gedacht, dass du dich eines Tages Hals über Kopf vergucken würdest. Ausgerechnet du! Und dann nach nur einem Kuss. Verstehst du nicht? Ein verdammter Kuss hat ausgereicht, um dich zu Fall zu bringen!«

Wenn es nur ein Kuss gewesen wäre ...

»Ich weiß nicht, wovon du redest!«

»Ich meine, du könntest ihr das Rezept einfach überlassen. Ist doch egal, was sie damit vorhat!«

Damien schüttelte den Kopf. »Du weißt, warum. Ich bin zurückgekommen, um das Familienerbe fortzuführen. Und zwar mit dir gemeinsam. Diese Apotheke war alles, was wir je hatten. Ururgroßvater hat sein Leben lang hart gearbeitet, um die Familie über Wasser zu halten. Hat sich um das Dorf und die Menschen hier gekümmert! Anders als die meisten Männer hat er Verantwortung übernommen. Er hat uns dieses Buch nicht ohne Grund überlassen. All sein Wissen und seine geheimen Rezepturen sind darin enthalten. Es bedeutete ihm etwas. Mir bedeutet es etwas. Und dir sollte es auch etwas bedeuten.«

Kosmas warf ihm einen undeutbaren Blick zu. »Damien, du bist mein Bruder und ich liebe dich ...«, setzte er an, »aber du bist ein Idiot und machst dich nur unglücklich.«

Damien wartete auf eine gefühlsduselige Belehrung, die nicht kam. Wie ein Damoklesschwert hingen die Gedanken seines Bruders zwischen ihnen, doch Kosmas hütete sich, sie laut auszusprechen, was mit Sicherheit nicht daran lag, dass ihm die Worte fehlten. Stattdessen linste er zu den alten Fotos an der Wand.

Gael ...

Die meisten Rezepturen, mit denen sie arbeiteten, gingen auf ihn und seine Geschwister zurück. Ebenso wie das Duftwasser, von dem Aurélie behauptete, es gehöre ihr. Es war eine Lüge. Es *musste* eine Lüge sein! Weder die alten Aufzeichnungen noch Karteikarten und schon gar nicht Gaels Buch hatten jemals dieses Haus verlassen. Es war also unmöglich, das Aurélie über Dokumente verfügte, die beweisen konnten, dass sie die rechtmäßige Besitzerin der Rezeptur war. Einmal mehr bereute Damien, dass er keinen Blick darauf geworfen hatte ...

»Ich kann deine Gedanken hören, mein lieber Bruder. Aber hast du auch schon einmal daran gedacht, dass dieses Angebot nicht alles ist? Vielleicht steckt noch viel mehr dahinter, als du es dir vorstellen kannst.«

»Was bitte soll ich denn denken?« Damien warf die Hände in die Luft.

»Lade sie zum Essen ein und frag sie!«

»Nein.«

»Sturer Bengel!«

Damien wandte sich ab, schloss die Datensicherung der Buchhaltung und schaltete den Computer aus. Dann schlüpfte er aus dem weißen Kittel und hängte ihn neben den seines Bruders. »Ich bin am Verhungern. Lass uns etwas essen gehen.«

»Du lenkst vom Thema ab. Ich glaube, du hast nicht nur Gaels Art, sondern auch sein Händchen für Frauen geerbt«, seufzte Kosmas.

»Wenn du das sagst.«

»Ich jedenfalls würde Aurélie nicht heiraten, wenn du stirbst. Nein, ich würde mich wie ein Bruder um sie kümmern und ihr helfen, ihre Trauer zu verarbeiten.«

»Ich brauche keine Frau! Und ich werde niemals heiraten. Konzentrier dich lieber auf deine eigene Hochzeit als auf mich.«

»Damit du ganz allein vor dich hin grummeln kannst?«

»Genau.«

Kosmas verzog seine Lippen zu einem hämischen Grinsen. »Gib doch einfach zu, dass du sie magst. Aurélie hat dich herausgefordert, und du hast die Einladung angenommen. Jetzt hast du Gefühle für sie entwickelt und steckst in der Tinte, weil du nicht weißt, wie du dich verhalten sollst! Also frag mich ruhig um Rat, dann helfe ich dir vielleicht.« Er wackelte mit seinen perfekt manikürten Augenbrauen und spitzte die Lippen.

»Wer bist du? Aphrodite, die Göttin der Liebe?« Damien verdrehte die Augen.

»Eigentlich grenzt es an ein Wunder, dass dich überhaupt je eine Frau rangelassen hat.« Kosmas rümpfte die Nase. »Wann hast du dich das letzte Mal rasiert? Vor drei Tagen? Oder vielleicht vier? Trägst du immer noch das gleiche Flanellhemd wie gestern und den Tag davor?«

»Sei doch froh, dass nur Frauen auf unrasierte Monster wie mich stehen.«

»François hat eben Geschmack.«

»Stimmt.«

Die beiden Männer sahen sich an und brachen in schallendes Gelächter aus. Ein vehementes Klopfen unterbrach die vertraute Zweisamkeit. Kosmas wischte sich die Tränen aus den Augenwinkeln und öffnete die Tür. »Wir haben schon geschlossen, aber wenn es ein Notfall ist ...«

»Monsieur Roix. Miss Evans schickt mich. Sie wünscht, mit Ihrem Bruder zu sprechen.«

Damien baute sich neben seinem Bruder auf. Es war Aurélies Assistentin, Cassandra. »Wir haben eine Vordertür«, sagte er schroff.

»Dort hat man mir nicht aufgemacht.«

»Ich verkaufe die Rezeptur nicht.«

»Das sagten Sie bereits.« Sie runzelte die Stirn.

»Warum sind Sie dann noch hier?«

»Weil Aurélie sich ein Treffen wünscht.«

Damien schnaubte. Hatte ihr das letzte Mal etwa noch nicht gereicht? Er wollte sie nicht sehen! Wollte nicht mit ihr über ihre Angebote reden! Warum gab sie nicht einfach auf und flog nach Hause? »Richten Sie Miss Evans aus, dass ich ihr gern zu den regulären Öffnungszeiten zur Verfügung stehe.«

»Damien ...« Kosmas blickte zwischen seinem Bruder und Cassandra im Türrahmen hin und her. »Sprich doch mit ihr.«

»Nein.« Damien starrte finster auf Aurélies Assistentin hinab.

Cassandra erwiderte seinen Blick und straffte die Schultern. Dabei verzog sie das Gesicht, als ob sie in eine Zitrone gebissen hätte. »Ich weiß wirklich nicht, was sie sich dabei denkt ...«, murmelte sie. Dann öffnete sie die Aktentasche vor ihrer Brust und hielt ihm einen Brief vor die Nase. »Aurélie vermutete, dass Sie das sagen würden. Falls Sie einem Treffen nicht zustimmen, soll ich Ihnen diesen Brief geben.«

Damien reichte das Kuvert an Kosmas weiter. »Noch etwas?«

Sie legte den Kopf schief. Nachdenklich. »Es gefällt mir zwar nicht, aber ich muss leider zugeben, dass Sie erstaunlich gut zu ihr passen würden, wenn Sie nicht so unglaublich ungehobelt wären.«

»Was ...?«

Aurélies Assistentin wandte sich ab, aber dann hielt sie inne und drehte sich noch einmal zu ihnen um. »Bitte lesen Sie den Brief aufmerksam durch und treffen Sie eine Entscheidung. Denn egal, was *Sie* im Sinn haben, Aurélie bekommt immer, was sie will, egal, welche Steine ihr auch in den Weg gelegt werden.«

Damien knurrte. Wollte sie ihm etwa drohen? Cassandra machte auf dem Absatz kehrt und verschwand um die Ecke. Die Tür krachte ins Schloss.

»Damien, ich glaube, wir haben ein echtes Problem ...«

Im selben Moment klopfte es erneut an der Hintertür. Damien fluchte. »Was zum Henker ist denn noch?«, fauchte er, doch dieses Mal stand François dort.

»Was ist denn hier los? War das nicht Aurélies Assistentin?«

»Pff ...«

»Na ja, auch egal, ich bin hier, um euch zum Essen abzuholen.«

»François ...« Kosmas Stimme klang dünn.

»Ja, mein Liebling?«

»Was ist eine Eigentumsklage?«, fragte er bekümmert.

»Eine Klage, die dem Eigentümer einer Sache zur Verfügung steht, wenn er der Meinung ist, dass sein Besitz in den falschen Händen ist. Damit kannst du die gegnerische Partei zur Herausgabe einer Sache zwingen. Allerdings muss der Kläger das auch beweisen können. Und das ist nicht so einfach, wie es klingt. Warum fragst du, mon chéri?«

»Hier.« Er reichte seinem Verlobten den Brief und ließ sich seufzend auf dem Computersessel nieder. »Ich habe Kopfschmerzen ...«

François' Lächeln verschwand und wurde durch die professionelle Miene eines Anwalts ersetzt.

»Was ist mit dem Brief?«, wollte Damien wissen, doch François schüttelte nur den Kopf. »Lasst uns beim Essen darüber sprechen.«

»Ich kann jetzt nichts essen ...«, jammerte Kosmas.

»Doch du kannst. Komm ...« Er hakte sich unter Kosmas' Arm ein und zog ihn hoch.

»Aber ich komme nur mit, wenn Damien verspricht, dass er nicht durchdreht«, schmollte er.

»Vergebene Liebesmüh«, sagte François zwinkernd und schob ihn durch die Tür.

Eine Viertelstunde später saßen sie in dem kleinen Bistro nebenan. Kosmas fächerte sich Luft zu und trank das zweite Glas Wein, während François laut vorlas.

Damien hockte zur Salzsäule erstarrt auf seinem Stuhl und lauschte den Ausführungen seines künftigen Schwagers. Schlagartig war sein Hunger einem sauren Klumpen gewichen, der ihm wie ein Stein im Magen lag.

»Der Beklagte wird zur sofortigen Herausgabe des aus der Klageschrift zu entnehmenden Gegenstandes aufgefordert.«

Damien lehnte sich zurück und presste seine Zeigefinger an die Lippen. »Die Klägerin beantragt, dem Beklagten die Kosten aufzuerlegen.« François blickte auf und seufzte. »Klärt mich auf, bitte.«

»Diese Frau ist völlig verrückt«, sagte Damien teilnahmslos.

»Siehst du, François? *Das* ist die Ruhe vor dem Sturm!« Kosmas deutete auf seinen Bruder und trank das Glas in einem Zug leer.

»Erinnerst du dich an das Buch unseres Ururgroßvaters? Es enthält geheime Rezepturen, die ich zur Herstellung der Öle und Tinkturen verwende«, begann Damien.

»Was ist denn daran so besonders?«

»Es enthält auch eine Anleitung zur Herstellung eines besonderen Parfums. Ein Duftwasser, das ihm, Gael, sehr wichtig war«, antwortete Damien.

»Und es befindet sich in eurem Besitz?«

»Es hat die Apotheke seit über hundert Jahren nicht verlassen. Vater hat die lose Seite immer in unserem Safe aufbewahrt.«

»Er hat eine Seite herausgerissen?«

»Nein. Die Zutaten waren auf einem zerknitterten Zettel notiert, der lose in ebendiesem Safe lag.«

François lüftete seine Anzugjacke, bevor er das Schreiben ein weiteres Mal durchlas. »Kann es dann sein, dass es aus zwei Teilen besteht?«

»Es ist unvollständig, ja!«, platzte Kosmas heraus.

»Das stimmt. Eine Komponente fehlt. Weiß der Teufel, warum sie es will! Ohne die fehlende Zutat kann man es zwar herstellen, aber es wird nie vollkommen sein. Jedenfalls nicht so, wie es sein sollte.«

»Hier steht so etwas Ähnliches.« Er deutete auf einen der vielen Absätze des zweiseitigen Briefes.

»Unmöglich!«, rief Damien und knallte seine Faust auf den Tisch. Die anderen Gäste blickten erschrocken auf. Die friedliche Mittagsruhe wurde von regem Getuschel abgelöst.

»Beruhige dich doch, Damien«, jammerte Kosmas.

»Ich will mich aber nicht beruhigen!«

»Könnte es eine Abschrift geben?«, hakte sein Schwager ein weiteres Mal nach.

Damien biss die Zähne zusammen. War es vielleicht doch möglich, dass eine Kopie des Rezeptes existierte? Dieser Duft war der erste und einzige gewesen, den sein Ururgroßvater je kreiert hatte! François warf ihm einen fragenden Blick zu.

»Aurélie Evans ist die Geschäftsführerin einer Kosmetikfirma. Sie vertreibt Make-up und eine Handvoll Düfte, an deren Entwicklung sie direkt beteiligt war. Außerdem ist sie das Gesicht ihrer eigenen Marke. Hier ist ihr Profil.« Kosmas legte sein Handy auf den Tisch.

»Von ihrem Privatleben gibt es überhaupt keine Informationen. Sie war erst einundzwanzig, als sie in die Firma eingestiegen ist. Die Familie betreibt die Geschäfte in vierter Generation. Nur zwei Jahre, nachdem sie eingestiegen war, hatte sich der Umsatz bereits verdreifacht. Dabei wird *Parfait Fragrance Inc.* immer noch als kleines Familienunternehmen geführt und ist sehr exklusiv, was auch ihre Preise rechtfertigt. Ihre Marke ist besonders auf dem asiatischen Markt sehr beliebt. Das Mädchen ist also reich und mit ziemlicher Sicherheit nicht auf unser Rezept angewiesen.«

»Dann muss es einen anderen Grund geben. Bist du sicher, dass euer Rezept das Original ist?«

Damien umklammerte die Armlehnen seines Stuhls. Dabei blickte er drein, als wartete er darauf, dass ihm irgendjemand Aurélies Kopf auf einem Silbertablett servierte. »Dieses Rezept stammt aus der Feder *unseres* Ururgroßvaters. Dass es seine Handschrift ist, können wir beweisen. Das ganze Haus ist voll von seinen medizinischen Abschriften.«

»Gut, dann werden wir Miss Evans um eine Stellungnahme bitten und die Herausgabe ihrer Beweise zum Zwecke eines Gutachtens einfordern. Dann werden wir ja sehen, wer gewinnt.« Triumphierend verstaute er den Brief in seiner cognacfarbenen Umhängetasche und fischte eine Gabel aus dem Besteckkorb. »Und wenn sich herausstellt, dass ihre Beweise gar keine sind, dann ist die Klage vom Tisch. Eine Gegenklage ...«

»Nein«, unterbrach Damien seinen Schwager. »Keine Gegenklage. Ich will einfach nur, dass sie aus Saint Roseraie verschwindet.«

Die Männer tauschten einen vielsagenden Blick.

»Du übertreibst immer so, Kosmas. Es war doch gar nicht so schlimm. Eure Chancen zu gewinnen, stehen gut. Damien wird sich schon wieder beruhigen«, flüsterte François.

»Er wird sich erst beruhigen, wenn die Frau fort ist oder sich ergibt und zu seinen Bedingungen mit ihm in den Laken wälzt. So oder so wird es in einem Unglück enden ...«

Damien starrte auf seinen Teller. Wie konnte sie es wagen, ihn zu verklagen, nachdem sie so bereitwillig in seine Arme gesunken war? Welches Spiel spielte sie wirklich? Würde sie das Schreiben zurückziehen, wenn er einwilligte, sich mit ihr zu treffen? Aber selbst wenn, er hatte nicht vor, seine Meinung zu ändern.

»Glaub mir, Damien, wir werden gewinnen! Aber du solltest trotzdem über deinen Schatten springen. Geh zu ihr und rede mit ihr. Vielleicht sieht sie dann von einer Klage ab, und wir sparen uns diesen Hickhack.«

»Hm.«

»Ich denke schon seit einiger Zeit über etwas nach ...«, sagte Kosmas.

Er spießte ein Stück Schafskäse auf seine Gabel, wo es zu weißen Krümel zerbröckelte. »Erinnerst du dich noch daran, als Papa uns von Ururgroßvater Gael und seiner Arbeit erzählte, Damien? Von seinem Leben, den Rezepturen, dem Duftwasser?«

Damien erstarrte. Wie könnte er diesen Tag jemals vergessen? Damals hatte Vater ihnen aus dem Nichts heraus sein Testament in die Hand gedrückt und sie schwören lassen, auf die Apotheke achtzugeben. Kurz bevor er ihn dazu gezwungen hatte, nach Paris an die Uni zu gehen.

»Ich erinnere mich.«

»Damals habe ich mich sehr viel mit Mode und Kosmetik beschäftigt. Aber ganz besonders mit der Geschichte des Parfums. Und während dieser Zeit hörte ich zum ersten Mal davon. Es ist zwar weit hergeholt, aber wer weiß?«

»Komm endlich zum Punkt.«

»Es war eine Art Überlieferung, kein Mythos ... eher ein Bericht. Über ein geheimnisvolles Duftwasser aus Amerika. Es wurde dort von einer kleinen Firma verkauft und warb mit dem Slogan *A goodbye isn't the end. It's a new beginning.* Ich erinnere mich auch deshalb noch so gut daran, weil es eine der ersten französischen Parfümerien in den USA gewesen sein soll.«

Damien schob den Teller von sich. »Und?«

»Wie und? Könnte es nicht sein, dass es sich dabei um unser Duftwasser handelt?«

»Unmöglich. Gaels letzter Wunsch war, dass *Au revoir* unter keinen Umständen verkauft werden darf.«

»Es ist schon sehr weit hergeholt. Jeder zweite Duft wirbt mit einem Slogan wie diesem«, gab François zu bedenken.

»Würdest du dich nicht wie ein dummer Junge hinter deinem Schreibtisch verkriechen und alle zehn Minuten eine Kippe in den Mund stecken, sondern mit Aurélie reden, dann könntest du sie ja mal danach fragen.« Kosmas stach in eine Cherrytomate, deren Fruchtfleisch über das Tischtuch spritzte und dort rot-orange Flecken hinterließ.

»Nein«, flüsterte Damien und stand auf. Der Stuhl kippte nach hinten und landete krachend auf dem Boden.

»Was hast du vor?«

Gaels Aufzeichnungen durchforsten, das habe ich vor. Wortlos drehte er sich um und ging.

12. Saint Roseraie

Sonntag, 9. Mai 1875

Aveline drückte ihren Rücken durch und griff nach einer Kirsche. Der Tag kam ihr bereits unendlich lange vor. Zuerst Renée, die sie verlassen würde, dann Cordelia, ihr neuer Schatten, gefolgt von Antoinette, die ihr gedroht hatte, und natürlich der Apotheker, der sich immer wieder in ihre Gedanken schlich. Sie rollte die glänzende Frucht zwischen ihren Fingern hin und her. Die Kirschen waren aus dem Garten ihrer Mutter und durch die milden Temperaturen dieses Jahres das erste frühreife Steinobst der Saison. Aveline rückte auf ihrem Stuhl hin und her. Ihre Glieder schmerzten von der Gartenarbeit. Den ganzen Nachmittag hatte sie in den Gemüsebeeten und bei den Obstbäumen verbracht, um Klarheit in ihren Gedanken zu bringen. Mit wenig Erfolg. Jetzt waren ihre Fingernägel schwarz und ihre Hände aufgeschürft.

Hoffentlich war das Abendessen mit ihrem Vater und ihren Brüdern bald vorbei. Sie genoss zwar die Zwanglosigkeit, die ihr in Paris fehlte, aber die Stühle waren hart und unnachgiebig. Der Landsitz ihres Vaters ließ viele Annehmlichkeiten der Stadt vermissen. Alter Geizkragen – an Geld für die Restaurierung konnte es ihm eigentlich nicht mangeln. Aveline schüttelte kaum merklich den Kopf. Wenn ihr Vorhaben gelang, dann würde sie sich an den Gedanken gewöhnen müssen zu verzichten. Ihr Blick glitt über den reich gedeckten Tisch. Da lagen Pasteten in glänzenden Schalen, kalter Braten auf edlen Tellern, da stand eine herrlich dampfende Fischsuppe in einer Terrine, warmes Brot lag im Korb. Es war keine Haute Cuisine, aber verhungern würde sie nicht. Nachdenklich legte Aveline ihre Stirn in Falten. Würde sie Hunger, Kälte und mehr aushalten können, um sich ihren Traum zu erfüllen?

Cordelia stand regungslos an der gegenüberliegenden Wand, die Arme vor ihrer Schürze gefaltet. Sie sah erschöpft aus, ihr Gesicht war eingefallen, ihre Augen lagen tief in den Höhlen. Aus ihrem Häubchen lugte eine zerzauste Haarsträhne hervor, kein Erdbeerblond wie bei ihr selbst ... mehr wie eine Apfelsine. Sie lächelte ihrer Kammerzofe aufmunternd zu, doch Cordelia starrte an ihr vorbei. Aveline legte den Kopf schief und folgte dem Blick der anderen.

Jean-Luc? Wie seltsam. Was hatte Cordelia mit ihm zu schaffen? Ihr Bruder war bleich. Er hatte den ganzen Tag im Bett verbracht. Seine Haut glänzte fettig, und die dunklen Augen waren blutunterlaufen. Er saß neben Vater und stierte Cordelia an. Wie unhöflich. Selbst wenn er heute indisponiert war, entschuldigte dies nicht das Fehlen jeglicher Manieren. Kein Wunder, dass sich die Kammerzofe unwohl zu fühlen schien. Aveline verkrampfte sich.

»Vater, haltet Ihr das wirklich für eine gute Idee, so viele Livre in Euer exzentrisches Vorhaben zu stecken?« Noels Stimme hallte durch den Salon, sodass ihn jeder zwangsläufig hören musste.

Aveline unterdrückte mit Mühe ein Augenrollen. Neben den Kirschen lagen weicher Käse auf ihrem Teller und ein paar Erdbeeren. Sie steckte sich eine der überreifen Früchte in den Mund und versuchte, das Tischgespräch auszublenden. Ihre Gedanken kreisten immer wieder um Renée. Als sie von der Kirche zurückgekommen war, war die Kinderfrau aus ihrem Zimmer ausgezogen gewesen. Sie hatte keine Ahnung, wo sich Renée jetzt befand, normalerweise hatte sie sich immer an ihrer Seite befunden. Sie würde ihrem Vater nie verzeihen, wenn er der alten Dame eine furchtbare Unterkunft zugewiesen hatte. Scheußlicher Geizhals. Sie würde morgen nach Renée sehen ...

»Natürlich halte ich es für eine gute Idee.« Der Marquis schlug mit der Faust auf den Tisch.

Aveline verschluckte sich fast an ihrer Erdbeere. Ihr Vater und Noel diskutierten seit Tagen über das immer gleiche Thema. Aveline konnte es nicht mehr hören. Sollten sie die brachliegende Reederei, die am Côtes de Granit Rose, in der Nähe von Paimpol lag, kaufen oder nicht? Sie stritten, als wäre ihre Existenz von dieser Reederei abhängig, aber Aveline kannte die Finanzen ihrer Familie. Der Ankauf einer veralteten Hafenanlage war für die Vieuvilles, was für andere Familien der wöchentliche Markteinkauf war. Dennoch wurde über jede Ausgabe diskutiert, als würde sie das Schicksal der Familie besiegeln.

»Sonst würde ich nicht investieren. Oder hältst du mich etwa für senil?« Der Marquis klang verärgert. »Und jetzt wechseln wir das Thema. Aveline!«

Sie zuckte zusammen.

»Ja, Vater?« Er richtete so gut wie nie das Wort an sie. Ihr zog es den Magen zusammen. Ihr kam nur ein Thema in den Sinn, über das er mit ihr sprechen wollen würde. Außer er hatte von dem Rezeptbuch und dem Apotheker erfahren – dann war sie verloren.

»Mir ist nicht entgangen, dass du im letzten Monat deinen achtzehnten Geburtstag gefeiert hast«, sagte ihr Vater sanftmütig.

Von gefeiert konnte wohl kaum die Rede sein, er hatte ihr beim Frühstück gratuliert, und das war es schon gewesen. Dennoch machte sich in Aveline Erleichterung breit. Hätte ihr Vater von dem Arrangement mit Gael gewusst, hätte er das Gespräch anders begonnen.

»All deine Freundinnen haben bereits geheiratet und Kinder bekommen, nun fragst du dich sicher, wann du endlich an der Reihe bist.«

Aveline schwieg. Was sollte sie auch antworten? Ihr Vater sprach zu ihr wie zu einem Kind, das quengelnd auf seine Runde im Karussell wartete.

»Nun, ich muss gestehen, ich habe mir mit der Wahl Zeit gelassen.«

Ihr Vater schmunzelte, und Aveline wurde leicht übel. Ihre Brüder schwiegen und aßen unbeschwert ihr Abendessen, so, als würden sie nur über das Wetter plaudern.

»Ich vermute, du hast von dem Dahinscheiden deiner Großtante gehört?«

Aveline nickte. »Mein Beileid, Vater, ich glaube, ich kannte sie nicht«, presste sie mühselig hervor.

Ihr Vater schüttelte den Kopf. »Nein, mein Kind. Sie war nicht lange mit dem Herzog verheiratet.«

Noel hatte sein Mahl beendet und glotzte zwischen ihnen hin und her. Aveline kam nicht umhin, an einen Geier zu denken, der Aas witterte.

»Nun, Aveline, uns bietet sich eine einzigartige Gelegenheit.«

Ein Kloß bildete sich in ihrem Hals.

»Du wirst verstehen, auch wenn dein Großonkel schon ein betagter älterer Herr ist, sehnt er sich trotzdem nach einer Gemahlin.«

»Sicher gibt es genügend Witwen in Großonkel Sebastiens Alter, die ihn gern heiraten würden«, sagte sie und wusste, dass sie verzweifelt klang. Auch ihrem Vater und ihren Brüdern konnte das unmöglich entgangen sein.

Ihr Vater zwirbelte nervös an seinem Schnurrbart. »Bitte mach mir in dieser Angelegenheit das Leben nicht schwer«, sagte er streng.

»Ich wüsste nicht, warum es für Euch schwierig ist, Vater, von Euch wird schließlich nicht das Unfassbare verlangt.« Aveline schob ihren Teller von sich und verschränkte die Arme vor der Brust.

»Aveline, hör Vater doch wenigstens zu. Er hat sich das sicher gut überlegt«, sagte Tristan, immer um Harmonie bemüht. Isaac dagegen schien alles recht egal zu sein.

»Du übertreibst maßlos ... wie deine Mutter«, sagte Noel und erinnerte damit alle daran, dass er der einzige Sohn der ersten Frau des Marquis war. Er war also nur ihr Halbbruder.

Ihr Vater schwieg und starrte Aveline an.

»Ich bin Eure einzige Tochter«, wagte Aveline einen erneuten Versuch, an das Mitgefühl ihres Vaters zu appellieren. »Euer Fleisch und Blut. Möchtet Ihr mich wirklich einem gebrechlichen alten Mann zur Braut geben?« Sie wusste, wie weinerlich und flehend ihre Stimme klang. Doch sie brauchte eine Antwort auf diese Frage. War auch nur ein Funken Liebe für sein Kind in diesem Mann vorhanden? Sah er sie oder sah er nur durch sie hindurch?

»Wir alle müssen unsere Pflichten in dieser Welt erfüllen.« Ihr Vater nahm sein Besteck auf und begann, den kalten Braten auf seinem Teller zu zerschneiden. »Ich werde nicht ewig leben, und durch den Herzog wärst du zumindest versorgt.«

Er war genervt von ihr. Und er verabscheute ihren Widerstand. Das spürte sie genau, doch sie würde sich nicht für dumm verkaufen lassen. »Tut nicht so, als würdet Ihr dabei an mich denken, Vater, Euch geht es einzig und allein um die Ländereien des Herzogs.«

»Sei nicht närrisch, Aveline. Dein Großonkel besitzt Reichtümer, die sich mit unseren messen lassen. Verstehst du denn nicht, dass du ausgesorgt haben wirst? Alle Türen werden dir offenstehen. Jeden Wunsch wirst du dir erfüllen können. Der Herzog ist ein großzügiger Mann, wenn du dich seinem Willen beugst.«

Aveline bekam eine Gänsehaut, sie hatte Gerüchte über den Herzog gehört. Es kam nicht von irgendwoher, dass ihm bereits sechs Gemahlinnen weggestorben waren. Außerdem hatte sie gedacht, der alte Mann sei in finanziellen Nöten. Warum sonst würde ein Herzog die Tochter eines Marquis heiraten wollen? Irgendetwas verschwieg ihr Vater ihr.

»Sei also nicht undankbar und verzogen. Freu dich, dass das Schicksal es so gut mir dir meint.«

Aveline unterdrückte die Tränen, die sich ihren Weg an die Oberfläche zu bahnen drohten.

»Und jetzt genug von diesem Thema.«

Die Stimmung im Raum war angespannt, und am liebsten hätte sich Aveline für den Abend verabschiedet, doch Noel hatte wieder das Gespräch an sich gerissen. Der Appetit war Aveline vergangen. Jede Sekunde, die sie weiter hier saß, kam ihr unendlich belanglos vor. Sie sollte lieber an ihrer Flucht arbeiten. Oder an dem Rezeptbuch ihrer

Mutter. Das Tischgespräch prallte dumpf an ihr ab. Endlose Minuten verstrichen, in denen sie reglos verharrte.

»Noel möchte doch nur Vorsicht walten lassen, Vater«, sagte Tristan erneut sanft. Das Gespräch war wieder zu der Reederei gewandert.

Aveline wurde schlecht. Hatte sie zunächst das Gefühl gehabt, die Zeit hätte angehalten, hatte sie nun den Verdacht, sie würde rasend schnell an ihr vorbeiziehen.

»Noel ist feige und scheut jedes Risiko. Man erbaut sich kein Imperium, indem man nutzlos auf seinen Händen sitzt«, mischte sich Isaac ein. »Warum sollte Vater nicht in die Schiffsfahrt investieren?«

Aveline kämpfte erneut mit den Tränen. Nicht eine Minute lang hatten sich ihre Brüder dafür interessiert, was mit ihr geschehen würde. Keiner hatte Partei für sie ergriffen.

Noel knirschte mit den Zähnen. »Weil Vater keine Ahnung von der Schiffsfahrt hat«, sagte er und hätte es dabei belassen können. Doch der älteste Sohn der Familie würde nie eine Gelegenheit auslassen, seine jüngeren Brüder zu diskreditieren. »Und wir müssten uns kein Imperium aufbauen«, sagte er deswegen mit vor Hohn triefender Stimme, »wenn ein gewisser Jemand bei der Schlacht von Sedan besser auf den Kaiser aufgepasst hätte.«

Isaac sprang auf und ließ beide Hände auf den Tisch knallen. Er funkelte seinen Bruder böse an.

Aveline stellte sich vor, wie es sein müsste, Isaac auf dem Schlachtfeld zu begegnen. Waren seine tiefschwarzen, rot unterlaufenen Augen das Letzte, was seine Gegner zu Gesicht bekamen? Schnell schüttelte sie den Kopf, um den grotesken Gedanken loszuwerden. Isaac war grausam, Noel von Habgier zerfressen, Tristan in einer

Scheinwelt zu Hause, und Jean-Luc war krank. Was hatte sie von ihren Brüdern auch erwartet. Mitgefühl?

»Nun ist unser Titel nichts mehr wert, und wir müssen uns mit einer Republik und Menschenrechten herumschlagen«, setzte Noel seinem Bruder weiter zu. »Wusstest du, dass sich die Bevölkerung von Saint Roseraie über die Höhe der Steuern auslässt? Sie wollen weniger zahlen. Auf einmal hat der Pöbel eine Stimme!«

Aveline zuckte zusammen. Warum war Noel nur so kaltherzig? Die Menschen im Dorf hatten so hohe Abgaben zu leisten, dass ihnen zum Leben nichts blieb, und er schlug sich auf die Kosten der hungernden Bevölkerung den Bauch voll. Ihre Mutter hatte auf Vater eingeredet, Milde walten zu lassen. Ein gefüllter Magen sprach nicht von Aufstand. Doch seit ihrem Tod hatte der Marquis die Steuern sukzessive erhöht.

Antoinette kam ihr in den Sinn. Anders als Aveline wollte die junge Mutter unbedingt heiraten. Kein Wunder. Welche Alternativen hatte sie auch, wenn sie weiterhin unter Gaels Dach wohnen wollte? Hatte sie zu hart geurteilt? Aveline atmete tief durch. Sie schob ihre Gefühle beiseite. Auch das hatte ihre Mutter ihr beigebracht. »Gefühle verdunkeln deinen Geist und rauben dir dein Urteilsvermögen.«

Antoinette wollte nicht heiraten wegen eines Mannes, den sie liebte ... sondern wegen eines Mannes, der die Existenz ihrer Familie sichern konnte. Und das nicht auf dieselbe luxuriöse Weise, wie der Herzog *ihre* Existenz untermauern würde. Nein, auf einer Basis, die Antoinette und ihren Sohn vor drohender Armut, Obdachlosigkeit und Schlimmerem schützte. Avelines Wut verrauchte und hinterließ einen schalen Nachgeschmack. Renée hatte recht. Sie sollte sich dankbar für ihr warmes Zuhause und den Wohlstand zeigen. Warum konnte sie nicht zufrieden sein? Alles wäre müheloser, wenn die Vorstellung zu heiraten und ihr Leben mit Nichtstun zu vergeuden, nicht ein ungeahntes Grauen in ihr hervorriefe. »Leben heißt nicht atmen, sondern handeln.«

»Wie bitte?«

Aveline schreckte hoch. Alle Augen waren auf sie gerichtet. Hatte sie ihren Gedanken etwa laut ausgesprochen? Der Marquis hob seine Augenbrauen und sah sie fragend an.

»Das hat Maman immer gesagt: ›Leben heißt nicht atmen, sondern handeln.‹«

»Nicht der Mensch hat am meisten gelebt«, übernahm Tristan das Wort, »der die höchsten Jahre zählt, sondern der, der sein Leben am meisten empfunden hat.« Der junge Novize lächelte seiner Schwester zu. »Das ist ein Zitat von Rousseau, ich denke, Mutter hat eine Ausgabe seiner gesammelten Werke in ihrer Bibliothek stehen.«

»Oui«, nuschelte Aveline, dankbar, dass Tristan die Aufmerksamkeit von ihr abgelenkt hatte. Sie warf ihm einen warmherzigen Blick zu. Seitdem er für ein paar Wochen aus dem Kloster für einen längeren Besuch heimgekehrt war, hatten sie noch nicht so oft miteinander gesprochen, wie sie es sich gewünscht hätte. Dabei war Tristan von allen Brüdern derjenige, dem sie sich am engsten verbunden fühlte und der ihre Ansichten wenigstens hinter vorgehaltener Hand teilte.

Isaac hatte sich ebenfalls beruhigt und aß weiter von seiner Fischsuppe.

»Wahre Worte, meine Liebe«, sagte der Marquis, der anscheinend dachte, sie spräche über die Reederei. »Wir können nicht im Stillstand verharren.«

Noel sah seine Schwester hochmütig an. Seine Augen glänzten wie die eines Schweins vor seinem Futtertrog. »Du solltest weniger lesen, Aveline, und dich mehr um einen standesgemäßen Umgang bemühen.«

Aveline wich die Farbe aus dem Gesicht. Wusste Noel über Gael Bescheid? Das wäre ihr Untergang! Wie sollte sie das nur ihrem Vater erklären? Er würde sie bis zur Hochzeit mit dem Herzog einsperren!

»Ich habe gehört, du hattest einen Disput mit der Dorflehrerin.« Noel nippte an seinem Wein.

Aveline atmete erleichtert aus.

»Ist das wahr?«, fragte der Marquis mit strenger Stimme.

Aveline schüttelte den Kopf. »Einen Disput würde ich es nicht nennen.« Schweiß sammelte sich in der Kuhle über ihrem Steißbein. Woher wusste Noel überhaupt, dass sie mit Antoinette gesprochen hatte? Diese Schlange hatte seine Augen überall. Was sollte sie ihrem Vater erzählen? War sie für heute nicht schon genug genötigt worden? Wann würde dieser furchtbare Tag endlich enden?

»Wie würdest du es denn nennen?«

»Es ist, wie Noel sagt«, zimmerte Aveline sich eine Notlüge zusammen. »Die Menschen zahlen hohe Abgaben. Madame Roix befürchtet, ihre Schüler zu verlieren, da die Kinder am Hof zur Mitarbeit gezwungen sind«, stammelte sie und könnte sich selbst ohrfeigen. Lügen war nicht der rechte Weg, das wusste sie. Aber es war zu spät, um einen Rückzieher zu machen.

Der Marquis zwirbelte seinen Bart. »Ich habe sowieso nie verstanden, warum es für Bauern wichtig ist, Lesen, Schreiben und Rechnen zu beherrschen. Wollen sie den Schweinen etwa höhere Mathematik beibringen?« Er verfiel in ein garstiges Lachen.

In Avelines Bauch braute sich ein Sturm zusammen. »Aber, Vater!« Sie konnte sich nicht zurückhalten. »Wie soll sich ein Mensch seine eigene Kultur erschließen, wenn man ihm das Werkzeug dazu verweigert?«

Der Marquis hielt in seinem Gelächter inne. »Mein Kind, wir reden hier von Bauern.«

Aveline stieg die Zornesröte ins Gesicht. »Wir sprechen von Menschen, Vater.« Die angestaute Wut in Aveline drohte, aus ihr hervorzubrechen.

Die Miene ihres Vaters wurde strenger. »Sei froh, Aveline«, sagte er, und seine Worte stachen wie Dornen in ihr Fleisch, »dass ich genau weiß, dass deine Mutter aus dir spricht.«

Aveline wagte es kaum, ihren Vater anzusehen. Ihr Herz pochte schmerzhaft gegen die Rippen. Kurz fiel ihr das Atmen schwer. Es war kein physischer Schmerz, der sie quälte. Es war die Pein dessen, nie gehört zu werden. Nie ernst genommen zu werden. Eine Stimme ohne Gehalt zu haben. An den Herzog wie eine Sklavin ausgehändigt zu werden, ohne jegliches Mitspracherecht. Welches Leben erwartete sie, wenn sie aus diesem Muster nicht ausbrach?

»Und was wollte die Lehrerin nun von dir?«, fragte ihr Vater ein wenig versöhnlicher.

»Meine Unterstützung«, murmelte Aveline.

»Mutter hätte nicht gewollt, dass die Schule geschlossen werden muss«, kam Tristan seiner kleinen Schwester erneut zur Hilfe.

»Es wäre eine weitere unnötige Investition«, warf Noel ein.

»Wir müssen ja kein Geld investieren«, fuhr Aveline ihren Bruder barsch an. Wieso steigerte sie sich in diese Notlüge so hinein? Der Ärger in ihr wollte nicht verklingen. Ihre Familie besaß so viel, und dennoch diskutierten sie um jeden einzelnen Livre. Wie konnte ihnen Geld nur so wichtig sein?

»An was hast du gedacht, Schwester?«, fragte Tristan, sichtlich darum bemüht, die erhitzten Gemüter zu beruhigen.

Aveline knetete ihre Finger. Woran hatte sie gedacht? An gar nichts! Wie ein dummes, streitlustiges Kind hatte sie sich in ihren Schwindel verrannt. Und jetzt saß sie hier, alle Augenpaare auf sie gerichtet. Wie sollte sie da nur wieder herauskommen? Sie stöhnte innerlich auf, als ihr plötzlich ein ausgezeichneter Gedanke kam. Sie könnte zwei Fliegen mit einer Klappe schlagen. Da war sie, die Hintertür, die sich für sie auftat, um ungestört in der Apotheke lernen zu können.

»Nun ich habe im Augenblick keine Verpflichtungen, denen ich nachgehen muss«, plapperte sie, so, wie man es von einem kleinen Mädchen erwarten würde. »Ich könnte die Lehrerin in der Schule persönlich unterstützen. Es wären nur ein paar Stunden am Vormittag. Ich langweile mich so sehr, mon père.« Sie warf ihrem Erzeuger ihren lieblichsten Blick zu.

Der Marquis zuckte mit den Schultern und nahm einen Schluck aus seinem Kelch. »Wenn es dir Freude bereitet«, sagte er großmütig und widmete sich wieder Noel.

Sie hätte damit rechnen müssen, dass es ihm egal war, womit sie ihre Zeit verbrachte, solange es ihn kein Geld kosten würde. Dennoch ... Sie war seine einzige Tochter, und es war ihm egal. Ihre Notlüge hatte sie aus einer brenzligen Situation gerettet und erwies sich zudem als äußerst praktisch. Nun hatte sie eine Ausrede, den Vormittag im Dorf zu verbringen. Sie sollte sich freuen. Warum also fiel ihr das so schwer?

»Aber deine Kammerzofe begleitet dich«, sagte ihr Vater, als ob ihm eben eingefallen wäre, dass er eine väterliche Verpflichtung gegenüber seiner Tochter hatte. »Immerhin bezahle ich sie ja extra für so einen Firlefanz.«

»Gewiss, Vater«, antwortete Aveline und versuchte sich an einem unterwürfigen Ton, doch es hörte ihr keiner mehr zu. Cordelia würde ihr sicher keine Schwierigkeiten bereiten. Suchend blickte sie sich nach ihr um, doch die Zofe war verschwunden. Seltsam. Eine innerliche Unruhe ergriff von Aveline Besitz. Jean-Lucs Platz war ebenfalls verwaist.

»Bitte entschuldigt mich.« Sie schob ihren Sessel knarzend zur Seite und nickte ihrem Vater und ihren Brüdern zu, bevor sie den Raum verließ.

13. Saint Roseraie

Gegenwart

Mit der vergilbten Fotografie seines Ururgroßvaters und einem Glas Rotwein in der Hand saß Damien auf dem wackeligen Stuhl im Garten. Obwohl er ihn erst kürzlich repariert hatte, war das Bein schon wieder lose. Er seufzte, nahm einen Schluck und versuchte, sich jedes einzelne Detail des Bildes einzuprägen. Beinahe alles war gleich. Vom Schreibtisch bis zu den Glasflaschen im Hintergrund. Es war, als ob er in einen Spiegel blickte. Kosmas hatte recht. Damien sah Gael wirklich zum Verwechseln ähnlich.

»Warum hast du das Duftwasser überhaupt kreiert? Was war daran so besonders?«, sprach er mit dem Foto. Ein Schauer kroch seinen Rücken hinab, und er warf einen Blick über die Schulter in Richtung Gartenzaun. Wartete er etwa auf sie? Hoffte er, dass sie erneut auftauchen würde, um mit ihm zu reden? Dass sie einfach dort stehen und ihm sagen würde, dass sie ihre Drohung zurücknahm? Ein weiteres Angebot machte, das ihm besser gefiel?

Er schüttelte den Kopf.

Zu solch einem Angebot würde es nicht kommen. Denn es gab nichts, was sie tun oder sagen konnte, um ihn davon zu überzeugen, es ihr zu überlassen. Je länger er darüber nachdachte, desto schwerer wurde das Bild in seiner Hand. Von hier aus konnte er bis in den hintersten Winkel des Gartens sehen. Die Pfirsichbäume markierten die Grenze. Damien seufzte, während er das Glas auf seinem Knie balancierte. Aurélie war da. Immerzu. In seinen Gedanken. Er hasste es.

Als es schließlich dämmerte, ging er ins Haus zurück und warf einen kurzen Blick in die Apotheke.

Das Buch.

Damien holte es aus der Schublade seines Schreibtischs. Dann langte er in ein braunes Fläschchen mit der Aufschrift *Oleum eucalypti* und zog einen Schlüssel heraus. Der Safe befand sich hinter einer Holzverkleidung, angeschraubt auf dem Boden. Damien musste es sehen. Das Geheimnis. Behutsam nahm er die Holzschachtel und öffnete sie. Das verknitterte Stück Papier steckte in einer Schutzhülle. Erleichtert atmete er auf. Natürlich war es noch da. Unversehrt. Mit dem Buch, der Schachtel und dem Bild in der Hand stieg er die Treppe hinauf. Dann ließ er sich auf sein altes Sofa sinken.

Gael …

Während er die Gegenstände inspizierte, erinnerte sich Damien an die alten Geschichten, die schon seit Generationen innerhalb der Familie weitergetragen wurden und die jeder hier im Dorf kannte. Dabei waren es nichts weiter als verrückte Gerüchte. Hirngespinste, die sich die Menschen zusammengereimt hatten, weil das hier eben so üblich war. So wie sein Bruder, der einen lächerlichen Artikel gelesen hatte und jetzt glaubte, er hätte Aurélies Geheimnis gelöst.

Wer war sie? Warum war sie hier? Was wollte sie wirklich von ihm? Ob sie auch nur eine Sekunde lang darüber nachgedacht hatte, was sie mit ihrer Ankunft hier auslösen könnte? Wäre es nicht einfacher gewesen, ihm eine Mail zu schicken? Damien war sicher, dass sie keine Probleme dabei gehabt hatte, ihn aufzuspüren oder seine E-Mail-Adresse herauszufinden. Sein Bruder betrieb schließlich auch einen Instagram-Account. Aber stattdessen hatte sie sich in das nächstbeste Flugzeug gesetzt und war persönlich nach Frankreich gekommen. Warum? Was steckte noch dahinter?

Erneut hob er den Deckel der Holzschachtel an. Dann nahm er das Papierstück heraus und betrachtete es. Abgesehen von den kleinen Knitterfurchen waren die Buchstaben klar und deutlich lesbar. Auf der Vorderseite waren die Zutaten notiert. Obwohl Damien Mühe hatte, die altfranzösischen Wörter zu entziffern – denn ein Teil davon war auch noch angesengt –, gelang es ihm. Niemand wusste, warum oder wann es passiert war. Nur dass jemand versucht hatte, das Rezept anzuzünden …

Aber dann fiel ihm etwas auf. Kleine Buchstaben, die direkt über den verkohlten Rand gekritzelt worden waren.

A. hat mein Herz mitgenommen …

Damien hatte keine Ahnung, was das bedeuten sollte. Wessen Herz? Und warum war ihm diese kryptische Zeile bis jetzt noch nie aufgefallen? Plötzlich grollte ein lauter Donner über das Haus hinweg, und der Himmel öffnete seine Schleusen. Er zuckte zusammen. Der Zettel entglitt seinen Fingern. Hastig bückte er sich und legte ihn zurück in die hölzerne Schatulle. Dabei stieg ihm der Geruch von verbranntem Papier in die Nase und jagte einen weiteren Schauer über seinen Rücken. War es das Gewitter, das in seinen Ohren dröhnte, oder das kräftige Pochen seines Herzens?

Damien warf einen letzten Blick auf das Rezept. Dann nahm er das Weinglas, ging zum Fenster und schob den Vorhang beiseite.

Was *sie* wohl gerade machte? Ob sie auch nur einen einzigen Gedanken an ihn verschwendete? Oder plante sie bereits ihre nächsten Schritte, für den Fall, dass er ihr das Rezept trotz der Drohung, die sie ihm förmlich vor die Füße geworfen hatte, nicht freiwillig herausrücken würde? Damien seufzte. Womöglich hätte er sich doch noch einmal mit ihr treffen sollen.

Sein Handy vibrierte. Er trank den Wein aus und ließ das Glas am Fensterbrett stehen. Nicolas hatte ihm eine Nachricht geschrieben.

Falls es dich interessiert, und ich weiß, dass es das tut ... Deine kleine Amerikanerin sitzt in Guineveres Bar und bläst Trübsal.

Damien hob eine Augenbraue. *Seine* kleine Amerikanerin?

Sie trägt heute gar keinen Lippenstift. Wie auf dem Fest. Hach, Blondie kann einem echt leidtun. Über beide Ohren in einen Mann verliebt, der nichts von ihr will.

Aber saufen kann sie, das muss man ihr lassen! Der dritte Tequila-Shot.

Oh, jetzt wird sie langsam bleich um die Nase ...

Hatte Nicolas denn nichts Besseres zu tun? Das nächste Schuljahr vorbereiten? Seine Buntstifte spitzen? Arbeitsblätter sortieren? Kopfschüttelnd unterdrückte Damien das nagende Gefühl der Anspannung in seiner Brust und tippte seine Antwort: *Und was genau willst du jetzt von mir, Nicolas?*

Dein Ernst?

Damien wusste mit dieser Frage nichts anzufangen und schrieb genervt: *Falls du es noch nicht gehört hast, Aurélie hat vor uns zu verklagen …*

Die Antwort kam sofort: *Gerade wirkt sie aber eher so, als ob sie verklagt worden wäre. Soll ich sie etwa an deiner Stelle trösten?*

Damien schnaubte und biss die Zähne zusammen. Nicolas hatte ein Talent dafür, seine wunden Punkte mit Präzision zu treffen. Er tippte: *Geh nach Hause, Nicolas!*

Nur wenn du mich hier abholst.

Fahr zur Hölle!, schrieb Damien.

Wie du willst. Dann kümmere ich mich eben um dein Mädchen. Verlass dich ruhig auf mich!

Die Anspannung in Damiens Brust verwandelte sich in Wut. Knurrend warf er das Telefon weg. Um sich abzulenken, nahm er das lederne Buch seines Ururgroßvaters zur Hand und löste die Kordel. »Welche dunklen Geheimnisse verbirgst du nur vor mir?«, flüsterte er.

Die Seitenränder waren bräunlich verfärbt und an manchen Stellen eingerissen. Neben Gaels Abschriften fanden sich auch unzählige detailgetreue Zeichnungen von Kräutern und Blumen sowie bebilderte Anleitungen zur Herstellung von Salben, Säften und Ölen. Außerdem enthielt es ein selbst gemachtes Herbarium, welches Gael als Hilfestellung gedient hatte.

Aber das kannte er alles schon! Ein grünes Band trennte ein paar leere Seiten von dem restlichen Inhalt des Kompendiums. Das letzte Blatt war unsauber herausgerissen worden. Damien nahm das Rezept erneut an sich und legte es in das Buch.

Es passte. Bis auf den verkohlten Teil natürlich.

Wieder ratterte sein Telefon über den Tisch.

Sie heult. Damien, was hast du gemacht? Sie starrt auf ihr Handy und weint. Beantworte gefälligst ihre WhatsApps!

Damien hob eine Augenbraue. Keine neuen Nachrichten von der Amerikanerin. Die kleine, hoffnungsvolle Flamme, die sein bester Freund gerade ahnungslos in ihm geschürt hatte, verpuffte zu einer rauchenden Aschewolke. Er tippte: *Ich habe gar nichts gemacht!*

Aber sie hat deinen Namen geschluchzt!

Bist du betrunken?, schrieb Damien stirnrunzelnd.

Im Gegensatz zu Aurélie bin ich so nüchtern wie die heilige Mutter Gottes.

Hatte sie nicht vor dem Chopé zu ihm gesagt, sie sollten vielleicht noch mal von vorn beginnen? Damien schloss die Augen. Da war sie. Direkt vor ihm und reckte sich ihm entgegen. Der Druck ihrer Lippen auf seinen. Ihr kleiner, warmer Körper, der sich an ihn drängte, und ihre Finger, die sich in sein Hemd krallten. Zum Teufel, er erinnerte sich sogar daran, wie seidig ihr Haar gewesen war, als er es gepackt hatte, um sie dazu zu zwingen, ihn anzusehen.

Damien? Du brauchst dich nicht tot zu stellen. Kosmas hat mir längst alles erzählt!

Damien schnaubte. Natürlich hatte er das! Das größte Klatschweib in ganz Roseraie war schließlich sein eigener Bruder! Bevor Aurélie hinter seinem Gartenzaun aufgetaucht war, war sein Leben so unkompliziert gewesen. Nur er und sein verdammter Garten! Nach Roseraie zurückzukehren, war wie ein Hauptgewinn im Lotto gewesen. Auch wenn er dafür seinen Arztkittel an den Nagel hatte hängen müssen.

Damien schnaubte nachdenklich und sah erneut auf das kleine Buch. Da waren der Einband und der Äskulapstab auf der ersten Seite. Rezepte, Zeichnungen, gepresste Blumen und Kräuter. Grünes Band, freie Seiten. Herausgerissene Seite ... Einband.

Plötzlich wurde er stutzig und blätterte zurück. Der Papierbogen, welcher das Buch zusammenhielt, war von unterschiedlichem Vergilbungsgrad! Damien befühlte die Innenseiten des Buchdeckels. Tatsächlich war die Rückseite dicker als die Vorderseite. War dies des Rätsels Lösung?

Ohne zu zögern, ging er in die Küche und holte ein Messer. Gael würde vermutlich eine Pirouette in seinem Sarg drehen, wenn er wüsste, was sein Ururenkel gerade vorhatte. Neugierig hielt Damien das geöffnete Buch hoch. Von diesem Blickwinkel aus konnte man die Wölbung deutlich erkennen. Dann legte er es flach auf den Tisch und begann zu schneiden. So vorsichtig wie möglich zog er das Papier vom Deckel ab und fluchte dabei lautstark vor sich hin. Natürlich hätte er die Seite auch mit Wasserdampf lösen können, doch er wollte Gaels Vermächtnis nicht noch mehr beschädigen, als es ohnehin schon der Fall war. Außerdem würde er das Geheimnis in dem Buchdeckel auf diese Weise nicht zerstören. Damien schob seine Finger unter das Papier und zog ein Stück Stoff heraus. Ein rosafarbener Flicken. Das Gewebe war ausgefranst und dünner als gewöhnliche Baumwolle. Vielleicht Seide? Kosmas wüsste es ...

Da fiel etwas auf den Tisch. Ein Zettel. Damien entfaltete ihn. Und hielt den Atem an. Statt der geschwungenen Handschrift seines Ururgroßvaters kam das Bildnis einer jungen Frau zum Vorschein, die genauso aussah wie ... Aurélie.

Damien schluckte. Unmöglich! Aber die Ähnlichkeit war so auffällig, als ob sie ein und dieselbe Person wären. Das Handy blinkte wie verrückt.

Habe ich dir heute eigentlich schon gesagt, was für ein herzloser Mistkerl du bist? Das arme Ding weint sich hier vor Kummer die Augen aus. Ich finde, du solltest endlich Verantwortung übernehmen!

Damien hob eine Augenbraue. Verantwortung übernehmen? Wofür? Soweit er sich erinnern konnte, waren sie beide bei diesem Kuss anwesend gewesen ...

Ich weiß, dass du mich absichtlich ignorierst. Du magst sie, gib es doch endlich zu! Soll ich sie etwa allein vor sich hin schniefen lassen? Guinevere ist heute nicht im Laden. Jetzt nimm endlich deine Eier in die Hand und komm her.

Damien ignorierte seinen besten Freund und starrte wie gebannt auf das Papier. Die Zeichnung war so detailgetreu wie ein Foto, und er erkannte vereinzelte Sommersprossen und unschuldige Grübchen um die Mundwinkel des Mädchens. Ihr Lächeln wirkte so lebendig, als ob es auf dem Papier konserviert worden wäre. Dieses Bild war eine Momentaufnahme. Eine Situation, in der sie zusammen gewesen waren. Ihr Lächeln war eindeutig für den Künstler bestimmt. Und dieser Künstler war wohl sein Ururgroßvater gewesen.

Die Frau auf dem Bild hatte sicher etwas damit zu tun ... mit dem Parfum; dann Aurélies plötzlichem Erscheinen ... Sollte wirklich alles zusammenhängen? Damien musste es ihr zeigen. Vielleicht erkannte sie das Mädchen. Er legte die Zeichnung zurück in das Buch.

Letzte Chance, hatte Nicolas gerade geschrieben. *Damien. Wir trinken gerade um die Wette. Alle Achtung, die Kleine kann was vertragen!*

Wo ist Cassandra?, wollte Damien wissen.

Wer?

Verarsch mich nicht! Ich meine die Frau, die du neulich mit nach Hause nehmen wolltest!

Ah, die Assistentin! Keine Ahnung, nicht da, schrieb sein Freund.

Damien raufte sich die Haare. Sollte er gehen? Wollte sie ihn überhaupt sehen? Sie wollte ihn verklagen, verdammt! Damien atmete tief durch. Adrenalin strömte durch seine Adern. Ein grollender Laut drang aus seinem Mund. Dann sprang er auf und rannte die Treppe hinunter. Draußen regnete es in Strömen, aber das war ihm egal.

Als er das Chopé wenige Minuten später erreichte, war er bis auf die Boxershorts durchnässt, und die Stirnfransen klebten auf seiner Haut. Was zum Teufel tat er hier eigentlich? Warum war er überhaupt hergekommen? Die Straßenlaterne flackerte in unregelmäßigen Abständen. So wie die Flamme in seiner Magengegend. Sein Atem kam stoßweise. Damien zückte das Telefon und wischte einen Regentropfen fort.

Ich komme, ließ er seinen Freund wissen.

Er riss die Tür auf und ging hinein. Dort erstarrte er auf der Stelle. Nicolas war gerade im Begriff, Aurélie hochzuheben, aber sie fuchtelte wild mit den Händen, schmetterte ihm ein französisches Schimpfwort an den Kopf und drückte ihn weg. Dann sackte sie zurück auf Guineveres Theke.

»Was jetzt?« Die angeblich nicht anwesende Cassandra saß auf einem Barhocker und rieb ihrer Chefin den Rücken. Dabei wirkte sie weniger verzweifelt als sorgenvoll. Als wäre sie nicht nur Aurélies Assistentin, sondern auch deren Mutter.

Nicolas zuckte mit den Schultern und beugte sich über die betrunkene Frau. »Sie passt wirklich ganz hervorragend zu diesem Griesgram«, nuschelte er und nahm einen großen Schluck von seinem Bier.

Damien schnaubte und beobachtete weiter die Szene.

»Das stimmt. Die beiden passen wirklich gut zusammen! Aurélie benimmt sich auch manchmal sehr seltsam, wie der Wolf im Schafspelz.«

»Nimm es mir bitte nicht übel, aber sie *ist* ein Wolf im Schafspelz! Damien hingegen ist nur ein Wolf. Ein armer, einsamer Wolf auf der Suche nach seiner Gefährtin …«

Wie rührselig. Beinahe einträchtig standen sie neben Aurélie und passten auf, dass sie nicht vom Stuhl fiel. Damien machte einen Schritt auf sie zu. Genau in diesem Moment drehte sich Aurélie um und schielte in seine Richtung. Zuerst war er nicht sicher, ob sie ihn überhaupt erkannte, aber dann verengte sie ihre Augen zu schmalen Schlitzen und kam auf die Beine. Ihr Gesicht war gerötet und nass von den vielen Tränen, die sie vergossen hatte. Sie sah furchtbar aus.

»Du!«, brüllte sie. »Dich will ich hier nicht sehen!« Sie schwankte, schaffte es aber irgendwie, sich aufrecht zu halten.

Damien machte einen weiteren Schritt auf sie zu, wie ein Raubtier, das auf seine Beute lauerte. *Wer ist jetzt hier der Wolf?* Dabei bemerkte er, wie sehr sie darum bemüht war, ihre Haltung zu wahren. Als ob sie ihn mit aller Macht davon überzeugen wollte, dass es nichts und niemanden in ihrem Leben gab, der es mit ihr aufnehmen konnte. Dass sie in Ordnung war … Aber das war sie nicht. Ganz und gar nicht. War es wirklich wegen *Au revoir*, wegen des Briefes oder weil er sie geküsst hatte?

»Hey! Da bist du ja! Wusst ich's doch, dass du kommen würdest, um Aurélie zu sehen«, kündigte Nicolas seine Ankunft an, sodass es jeder hören konnte.

Aber heute war es ihm völlig egal, dass ihn das halbe Dorf anstarrte.

»Geh ... geh weg!« Aurélie drehte sich um, stolperte über ihre Füße und war im Begriff, auf dem Hintern zu landen. Dabei kreischte sie und ihr langes blondes Haar flog durch die Luft. Damien stürzte auf sie zu und fing sie auf, bevor sie hart auf dem Boden aufschlug.

Mit großen Augen starrte sie ihn an, und ihre Lippen formten ein perfektes O, bevor sie sie zu einem festen Strich zusammenpresste und ausholte. »Fass mich nicht an!«, rief sie und verpasste ihm eine halbherzige Ohrfeige, die nicht einmal annähernd so brannte wie beim letzten Mal.

Damien bekam ihre Hand zu fassen und hielt sie fest. Die andere hatte er zwischen ihren Körpern eingeklemmt. »Brutales Weib! Spuckst immer große Töne, dabei kennst du deine eigenen Grenzen nicht!«, schnauzte er sie an, packte sie und warf sie sich über die Schulter. »Wo ist dein Zimmer?«

»Lass mich runter, verdammt!«

»Nein.«

Sie schimpfte und trommelte gegen seinen Rücken, doch er zuckte nicht einmal mit der Wimper. Unzählige französisch-englische Flüche prasselten auf ihn ein, doch auch das nahm er hin.

»Welches Zimmer?«, wandte er sich an Cassandra.

»Das zweite von rechts.«

»Wie konntest du zulassen, dass sie sich so maßlos besäuft? Bist du nicht ihre ... Assistentin?«

Cassandra rührte in ihrem Getränk. »Du kennst Aurélie wohl doch noch nicht so gut, wie es scheint. Denn dann würdest du wissen, dass sie nicht gern mit sich verhandeln lässt.« Sie kicherte. »Also habe ich beschlossen, die Verantwortung in deine Hände zu übergeben, Damien. Wenn sie jemand davon überzeugen kann, heute Abend mit dem Trinken aufzuhören, dann du. Ich sehe dann später nach ihr.«

»Hm.«

»Ver...räterin!«, lallte Aurélie.

»Gut gemacht, Mann! Wir zählen auf dich!« Nicolas zwinkerte.

Die drei Männer, die ebenfalls an der Bar saßen, begannen Beifall zu klatschen.

Damien verdrehte die Augen. Dann verschwand er mit der brüllenden Frau über die Treppe ins zweite Obergeschoss.

»Ich r...rufe die Pol...lizei!«, brabbelte Aurélie.

»Nur zu.«

»Mach ... mach dich nicht lustig über mich ...«

»Mache ich nicht.«

»Dann lass mich runter!«

»Nein.«

»Warum?«

»Sogar deine Assistentin war der Meinung, dass du ins Bett gehörst. Ich finde, sie hat einen Bonus verdient!«

Mit der strampelnden und Flüche ausstoßenden Frau auf dem Arm stieß Damien die sichtlich unverschlossene Tür auf. Fürchtete sie sich denn gar nicht davor, dass jemand bei ihr einbrechen könnte?

»Du solltest die Tür absperren.«

»Ja, d...das sollte ich!«, rief sie. »Aber wie hätte ich den wi...wissen sollen, dass ich noch heute Abend von einem verrückten Apotheker entführt werde!«

»Glaubst du etwa, ich habe Spaß daran, mich um eine betrunkene Frau zu kümmern, die mir erst heute Nachmittag den Krieg erklärt hat?«

Aurélie verstummte.

Damien kickte seine Schuhe in eine Ecke und blickte sich um. Überrascht stellte er fest, wie wohnlich sie es sich in ihrem Gästezimmer eingerichtet hatte. Als ob sie gar nicht vorhatte, Saint Roseraie je wieder zu verlassen ... Sein Herz wurde schwer. »Ich setzte dich jetzt ab.«

Vorsichtig ließ er sie auf das Bett gleiten und beugte sich über sie. Ihre Augen waren gerötet, und sie kämpfte gegen die Tränen an. »Geh w...weg!« Sie verpasste ihm einen halbherzigen Stoß, doch er bewegte sich nicht von der Stelle.

»Nein.« Unbeeindruckt zog er ihr die Schuhe von den Füßen und bemerkte, dass ihre Kleidung feucht war, weil er sie getragen hatte. »Kannst du dich ausziehen?«

Sie reagierte nicht. Aber dann entfuhr ihr ein Laut, der wie eine Mischung aus Lachen und Weinen klang.

»Aurélie, schau mich an!«

Aurélie hielt inne und blickte ihn an. Ihre Unterlippe zitterte. »Ge...geh endlich weg! Ich will nicht, dass du mich in diesem Zustand siehst! Ausgerechnet du ...« Sie verbarg ihr Gesicht unter ihren Händen.

Irgendetwas stimmte nicht. »Was ist passiert?«, fragte Damien.

»Nichts.«

Sie war eine miserable Lügnerin ... Behutsam zog er ihre Hände fort und hielt sie fest. Wie klein und warm sie waren. Und wie perfekt sie in seine passten ...

»Nein, Damien, lass mich los … so…sonst …« Ihre Augen füllten sich mit Tränen.

Sofort ließ er von ihr ab und erhob sich.

Was zum Henker tat er hier eigentlich? Er sollte lieber nach Cassandra rufen, anstatt den verständnisvollen Freund zu mimen! Zwischen ihnen gab es nichts außer einem Drohbrief und unausgesprochenen Gefühlen, die nur er zu empfinden schien. Wortlos drehte er sich um, doch da schoss ihre Hand hervor und bekam den Saum seines Shirts zu fassen. Damien erstarrte und atmete hörbar laut aus. Was wollte sie noch von ihm?

»Warte«, flüsterte sie.

Hatte sie sich nicht eben noch wie eine Furie gegen seine Hilfe gewehrt und ihm eine Ohrfeige verpasst?

Diese verrückte Frau war wie ein Wirbelwind, nein, eher wie ein tosender Sturm in sein Leben getreten, hatte alles durcheinandergebracht und ihm gleich zweimal in kürzester Zeit eine geknallt! Auch wenn er wenigstens die erste Ohrfeige verdient hatte. Und ja verdammt, das hatte er!

Als er keine Anstalten mehr machte zu gehen, ließ sie von ihm ab und rappelte sich hoch. Ihre Hände wie einen Panzer um ihren Körper geschlungen blickte sie ihn an. Das Haar hing ihr wirr ins Gesicht, und ihre Wangen glühten von dem vielen Alkohol, den sie getrunken haben musste. Wortlos setzte er sich neben sie. Die Hitze, die sie ausstrahlte, ging auf ihn über und verursachte eine Gänsehaut. Fuck. *Ich hätte einfach gehen sollen, solange ich noch konnte.*

»Es … es tut mir leid. Ich wusste nicht, dass sie dich anrufen würden. Warum bist du hergekommen? Ich dachte, du wolltest mich nicht sehen?«

»Ich weiß es nicht.« Damien ballte die Hände zu Fäusten. Eine Lüge. Natürlich wusste er es. Schlimm genug, dass ein paar konstruierte Nachrichten ausreichten, um seine Hirnwindungen durchbrennen zu lassen. Zu sehen, wie Nicolas sie in seine Arme hob, hatte sein Herz zum Erstarren gebracht. Wann würde er endlich verstehen, dass sie ihn nicht wollte? Wie könnte sie auch? Sie kannten einander doch kaum! Ihr Plan war es, *Au revoir* in die Finger zu bekommen. Immerhin war sie dafür sogar bereit, ihn vor Gericht zu zerren.

»Damien ...«, flüsterte sie.

Er neigte den Kopf und fand sich in ihren großen dunkelblauen Augen wieder. Erschrocken hielt er inne. Er war so sehr in Gedanken gewesen, dass er nicht einmal bemerkt hatte, dass sie sich an ihn lehnte. Und jetzt waren sie einander so nahe, dass er ihren warmen Atem auf seiner Haut spüren konnte. Aurélie war wie ein Aphrodisiakum, und er war nicht dazu fähig, sich gegen sie zu wehren. Dass sie hier neben ihm saß, reichte schon aus, um ihn in den Wahnsinn zu treiben. Er hob die Hand und berührte ihre Wange. Wie schön sie war. Selbst wenn sie geweint hatte.

»Du kannst mich nicht«, ihr Kopf plumpste auf seine Schulter, »leiden ...« Sie schluckte. Dabei glänzten ihre Iriden so dunkel wie in dem Moment vor ihrem Kuss.

Erwartete sie darauf etwa eine ernst gemeinte Antwort? Ja, er hasste sie! Aber da war auch dieses Gefühl, das sich, ohne zu fragen, in seine Brust geschlichen hatte. Es galt ihr. Nur ihr ... und wurde von Tag zu Tag stärker und unerträglicher.

»Hörst du mich?« Ihre Finger legten sich auf seine Hand.

Er sollte endlich gehen! Ob sie wohl ahnte, wie schwer es ihm fiel, in ihrer Nähe zu sein, seit sie sich geküsst hatten? War ihre scheinbare Zuneigung pure Berechnung oder wollte sie ihn wirklich? Nutzte sie seine Schwäche erneut für ihre Pläne aus?

Hitze stieg in ihm hoch, und sein Herz pochte in seiner Brust, als sie sich noch mehr an ihn presste. Warum zum Teufel konnte er sich nicht bewegen? Er musste doch einfach nur aufstehen und die Tür hinter sich zuschlagen. Sie würde schon zurechtkommen.

»Es ... es tut mir leid«, begann sie.

»Was?«

»Aber ich kann nicht aufgeben ...«

Ihre Finger gruben sich in den Stoff seiner Jeans. Die Hitze verwandelte sich in ein Lauffeuer, welches sich zwischen seinen Lenden sammelte und unbarmherzig in seine Glieder strahlte. Damien sog die Luft scharf ein und versteifte sich. Unfähig, sich zu bewegen, starrte er sie an und bemühte sich, die zarte Röte ihrer Wangen zu ignorieren. Wie sich ihre Lippen einen Spaltbreit öffneten; der Geruch von Rosen und Alkohol, der ihm wie ein schweres Parfum entgegenschlug. Ihr verklärter Blick, der ihn an Ort und Stelle hielt, als gehörte er ihr.

»Ich will ... Frieden.«

Sie wollte Frieden? War nicht sie es gewesen, die ihm diesen Brief durch Cassandra hatte zukommen lassen und ihm nichts als Ärger gemacht hatte, seit sie nach Saint Roseraie gekommen war?

»I...ich habe mir diese Freiheit verdient ...«

Freiheit?

Ihr Kopf rutschte von seiner Schulter. »Dein Herz schlägt so schnell, Damien.«

Er atmete geräuschvoll aus. »Ich hasse dich nicht«, hörte er sich sagen. Seine Stimme klang tief und fest; als ob er keine Zweifel hegte.

»Aber du *musst* mich hassen! Denn wenn du es nicht tust, weiß ich nicht, was ich sonst noch dagegen machen soll!«

»Wogegen?«

»Gegen dieses Gefühl.« Sie schauderte, als seine Hand über ihren Rücken strich. »I...Ich kann ihn einfach nicht vergessen. Diesen Kuss. Obwohl ich weiß, dass ich nicht nachgeben darf, muss ich andauernd daran denken. Es macht mich schwach, in deiner Nähe zu sein, und ich wünschte, du würdest mir dieses verdammte Rezept einfach überlassen, aber du tust es nicht.«

Es machte sie schwach? Damien verzog seine Lippen zu einem kleinen Lächeln. Mit allem hatte er gerechnet. Dass sie ihn wieder ohrfeigte, ihn beschimpfte, ihm den Teufel an den Hals wünschte! Dass sie ihm drohte, ihn zu ruinieren, wenn er nicht kapitulierte und ihr gab, was sie wollte. Aber nicht mit einer Beichte wie dieser. Ehrliche Worte, die sie angreifbar und verletzlich machten.

»Dann bleibt alles so, wie es ist. Du hörst von meinem Anwalt und ich von deinem.«

»Ja«, hauchte sie. Dabei bewegten sich ihre Finger erneut über seinen Körper und hielten sich an ihm fest. Wahrscheinlich, um ihn von sich zu schieben und Abstand zu gewinnen.

»Ich sollte jetzt besser gehen ...«, raunte Damien.

»Das solltest du wohl.«

Er schob eine blonde Haarsträhne aus ihrem Gesicht. Erstaunt ließ er es durch seine Finger gleiten. Es schimmerte rötlich. War es nur das Licht der Nachttischlampe?

»Damien«, flüsterte sie, und es war, als ob jemand einen Schalter in seinem Hirn umgelegt hätte.

Seinen Namen in diesem Tonfall aus ihrem Mund zu hören verwandelte die Flammen in rohe Begierde, die wie Lava durch seinen Körper peitschte. Das Zimmer wurde kleiner, und die Wände lösten sich auf, bis er nichts mehr sah außer sie. Sie und ihre süßen Lippen. Lippen, die sich erwartungsvoll öffneten.

»Ich kann nur noch an dich denken ...«, flüsterte sie.

Und dann küsste er sie. Ein erleichtertes Seufzen entfuhr ihm; als ob er nur darauf gewartet hätte, sie endlich küssen zu dürfen. Seiner feuchten Hose zum Trotz zog er sie auf seinen Schoß, bis sie in seinen Armen lag. Seine Zunge erkundete ihren Mund und entlockte ihr ein heiseres Stöhnen. Ein tiefer, sinnlicher Laut, der sein Blut zum Kochen brachte, raubte ihm den letzten Funken Selbstbeherrschung, der ihn noch davon abhielt, ihr die Kleider vom Leib zu reißen. Als hätte sie seine Gedanken gelesen, bewegte sich Aurélie auf ihm, bis er es war, der unter ihr lag.

Aus halb geöffneten Augen blickte sie auf ihn herab. Seine Arme schlossen sich um ihre Taille, und mit einer gekonnten Drehung war er wieder über ihr. Ihre Augen leuchteten, als sie zu ihm aufsah. Aber dieses Mal war es nicht Verachtung, die darin glomm. Es war das gleiche Gefühl, dieselben Gedanken, die sein Herz schmerzhaft gegen seine Rippen prallen ließen. Sie umfasste sein Gesicht und brachte ihn dazu, ihre Nähe zuzulassen. Dabei umschlang sie seine Hüfte mit einem Bein und presste ihren Schoß gegen seine pochende Mitte. Damien stöhnte, schloss die Augen, küsste sie wieder und vergrub seine Finger in ihren Haaren, die plötzlich viel lockiger waren, als er es in Erinnerung hatte.

Locken. Wie das Mädchen auf dem Bild. Er öffnete die Augen.

Ihre Hände fielen neben ihr auf das feuchte Laken. Das alles hier, ihre Reaktion, war noch schlimmer als ein Schlag ins Gesicht. Atemlos löste er sich von ihr.

»Du musst gehen …«

»Ja«, raunte er.

»Geh jetzt, bevor wir noch etwas tun, das wir nicht mehr rückgängig machen können.«

Damien richtete sich auf. Der süße Geschmack in seinem Mund verwandelte sich in Bitterkeit. Ihre Lider flatterten, als sie sich auf die Lippen biss, während sie noch immer an ihm festhielt. Nein, er wollte nicht gehen! Und sie wollte ganz offensichtlich nicht, dass er ging. Ihre Augen blitzten auf, als ob er seine Gedanken laut ausgesprochen hatte. War das Sehnsucht in ihrem Blick? Aber dann schob sie ihn fort.

»Bitte geh! Ich halte diesen Schmerz nicht mehr aus!« Ihre Stimme brach und verebbte zu leisen Schluchzern. Die Hitze verwandelte sich zu Eis.

Sie hat recht!

Was war da gerade eben nur mit ihnen passiert? Warum weinte sie? Er fuhr sich durchs Haar und starrte auf sie herab. Die Erkenntnis traf ihn wie die Kugel einer Pistole. Es gab keine Zukunft für sie. Keiner von ihnen würde je seine Meinung ändern. Und noch eine weitere Erkenntnis traf ihn hart. Er hatte Angst. Angst, sie zu fragen, warum sie wirklich da war. Warum sie das Rezept so unbedingt wollte. Angst, dieses Etwas, das zwischen ihnen war – so winzig und zerbrechlich und chaotisch es auch sein mochte – für immer zu verlieren. Er hatte so lange nichts gefühlt. Nicht wirklich. Jeder Tag war wie der nächste, aber nun war sie da.

Und solange er schwieg und die wichtigsten Fragen nicht stellte, konnte er sich zumindest noch einer Illusion hingeben. Bald. Bald würde, nein, musste er sie nach den wahren Gründen fragen. Aber noch nicht jetzt. Nicht wenn sie so wehrlos und zerbrechlich vor ihm lag. Das Ende war voraussehbar und der Verlust in jedem Fall enorm. Aber egal, was auch passieren würde, er hatte sein Herz längst verloren.

14. Saint Roseraie

Sonntag, 9. Mai 1875

Wo war sie nur? Mit einem Kerzenständer in der Hand durchschritt Aveline die dunklen Gänge des zweiten Obergeschosses. Neben einer Nische hielt sie inne. Was tat sie hier nur? Es war nicht ihre Aufgabe, nach der Kammerzofe zu suchen oder sich gar um sie zu sorgen? Im Gegenteil, es war Cordelias Pflicht, sich um Avelines Bedürfnisse zu kümmern. Dieser Tag hatte eindeutig schon zu viele Stunden, und ihr Gemüt konnte keine Ruhe finden.

Die kalten Augen ihres Bruders gingen ihr nicht aus dem Sinn. War sie am Ende schon paranoid? Jean-Luc war ein komplizierter Mensch, aber war er auch das Monster, für das sie ihn hielt? Sie atmete tief durch und machte kehrt. Cordelia wartete sicher längst in ihren Gemächern auf sie, und die ganze Aufregung war umsonst gewesen. Ja, so würde es sein! Aveline kam sich wie ein törichtes Kind vor.

»Welch ungewöhnliche Erscheinung zu dieser späten Stunde ... und in diesem Teil des Hauses.« Eine dunkle Silhouette löste sich von den Mauern.

Aveline sprang erschrocken zurück. Das Licht der Kerzen flackerte.

»Jean-Luc.« Ihr Herz raste.

»Ich wollte dich nicht erschrecken, kleine Schwester.« Seine Stimme klang hohl, als würde er aus weiter Ferne zu ihr sprechen. »Warst du etwa auf der Suche nach mir?«, fragte er, und Aveline hielt verwirrt inne, bis ihr einfiel, dass ihr Bruder seine Räume hier oben im zweiten Stock des Anwesens hatte. Nicht unweit der Gemächer ihres Vaters. Doch dieser saß gewiss noch beim Abendessen, genauso wie Tristan, Isaac und Noel. Die wenigen Diener, die sie immer aufs Land begleiteten, arbeiteten alle in der Küche.

Sie waren allein.

Jean-Luc kam näher ... wie eine humpelnde Katze. Der Geruch von Schweiß und Erbrochenem drang ihr in die Nase, und sie brauchte all ihre Willenskraft, um nicht vor ihrem Bruder zurückzuweichen. Er war kein Monster, es war also lächerlich, sich zu fürchten. Warum nur schrillten dann all ihre Alarmglocken?

Jean-Luc griff nach einer ihrer Haarsträhnen und roch daran.

»Ich suche nach meiner Kammerzofe«, hüstelte sie und entzog ihrem Bruder die Strähne. »Das arme Ding ist neu hier und hat sich bestimmt verlaufen. Hast du sie gesehen?« Ihr Bruder wippte hin und her. »Ja oder nein?«, fragte Aveline, und ihre Stimme überschlug sich. Er griff wieder nach ihrem Haar, doch diesmal schlug Aveline seine Hand weg, bevor er sie berühren konnte.

»Warum bist du so grob, kleine Schwester? Ich will doch nur spielen!«, säuselte Jean-Luc. Im Schein der Kerzen waren seine Pupillen so groß wie schwarze Löcher, die alles zu verschlingen drohten. »Früher hast du doch gern mit mir gespielt.« Er wankte näher.

Sie wollte vor ihm zurückweichen, doch es gelang ihr nicht rechtzeitig. Seine Hand legte sich um ihren Hals, und er leckte sich wie ein wildes Tier über die Lippen. Aveline blieb kurzzeitig die Luft weg, nicht weil er ihr die Kehle abschnürte, sondern weil sie so entsetzt über sein Benehmen war. Wie konnte er es wagen? War er von Sinnen? Vater würde so ein Verhalten niemals dulden!

Sie versuchte, sich zu befreien, und stolperte zwei Schritte zurück, doch Jean-Luc kam ihr hinterher. Er presste sie an die Wand, und der Kerzenständer fiel klirrend zu Boden.

»Was soll das, Jean-Luc?«, fauchte Aveline.

»Sei still«, raunte ihr Bruder und fuhr mit seinen Fingern die Konturen ihrer Wange nach. »Ich sehe doch die Blicke, die du mir zuwirfst.« Er schob sein Knie zwischen ihre Beine. »Genau wie sie, voller Verachtung und Mitleid.« Er verstärkte seinen Griff.

Aveline konnte jeden einzelnen seiner Finger an ihrem Hals spüren. Dann drückte er zu und schnürte ihr die Luft ab. Zum zweiten Mal an diesem Tag sah Aveline schwarze Punkte vor ihren Augen tanzen. Doch dieses Mal loderte blanke Panik wie Feuer durch ihre Venen. Sie hob ihre Hände, um nach ihrem Bruder zu schlagen, doch ihre Arme wollten ihr nicht mehr gehorchen. Ihre Fäuste schlugen ins Leere.

Jean-Lucs Lachen klang dumpf an ihrem Ohr, die Schatten um sie herum wurden immer länger. »Du warst doch immer ihr Liebling.«

Sie konnte ihn kaum mehr verstehen.

»Warum folgst du ihr nicht einfach und erlöst uns von deiner Existenz.«

Wovon sprach ihr Bruder nur? Der Raum wurde immer dunkler.

Dann ließ der Druck nach. Sie fiel zu Boden und landete auf den Knien.

»Ich hab dir doch gesagt, du sollst ihn nach dem Abendessen direkt in seine Räume führen.«

War das Gael? Ihr Herz pochte lautstark gegen ihre Rippen. Jeder Atemzug schmerzte.

»Er ist mir davongelaufen, ich dachte, er sei benommen«, fuhr eine fauchende Frauenstimme dazwischen.

Cordelia? Was war hier los? Avelines Blick klärte sich, und sie versuchte, sich aufzurichten.

»Vorsichtig.«

Gael packte sie unter den Armen und half ihr. Sein Blick suchte ihren. Wut spiegelte sich in seinen Zügen, doch da war noch etwas anderes. Sorge. Ihretwegen? Er lockerte seinen Griff erst, als sie sicher stand. An ihrem Handgelenk maß er ihren Puls, seine Finger glühten heiß auf ihrer Haut. »Seid Ihr verletzt?«, fragte er.

Aveline schüttelte den Kopf. »Was tut Ihr hier?«, schaffte sie es zu fragen. Ihre Stimme klang wie die einer alten Frau. Sie sah sich um, Jean-Luc saß kichernd am Boden. Ein eisiger Schauer kroch ihren Rücken hinab.

»Ich sollte Eurem Bruder noch etwas für die Nacht verabreichen, aber irgendwer hat es verabsäumt, ihn nach dem Abendessen hierher zu führen«, sagte Gael, und sein unterdrückter Ärger schwang durch den Raum.

Aveline bekam nicht mit, wie Cordelia auf den offenen Angriff reagierte. Sie konnte den Blick nicht von Jean-Luc nehmen. Geifer lief seine Mundwinkel hinab, und er begann, auf- und abzuwippen.

»Ich brauche frische Luft!«, stieß sie keuchend aus. Sie musste weg von ihrem Bruder. Raus aus dem Haus.

Sie hatte angenommen, Cordelia würde ihr folgen, als sie davonstürmte. Doch als sie die gläsernen Flügeltüren aufstieß, die ihr Gemach mit dem Garten verband, und die kalte Nachtluft ihre Lunge durchflutete, war es Gael, der neben ihr stand.

»Eure Kammerzofe bringt noch Euren Bruder in sein Zimmer, ich habe ihr Anweisungen für die Medizin dagelassen«, erklärte er sachlich. »Und ich habe angeboten, bei Euch zu bleiben, bis sie wieder da ist, nicht dass Euer Kreislauf versagt; das kann nach einem Schock leicht passieren.«

Gael sah in den Nachthimmel hinauf. Das Funkeln der Sterne wurde von seinen Augen reflektiert.

»Das war nett von Euch, aber mir geht es gut.« Sie log, aber das war nicht von Belang, denn Gael glaubte ihr ohnehin nicht, das merkte sie an dem mitleidigen Blick, den er ihr zuwarf.

Sie wollte nicht, dass er sie so ansah.

Ohne ein Ziel vor Augen wanderte sie durch die Kräuter- und Gemüsebeete. Sie musste sich bewegen. Alles abschütteln. Gael folgte ihr, doch er hielt Abstand. Spürte er, dass sie Raum zum Atmen brauchte?

Wie selbstverständlich hatten ihre Füße sie zu den Pfirsichbäumen ihrer Mutter getragen. Der Mond schien hell auf die knorrigen Bäume, und die Pfirsiche schimmerten wie gefallene Sterne zwischen den Ästen. Eine sanfte Brise trug den süßlichen Duft an ihre Nase.

Zu süß. Ihr wurde schlecht.

Sie lief ein paar Meter und übergab sich in einen hohen Lavendelbusch. Ihr Körper zitterte. Kalt-nasser Schweiß bedeckte ihre Haut, und die Welt um sie herum drehte sich. Mit ihrem Mageninhalt verließ sie auch ihre Kraft. Doch bevor sie fallen konnte, griffen zwei Hände nach ihr. Gael strich ihr das verklebte Haar aus dem Gesicht und zwang sie, sich unter einen der Pfirsichbäume zu setzen. Sie schloss die Augen und betete, dass der Schwindel sich alsbald legen würde. Sie nahm Gaels Schulter wahr, als er sich ganz dicht neben sie setzte.

Er holte ein kleines Döschen aus seiner Brusttasche. Bonbons. Er reichte ihr eins. Am liebsten wäre sie im Boden versunken. Zunächst die Szene mit ihrem Bruder und nun das. Sie wollte gar nicht wissen, was Gael über sie dachte.

»Zitrone, die Säure hilft gegen die Übelkeit«, sagte er.

Sie hätte alles getan, um den bitteren Geschmack in ihrem Mund loszuwerden. Gael verstaute die Dose wieder, und eine Zeit lang blickten sie schweigend auf das Dorf hinab. In den meisten Fenstern brannte Licht, doch nach und nach erlosch es. Aveline griff nach dem Medaillon ihrer Mutter. Das kühle Schmuckstück hatte eine beruhigende Wirkung auf sie.

»Ich hielt Euch für arrogant«, sagte Gael plötzlich. »So, wie Ihr heute Vormittag über Euren Bruder gesprochen habt. So sollte man nicht über die eigene Familie sprechen.«

Aveline sah ihn von der Seite aus an. Doch sein Blick war in die Ferne gerichtet.

»Ich hatte unrecht. Es tut mir leid.«

Aveline wusste nicht recht, was sie erwidern sollte. Deswegen schwieg sie.

»Es gibt einen Philosophen, er spricht darüber, dass am Beginn alles gut ist und der Mensch alles zunichtedressiert«, sagte Gael und kratzte sich am Kopf.

»Alles, was aus den Händen des Schöpfers kommt, ist gut; alles entartet unter den Händen des Menschen«, flüsterte Aveline und zitierte zum zweiten Mal an diesem Abend Rousseau.

Gael lachte. »Ihr seid wirklich sehr belesen, Mademoiselle.«

Aveline gelang nur ein müdes Grinsen. Das Sprechen fiel ihr schwer, ihr Hals schmerzte.

»Ich dachte immer, er hätte recht. Dieser Philosoph. Wir sind das, was unsere Erziehung aus uns macht, selbst im Krieg.« Gaels Stimme zitterte. »Selbst ein Soldat ist nur ein Produkt der Erziehung seines Staates. Nicht gut, nicht böse, nicht grausam. Doch dann sehe ich Euren Bruder und denke mir, dass etwas Tieferes, Dunkles in ihm lauert.« Er verspannte sich neben ihr. »Was Euch heute Abend widerfahren ist, das hätte niemals passieren dürfen.«

»Mademoiselle?« Cordelia war neben ihnen aufgetaucht.

Gael half Aveline auf die Beine. Er bückte sich nach seiner Arzttasche, die Cordelia ihm mitgebracht hatte. Er holte einen kleinen Tiegel aus einem der unzähligen Fächer hervor.

»Arnikasalbe.« Er reichte sie Cordelia. »Schmier ihren Hals dreimal täglich damit ein«, sagte er und wandte sich ab. Er sah ihr noch ein letztes Mal in die Augen, seine Finger streiften wie zufällig ihre, bevor er in der Dunkelheit der Nacht verschwand und der Augenblick verstrichen war.

Sie ließ sich von der Kammerzofe in ihr Zimmer geleiten. Vorsichtig legte Cordelia einen Arm um Aveline. In ihren Gemächern half sie ihr, das Nachtgewand anzuziehen. Das Bett war bereits angewärmt, und im Kamin loderte ein kleines Feuer. Als Cordelia die Decke über Aveline breitete, begann diese, fürchterlich zu zittern.

»Nicht doch, Mademoiselle.« Das junge Mädchen setzte sich auf die Bettkante und strich ihr über den Rücken. Sie zog den Tiegel aus ihrer Schürzentasche und begann behutsam, die wohlduftende Salbe auf ihrem Hals aufzutragen. »Hier seid Ihr sicher«, sagte sie mit sanfter Stimme, als wollte sie ein Kleinkind beruhigen, das aus einem schlimmen Traum erwacht war.

Doch Aveline war nicht aufgewacht, sie wiegte sich hin und her und schloss die Augen. Niemals würde sie aus diesem Leben erwachen! Tränen sammelten sich in ihren Augenwinkeln. »Ja, aber wie lange bin ich hier noch sicher?« Aveline schniefte. Ihr Hals schmerzte so sehr, aber ihr Bedürfnis, sich jemandem anzuvertrauen, war größer. Wie hätte sie je in den Schlaf finden sollen, ohne sich den Kummer von der Seele zu sprechen? »Wenn mich mein Bruder nicht erwischt«, sie erschauderte, »dann verliere ich einen Teil meiner selbst spätestens dann, wenn ich meinen Großonkel ehelichen muss.« Nun liefen ihr doch die Tränen über die Wangen. »Ich weiß, in deinen Ohren muss sich das Gejammere des armen reichen Mädchens trivial anhören.«

Cordelia schüttelte zu ihrer Überraschung den Kopf. »Ich denke, Ihr solltet selbst über Euer Schicksal bestimmen können, Mademoiselle.« Sie senkte ihren Blick. »Jeder sollte das«, fügte sie leise hinzu.

Aveline trocknete ihre Tränen. Sie sehnte sich so sehr nach einer Verbündeten, jemandem, mit dem sie ihr Geheimnis teilen konnte. Aber war Cordelia die Richtige? Was würde mit ihr geschehen, wenn sie der Kammerzofe von ihrem Vorhaben berichtete und diese noch im nächsten Augenblick zu ihrem Vater und ihren Brüdern lief?

Nein! Sie konnte niemandem vertrauen …

»Entschuldigt, das war anmaßend«, deutete Cordelia ihr langes Zögern falsch.

Die Kammerzofe erhob sich, doch ehe sie gehen konnte, schoss Avelines Hand hervor. Versöhnlich umklammerte sie ihren Arm. »Nein, das war es auf keinen Fall. Ich bin deiner Meinung. Ein jeder Mensch, unabhängig von seinem Geschlecht oder seinem Geburtsrecht, sollte über sein Schicksal verfügen können.« Cordelia entspannte sich unter ihrem Griff und setzte sich wieder.

»Ihr seid anders als meine früheren Herrinnen«, gestand sie.

»Du bist doch nicht viel älter als ich, wie vielen Herrinnen kannst du schon gedient haben?«, fragte Aveline verwundert. Sie war davon ausgegangen, dass dies Cordelias erste Anstellung war.

Cordelia lachte. »Unsere Leben sind nicht dieselben, Mademoiselle«, sagte sie, aber weder Hohn noch Tadel lagen in ihrer Stimme.

»Dann erzähl mir ein wenig von dir. Lenk mich von den Grauen dieses Abends ab«, bat Aveline ihre Kammerzofe. Ihr Hals schmerzte furchtbar. Jedes Wort, das sie sprach, war ein Wort zu viel. Cordelia griff zögerlich nach einer kleinen Porzellanpuppe, die in Avelines Bett lag. »Ein Weihnachtsgeschenk meines Vaters. Damit ich mit sieben Jahren bereits lernte, wie man sich um ein Neugeborenes zu kümmern hat«, sagte Aveline hüstelnd und schämte sich sogleich für ihre rüden Worte, denn sie hatte dieses Spielzeug geliebt.

»Meine Mutter hat Kleidung für Puppen wie diese genäht«, sagte Cordelia und legte die Puppe wieder an ihren Platz zurück.

»Deine Mutter ist Näherin?«

»Ja.« Cordelia lächelte. »In einer meiner frühesten Erinnerungen erwachte ich des Nachts. Alle schliefen, doch ich hörte ein Geräusch, ein Rattern …«

Aveline kuschelte sich in ihre Decke und lauschte Cordelias melodischer Stimme.

»Ich schlich aus dem Schlafgemach, das sich meine Familie teilte, in die Küche – unsere Wohnung hatte nur diese beiden Räume. Da sah ich meine Mutter, sie hatte ihre Nähmaschine vor dem Fenster aufgebaut.«

Aveline gähnte, während Cordelia das Bett richtete und die Decke bis unter ihr Kinn zog.

»Wir wohnten gegenüber einer Kaserne, in der immer Licht brannte, und Mutter nutzte die spärliche Beleuchtung, welche bis in die Küche drang, zum Arbeiten.« Cordelia hielt kurz inne, so, als wäre sie wieder in diesem Zimmer, von dem sie erzählte. »Ich kann immer noch ihr fahles Gesicht vor mir sehen, die Müdigkeit in ihren Augen, doch sie hat sich nie eine Pause gegönnt, nie innegehalten.« Die Kammerzofe schüttelte den Kopf, als wollte sie das Bild ihrer Mutter loswerden. »Ihre Nähmaschine war ihr ganzer Stolz, und jeder in der Nachbarschaft beneidete sie darum, denn sie konnte von zu Hause arbeiten und musste nicht wie die anderen in die Fabrik gehen. Dennoch: Sie war immer die Erste, die morgens erwachte, und die Letzte, die im Bett lag.«

Das Zirpen der Grillen drang an Avelines Ohr. »Sie hat kein leichtes Leben, deine Mutter?«

Cordelia lachte. Es klang verbittert. »Mademoiselle, wenn man nicht in Wohlstand geboren wird, dann tendiert das Leben nicht dazu, einfach zu sein.«

Aveline biss sich in die Wangen, sie wollte nicht, dass Cordelia sie für naiv hielt. »Und du wolltest keine Näherin werden?«

»Meine Mutter hat sieben Töchter, aber nur eine Nähmaschine, Mademoiselle.«

»So viele Schwestern? Aber eure Wohnung hat doch nur zwei Räume!«

Cordelia nickte. »Ja, und ich habe auch noch drei Brüder…«

Nun war es an Aveline zu schweigen. Sie konnte sich nicht einmal im Ansatz vorstellen, was es bedeutete, mit so vielen Menschen einen so beengten Wohnraum zu teilen.

»Es war hart, Mademoiselle«, sagte Cordelia, als hätte sie Avelines Gedanken gelesen. »Ich würde Euch gern erzählen, dass es auch schöne Tage gegeben hat, dass wir viel gelacht und uns gut verstanden haben. Aber das wäre gelogen. Die Wahrheit ist, dass ich, sobald ich alt genug war, eine Stellung in einem Herrenhaus angenommen und nie zurückgeblickt habe.«

»Du hast deine Familie nie wiedergesehen?«

Cordelia lachte. »Schön wäre es. Mein Lohn wird an meinen Vater ausgezahlt. Es ist immer ein großer Streitpunkt, auch nur ein paar Livre aus dem Mistsack herauszubekommen.« Die Kammerzofe hielt sich erschrocken die Hand vor den Mund. »Bitte entschuldigt meine Ausdrucksweise.«

Aveline winkte ab. »Warum bekommt dein Vater deinen Lohn?«

»Na, weil ich noch keinen Ehemann habe. Hätte ich einen Ehemann, dann würde er meinen Lohn bekommen.«

»Warum bekommst du deinen Lohn nicht selbst ausgezahlt?«

Cordelia erhob sich lachend, als hätte Aveline einen Witz gemacht. Sie strich noch einmal Avelines Bettlaken glatt und löschte die Kerzen im Raum, bis nur noch die sanfte Glut des Feuers die Zimmerwände in einen schwachen Schein packte.

»Wisst Ihr, Mademoiselle, das Leben ist hart, das Leben einer Frau ist noch härter. Die Männer betrachten uns als minderwertige Menschen, und im schlimmsten Fall sind wir nicht mehr wert als die Kleidung, die wir besitzen. Es ist egal, ob wir in Armut oder Reichtum geboren wurden, schlussendlich teilen wir alle dasselbe Schicksal. Ein Schicksal, über das wir nicht bestimmen können«, flüsterte Cordelia.

Aveline schluckte, die Worte der Kammerzofe drehten sich wie die Spule einer Nähmaschine in ihrem Kopf. Nie hatte sie einen Gedanken daran verschwendet, dass es auch andere geben könnte. Andere, die genau wie sie unzufrieden mit dem Leben waren, das ihnen vorherbestimmt war. Hoffnung keimte in ihrer Brust. Vielleicht war Cordelia doch genau die Mitstreiterin, nach der sie sich sehnte.

»Schlaft gut, Mademoiselle.«

»Du auch, Cordelia.«

15. Saint Roseraie

Gegenwart

»Und was genau suchst du, wenn ich fragen darf?« Die Hände in die Hüften gestemmt, stand Kosmas neben einer alten Pendeluhr und warf seinem Bruder fragende Blicke zu.

»Hier.« Damien reichte ihm das kleine Porträt, welches er in Gaels Buch gefunden hatte.

»Wer ist das?«

»Das versuche ich ja gerade herauszufinden«, murmelte er entnervt.

»Freundlich wie immer …« Kosmas schüttelte den Kopf. »Wo hast du das denn ausgegraben?«

»Ich habe es in Gaels Buch gefunden. Es war im Einband versteckt.« Er hielt ihm den rosafarbenen Flicken hin. »Weißt du, was das ist?«

»Ganz offensichtlich ein Stück Stoff.«

Damien verdrehte die Augen. »Welcher Stoff? Und wie alt ist er?«

Kosmas runzelte die Stirn und befühlte das ausgefranste Etwas. »Das ist Seide, daran besteht kein Zweifel. Aber wie alt es ist … keine Ahnung.«

»Es steckte zusammen mit der Zeichnung im Buchdeckel.«

Ein leiser Pfiff ertönte, während Kosmas das Porträt in das Licht der einzigen Lampe hielt, die auf diesem Dachboden existierte. »Erinnert sie dich nicht an jemanden?«

Damien erstarrte. Er schluckte und sein Herz wurde schwer. Es war über eine Woche her, seit er sie zuletzt gesehen hatte ...

»Damien?«

»Ja.« Seine Stimme klang rau.

»Sie sieht Aurélie sehr ähnlich, findest du nicht? Ich meine, es könnte auch nur ein Zufall sein. Glaubst du etwa, dass die Frau auf dem Bild etwas mit *Au revoir* zu tun hat?«

»Ich glaube jedenfalls nicht an Zufälle.«

»Ach ja?«, rief sein Bruder erbost. »Als ich dir von dem Bericht über dieses geheimnisvolle Parfum erzählt habe, hast du mich nur belächelt.«

»Dein geheimnisvoller Bericht steht auch nicht in dem Buch unseres Ururgroßvaters! Und ich halte eine Verbindung zu *Au revoir* noch immer für höchst unwahrscheinlich.«

»Hast du Aurélie wenigstens danach gefragt?«

Nein, ich habe sie geküsst. Schon wieder.

»Raus mit der Sprache! Ich weiß doch längst, dass du sie getroffen hast! Habt ihr darüber geredet?«

»Es gab nichts zu bereden.« *Nicolas, dieser Verräter!*

»Du hast es versaut, oder?«

Damien zuckte mit den Schultern. »Sie war zu betrunken, um zu reden. Ich habe sie nur nach oben gebracht.«

»Nur nach oben gebracht, ja?« Kosmas wackelte anzüglich mit den Augenbrauen.

»Ja.«

»Vergiss nicht, dass ich genau erkenne, wenn du lügst. Zwischen euch war etwas, hab ich recht? Warum glaubst du immer noch, dass du etwas vor mir verbergen kannst? Ich bin dein Zwilling, schon vergessen? Und überhaupt ... Muss man dir immer alles aus der Nase ziehen?«

»Hilf mir lieber, Gaels Sachen zu finden.«

»Du lenkst vom Thema ab.«

Damien knurrte. »Vater muss sie verräumt haben! Als ich das letzte Mal auf dem Dachboden war, sah es hier noch wie in einem Antiquitätenladen aus.«

»Vater hat das meiste in den Keller räumen lassen.« Noch immer betrachtete Kosmas die feine Bleistiftzeichnung in seinen Händen. »Habt ihr euch noch einmal geküsst?«

»Nein.«

»Also ja ...« Plötzlich verfinsterte sich die Miene seines Bruders. »Hast du etwa mit ihr geschlafen? Ist es das, was du vor mir verheimlichst?«, rief er beinahe empört aus.

Damien erstarrte. Dann drehte er sich um. »Danke für dein brüderliches Vertrauen. Aber ich bin kein Arschloch, das sich an betrunkenen Frauen vergeht!«

»Jetzt sei doch nicht gleich beleidigt! So hab ich das doch gar nicht gemeint!« Kosmas legte das Bild auf den Tisch neben der Tür. Dann öffnete er den ersten Karton. »Ich wollte ... ich meine, ich wollte ja nur wissen, ob ihr euch ausgesprochen habt.«

»Wir werden immer noch verklagt. Reicht dir das als Antwort?«

Sein Bruder seufzte und kletterte auf eine schwere Holztruhe, um zu einem der oberen Regale zu gelangen. »Willst du meine ehrliche Meinung hören?«

»Habe ich denn eine Wahl?«

Kosmas kicherte. »Nein, ich glaube nicht.«

»Worauf wartest du dann noch?«

»Ich denke, dass ihr euch ähnlich seid. Du und Aurélie. Zwei Sturköpfe, zu stolz, um auch nur den kleinsten Schritt aufeinander zuzugehen.«

Damien verharrte in seiner Bewegung und erinnerte sich an die Küsse, die er mit ihr geteilt und die Sehnsucht, die er in ihren Augen gesehen hatte. Kosmas irrte sich. Denn nicht er war es, der davonlief, sobald sie einander zu nahekamen …

»Du musst mir keine Antwort geben. Ich will nur, dass du darüber nachdenkst.«

»Hm.«

Die nächste Stunde verbrachten sie schweigend, während sie durch immer neue Kisten wühlten. Draußen dämmerte es bereits.

»Hier!«, kam es aus dem hintersten Winkel des Dachbodens. Damien stellte die Vase in seinen Händen ab und eilte zu seinem Bruder. »Da sind sie!«

Gemälde. Unter einem weißen Leintuch verborgen, hinter einem Sofa, welches vermutlich noch älter war als die Bilder selbst. Damien beugte sich über Kosmas, der beherzt in einer Kiste wühlte.

»Sie waren unter diesem schäbigen Ding versteckt. Zusammen mit der hier.« Er tippte auf eine verschlossene Holztruhe.

Damien setzte sich. Nachdenklich inspizierte er das schmiedeeiserne Schloss zwischen seinen Fingern. Ein fester Handgriff genügte, um sie zu öffnen. Der muffige Geruch nach altem Papier und Farbe schlug ihm entgegen. Zwei verschnürte Packen Briefe und eine dicke, weinrot gegerbte Ledermappe lagen darin. Damien nahm sie heraus. Andächtig strich er über den Einband.

Währenddessen machte sich Kosmas daran, die Gemälde an die Wand zu reihen. Pflanzen, eine Landschaft, die Apotheke, ein Obstkorb mit Pfirsichen ... aber keine Frau.

»Sie ist nicht dabei.« Sein Bruder schüttelte den Kopf.

Damien zog an der Kordel, die die Mappe verschlossen halten sollte, und schlug sie auf. Und da war es. Das geheimnisvolle Mädchen mit den Sommersprossen, das Aurélie so verdammt ähnlichsah. »Komm, lass uns nach unten gehen. Ich glaube, ich habe sie gefunden.«

16. Saint Roseraie

Gegenwart

»Damien?«

Nachdenklich saß Damien hinter seinem Schreibtisch und starrte die leeren Glasflakons an. *Wer ist diese Frau?*

»Damien, hast du mich gehört?«

Hatte sie etwas mit dem Parfum zu tun? *A. hat mein Herz auf ihre Reise mitgenommen ...* Was zum Teufel hatte das alles zu bedeuten?

»Madame Dubois wartet seit einer Viertelstunde auf ihre Haartinktur!«

»Was?«

»Die Haartinktur, Damien! Mit deinem Lavendelöl angereichert!«

»Oh.«

Die schrille Stimme einer Frau drang durch die geöffnete Tür. »Kosmas? Hast du es? Ich warte hier schon seit einer halben Ewigkeit! Lange machen meine Knie das nicht mehr mit!«

»Ich komme gleich!«, flötete sein Bruder über Damiens Kopf hinweg. Dann drängte er ihn zur Seite und begann auf eigene Faust, nach der Haartinktur zu suchen. »Hier ist es!«, rief er triumphierend, gab ihm einen Stoß, sodass der Computersessel zurück an seinen angestammten Platz rollte, und verschwand wieder durch die Tür in den Verkaufsraum der Apotheke. »Ich muss mich vielmals entschuldigen, Matilde, aber Damien fühlt sich heute nicht wohl. Der Ärmste hat sich wohl eine Erkältung eingefangen.«

Damien schnaubte und verschränkte die Arme vor der Brust. Erneut schweiften seine Gedanken ab, und er fand sich über Aurélie gebeugt in ihrem Bett wieder. Sein Puls beschleunigte sich, und ihm war, als könnte er spüren, wie sich ihre kleinen Hände an ihm festkrallten und ihre wohlige Wärme in seinen Körper sandten. Ein Schauer prickelte seinen Rücken hinab.

»Nimm dir frei. Ein paar Tage allein machen mir nichts aus.«

Damien zuckte zusammen. »Nein.«

»Na gut, dann eben nicht.« Kosmas verdrehte die Augen. »Du verhältst dich wie ein lauernder Wolf, der nur auf den richtigen Zeitpunkt wartet, um zuzubeißen. Ein bisschen Abstand würde dir guttun.«

Damien verzog das Gesicht. Er wusste genau, was sein Bruder mit Abstand meinte. Abstand von der Apotheke, von *Au revoir* und von der einen Frau, die ihm Tag und Nacht im Kopf herumgeisterte. Nachdem sie vom Dachboden gekommen waren, hatte er Kosmas erzählt, was an jenem Abend wirklich zwischen ihm und Aurélie passiert war.

Aber das änderte nichts. Gar nichts.

Sein Herzschlag setzte aus. Nur eine Sekunde, die ihm wie eine qualvolle Ewigkeit erschien. Die Gewissheit, dass sie ihre Klage nicht zurückziehen würde, nicht einmal dann, wenn sie seine Gefühle erwiderte, nagte an ihm. In den letzten Tagen war ihm immer mehr bewusst geworden, dass er rein gar nichts über sie wusste. Außer dass sie das Rezept des Duftwassers wollte und wie verführerisch ihre Lippen schmeckten.

Damien fixierte die dunkelbraune Flasche mit dem Schlüssel darin.

Sie hatte ihn gewollt. Und das nicht nur, weil sie betrunken gewesen war. Nein, sie hatte sich an ihm festgehalten – Hilfe suchend. Sich nach seiner Umarmung, seiner Wärme sehnend. Aber das würde sie niemals zugeben.

Die Klage …

Der Brief ihres Anwalts hing an der Pinnwand neben der Tür. Sein Magen krampfte. Je öfter er es ansah, desto mehr hasste er dieses unscheinbare Stück Papier. Auch wenn François ihm in regelmäßigen Abständen versicherte, dass sie gewinnen würden, falls es zu einer Verhandlung kam.

»Woran denkst du?« Kosmas lehnte im Türrahmen.

»Daran, wie glücklich ich sein werde, wenn das alles hier vorbei ist.«

»Glücklich?«

»Was sonst?«

»Du wirst nicht glücklich sein, Damien.« Er verzog das Gesicht. »Du wirst am Boden zerstört sein. Und ich werde die Scherben aufkehren und mit viel Liebe zusammenkleben dürfen.«

»Vergleichst du mich gerade mit einer zerbrochenen Kaffeetasse?«

»Vielleicht.«

Geräuschvoll atmete er aus. »Ich schließe ab.«

»Aber vergiss nicht, den Schlüssel herumzudrehen!«

»Ich bin doch kein Idiot!« Damien warf seinem Bruder einen grimmigen Blick zu.

Kosmas zuckte mit den Schultern, desinfizierte sich die Hände und schlüpfte aus seinem Kittel. Dann hängte er ihn sorgfältig auf und strich seinen kurzärmeligen Rollkragenpullover glatt. »Ich mache mich jetzt auf den Heimweg. François wird bald zu Hause sein und ich will ihn überraschen.« Er zwinkerte Damien zu. »Ruf mich an, falls was ist.«

»Was soll denn sein?«

»Keine Ahnung? Vielleicht stürmst du wieder los, um eine betrunkene Frau zu retten, und brauchst meine Hilfe ...«

»Ich bin nicht losgestürmt.«

»Natürlich nicht.«

Doch, das bin ich. Wie ein liebeskranker Vollidiot.

»Wie auch immer. Ruf mich an, wenn du etwas gefunden hast. Du wirst doch sicher wieder den ganzen Abend über Gaels Briefe und Zeichnungen brüten.«

»Das habe ich vor.«

»Mach doch mal eine Pause, Bruderherz.«

Damien schüttelte den Kopf. »Jeder Hinweis, der uns in dieser Sache helfen kann, ist wichtig.«

Kosmas kicherte. »Dann bis morgen. Und vergiss nicht: Ich liebe dich, mein Lieblingszwilling.«

»Ich dich auch.«

Den irritierten Blick seines Bruders ignorierend nahm er den Schlüsselbund vom Haken und betrat den Verkaufsraum. Er ließ seine Finger über die Theke gleiten und seufzte. Alles hier war noch genau wie damals, als sein Ururgroßvater die Apotheke geführt hatte. Die Holzregale mit den antiken Apothekerflaschen. Eine Balkenwaage und eine analoge Kasse, welche sie erst kürzlich ausgetauscht hatten. Die Familienporträts an den tapezierten Wänden ... Er ging zur Tür und drehte das Ladenschild herum. Dabei warf er einen Blick nach draußen. Die Sonne blendete ihn. Damien hob die Hand vors Gesicht und kniff die Augen zusammen.

Eine bekannte Gestalt lief zielstrebig über den Bürgersteig. Es war Cassandra. Ihre Aktentasche unter den Arm geklemmt blieb sie auf der anderen Straßenseite stehen. Ein kurzer Wortwechsel mit Kosmas, der sich etwas zu galant und altbacken vor ihr verneigte. Als er fort war, zog sie ihr Handy aus der Tasche. Dann telefonierte sie und wirkte dabei so aufgebracht wie ihre hitzköpfige Chefin. Ein paar Minuten später traf eine ältere Dame ein, die er nicht kannte. Die beiden Frauen begrüßten sich förmlich. Dann zückte die Fremde einen Schlüssel und sperrte die schmale Holztür auf. Sie verschwanden in dem Haus.

Damien verharrte hinter der Tür und wartete. Wo war Aurélie? Kam sie noch? Was hatte Cassandra dort drinnen zu schaffen? Und dann fiel es ihm wie die Schuppen von den Augen. Der alte Mann, dem das Haus gehörte, war erst vor ein paar Monaten ins Altersheim gezogen. Seitdem stand das schmale Gebäude zum Verkauf. Aurélie wollte es ... erwerben! Was wiederum zu dem passte, was er in der Pension wahrgenommen hatte. Sie hatte gar nicht vor, Roseraie in der nächsten Zeit zu verlassen.

Wie auf Kommando fuhr ein Auto vor. Es war ein gut erhaltener VW Käfer mit französischem Kennzeichen. Vielleicht doch nur ein Zufall? Aber dann stieg sie aus. Ein Schauer kroch über seinen Rücken, und sein Puls beschleunigte sich. Sie trug ein langes blaues Kleid, das ihr bis zu den Knöcheln reichte, und einen Sonnenhut. Ihr Haar war nicht mehr so blond wie an dem Tag, als er sie zum ersten Mal gesehen hatte. Aber dafür rötlich und lockig; Damien hatte sich nicht getäuscht. Der Autoschlüssel landete in ihrer Tasche. Dann drehte sie sich in seine Richtung.

Instinktiv presste er sich an die Mauer und hielt den Atem an. Er linste durch die Tür. Sie war fort. Erleichtert atmete er aus und rammte den Schlüssel ins Schloss.

Fuck!

Stöhnend erklomm er die Treppe. Er schlüpfte aus dem weißen Kittel und warf ihn über einen Stuhl. Dann goss er sich ein Glas Whiskey ein und ließ sich aufs Sofa fallen. Auf dem kleinen Tisch lagen die lederne Mappe und die verschnürten Briefe seines Ururgroßvaters. Er öffnete sie, nahm die Zeichnungen heraus und legte sie vor sich auf den Tisch. Eine nach der anderen. Fast alle zeigten sie. Die geheimnisvolle Frau mit dem Kürzel *A*.

»Wer bist du?«, flüsterte er.

Eines der Bilder stach ihm besonders ins Auge. Es zeigte sie auf einer Wiese an einem Weiher sitzend. Sie trug nur ein Unterkleid, und die Schultern waren nackt. Ihr Haar baumelte lose geflochten an ihrem Rücken hinab. Einzelne Strähnen hatten sich aus dem Zopf gelöst. Damien betrachtete es genauer. Niemals würde eine Frau so herumlaufen. Nicht zu dieser Zeit und schon gar nicht ohne Anstandsdame. Was nur bedeuten konnte, dass sie und Gael einander sehr nahegestanden hatten. Zu nahe.

Außerdem kannte er den Ort. Es war die Wiese vor seiner Holzhütte, in die er sich verschanzte, wenn ihn der Stress übermannte und er allein sein musste. Das war es auch, was Kosmas gemeint hatte. Eine Auszeit im Wald würde ihm guttun. Die Offenbarung, dass er ihr doch nicht so gleichgültig war, wie er angenommen hatte, hatte ihm gelinde gesagt den Boden unter den Füßen weggezogen. Er wollte den Grund erfahren, ihr Geheimnis aufdecken. *Au revoir* und die Frau auf den Bildern standen mit Aurélie in Verbindung. Wenn sie sich nur einigten, dann würde alles gut werden. Dabei wusste er noch nicht einmal, was gut werden sollte ...

Sie lebten in zwei Welten, die unterschiedlicher nicht sein konnten. Aurélie war offensichtlich eine erfolgreiche Geschäftsfrau. Reich und an ein Leben gewöhnt, von dem er nie zu träumen gewagt hatte – und das er auch gar nicht wollte. Er war ein einfacher Apotheker, der das genügsame Dorfleben bevorzugte. Er machte sich nichts aus teurem Tand, schicker Kleidung und schweren Klunkern.

Damien biss die Zähne zusammen.

Wenn er sie doch nur nie geküsst hätte ... Mit ihrem roten Lippenstift und ihrer so besonderen Art hatte sie ihn zu Fall gebracht. Er war sicher, dass sie Bescheid wusste, dass sie ihn am Haken hatte.

Damien trank das Glas leer und legte die Zeichnung zurück auf den Tisch. Seine Finger flogen über die Blätter, bis er gefunden hatte, wonach er suchte. Auch diese Darstellung zeigte eine Frau. Es war seine Ururgroßmutter. Damien positionierte sie nebeneinander. Das eine Bild war klar – die Szene so lebensecht, als ob *A.* jederzeit aufstehen und ihre Arme um ihn legen würde. Das andere jedoch war unsauber, und jeder Strich wirkte, als sei er erzwungen worden. Dabei konnte Damien auch keine Bedeutung darin erkennen. Weder, wo es gezeichnet worden war, noch, was es darstellen sollte. Antoinette lag auf einer Récamiere. Aber ihrem Gesicht fehlten die Details. Nichts an dem Bild wirkte lebendig. Das brachte Damien zu dem Schluss, dass sein Großvater die Frau am See aus tiefstem Herzen geliebt haben musste. Bei seiner Ururgroßmutter war er sich da nicht so sicher. Über sie gab es nicht mehr als eine Handvoll Worte zu erzählen. Sie war Gaels Schwägerin gewesen, bevor sein Bruder im Krieg gefallen war. Er hatte sie bei sich aufgenommen, weil es seine Pflicht gewesen war. Sie hatte ihm einen Sohn geboren und war bis zu ihrem Lebensende kalt und verbittert gewesen – so hatte man sie in der Familie beschrieben. Er legte die Zeichnungen zurück in die Mappe. Dann griff er nach den Briefen. Bis auf Gaels Siegel waren sie blank. Kein Name, keine Adresse.

Damien berührte das blutrote Zeichen. Die Farbe des Wachses erinnerte ihn an Aurélies Lippenstift. Er hatte ihn verschmiert ... und es hatte sich herrlich angefühlt ...

Hatte sie nun das Haus gegenüber gekauft, oder nicht? *Was hast du nur vor, Aurélie?*

Die Briefe allein zu öffnen kam ihm nicht richtig vor, also legte er sie zurück. Dann verschnürte er die Mappe und verräumte alles in das leere Regalfach neben dem Fernseher. Sein Handy läutete, aber er ignorierte es. Mit ernster Miene wandte er sich ab und trat ans Fenster. Er schob den Vorhang beiseite, um einen Blick nach draußen zu werfen. Gegenüber brannte Licht, und er erkannte eine schmale Gestalt, die in dem Zimmer auf- und ablief ... Aurélie. Damien ertappte sich dabei, wie er die Stirn an die Scheibe presste, als ob er sie dadurch besser sehen könnte. Ein tiefes Seufzen entfuhr seiner Kehle. Das nächste Mal konnte sie ihm ihre Drohbriefe als Papierflieger über die Straße in den Garten segeln lassen ...

Sein Herz zog sich schmerzhaft zusammen. Er fasste sich an die Brust und schloss die Augen. Schwindel überkam ihn, und er klammerte sich an das Fensterbrett. Wenn sie nur endlich nach Hause fahren würde! Dann wäre alles wieder gut. Alles vorbei.

Nein, gar nichts wäre gut! Und es wäre erst der Anfang.

Dieses kleine, lodernde Feuer ließ sich nicht so einfach löschen. Auf der anderen Seite ging das Licht aus. Damien atmete erleichtert aus. Müde und erschöpft zog er sich das Shirt über den Kopf und warf es in den Wäschekorb. Sein Magen knurrte. Im Kühlschrank fand er eine Packung Schinken und eine einsame Scheibe Käse. Während er den Toast belegte, schwirrten Kosmas' Worte durch seinen Kopf: »Du wirst noch ein Magengeschwür bekommen, wenn du dich den ganzen Tag nur von Kaffee ernährst.«

Wenig später ließ er sich mit einer Flasche Bier und einem halb verkohlten Toast vor dem Fernseher nieder und schaltete den Sportkanal ein. Sein Handy vibrierte. Nicolas hatte geschrieben:

Lille OSC gegen Paris Saint Germain – oder sitzt du wieder traurig auf dem Sofa und starrst in die Luft?

....

Du bist wütend auf mich, hab ich recht?, antwortete sein Freund auf seine kryptische Nachricht.

Ich bin nicht wütend auf dich.

Es sollte nur ein Schubs in die richtige Richtung sein. Verstehst du denn nicht, dass wir uns Sorgen um dich machen?

Es geht mir gut, tippte Damien entnervt.

Nein, »es geht mir gut«, ist die kleine Schwester von »mir geht's beschissen, bitte hilf mir«.

Damien schnaubte und drehte das Smartphone um. Warum zum Teufel kümmerten sich die Menschen in Saint Roseraie nicht einfach um ihren eigenen Mist?

Gegen 23 Uhr schaltete er den Fernseher aus und ging ins Bett.

»Damien?«

Damien trat aus der Tür. Die Sonne blendete ihn. So wie heute Nachmittag, als er den Laden abgeschlossen hatte. Schützend hob er die Hand vors Gesicht und bemerkte, dass er noch immer seinen weißen Arbeitskittel trug. Die Zei-

chenmappe seines Ururgroßvaters unter dem Arm geklemmt machte er ein paar Schritte vorwärts. Um ihn herum erhob sich eine dichte Mauer aus Bäumen. Blätter fielen von den knorrigen Ästen und schwebten lautlos auf den Boden.

»Was ist los mit dir?«

Die Mappe landete zu seinen Füßen im Gras. Da saß sie. Die Frau auf den Bildern. Obwohl sie ihm den Rücken zukehrte, wusste er, dass sie es war. Vor ihr erstreckte sich der Weiher. Es war die gleiche Szenerie, die sein Ururgroßvater vor langer Zeit auf Papier festgehalten hatte.

Verwirrt drehte Damien sich um. Hinter ihm erhob sich die Apotheke wie ein altes, hageres Ungetüm. Die Sonne war verschwunden, und die Umgebung warf tanzende Schatten auf das gräuliche Backsteingemäuer.

Wieder rief sie nach ihm.

Gegen seinen Willen setzten sich seine Füße in Bewegung, bis er sie erreicht hatte. Er blickte auf sie herab, doch er konnte ihr Gesicht nicht deutlich erkennen. Eine seltsame Dunkelheit hüllte sie ein.

»Ich habe auf dich gewartet«, sagte sie.

Damien schluckte. Er machte einen Schritt zur Seite, um sie besser sehen zu können. Doch die Dunkelheit wollte sie nicht verlassen. Langes erdbeerblondes Haar fiel über nackte Schultern. Die Träger des Nachthemdes hingen lose an ihren Oberarmen und entblößten ihre üppigen Kurven.

»Setz dich zu mir«, verlangte sie und klopfte auf den Platz neben sich.

Unsichtbare Hände legten sich auf seine Schultern und zwangen ihn mit aller Kraft in die Knie. Die Frau ergriff seine Finger und rückte näher. Dann endlich konnte er ihr Gesicht erkennen. Es war Aurélie. Aber sie hatte sich verändert. Als ob sie die Maske der Geschäftsfrau einfach abge-

legt und wie einen Apothekerkittel an ihrer Garderobe aufgehängt hatte. Vor ihm saß eine kleine rothaarige Frau mit blauen Augen, Sommersprossen um die Nase, und lächelte ihn an.

»Was hat das zu bedeuten?«, hörte er sich selbst sagen.

»Ist es nicht schön hier draußen? So ruhig ... Hier kann ich endlich so sein, wie ich bin, und muss mich vor niemandem fürchten oder verstecken.«

Damien blickte sie von der Seite an.

»Warum kommst du hierher?«, fragte sie neugierig.

»Ich komme her, um dich zu sehen.«

Sie kicherte, und ihr Kopf fiel auf seine Schulter. Dann atmete sie erleichtert aus. »Ich wünschte, wir könnten einfach hierbleiben. Nur du und ich. Bis zum Ende.«

»Das wünsche ich mir auch.« Seine Lippen berührten ihr Haar, und er schloss die Augen. Der Geruch ihres Shampoos drang in seine Nase. Süßlich ... die verbotene Frucht. Aber dann veränderte sich etwas. Sein Kopf fuhr hoch.

Ascheflocken zogen an ihnen vorbei wie frisch gefallener Schnee.

»Aurélie?«

Sie antwortete nicht. Er packte sie und drehte sie herum. Doch ihr Körper fiel leblos auf die verbrannte Erde unter ihnen. Damien beugte sich über sie und strich ihr eine Locke aus dem Gesicht. Dabei hinterließen seine Finger dunkelrote Schlieren auf ihrer Haut.

Erschrocken wich er zurück und starrte auf seine Hände. Blut. Überall war Blut. Er war voll davon, und Aurélie versank immer tiefer darin.

Was zum Teufel ging hier vor sich? Wie in Trance saß er neben ihr und wusste nicht, was er tun sollte. Seine Gedanken überschlugen sich, und ein heftiger Schmerz durchbohrte seine Schläfen.

Das Letzte, was er sah, war die blutende Wunde, welche ihren Bauch zerrissen hatte.

Damien fuhr hoch. Sein Atem kam stoßweise, und das Shirt klebte schweißnass an seinem Oberkörper. Eine Gänsehaut zog sich über seine Arme; er fror, seine Decke lag auf dem Boden. Hatte er geträumt?

»Ich wünschte, wir könnten einfach hierbleiben. Nur du und ich. Bis zum Ende …«

Damien fuhr sich durchs Haar und warf einen Blick auf die Anzeige des Weckers. *0:55 Uhr* stand dort in dicken roten Zahlen.

Nur zwei Stunden? Seufzend stellte er die Füße auf den Boden. Wie versteinert und kaum dazu fähig, einen klaren Gedanken zu fassen, saß er da. Minuten vergingen, während er darauf wartete, dass der Schrecken aus seinen Knochen wich. Endlich löste er sich aus seiner Starre und ging ins Bad, wo er sich kaltes Wasser ins Gesicht spritzte und sich aus dem schweißnassen Shirt kämpfte.

Das Bild …

Er schaltete die Nachttischlampe ein und schlug die Mappe auf. Die Zeichnung am Weiher. Konnte darauf noch irgendein verstecktes Detail sein? Etwas, das ihm mehr über die Frau oder das Parfum erzählen konnte?

Mit dem Bild in der Hand ließ er sich auf das Bett sinken.

Der Weiher, die Bäume und das satte Gras … Gael musste die Hütte auch als Rückzugsort benutzt haben. Als Damien zum ersten Mal dort gewesen war, hatte er sie so verfallen vorgefunden, dass er sie fast von Grund auf wieder aufbauen musste.

Damien starrte auf das Bild.

Sein Großvater war mit dieser Frau dort gewesen. Sie war es, die sein Herz mitgenommen hatte. Er konnte nur nicht verstehen, ob und welche Rolle *Au revoir* bei alledem spielte ...

Damien legte das Bild weg und verschränkte seine Finger miteinander. Je länger er darüber nachdachte, desto unruhiger wurde er.

In diesem Traum war Aurélie in seinen Armen gestorben! Ihr aschfahles Antlitz und der starre Blick hatten sich wie eine Warnung in sein Gedächtnis eingebrannt. Ihr Blut war überall gewesen ... Auf seinen Händen, dem Kittel, auf ihrem langen blauen Kleid. Es war, als wäre die Lache, in der sie gelegen hatte, zu einem kleinen tödlichen See herangewachsen, der sie beide zu verschlingen drohte. Tief und dunkelrot.

Aber das war noch nicht alles gewesen.

Ein Feuer ...

Es hatte gebrannt. Nein, *sie* hatte gebrannt! Der Geruch von verkohltem Fleisch hing immer noch wie ein schweres Parfum in seiner Nase. Damien schluckte und hielt inne. Sein Kopf kippte nach vorn, und er starrte zwischen seine Beine auf den Boden. Noch nie zuvor war er mit derart starken Gefühlen konfrontiert gewesen. Aurélie war es, die dieses Chaos in ihm auslöste! Es passierte jedes Mal, wenn er sie sah oder an sie dachte. Und nun suchte sie ihn sogar schon in seinen Träumen heim! Ob er jetzt endgültig den Verstand verlor?

Damien ballte die Hände und sprang auf. Träume bedeuteten ohnehin nichts. Es waren nur Hirngespinste ... Er durfte sich nicht davon beirren lassen, sonst endete er irgendwann wie sein Ururgroßvater – scheinbar besessen von einer Frau.

Aber warum erwischte er sich dann immer wieder dabei, wie er hinausstarrte und darauf hoffte, dass sie die Lampe einschaltete? Er stützte sich auf das Fensterbrett und blickte durch sein verzerrtes Spiegelbild hindurch nach draußen. Der schwache Schein einer Laterne warf ein kaltes Licht auf die gegenüberliegende Straßenseite. Verdammt! Sie wollte ihn verklagen! Aber er wollte nichts anderes, als bei ihr anzuklopfen und dort weiterzumachen, wo sie das letzte Mal aufgehört hatten. Seine Lippen verzogen sich zu einem grimmigen Lächeln. Vielleicht hatte er seinen Verstand ja längst verloren? Denn egal was er auch anstellte, er konnte sich nicht gegen sie wehren. Alles drehte sich nur um sie. Aurélie war immer da. Und tief in seinem Innersten wünschte er sich, dass es ihr genauso ging wie ihm. Dass sie ständig an ihn denken musste, dass er ihr auf die gleiche Weise den Schlaf raubte wie sie ihm. Dass sich ihr die Nackenhaare aufstellten, wenn sie daran dachte, mit welcher Leidenschaft er sie geküsst hatte.

Aber in ihrem Fenster blieb es dunkel. Weil dieser Frau scheinbar nichts und niemand den Schlaf rauben konnte. Auch er nicht. Er wandte sich ab. Sein Blick fiel auf die Sportschuhe neben der Tür. Er musste hier raus und frische Luft schnappen. Er stieg aus dem Pyjama und schlüpfte in eine bequeme Sporthose. Irgendwo in den Untiefen seines Schrankes fand er ein Laufshirt. Als er fertig war, nahm er seine Schlüssel und stopfte sie in die kleine Tasche am Rücken. Dann rannte er die Treppe hinab und betete, dass sich seine Lunge nicht schon nach einem halben Kilometer verabschieden würde. Wieder mit dem Rauchen zu beginnen war wohl doch keine so gute Idee gewesen …

Damien trat aus der Hintertür. Gleich würde die Anspannung, die Aurélie in ihm auslöste, von ihm abfallen. Er musste nur so lange laufen, bis er vor Erschöpfung kaum noch aufrecht stehen konnte. Ein letzter Blick über seine Schulter, dann lief er los. Er überquerte die Straße und hielt sich immer geradeaus, bis er am Hauptplatz ankam. Aus dem Augenwinkel sah er, wie zwei betrunkene Männer aus dem Chopé torkelten. Damien grinste, weil er schon wusste, wer morgen Früh vor Ladenbeginn an der Scheibe kleben und nach einer Packung Aspirin verlangen würde.

Er sprintete die Straße entlang und war überrascht, wie fit er war. Als er noch in Paris gewohnt hatte, war er regelmäßig zum Kickboxen gegangen, um nicht völlig einzurosten. Es war der einzige Ausgleich zwischen seinen Schichten im Hospital und den langweiligen Stunden an der Uni gewesen.

Er vermisste Paris nicht. Aber er vermisste etwas anderes. Sein Herz stolperte. Mit zusammengebissenen Zähnen lief er weiter. Immer schneller, bis sein Atem stockte, weil seine Lunge vor Anstrengung brannte. Schweiß tropfte ihm in die Augen, und er blieb stehen. Keuchend stützte er sich auf seine Knie. Sofort waren seine Gedanken wieder bei ihr ... *Nein, nein, nein!*

Das laute Krachen eines Fensterladens ließ ihn zusammenzucken.

»Damien, verdammt noch mal!«, hörte er eine bekannte Stimme und blickte hoch. Am Fenster stand eine schlanke Gestalt mit langem Haar und einer Schlafmaske auf der Stirn. »Könntest du dich jetzt bitte endlich zusammenreißen? Ich kann nicht schlafen, wenn du so aufgeregt bist! Du weißt doch, dass ich als dein Zwillingsbruder deine nervösen Schwingungen wahrnehmen kann«, schimpfte Kosmas zu ihm herunter.

Damien stemmte die Hände in die Hüften. Ohne es zu bemerken, war er vor dem Haus seines Bruders stehen geblieben.

»Was zum Teufel tust du hier eigentlich?«, wollte Kosmas wissen.

»Ich laufe.«

»Mitten in der Nacht?«

»Ja.«

Kosmas seufzte und lehnte sich weiter aus dem Fenster. Im Zimmer ging ein Licht an.

»Du hast François geweckt«, bemerkte Damien.

Sein Bruder verdrehte die Augen. »Geteiltes Leid ist halbes Leid«, brummte er.

»Mit dir will ich nicht verlobt sein.«

François erschien am Fenster. »Was ist denn hier los?«, fragte er gähnend.

»Damien läuft.«

»Schön für ihn. Und jetzt ab ins Bett mit dir, mein Liebling.«

»Ich komme gleich.«

»Okay«, sagte er, drehte sich um, hielt aber dann inne. »Mach dir keine Sorgen, Damien. Kosmas bringt mir das Rezept morgen in die Kanzlei. Mit Aurélies Anwalt habe ich gestern schon gesprochen. Alles wird gut!« Dann verschwand er und das Licht ging wieder aus.

»Ist es *das*?« Kosmas stützte sein Kinn auf seine Hand.

»Hm?«

»Sie. Aurélie.«

Damien nickte. »Sie ist gegenüber eingezogen. In Pierres Haus.«

»Der alte Pierre? Davon wusste ich nichts.«

»Hat dir Saint Roseraie etwa nichts davon erzählt?«

Kosmas zuckte mit den Schultern.

Grinste er etwa?

»Und was nun? Willst du jetzt einfach so weitermachen? Kein Schlaf, maßlos saufen und joggen mitten in der Nacht?«

»Hast du vielleicht eine bessere Idee? Dann nur raus damit!«

Nun hing sein Bruder so weit aus dem Fenster, das sein Haar zu Damien herabbaumelte. »Du hast sie doch schon zweimal geküsst. Da wird dir schon etwas einfallen ...«, zischte er im Flüsterton und verzog dabei das Gesicht zu einem noch breiteren Grinsen. »Geh zu ihr und rede mit ihr! Aber hör auf, dir die ganze Zeit den Kopf über sie zu zerbrechen. Ich will schlafen!«

»Bist du ein Medium oder was?«

»Nein, aber dein Bruder. Und ich kann deine Gedanken hören! Ihr Name hallt wie ein verfluchtes Echo durch meinen Kopf.«

»Wenn du meinst.«

»Lauf lieber nach Hause und überleg dir, wie es jetzt weitergehen soll. Aurélie hat scheinbar nicht vor, in der nächsten Zeit über das große Meer zu segeln. Nutz deine Chance! Biete ihr etwas an! Aber ich bitte dich! Tu etwas. Irgendwas ...«

Damien ballte seine Hände zu Fäusten. »Gute Nacht.«

»Die Apotheke liegt in der anderen Richtung!«, rief ihm Kosmas hinterher.

Aber Damien reagierte nicht auf die Rufe seines Bruders und lief immer weiter geradeaus, bis er das letzte Haus erreichte. Dann machte er kehrt und spurtete im Schatten der Häusergalerie nach Hause. Das Gartentor schwang auf. Ein finaler Sprint, und er fand sich im hintersten Winkel seines Gartens vor den Pfirsichbäumen wieder. Der intensive Duft der mittlerweile reifen Früchte hing in der Luft, und er pflückte einen Pfirsich. Schwer atmend lehnte er an dem Stamm und biss hinein. Klebriger Saft lief ihm über das Kinn, doch das war ihm egal. Aus irgendeinem Grund schmeckten sie heute Nacht besonders süß. Der Kern landete auf dem Boden.

Schnellen Schrittes hechtete er zurück in seine Wohnung, zog sich noch auf der Treppe aus und stellte sich unter die Dusche. Kosmas hatte recht! Er war es nicht gewohnt, sich seinen Gefühlen zu stellen, weil er es stets vermieden hatte. Was seinem Bruder leicht fiel, kostete ihn mehr Überwindung als je irgendetwas zuvor. Damien seufzte und schlang das Handtuch um seine Hüften.

Im Wohnzimmer war es stockdunkel. Damien trat ans Fenster. Auf der anderen Seite flackerte ein kleines Licht. Sein Puls beschleunigte sich, und er hielt den Atem an. Aurélie ... In einen karierten Morgenmantel gewickelt sah sie nicht so aus, als ob sie überhaupt geschlafen hätte. Zerzauste Locken standen wirr von ihrem Kopf ab, und aus der überdimensionalen Teetasse in ihren Händen dampfte es. Sie nahm einen Schluck und stellte das gewaltige Ding aufs Fensterbrett. Dann reckte sie sich und zerrte an dem Riegel, bis die Fenster aufschwangen. Instinktiv trat Damien einen Schritt zurück, dankbar für die Finsternis, die ihn verschluckte. So konnte er sie beobachten, ohne dass sie ihn bemerkte.

Aurélie lehnte sich hinaus, vermutlich um zu schauen, ob jemand auf der Straße war. Aber dann hob sie den Kopf und blickte ihm direkt in die Augen.

Konnte sie ihn etwa sehen? Nein, unmöglich!

Auf ihrem Gesicht spiegelte sich etwas.

Verwirrung? Sehnsucht?

Sein Mund wurde trocken, und er musste mehrmals schlucken. Warum sah sie ihn so an, als ob sie das alles gar nicht wollte? Es war der gleiche Blick, den sie ihm auch zugeworfen hatte, bevor sie ihn fortgeschickt hatte.

Damien presste die Hand auf sein pochendes Herz. Viel zu laut dröhnte es in seinen Ohren. So standen sie da und starrten sich an.

Irgendwann wandte sie sich ab und ließ den Becher zurück. Der Tee musste längst kalt sein.

17. Saint Roseraie

Montag, 5. Juli 1875

Aveline hob ihren Weidenkorb von einer Hand in die andere. Ihre Haut war von dem rauen Holz aufgescheuert.

»Soll ich Euch den Korb abnehmen, Mademoiselle?«

Aveline warf Cordelia einen verstohlenen Blick zu. Die Kammerzofe trug zwei Körbe randvoll gefüllt mit Möhren, Kirschen und Erdbeeren, Aveline dagegen ein zierliches Körbchen, dessen Inhalt ein Bündel Minze und ein paar Tassen Himbeeren darstellte. Ihr stieg die Röte in die Wangen, und sie beschleunigte ihren Schritt. »Ich werde es ja wohl schaffen, einen Korb zu tragen, wenn du zwei tragen kannst«, blaffte sie Cordelia an und hatte sofort ein schlechtes Gewissen.

Die Kammerzofe schien ihr jedoch nicht böse zu sein. Im Gegenteil, sie kicherte. »Ihr seid schwere Lasten nicht gewöhnt, Mademoiselle«, murmelte sie, legte den Kopf schief und fügte verlegen hinzu: »Euer Körper ist schwach, Ihr habt Euch nie viel bewegen müssen, von harter Arbeit ganz zu schweigen.«

Aveline ging noch schneller, sodass Cordelia laufen musste, um mit ihr mitzuhalten. »Meine liebe Cordelia, dafür hast du noch nie ein Kleid tragen müssen, das aus gefühlt hundert Lagen Stoff besteht, also sag mir nicht, was harte Arbeit ist.« Die Kammerzofe lachte erneut.

»Außerdem arbeite ich sehr wohl in Mutters Garten«, nuschelte Aveline.

»Seid mir nicht böse, Mademoiselle. Ich wollte Euch nicht kränken.«

Aveline schüttelte den Kopf und wurde wieder langsamer. Sie war außer Puste. Cordelia stupste sie versöhnlich an.

»Ich hab dir schon öfter gesagt«, schnaufte Aveline, »dass du nicht so förmlich mit mir sprechen musst, wenn wir zu zweit sind.« Sie verzog die Lippen zu einem Schmollmund.

Cordelia blickte sich besorgt um. »Und dann passiert mir das unabsichtlich vor Eurem Vater, und er kündigt mir meine Stelle«, flüsterte sie, als könnte sie jemand in aller Frühe auf dem Feldweg belauschen.

»Dann wärst du wenigstens nicht mehr an mich gebunden«, neckte Aveline ihre Kammerzofe und erntete dafür einen giftigen Blick. »Du müsstest auch nicht mehr die Mamsell in der Schule spielen.« Cordelia sog erschrocken die Luft ein, und Aveline kicherte. Sie wusste genau, wie sehr Cordelia es liebte, Antoinette in der Schule auszuhelfen, während sie selbst in der Apotheke war. Ein kleines Ablenkungsmanöver, das ihren Vater hoffentlich davon abhielt, weiter darüber nachzudenken, was seine Tochter am Vormittag so trieb.

Aveline warf Cordelia einen verstohlenen Blick zu. Wer hätte geahnt, dass in der ungebildeten Kammerzofe eine wissenshungrige junge Frau steckte? Diese Enthüllung war für Aveline eine angenehme Überraschung gewesen.

Innerhalb eines Monats hatte Cordelia das Lesen erlernt und war fähig, kurze Sätze aus der Erinnerung heraus zu schreiben. Jeden Abend bestand Aveline darauf, dass Cordelia sich zu ihr ans Bett setzte und ihr vorlas. Die Kammerzofe hatte Gefallen an den Fabeln von Jean de La Fontaine gefunden. *Die Grille und die Ameise* war ihr liebstes Stück. Sie vermutete, dass Cordelia sich selbst als Ameise sah, und hoffte, dass ihre Kammerzofe in ihr nicht die faule Grille sah, die im Winter fast verhungerte. Aveline schüttelte den Gedanken ab: Sie musste sich auf die kommenden Stunden konzentrieren.

An dem Abend von Jean-Lucs Attacke hatte Gael ihr eine sanfte Facette seines Wesens offenbart, doch diese war danach nicht mehr zum Vorschein gekommen. Gael war gnadenlos und ließ sie ständig unnötige Arbeiten erledigen, aber heute würde sie ihm die Stirn bieten. Er musste endlich damit beginnen, ihr etwas beizubringen.

Aveline klopfte sich den Staub von der Schürze und betrachtete zufrieden ihr Werk. Man konnte den Keller wieder betreten, ohne am Boden kleben zu bleiben. Die Bücher standen geordnet im Regal und stapelten sich nicht auf der Treppe. Der muffige Geruch war verschwunden, und von der Decke hingen keine getrockneten Kräuterbündel mehr herab. Alles hatte seinen Platz gefunden. Die winzigen Fenster am oberen Zimmerrand ließen wieder Licht in den Innenraum hinein und vertrieben die Dunkelheit. Der große Eichentisch in der Mitte des Raumes konnte wieder als Arbeitsfläche benutzt werden, und die Instrumente darauf glänzten. Die Karteikarten, Avelines größtes Projekt, schlummerten friedlich und gut sortiert in dem dafür vorhergesehenen Schrank. Es hatte über eine Woche gedauert, alle Kärtchen alphabetisch in das Kästchen zu ordnen. Generationen von Gaels Vorfahren hatten Rezepte auf dem vergilbten Papier niedergeschrieben, und Aveline hatte es sich nicht nehmen lassen, ein paar der Karten heimlich in das Rezeptbuch ihrer Mutter zu kopieren. Ihr einziger Triumph diesen Monat – die restliche Zeit hatte sie geputzt, sortiert und mit hoher Wahrscheinlichkeit eine Stauballergie entwickelt. Gael sah sie immer nur, wenn sie in der Früh in die Apotheke spazierte und zu Mittag wieder ging. Umso mehr wunderte es sie, als er plötzlich die Treppe herunterkam.

»Nicht schlecht«, sagte er anerkennend. »Zuerst dachte ich ja, dass Ihr binnen einer Woche fertig wäret, aber als ich Euren Umgang mit dem Waschlappen sah, bezweifelte ich, dass Ihr überhaupt je fertig werden würdet.«

Aveline stemmte die Hände in die Hüften, verkniff sich aber einen Kommentar.

Gael öffnete einen der großen Holzschränke, die unter dem Treppenabsatz standen. Er stellte vier Ziegelsteine, eine Glasplatte und ein Metallgitter auf den Eichentisch und verschwand wieder nach oben. Aveline betrachtete die Utensilien. Das Metallgitter hatte dieselbe Größe wie die Glasplatte. Auf einer Seite hatte es einen Griff zum Hochheben und das Gitter selbst war engmaschig gewebt.

Sie nahm es in die Hand und legte es wieder hin, ging ein paar Schritte auf und ab und ärgerte sich über den frechen Apotheker. Da fiel ihr ein loses Papier ins Auge, das zwischen der Bodendiele und einem Schrank klemmte. Sie klaubte es auf, um Gael keine weitere Fläche für seinen Spott zu bieten. Das Papier entpuppte sich als Fotografie. Darauf waren zwei junge Männer zu sehen. Zwillinge. Es mussten Gael und sein Bruder Simon sein. Aveline erkannte ihren Apotheker sofort, er war der mit dem düsteren Gesichtsausdruck.

Gael erschien wieder im Keller – mit einem runden Tontiegel und einem Strauß Rosen im Arm. Vor Schreck stopfte Aveline die Fotografie in ihre Rocktasche. Gott bewahre, der Apotheker erwischte sie damit. Wer wusste, was er sich darauf einbildete?

»Was treibt Ihr da?«

»Nichts.«

Gael schüttelte den Kopf und drückte Aveline die Blumen in die Hand.

Sie stach sich natürlich prompt an den Dornen, ließ sich jedoch nichts anmerken. Der schwere Duft der Rosen erfüllte den Raum. Sie erkannte die zart rosa gefärbten Blüten, es waren die Kletterrosen, die an den Außenmauern der Apotheke wucherten. Sie legte den Strauß auf den Tisch.

»Entfernt die Blütenblätter und legt sie auf das Gitter«, wies Gael sie an, und Aveline beeilte sich, seinen Anweisungen Folge zu leisten.

Würde sie nach Tagen und Wochen des Ausharrens endlich etwas Nützliches lernen? Mit einem Spatel rührte Gael in dem Tiegel herum, in dem sich eine weiße Paste befand.

»Schweineschmalz«, erklärte er und positionierte die Glasplatte auf den vier Ziegelsteinen. Er fing an, die Platte mit dem Schweineschmalz zu bestreichen. Dann griff er nach dem Gitter, das bereits voller Rosenblüten war, und legte es auf die Glasplatte, sodass die Rosen das sämige Schmalz berührten. »Das Fett löst die Aromastoffe aus der Pflanze, Eure Aufgabe wird es sein, alle drei Tage die Blütenblätter auszutauschen.«

Aveline nickte und wünschte sich, sie hätte ihr Notizbuch dabei.

»Es wird sich nach und nach mit den Duftstoffen der Pflanze anreichern. Diesen Prozess nennt man Enfleurage.« Gael wischte sich die Hände an einem Stofffetzen ab. »Nach drei Monaten ist das Fett so angereichert, dass wir daraus ein Öl extrahieren können, und wenn alles gut geht, wird das Öl den Duft der Rosen angenommen haben.«

»Drei Monate?«, flüsterte Aveline und rechnete im Kopf nach.

»Das Öl sollte fertig sein, bevor Eure Familie Ende September nach Paris zurückkehrt«, sagte Gael und betrachtete mit zusammengekniffenen Augen sein Werk, welches die Hälfte des Tisches einnahm.

Aveline biss sich auf die Lippen. Warum hatten sie das Fett nicht schon vor einem Monat angesetzt? Wieso hatte er sie so lange nutzlos arbeiten lassen? Verlorene Zeit, für die sie bezahlt hatte! In ihrem Bauch sammelte sich Wut.

»Wenn das Öl extrahiert wurde, kann es durch die Zugabe von Alkohol und weiteren Duftölen benutzt werden, um ein Parfum herzustellen. Doch so weit sind wir noch lange nicht.«

»Wann sind wir denn so weit?«, presste Aveline durch ihre zusammengebissenen Zähne hindurch.

»Gibt es ein Problem, Mademoiselle?« Gael schien ihre schlechte Laune nicht entgangen zu sein. Ein strenger Zug legte sich um seine Lippen, aber seine Augen konnte seine Belustigung nicht verbergen.

Wollte er sie provozieren? War das alles nur ein Spiel für ihn? Aveline atmete tief ein und aus. Er konnte nicht ahnen, wie wichtig es für sie war, dies alles zu lernen. Sie dachte an ihr geheimes Fach. Dort lagen die Briefe ihrer amerikanischen Tante. Briefe, die ihr ein Leben in Freiheit und Selbstbestimmung versicherten, aber nur dann, wenn sie gelernt hatte, die Rezepte im Buch ihrer Mutter herzustellen.

»Tout va bien, ich freue mich, endlich zu lernen«, sagte sie deswegen und bemühte sich um ein Lächeln. Er nickte ihr zu und wandte sich ab. Sie konnte nicht widerstehen, ihm die Zunge herauszustrecken. Wie gern würde sie ihm ihre Meinung sagen!

Nacheinander stellte Gael braune Arzneifläschchen auf den Tisch. Acht Stück an der Zahl. Er öffnete eine der Flaschen, an deren Verschluss eine Pipette hing. Dann deutete er Aveline an, näher zu kommen. Er hielt ihr die Pipette unter die Nase.

»Lavendel«, erkannte sie den markanten Geruch sofort.

Sie spielten dieses Spiel weitere sieben Mal. Orange, Salbei, Maiglöckchen und Jasmin erkannte Aveline problemlos. Sandelholz, Bergamotte und Andorn konnte sie nicht zuordnen.

»Es ist erfrischend zu sehen, dass Ihr doch nicht alles wisst«, sagte Gael.

Aveline lag eine bissige Antwort auf der Zunge, doch sie hielt inne. Er lächelte sie zwar an, doch in seinen Augen spiegelte sich ein tiefer Schmerz. Einem anderen wäre es vermutlich entgangen, doch Aveline erkannte diesen Schmerz, wie sie einen alten Bekannten wiedererkennen würde. Die Pein, die einen ohne Vorwarnung überfiel, wenn ein Duft, ein Lied oder ein Ort eine Erinnerung wachrüttelte. »An wen denkt Ihr, Monsieur?«

Die leise Frage schien den Apotheker aus dem Gleichgewicht zu bringen. »Wie kommt Ihr darauf, dass ich an jemanden denke?«, fragte er recht wirsch und holte ein leeres Fläschchen mit einem Sprühkopf aus einem der Schränke.

»Nennt es weibliche Intuition«, sagte Aveline geduldig und wartete darauf, dass Gael sich entweder erklärte oder weiterarbeitete.

Der Apotheker lief geschäftig im Keller auf und ab, bevor er sich neben Aveline an den Tisch stellte. Eine Weile verharrten sie schweigend nebeneinander, doch die Unruhe in Gael war so laut, das Aveline meinte, sie hören zu können.

»Ich musste an meine Mutter denken«, sagte er, und seine Stimme zitterte. »Und an Simon.«

Aveline wartete und wagte es nicht, sich zu bewegen.

»Als wir klein waren, hat Mutter dasselbe Spiel mit uns gespielt.« Er lachte, doch es lag keine Freude darin. »Simon hat mir immer eingesagt, und Mutter hat geschimpft. Er war in allem so viel besser als ich. Gemeinsam haben wir gelernt, die Rezepte unserer Familie herzustellen. Hier im Keller ... genau an diesem Tisch.« Gael strich mit seinen Fingern über die unzähligen Rillen in der Tischoberfläche.

»Holz lebt mit«, hatte ihr Renée einmal gesagt. Aveline hatte es nie ganz verstanden. Bis heute, als sie all die Furchen auf dem Tisch sah. Jede Linie war wie ein verblasstes Souvenir aus der Vergangenheit. Aveline schluckte. »Und nun sind sie weg«, sagte sie in die Stille hinein.

Gael nickte zaghaft.

»Es tut mir leid, ich wollte keine schmerzhaften Erinnerungen in Euch hervorrufen«, sagte Aveline. »Ihr müsst sie furchtbar vermissen«, fügte sie leise hinzu.

Gael schüttelte den Kopf. »Meine Eltern ... Es wirkt natürlich, dass sie nicht mehr hier sind. Versteht Ihr, was ich meine? Eltern sollen vor ihren Kindern gehen, aber nicht Simon.« Gael schwieg.

Aveline verstand es nicht, denn ihre Mutter fehlte ihr schrecklich. Doch es war nicht der passende Augenblick, ihm ihr Leid zu klagen.

»Er war Euer Zwillingsbruder, ich nehme an, Ihr standet Euch sehr nahe?«

»Näher als normale Geschwister. Wir dachten im selben Takt, atmeten im selben Rhythmus. Wir brauchten keine Worte, um uns zu verstehen. Als er starb, war es, als hätte Gott einen Teil meiner Seele aus mir herausgerissen«, sagte er, und all der Schmerz brach sich in seiner Stimme wie tosende Wellen an einer Klippe.

Aveline betrachtete den Mann, der neben ihr stand. Sein Körper war gekrümmt, er hielt sich an der Tischplatte fest, als wäre es das Einzige, das ihm Halt gab. Das Einzige, das verhinderte, dass er in eine unendliche Leere stürzte. Wie gut konnte sie nachempfinden, was er fühlte … Hass, Wut, Verzweiflung, Verlust.

»Deswegen geht Ihr nicht in die Kirche. Ihr gebt Gott die Schuld.«

Er schüttelte den Kopf. »Mademoiselle, es wäre einfach, dem Herrn die Schuld zu geben, aber nein …«

Aveline verstand. »Ihr gebt sie Euch selbst?«

Zorn legte sich wie ein Schatten über sein Antlitz. »Es war mein Bestreben, in den Krieg zu ziehen. Nicht Simons. *Ich* wollte den Helden spielen.«

Aveline sah die Verletzlichkeit in seinen Augen. Die Haltlosigkeit. Das Gefühl, nie festen Boden unter den Füßen gehabt zu haben.

Gael schüttelte den Kopf. »Ich hätte nicht damit beginnen sollen. Mein Kummer soll Eure Stimmung nicht trüben.«

Aveline hätte schweigen, weiterarbeiten und es dabei belassen können, doch es widerstrebte ihr, ihn in seinem Leid allein zu lassen.

»Euer Schmerz ist wie ein Spiegel. Ich erkenne mich selbst in ihm«, flüsterte sie.

Es folgte Stille. Hatte er sie verstanden? Ihre Hände tanzten aufgewühlt über die Tischkante. Was tat sie hier nur? Aveline schreckte kurz hoch, als sich Gaels Hand um ihre eigene schloss und dem nervösen Tanz ihrer Finger ein Ende setzte.

»Verzeiht, ich habe vergessen, dass auch Ihr trauert.«

Avelines Ohren glühten. Wie konnte die Stimmung im Raum so schnell umschlagen? Verständnis statt Wut. Trost statt Trauer. Seine Hand auf ihrer.

Ihr Herz schlug schnell, und sie wurde sich seiner Berührung nur zu deutlich bewusst. Seine Finger streiften ihre Knöchel und wanderten ihren Arm hinauf, bis sie an ihrem Hals innehielten. Die Blutergüsse nach Jean-Lucs Attacke waren fast verblasst, und heute hatte sie es gewagt, kein hochgeschlossenes Kleid zu tragen. Wie in Trance berührte er ihren Hals und zog die Spuren der verblassende Flecken nach. Aveline ging einen Schritt zurück und legte beschämt ihre Hand über die geschundene Haut.

»Ich habe Euch nie für die Salbe gedankt, sie hat gut geholfen.«

Gael blickte über sie hinweg. »Das hätte niemals passieren dürfen«, wiederholte er seine Worte von damals. Er löste ihre Finger von ihrem Hals und bettete sie zwischen seinen Händen. Wie ein Vogeljunges, das aus seinem Nest gefallen war.

Etwas zwischen ihnen war anders. Die Stimmung im Raum hatte sich schon wieder geändert. Sie sollte sich loslösen. Warum tat sie es nicht?

Es war der Schmerz. Die Trauer, die sie verband.

Und dieser Schmerz hatte eine Tür geöffnet. Sollte sie es wagen und die Tür durchschreiten? Doch was würde sie auf der anderen Seite finden? Durfte sie den Druck seiner Hand erwidern? Wollte sie es? Was würde er von ihr denken?

Doch bevor sie eine Entscheidung fällen konnte, klingelte ein Stockwerk höher ein Glöckchen.

Sie löste ihre Hand und zwang sich, ein wenig Abstand zu nehmen.

Aveline hörte das Stimmengewirr der Kinder und Antoinette und Cordelia, die versuchten, die Rasselbande unter Kontrolle zu bringen.

Gael räusperte sich. Er kratzte sich am Kopf und starrte auf den Tisch.

»Vergesst nicht, was ich Euch über die Rosen und das Gitter gesagt habe.«

Aveline nickte, ihr Herz pochte ihr bis zum Hals. Gael verschwand im oberen Stock, doch sie brauchte ein paar Minuten, um sich zu sammeln.

»Gab es schon einmal einen Mann in deinem Leben?« Aveline saß im Bett, die Decke bis unters Kinn gezogen. Es hatte sie Mut und einige Anläufe gekostet, Cordelia diese Frage zu stellen.

Die Kammerzofe blickte verdutzt auf. Sie legte das Buch, aus dem sie vorgelesen hatte, zur Seite und räusperte sich. »Wie kommt Ihr darauf, Mademoiselle?« Vorsicht lag in ihrer Stimme.

»Ich will nicht über dich urteilen. Ich bin nur neugierig. Ich hatte nie eine Freundin, mit der ich über solch ein Thema reden konnte.«

»Wir sind Freundinnen?« Ein verstohlenes Lächeln huschte über Cordelias Gesicht, und Aveline wurde rot.

»Ich hatte es zumindest angenommen.«

Cordelia kicherte. »Hat dieses plötzliche Interesse an meinem Leben etwas mit dem Apotheker zu tun?«

Avelines Ohren glühten. »Ganz und gar nicht! Wie kommst du nur auf so einen Gedanken?« Cordelia lachte, und Aveline zog die Bettdecke über ihr Gesicht. »Geh weg und lass mich in Ruhe.«

Cordelia schob die Decke wieder fort. »Ihr mögt ihn?«, fragte sie leise.

Aveline wiegte den Kopf hin und her. »Ich weiß nicht«, sagte sie ehrlich. »Aber in seiner Gegenwart habe ich nicht das Bedürfnis zu flüchten. Jedenfalls nicht mehr.«

Cordelia runzelte die Stirn. »Sehr romantisch klingt das nicht«, meinte sie.

»Das habe ich auch nie behauptet«, klagte Aveline. »Es ist nur …«

Cordelia sah sie an und wartete. Aveline knetete ihre Hände. Dieses Gespräch verlief nicht so, wie sie sich das vorgestellt hatte. Sie wollte von Cordelias Erfahrungen profitieren und nicht über ihren verwirrten Seelenzustand sprechen. Und was sollte sie der Kammerzofe jetzt antworten? Sie hatte ja keine Ahnung, wie sie selbst empfand! Heute war etwas zwischen ihr und Gael vorgefallen. Nur was? Wo lag der Bereich des Normalen, wenn es um einen Mann und eine Frau ging? Renée hatte ihr immer gesagt, wie wichtig es sei, gesehen und nicht gehört zu werden. Und ihre Mutter hatte ihr eingetrichtert, sich von Gefühlen loszulösen. Jetzt hatte Aveline nur noch ihren Vater und ihre Brüder.

Sofort kam ihr Jean-Luc in den Sinn. Die Male an ihrem Hals waren zwar fast verschwunden, doch die Wunden ihrer Seele lagen immer noch offen. Vor allem, nachdem ihr Vater ihr die Schuld an dem Vorfall gegeben hatte. Sie schob den Gedanken beiseite. Sie musste sich jetzt auf den Apotheker konzentrieren. Er war für ihren Plan essenziell. Ohne seine Hilfe könnte sie niemals die Rezepte ihrer Mutter entschlüsseln. Doch Gael hatte sie aus dem Konzept gebracht. Sein Schmerz hatte sie berührt, er hatte ihr einen Einblick in seine Seele gewährt. Sie hatte sich selbst in ihm gesehen. Oder hatte sie sich das nur eingeredet?

Sie schüttelte den Kopf.

Nein, sein Schmerz war echt. Genauso echt wie ihr eigener. Aber hegte sie deshalb romantische Gefühle für den Apotheker? »Ich weiß es nicht«, wiederholte sie erneut.

Cordelia strich ihr über den Arm. Sie war wie die Schwester, die sie nie gehabt hatte. »Das Herz, Mademoiselle, spricht nicht so klar zu uns wie unser Verstand.« Sie fing an, die Kerzen zu löschen, eine nach der anderen.

»Kein sehr zuverlässiges Organ«, murmelte Aveline.

»Darf ich Euch einen Ratschlag geben?«, fragte Cordelia und setzte sich wieder zu ihr an die Bettkante.

Aveline nickte und knetete erneut ihre Hände.

»Es kann sehr schmeichelhaft sein, wenn ein Mann an einem Interesse zeigt.« Schatten tanzten über Cordelias Gesicht. Im fahlen Schein der letzten Kerze verzog sich ihr Antlitz zu einer schemenhaften Fratze. »Doch Männer sind Jäger, Mademoiselle. Und Ihr seid die Beute.«

Die Kammerzofe blickte zur Seite, und Aveline lief ein kalter Schauer den Rücken hinab.

»Kann man Euch zu leicht fangen, seid Ihr uninteressant, nicht mehr als ein kurzweiliges Spielzeug.«

Cordelia zog die Bettdecke glatt, und Aveline fiel auf, dass ihre Finger zitterten.

»Doch gestaltet Ihr die Jagd schwieriger und lasst Euch nicht so leicht einfangen wie die anderen Mädchen, dann seid Ihr eine reizvolle Beute.« Cordelias Hände verkrampften sich über dem Bettlaken, Aveline rutschte hin und her. »Der Jäger wird sich einiges einfallen lassen, um Euch in die Falle zu locken. Er wird Euch die Welt versprechen, aber am Ende macht es keinen Unterschied. Der Jäger erschießt seine Beute und zieht weiter.« Cordelia pustete die letzte Kerze aus und stand auf.

»Und welchen Ratschlag hast du für mich?«, fragte Aveline in die Dunkelheit.

»Lasst Euch nicht fangen, Mademoiselle. Stellt Euch tot und wartet darauf, dass der Jäger an Euch vorüberzieht.«

Aveline biss sich auf die Lippe. Cordelia hatte recht. Sie wusste, dass ihre Kammerzofe weise Worte gesprochen hatte. Aber warum fühlte es sich dann so falsch an?

»Wenn Ihr vorhabt, im September Euren Großonkel zu ehelichen, dann vergnügt Euch ruhig mit dem Apotheker«, sagte Cordelia plötzlich, und ihre direkte Art überraschte Aveline. »Ich weiß, Ihr könnt Euch mir nicht anvertrauen, und ich bin Euch deshalb nicht böse. Jeder hat seine Geheimnisse.« Sie sprach schnell und ihre Worte zischten durch den Raum. »Doch ich weiß, dass Ihr ein Ziel verfolgt, und dieses Ziel sieht nicht vor, dass Ihr einen alten Mann heiratet und sein braves Schoßhündchen werdet.« Cordelia ging zum Eingang ihrer Kammer.

Aveline fühlte sich ertappt, ihre Ohren glühten. Cordelia war aufmerksamer, als sie es der Kammerzofe zugetraut hatte.

»Liebe ist die Geisel einer jeden Frau«, flüsterte Cordelia in die Dunkelheit hinein. »Lasst Euch nicht in Ketten legen, Aveline.«

18. Saint Roseraie

Gegenwart

»Ist Kosmas heute nicht hier? Ich wollte etwas Wichtiges mit ihm besprechen.« Madame Rivans blickte sich enttäuscht um. »Er ist mir doch sonst immer so eine große Hilfe.«

Damien entfaltete eine Papiertüte und warf die Medikamente hinein. Dann knallte er sie auf die blank geputzte Theke. »Er ist nicht da. Aber ich bin sicher, dass auch ich Ihnen behilflich sein kann, Madame.«

Die kleine, rundliche Frau mit dem bunten Strohhut auf dem Kopf warf ihm einen missbilligenden Blick zu, als ob er den Verstand verloren hätte.

Damien hob die Augenbrauen.

»Mit dir über meine Soorkolpitis zu sprechen fühlt sich irgendwie eigenartig an. Nett von dir, aber nein danke, Damien.« Sie ergriff ihren Beutel und nahm auf einem der Polsterstühle Platz, die Kosmas für die älteren Herrschaften neben der antiken Personenwaage positioniert hatte.

»Aber ich kann Ihnen nicht sagen, wann er wiederkommt, Madame. Er wollte nur kurz etwas erledigen und gleich wieder da sein.« Damien schnaubte. Wäre es anders, müsste er nämlich nicht hier draußen stehen und die Kundschaft bedienen. Eigentlich hatte Kosmas nur schnell in die Kanzlei fahren wollen, um das Rezept vorbeizubringen.

Eine Packung Aspirin flog in die nächste Tüte. Selbst wenn er mit seiner alten Schüssel dreimal im Kreis gefahren war, müsste er schon seit einer Stunde wieder hier sein!

»Ich sagte Nasenspray! Das mit der rosafarbenen Kappe! Du weißt schon, das homöopathische, das einem die Schleimhäute so schön wegbrennt!«, riss ihn die Stimme eines Mannes aus den Gedanken.

»Pardon!«, knirschte Damien mit den Zähnen, drehte sich um und öffnete eine Lade. Dann warf er das Nasenspray hinterher. »Macht 7,95.«

»Und das Aspirin? Eigentlich habe ich doch gar keine Kopfschmerzen.«

»Dann kannst du mir dankbar sein, dass ich schon für deinen nächsten Besuch im Chopé vorgesorgt habe, mein Freund. Der Nächste!«

Der Mann zuckte mit den Schultern und verabschiedete sich.

»Du könntest ruhig etwas freundlicher zu deinen Kunden sein, Damien«, erklang eine bekannte Stimme.

Damien blickte auf und verzog die Lippen zu einem kleinen Lächeln, während er sich auf der Theke abstützte. »Ah, Cassandra! Was kann ich für dich tun?«

Aurélies Assistentin zückte ihr Telefon. »Wir brauchen etwas gegen Kopfschmerzen. Außerdem diesen Tee – sie hielt ihm das Handy hin – und dein spezielles Öl.«

Damien warf einen Blick auf das Display. Aspirin, Tee und sein spezielles Kopfschmerzöl mit Lavendel und japanischer Minze. Woher wusste sie davon? Er drehte sich um und öffnete einen der Vitrinenschränke. Darin verwahrte er seine selbst hergestellten Produkte.

»Leidest du unter starkem Stress, Cassandra?«, fragte er, ergriff einen blechernen Behälter und schaufelte getrocknete Teeblätter auf eine Waage.

»Nun, das könnte man so sagen ...«, antwortete sie. »In Saint Roseraie ist es gar nicht so friedlich, wie ich es mir vorgestellt habe. Aber Nicolas hat mir erzählt ...«

»Euer Umzug nach Saint Roseraie muss sehr anstrengend gewesen sein ...«, unterbrach er sie, öffnete einen zweiten Vitrinenschrank und langte nach einem kleinen dunkelbraunen Fläschchen mit Pipettenaufsatz.

»Nicht wirklich. Außerdem sind die Menschen hier so freundlich ... na ja ... außer dir. Aber jeder Ort braucht seinen Griesgram, nicht wahr?« Sie zwinkerte.

Damiens Mundwinkel zuckten. Kein Wunder, dass Aurélie Cassandra zu ihrer Assistentin gemacht hatte. Diese Frau ließ sich ebenso wenig sagen wie ihre Chefin. Sie war auch genauso spitzzüngig wie sie.

»Und habt ihr vor, länger hierzubleiben?«, ignorierte er ihre Sticheleien.

»Das wüsstest du wohl gern, was? Wenn du Aurélie das Parfum einfach überlassen würdest, wärst du uns schneller los, als der Kleine da hinten bis drei zählen kann.« Sie deutete über ihre Schulter auf einen Jungen, der auf der antiken Personenwaage stand und den Zeiger studierte.

Damien lachte. »Dann würde ich dir raten, noch mehr davon zu kaufen, denn euer Aufenthalt wird sich wohl noch etwas verlängern.«

»Das habe ich mir schon gedacht.«

»Ich hoffe, ihr habt den alten Pierre nicht übers Ohr gehauen, als ihr ihm das Haus abgekauft habt?«

»Ah, du hast es also schon erfahren!«

»Hältst du mich etwa für einen dieser Provinztrottel aus einem Hollywood-Streifen? Ich habe Augen im Kopf! Natürlich habe ich bemerkt, dass ihr euch gegenüber eingenistet habt!«

»Ich würde es nicht als eingenistet bezeichnen.« Jetzt wirkte sie beinahe beleidigt. »Es war das einzige freie Haus in ganz Saint Roseraie.«

Damien neigte den Kopf. »Jetzt erklär mir doch bitte mal, warum ihr wirklich hier seid. Aurélies Anwalt könnte diese Angelegenheit doch sicher auch ohne eure Anwesenheit in Frankreich erledigen.«

»Versuchst du etwa, mich auszuhorchen?«

»Ja.«

»Dann sprich doch am besten mit Aurélie darüber.«

Damien entfaltete die Papiertüte und stellte sie auf den Tresen. »Richte ihr aus, dass sie sich ihre Sachen auch gern persönlich bei mir abholen kann. Sonst hat sie ja auch kein Problem damit, Forderungen zu stellen!«

Cassandra rollte mit den Augen. »Ich bin doch keine Vermittlerin. Und sie ist unpässlich.«

»Unpässlich.« Er sprach das Wort wie eine Feststellung aus.

»Krank. Wegen dir. Sie klagt über Schlafstörungen, Schwindel und Kopfschmerzen. Manchmal auch über Herzrasen.«

»Wegen mir?« Er horchte auf. Sein niederträchtiger Wunsch war also doch in Erfüllung gegangen ... Aurélie schien es ähnlich zu ergehen wie ihm.

»Seit Tagen, um genauer zu werden. Eigentlich, seit du sie so ritterlich über die Schulter geworfen und ins Bett gebracht hast. Was mir im Übrigen sehr gefallen hat.« Ihr Tonfall veränderte sich und bekam eine wärmere Stimmfarbe. Beinahe so, als würde sie sich darüber freuen.

»Kommen diese Beschwerden öfter vor?«, krächzte er.

Cassandra grinste. Aber dann neigte sie nachdenklich den Kopf und spielte sein Spiel mit. »Nun, ich kann mich nicht daran erinnern, sie jemals so erlebt zu haben.«

Damien schluckte, gab Öl und Tee hinein und verfehlte beim Aspirin die Tüte. Das Medikament rutschte über die Theke und landete vor den Füßen der Assistentin. »Sollte sich ihr Zustand nach drei Tagen nicht bessern, rate ich euch, einen Arzt aufzusuchen.«

Cassandra hob die weiße Packung auf und ließ sie in die Tüte fallen. Dann beugte sie sich über die Theke, sodass nur er sie hören konnte. »Bereitet dir diese Sache denn keine schlaflosen Nächte, Damien?«

»Warum sollte sie? Mein Anwalt kümmert sich um alles. Ich vertraue ihm«, zischte er.

»Das meine ich nicht, und du weißt das.«

Sein Puls beschleunigte sich.

Cassandra verzog keine Miene, während sie in der Tasche nach ihrem Portemonnaie suchte. Die Stimmung schwang um. »Du lügst, Damien. Und wenn ich eines nicht leiden kann, dann ist das Unehrlichkeit! Damit hatte Aurélie in den letzten Jahren genug zu kämpfen. Also zieh endlich den Stock aus deinem Allerwertesten und rede mit ihr. Das ist deine einzige Chance! Ich liebe Aurélie wie eine Schwester, aber sie ist noch sturer als du und steht sich in dieser Situation selbst im Weg!«

»Nein.«

»Dann gibt es nichts mehr zu sagen! Und jetzt her mit dem Beutel!«, schnappte sie, klatschte einen Fünfzigeuroschein auf das polierte Glas und verließ die Apotheke hoch erhobenen Hauptes.

»Das ist viel zu viel!«, rief er, doch sie schüttelte nur den Kopf.

»Scher dich zum Teufel, Damien Roix!«

Er starrte auf den Schein in seiner Hand, während ihm das Bimmeln der Türglocke einen schmerzhaften Stich nach dem anderen versetzte. Die übrigen Kunden warfen ihm verstohlene Blicke zu, manche tuschelten und schüttelten den Kopf.

Damien straffte die Schultern.

»Ich würde sagen, das hast du gehörig verbockt, mein Junge.« Madame Rivans warf ihm einen mitleidigen Blick zu.

»Wie schön, dass jeder hier so gut über mich Bescheid weiß! Ist noch irgendjemand hier, der ein lebensnotwendiges Medikament braucht?«

Schweigen und betretene Blicke.

Damien knöpfte seinen Kittel auf und trat hinter der Theke hervor. Schnellen Schrittes erreichte er die Tür und riss sie auf. »Dann raus hier! Alle! Kommt am Nachmittag wieder, vielleicht bin ich dann besser gelaunt oder mein verdammter Bruder ist endlich aus seinem Kurzurlaub zurückgekehrt!«, brüllte er.

Madame Rivans starrte ihn an. Aber dann lächelte sie und erhob sich. »Mein lieber Damien, was du brauchst, ist eine starke Frau, die dir zeigt, wo es langgeht. Und die wohnt zufällig gegenüber!«

Fluchend warf Damien die Tür zu und drehte das Schild herum.

Zum Teufel mit allen, zum Teufel mit seinen Gefühlen … und zum Teufel mit Aurélie!

19. Saint Roseraie

Gegenwart

Wütend starrte Damien auf sein Telefon. Die Mittagspause war seit einer halben Stunde vorbei, aber bisher hatte sich niemand mehr auch nur in die Nähe der Apotheke getraut. Und von Kosmas fehlte immer noch jede Spur. Damien hatte ihm eine WhatsApp geschrieben, ihn angerufen – ja, sogar François' Sekretärin in der Kanzlei terrorisiert. Aber sein Bruder schien wie vom Erdboden verschluckt ...

Er gab ein entnervtes Schnauben von sich, hängte einen Zettel in die Tür und sperrte sie ab. Dann trat er in seinen Garten, steckte sich eine Zigarette an und nahm einen tiefen Zug. Erst gestern hatte er sich darüber geärgert, wieder mit dem Rauchen begonnen zu haben. Er rollte mit den Augen. »Scheiß drauf«, murmelte er und lehnte sich an die Hausmauer.

Wo konnte Kosmas nur abgeblieben sein? Laut François' Sekretärin, musste er die Kanzlei schon vor geraumer Zeit wieder verlassen haben. Hatte er sich verfahren? Aber das war unmöglich ... Sein Bruder konnte jeden verdammten Grashalm auf dem Weg benennen – es sei denn ...! Nein, daran durfte er gar nicht erst denken! Ein eisiger Schauer jagte ihm über den Rücken. Warum war er nicht eher darauf gekommen? Er warf die Kippe auf den Boden und trat sie aus. Dann zückte er sein Telefon und tippte die Nummer des nächst gelegenen Hospitals. Aber dann, während es noch klingelte, erinnerte er sich an Cassandras Einkaufsliste. Aspirin, Tee und sein spezielles Kopfschmerzöl mit Lavendel und japanischer Minze.

Der Tee, eine Kombination aus Baldrian, Hopfen und Weißdorn, half gegen Schlafstörungen, das Öl gegen Kopfschmerzen. Die japanische Minze allerdings war seine Geheimzutat für das Öl. Davon wusste nur, wer es selbst benützte oder ihm dabei geholfen hatte, es herzustellen. *Kosmas.*

Was hatte das zu bedeuten? Er wählte die Nummer seines Bruders, und kam sofort wieder in die Sprachbox. Wutentbrannt machte er kehrt. War er bei ihr? Hatte er ihr das Rezept gegeben?

Er griff nach dem Schlüssel, aber dann hielt er mitten in der Bewegung inne. Nein, Kosmas konnte es ihr nicht gegeben haben. *Au revoir* war bei François. Denn um die Echtheit festzustellen, benötigte der Gutachter das Original. Sowohl seines als auch das von Aurélie. Damien fuhr sich durchs Haar und atmete tief durch. Der Schlüssel gab ein dumpfes Klacken von sich, als er wieder in seinem Versteck landete. Natürlich könnte er ihr einfach eine Kopie überlassen haben. Aber Damien wollte nicht glauben, dass ihm sein Bruder ausgerechnet in dieser Sache in den Rücken fallen würde.

Warum wollte seine Wut dann nicht verrauchen? Er durchquerte den Verkaufsraum und spähte aus der Tür. Von hier aus sah er direkt zu ihr hinüber.

Eher er sich's versah, fand er sich auf der gegenüberliegenden Straßenseite wieder. Er drückte die Klingel. Niemand machte auf. Damien versuchte es noch einmal und hämmerte gegen das dunkelbraune Holz.

Ein glockenhelles Lachen erklang.

»Kosmas?«, rief er. »Ich weiß, dass du da drinnen bist! Ich kann dich hören.«

Das Lachen verstummte. Damien umklammerte den Türrahmen und verengte die Augen, als er einen Schatten durch das goldgelbe Glas des Fensters erkannte, der sich langsam auf ihn zubewegte.

Die Tür schwang auf.

»D…Damien«, stammelte Aurélie. »Was tust du denn hier?« Sie trat einen Schritt zurück, dabei warf sie ihm einen erschrockenen Blick zu. Damien lehnte sich zur Tür hinein und starrte sie finster an. Sein Herz machte einen Sprung, doch er widerstand dem Drang, sie einfach in die Arme zu ziehen und zu küssen. Ob es sein Anblick war, der alle Farbe aus ihrem Gesicht gestohlen hatte? Aber dann schlug ihm der starke Geruch von Lavendel und Minze entgegen, und er erkannte, dass sie tatsächlich krank wirkte. Bleich, mit dunklen Augenringen und bläulichen Lippen vom Schlafentzug.

Er schluckte. »Ist Kosmas bei dir?«, fragte er und klang dabei barscher, als er es wollte.

Aurélie zuckte zusammen, blickte dann über ihre Schulter und zu ihm zurück. »Und wenn es so wäre?«

»Er sollte nur das Rezept für *Au revoir* zu unserem Anwalt bringen. Von einem Teekränzchen mit dir war nie die Rede.«

»Teekränzchen?« Die kleine Frau stemmte die Hände in die Hüften. »Wenn du's genau wissen willst: Ich habe ihn um einen Gefallen gebeten, weil ich nicht zu dir gehen konnte.«

»Hat er es dir gegeben?«

»*Was* gegeben? Wovon sprichst du eigentlich?«

Damien machte einen Schritt auf sie zu, doch sie stellte sich ihm entgegen und dachte gar nicht daran, den Schwanz einzuziehen. Aber das hatte er auch nicht von ihr erwartet. Aurélie war keine dieser Frauen, die sich etwas von einem Mann sagen ließen. Auch nicht, wenn dieser Mann wenigstens eineinhalb Köpfe größer war und schnaubte wie ein wilder Stier.

»Stell dich nicht dumm! Du weißt genau, wovon ich rede!«

Fassungslos riss sie die Augen auf. Ihre Finger ballten sich zu Fäusten. Jetzt war sie es, die wie ein wild gewordener Stier schnaubte. »Arschloch!«, spuckte sie ihm entgegen. »Was ist bloß los mit dir?«

Jetzt waren sie einander so nahe, dass er jeden Millimeter ihres Gesichtes inspizieren konnte. Sie wirkte genauso kränklich, wie Cassandra es ihm erzählt hatte. Aber das änderte nichts. Gar nichts!

»Du weißt ganz genau, was los ist!«, antwortete er und streckte die Hand nach ihr aus, doch sie reagierte blitzschnell.

»Fass mich nicht an!«

Damien erstarrte. Sie hatte die Arme gehoben und machte sich noch kleiner, als sie es ohnehin schon war. Hatte sie etwa Angst vor ihm? Er taumelte rückwärts. Warum glaubte sie, dass er sie schlagen wollte? Hatte er ihr einen Anlass dazu gegeben? Nein! Aber jemand anderes musste das getan haben! Jemand in ihrer Vergangenheit ...

Die Alarmglocken in seinem Hirn schrillten los. Doch noch bevor er ernsthaft über ihre Worte nachdenken konnte, stand sein Bruder in der Tür.

»Schätzchen? Aurélie? Ist alles in Ordnung?« Er wirkte nicht im Geringsten überrascht, Damien zu sehen. »Ach du bist's nur! Ist etwas passiert?«

»Warst du etwa die ganze Zeit hier?«

Kosmas warf ihm einen entschuldigenden Blick zu und nickte in Aurélies Richtung. »Du wolltest ja nicht mit ihr reden, aber dieses dumme Hin und Her muss auch irgendwann aufhören, Damien.«

Damien runzelte die Stirn. »Ich habe mir Sorgen gemacht, sogar im Hospital angerufen!«

»Oh.«

»Ich dachte, du hättest vielleicht einen Autounfall gehabt!«

Die Lippen seines Bruders verzogen sich zu einem warmherzigen Lächeln. »Aber wie du siehst, lebe ich noch.«

»Und was ist das?« Er deutete auf den gelb-schwarz gemusterten Schal um Kosmas' Hals.

»Das, mein lieber Bruder, ist ein Seidentuch von Versace. Und ja, es tut mir leid! Aurélie hat mich eingeladen, um mir das Haus zu zeigen und etwas mit mir zu besprechen. Ich habe einfach die Zeit vergessen.«

Damien erstarrte. Was bitte konnten Aurélie und Kosmas schon groß besprochen haben außer Ururgroßvater Gaels Notizen?

»Darum hast du dich also mit ihr getroffen? Ich dachte, du wärst auf meiner Seite?!« Er blickte zwischen Aurélie und seinem Bruder hin und her.

»Ja, deshalb. Und außerdem wollte sie noch ein paar Schmuckstücke loswerden! So wie dieses hier – er streichelte andächtig über den Schal – und du weißt doch, dass ich Prada, Gucci und Versace niemals widerstehen kann!« Kosmas grinste, als ob er im Lotto gewonnen hätte. Aber dann verzog er das Gesicht zu einer verwirrten Grimasse. »Warte, *was?*«

»Ach, macht doch, was ihr wollt! Ist mir scheißegal!« Er musterte Aurélie mit düsterer Miene. Instinktiv wich sie noch weiter zurück und prallte gegen Kosmas' Brust. »Du hättest Schauspielerin werden sollen, Aurélie. Freu dich doch! Endlich hast du bekommen, was du wolltest!«

»Nein, Damien, warte ...«, krächzte sie, aber da rannte er schon über die Straße. Wenn er jetzt nicht ging, dann sagte er vielleicht Dinge, die er nie wieder zurücknehmen oder gutmachen konnte.

»Damien, jetzt beruhige dich! Es ist nicht so, wie du denkst!« Kosmas eilte ihm hinterher.

»Ich fahre in die Hütte. Ob du den Laden öffnest, ist deine Sache!«

»Warum bist du so wütend?«

»Du weißt genau, warum.«

Vor der Apotheke blieben sie stehen.

»Ich wollte ihr doch nur helfen!«

»Helfen? Falls du es noch immer nicht begriffen hast: Diese Frau will uns ruinieren!«

Kosmas packte ihn an den Schultern und zwang ihn dazu, sich umzudrehen. In der Ferne erkannte er Aurélie, die sich am Türrahmen festhielt. Sie wirkte, als wäre sie einer verdammten Ohnmacht nahe. Warum nur konnte er sich der Anziehungskraft, die von ihr ausging, nicht entziehen?

»Was ist nur los mit dir, Damien? Worum geht es hier wirklich?«

Kosmas folgte seinem Blick. »Ich verstehe. Du benutzt *Au revoir* also nur als Ausrede!«

Damien schüttelte den Kopf.

»Sei wenigstens einmal ehrlich zu dir selbst! Seit du sie geküsst hast, ist nichts mehr so, wie es war.«

»Du hast recht …«, flüsterte er. »Aber das ändert nichts. Gar nichts! Sie hat es mir selbst gesagt. Und das reicht mir als Antwort.«

»Willst du etwa so schnell aufgeben?«

Damien riss sich von ihrem Anblick los und rammte den Schlüssel ins Schloss.

»Es ist wie damals, als Vater dich gezwungen hat, nach Paris an die Uni zu gehen, oder ich, als ich dich gebeten habe, nach Hause zu kommen. Du schottest dich ab und lässt niemanden mehr in dein Herz.«

»Was zum Teufel wird das, Kosmas?«

»Wann wirst du endlich einmal das tun, was *du* willst?«

»Du bist nicht mein Psychologe!«

»Nein, aber ich bin dein Bruder …«

Die Tür knallte gegen die Mauer.

»Damien.«

»Ich bin nicht nach Hause gekommen, weil du es wolltest. Ich *wollte* nach Hause kommen!«

Kosmas seufzte. »Du wärst also nicht wieder nach Hause gekommen, wenn ich dich nicht gebraucht hätte? Hast du etwa auf einen Anlass gewartet?«

Seine Augen wurden glasig. Die Wut auf seinen Bruder verpuffte wie eine Rauchwolke. Damien drehte sich um und zog ihn in eine feste Umarmung. »Ich brauche Abstand. Abstand von Saint Roseraie, von ihr … Ich muss darüber nachdenken, was ich jetzt tun soll.«

»Was du tun … willst«, korrigierte Kosmas. »Ich habe ihr das Rezept nicht gegeben, falls du das denkst!«

»Ich weiß. Und ich weiß auch, dass ich ein Idiot bin, weil ich überhaupt an dir gezweifelt habe.«

»François hat es dem Gutachter vor meinen Augen in die Hand gedrückt. Gleich nachdem ich es in die Kanzlei gebracht hatte. Warum hätte ich es ihr geben sollen?«, flüsterte Kosmas. »Sag ihr doch einfach die Wahrheit! Dass das Rezept unvollständig ist. Dann hat diese Scharade endlich ein Ende ...«

Und Aurélie keinen Grund mehr hierzubleiben, stellte Damien voller Entsetzen über diese Erkenntnis fest. Eine Erkenntnis, zu der er tief in seinem Inneren längst gekommen war. Aber das wollte er sich nicht eingestehen.

Aurélie verharrte immer noch an Ort und Stelle. Worauf wartete sie? Und warum sah sie ihn *so* an? »Nur ein paar Tage in der Hütte. Das ist alles.«

»In Ordnung.«

»Ich habe Madame Rivans und das halbe Dorf verärgert.«

»Hast du etwa wieder jemanden rausgeworfen?« Kosmas wischte sich mit dem Ärmel seines Hemdes übers Gesicht und kicherte dabei.

»Alle. Ich habe alle rausgeworfen.«

»Ich kümmere mich darum.«

»Danke ...« Damien wagte einen letzten Blick in Aurélies Richtung, doch Cassandra versperrte ihm die Sicht. Außer ihren wilden rötlich schimmernden Haaren konnte er nichts mehr erkennen.

Dann fiel die Tür hinter ihm ins Schloss.

20. Saint Roseraie

Gegenwart

Nachdem er den vollbepackten Rucksack in den Kofferraum seines Geländewagens geworfen hatte, raste Damien davon, ohne zurückzublicken. Sein Telefon läutete in Dauerschleife, doch er reagierte nicht darauf. Zuerst war es Nicolas, dann Guinevere und eine dritte Nummer, die einfach nicht locker ließ. Wahrscheinlich ein verärgerter Kunde ... Oder *sie*? Nein, ganz bestimmt nicht. Es war eine ihm unbekannte französische Nummer. Damien biss die Zähne zusammen. Irgendwann schaltete er das Handy aus und legte es ins Handschuhfach. Kosmas kümmerte sich um den Laden, also brauchte er das Ding jetzt nicht. Sein Blick fiel auf den Beifahrersitz, wo Gaels Buch und die lederne Zeichenmappe lagen. Wie ein finsteres Omen.

Nach etwa zwanzig Minuten Fahrt – und einer zusätzlichen halben Stunde, welche er damit zubrachte, den kurzen Schotterweg zur Hütte von den Überresten des letzten Unwetters zu befreien – kam er endlich an. Damien parkte den Wagen unter dem schmalen Vordach und stieg aus. Hierher zu kommen war die richtige Entscheidung gewesen. Seine Arme locker herabhängend schloss er die

Augen und atmete tief ein und aus. Bis auf das Plätschern des Wassers und das Gezwitscher der Vögel war es still.

Langsam setzte er einen Fuß vor den anderen. Seine Lider hoben sich. Noch zwei Schritte. Ein Schauer jagte ihm über den Rücken, und er blickte zu Boden. Genau hier hatte sie gesessen. Das Mädchen auf dem Bild, welches Aurélie so verdächtig ähnlichsah. Er bückte sich und ließ seine Hand durch das hohe Gras gleiten. Es war von einem satten Grün. Obwohl es nichts weiter als ein Traum gewesen war, flutete Erleichterung seinen Körper. Kein Blut, kein Feuer ...

Dieser Anblick, Aurélie verblutend in seinen Armen, hatte sich unlöschbar in sein Gedächtnis eingebrannt. Und die Erinnerungen daran kehrten in regelmäßigen Abständen zurück. Wie eine üble Vorahnung suchte sie ihn heim.

Damien richtete sich auf. Die Sonne spiegelte sich auf dem klaren dunkelgrünen Wasser des Weihers. Er drehte sich um und machte sich auf den Weg zur Hütte. Hier würde ihn niemand stören.

Mit einem gezielten Griff fischte er den Schlüssel aus einem Blumentopf neben der Tür, schloss auf und trat über die Schwelle. Alles war noch genau so, wie er es nach seinem letzten Besuch zurückgelassen hatte. Der Rucksack landete auf dem knorrigen Holzboden, und er ließ sich auf die alte, schäbige Couch fallen, die früher einmal Kosmas gehört hatte. Dabei plumpste sein Kopf auf die harte Lehne.

»Nein, Damien, warte ...« Sie hatte nach ihm gerufen. Und dann hatte sie ihm diesen Blick zugeworfen. Er versuchte, sich noch einmal daran zu erinnern, aber ihr Gesicht war zu verschwommen. Aurélie hatte ihn weggestoßen, aber Kosmas eingeladen. Warum? Wobei hatte sein

Bruder ihr helfen sollen, wenn es nicht um *Au revoir* ging?

Damien starrte auf seine Hände. Sie festzuhalten, ihre Wärme zu spüren, hatte sich so verdammt richtig angefühlt. Warum gab er dann nicht einfach nach und überließ ihr das Rezept? Sein Bruder hatte recht! Sollte sie es doch haben! *Au Revoir* nach dem ursprünglichen Rezept herzustellen war ohnehin so gut wie unmöglich. Eine Komponente fehlte. Der angesengte Teil. Aber das wusste sie nicht. Sonst hätte sie es nicht so vehement eingefordert. Oder vielleicht doch? Die Gedanken explodierten in seinem Kopf, und er sprang auf. Er musste etwas tun! Irgendetwas, bevor er noch den Verstand verlor.

Durch François' weitreichende Beziehungen würde das Gutachten nicht lange auf sich warten lassen. Und sobald die Sache aufgeklärt war, würde Aurélie vielleicht wieder in die USA verschwinden. Aber allein der Gedanke daran ließ ihn nur noch tiefer in der bedrohlichen Dunkelheit versinken.

Nachdem er seine Habseligkeiten ausgepackt hatte, beschloss er, den leeren Holzkorb neben der Tür aufzufüllen, um den Kopf freizukriegen. Die Holzhacke über die Schulter geschwungen spaltete er Scheite, bis sein Shirt schweißnass an ihm klebte. Dann schichtete er das Holz und schlüpfte aus seiner Kleidung. Draußen dämmerte es bereits und die unerträgliche Hitze wich einer angenehmen Kühle.

Erschöpft legte sich Damien auf das Sofa und starrte in den leeren Kamin.

»Damien? Bist du wach?«

Damien öffnete die Augen. Es war Aurélie, die sich lächelnd über ihn beugte.

»Träume ich?«, fragte er und streckte die Hand nach ihr aus.

»Nun, da du allein hierhergekommen bist, würde ich sagen, ja«, flüsterte sie und hauchte einen Kuss auf seine nackte Brust. Ein zufriedener Laut kam über ihre Lippen, als sie sich in seinen Arm kuschelte.

»Warum bist du hier?«, fragte er.

»Ich weiß nicht. Vielleicht, weil du es dir wünscht?«, antwortete sie und blickte zu ihm hoch.

Aber war er nicht genau aus diesem Grund in den Wald geflüchtet? Weil er Abstand von ihr brauchte? Damien richtete sich auf und strich ihr eine Locke aus dem Gesicht. Die Flammen des Feuers spiegelten sich in ihren Augen wider.

»Warum willst du Au revoir *so unbedingt haben?«, flüsterte er.*

Doch Aurélie blieb stumm. Stattdessen legte sie ihre Hand auf sein Herz. Sein Puls beschleunigte sich. Konnte sie es spüren?

»Aurélie ich …«

Da reckte sie sich ihm entgegen und zog ihn näher an sich. Ein süßlicher Duft drang in seine Nase, und ihre Lippen streiften sein Ohr. Was war das für ein Geruch?

»Ich habe sein Herz mitgenommen.«

»Warte!«, hörte er sich rufen und fuhr hoch. Im Zimmer war es stockdunkel.

Aurélie war nicht hier … Nein, sie konnte gar nicht hier sein.

Damien glitt zurück auf das Sofa, drehte sich zur Seite und streckte den Arm aus. Genau hier hatte sie gelegen. Er atmete tief ein und aus. Der süßliche Geruch war noch da, doch er war zu müde, um einen klaren Gedanken zu fassen.

21. Saint Roseraie

Donnerstag, 22. Juli 1875

»Ihr tut es schon wieder«, stellte Gael fest.

Der Apotheker hatte nicht von seiner Arbeit aufgesehen, und Aveline fragte sich, wie er denn mitbekam, was sie tat, wenn er seine Augen nicht von seiner Abschrift nahm. Er war damit beschäftigt, die feingliedrig verästelten Segmente der Kletterrosen, aus denen sie das Öl gewannen, in seinem Notizbuch zu skizzieren. Es war das erste Mal, dass sie ihn aus der Nähe beim Zeichnen beobachten konnte. Er hatte Talent. Sie zupfte Rosenblätter von den Pflanzen und verlor sich in seinen veilchenblauen Augen.

Seine Pupillen huschten zwischen dem Papier und der Blume hin und her. Seine Finger tanzten über die Seite und kreierten ein Abbild der Rose – wie eine Spiegelung in kristallklarem Wasser. Aveline hatte in ihrer Kindheit Unterricht erhalten. Umsonst. Sie war gänzlich unbegabt gewesen für die schönen Künste. Der Neid regte sich in ihr, wenn sie Gael bei seiner Arbeit zusah.

»Wo habt Ihr gelernt, so wundervoll zu zeichnen?«, purzelte die Frage aus ihr heraus, bevor sie sich an ihre guten Absichten erinnern konnte, nämlich die, sich von Gael zu distanzieren.

»Ihr könnt ja doch noch sprechen.«

Prompt stieg Aveline die Röte in die Wangen. »Ich dachte, Ihr stört Euch an meinem Geplapper?«

Gael sah auf und musterte sie. Sofort pochte ihr verräterisches Herz zwei Oktaven höher. Aveline strich sich die Haare aus dem Gesicht. Es lag sicher nur an der Situation. Sie war allein mit einem Mann. Es war nicht romantisch, sondern bloß aufregend, verboten und … unangebracht. Das war alles.

»Nun, normalerweise schätze ich es tatsächlich nicht, von Banalität erschlagen zu werden.« Er warf ihr einen Blick zu, welchen sie nicht zu deuten vermochte. »Doch für eine Frau seid Ihr ziemlich unterhaltsam«, gab Gael zu.

War das ein Kompliment? Es fühlte sich nicht so an. Avelines Ohren glühten. »Wisst Ihr«, sagte sie leise, obwohl sie wusste, dass es besser gewesen wäre zu schweigen. Wieso nur konnte sie ihren Mund nicht halten? »Gesehen und nicht gehört werden«, hatte Renée ihr immer vorgebetet. Aber es lag schlicht nicht in ihrer Natur. Dafür war sie zu sehr die Tochter ihrer Mutter. »Ihr Männer erwartet, mit einer Frau eine geistreiche Unterhaltung zu führen, raubt denselben aber jegliche Gelegenheit, sich zu solch einem Charakter zu entwickeln.«

Gael lachte. »Ihr übertreibt, Mademoiselle.«

Aveline fand nicht, dass sie übertrieb, vielmehr verstand der Apotheker den Ernst der Lage nicht. So wie es kein Mann zu tun schien. »Ich hatte eine Bekannte in Paris«, stürmten die Worte nur so aus ihrem Mund. Verflucht, welchen Zauber hatte der Apotheker um sie gesponnen, der ihre Zunge derart lockerte? »Valerie war ihr Name. Ihr Vater war streng, ihr Ehemann noch strenger. Valerie war es nie gestattet, von der Etikette abzuweichen. Wenn ich bei ihr zum Tee eingeladen war und man uns allein ließ, wurden ihre Augen immer glasig und ihr Blick ging in die Ferne, sobald ich sie Persönliches fragte.« Aveline keuchte, so aufgebracht war sie: »Oder sie gab Paraphrasen von sich wie ein Papagei.«

»Mon Dieu, was habt Ihr die arme Frau denn gefragt?« Gael schüttelte lachend den Kopf und drehte die Kletterrose zwischen seinen Fingern.

Aveline rollte mit den Augen. »Ich fragte sie nach ihrer Meinung, und es war zu viel für sie, denn sie hatte keine. Sie war nur eine leere Hülle.«

»Das klingt ja schaurig, Mademoiselle.«

Gael nahm sie nicht ernst. Sie seufzte. Das hätte ihr doch klar sein müssen! Welcher Mann verstand schon das Schicksal einer Frau? Als würde man von einem Wolf verlangen, einen Schmetterling zu verstehen. Warum war sie dann plötzlich so enttäuscht von ihm?

Seit dem Tod ihrer Mutter sehnte sich Aveline nach einer Person, mit der sie eine geistreiche Konversation führen konnte. Sie unterhielt sich gern mit Cordelia, doch ihr Verhältnis war immer noch ein wenig distanziert, die Zofe war zurückhaltend, und das war Avelines Schuld. Seit Cordelia sie auf ihr Geheimnis angesprochen hatte, lag eine unsichtbarer Barriere zwischen ihnen. Sollte sie die Kammerzofe in alles einweihen? Konnte sie ihr trauen?

»Wohin wandern Eure Gedanken?«, unterbrach Gael ihre Überlegungen.

»Wie bitte?«

Gael richtete sich auf und musterte sie. Aveline fühlte sich auf seltsame Art ertappt.

»Ihr habt gefragt, wo ich das Zeichnen erlernt habe ...«, sagte er und brachte Aveline damit aus dem Konzept. Sie hatte nicht mehr mit einer Antwort gerechnet, die Frage sogar bereits vergessen. »Nun ich habe in Paris Kunst studiert, bevor die Kämpfe begannen.«

Aveline horchte auf. Sie wusste, dass Gael und sein Bruder Simon genauso wie Isaac in der Schlacht von Sedan gekämpft hatten. Sie hatte angenommen, dass er deswegen einige Jahre nicht in Saint Roseraie gewesen war.

Gael umrundete den Tisch und stellte sich neben sie. Schnell begann sie damit, die Rosenblätter auf dem Gitter auszutauschen. Gael zupfte unterdessen ein paar frische Blütenblätter von der Pflanze ab. »Ein wichtiger Teil des Studiums lehrt uns das Beobachten, Mademoiselle.« Gael reichte ihr die Rosenblätter, und ihre Fingerspitzen berührten sich.

Aveline schluckte. »Danke«, nuschelte sie.

»Ich bin stundenlang am Ufer der Seine gesessen, die Notre-Dame in meinem Rücken, und habe vorbeieilende Passanten beobachtet.«

»Wie ein Voyeur?«, fragte sie.

»Wie ein Künstler!«, widersprach Gael. Er warf ihr einen irritierten Blick zu, während sie grinsend Rosenblätter auf das Gitter legte.

Gael räusperte sich. »Nun seht Ihr, das Beobachten liegt mir. Die Emotionen der Menschen faszinieren mich. Die Dinge, die sich in ihnen widerspiegeln, wenn sie schweigen. Manche Gefühle, Mademoiselle, sind lauter als ein Orkan, und manche leise wie ein Violinenspiel, aber tiefer als der Ozean.«

Gaels Arm streifte ihre Schultern, als er nach einer weiteren Rose griff. Avelines Hände zitterten, sie legte die Blütenblätter beiseite. Er war ihr so nah. Gael zog sein Notizbuch über den Tisch und musterte sie. Aveline schluckte. Er nahm ihre zitternden Finger und umschloss sie mit seinen. Nun zitterten nicht nur ihre Finger, sondern ihr gesamter Körper schien zu erbeben. Was passierte hier gerade? Gael zwang sie, ihn anzusehen. Sie hätte zurückweichen können, nein, sie hätte es tun *müssen*! Ihr Herz hämmerte in ihrem Brustkorb.

Wie schon einmal hob er ihr Kinn an, und sie war gefangen. Sie verspürte den Druck seiner Hand ... rau und sanft zugleich. Er musterte sie. Nicht als Apotheker, sondern als Künstler, das war ihr nun bewusst geworden. Dennoch. Auch wenn sein Interesse womöglich nicht an ihrer Person lag, so hatte sie doch das Gefühl, wahrhaftig gesehen zu werden.

»Ich muss gestehen, Ihr fasziniert mich, Mademoiselle«, flüsterte er.

Ihr Herzschlag war so laut, dass sie ihn kaum hörte. »Weil Ihr in mir nicht so gut lesen könnt wie in anderen?«, fragte sie ebenso leise wie er.

Gael lachte und warf seinen Kopf in den Nacken. »Im Gegenteil. *Ma petite* Aveline, in Euch kann ich so gut lesen wie in sonst keinem Menschen.«

Avelines Ohren glühten. Hatte er sie gerade tatsächlich beim Namen genannt? Was maßte er sich an? Sie sollte den Keller auf der Stelle verlassen! Doch sie war wie erstarrt.

»Ich sehe alles«, wisperte er und kam noch einen Schritt näher. Nun gab es kaum noch einen Raum, der sie trennte. Der Geruch von Kamille und Seife stieg ihr in die Nase. »Ich sehe die Neugier und die Intelligenz.«

Aveline schluckte. Wieso schaffte sie es nicht einfach, einen Schritt zurückzumachen? Sie bot ihm keinerlei Widerstand! Sie war weder ein flinker Hase noch ein mächtiger Hirsch. Viel mehr eine doofe Stockente.

»Und den Ärger, wenn Ihr denkt, nicht verstanden zu werden.«

Aveline sog die Luft scharf ein.

»Ich sehe die Verwirrung und die Scham.«

Ihr floss das Blut heiß durch die Adern. Er musste aufhören, sie mit seiner Singsangstimme einzulullen und sie anzusehen, als wäre sie Raffaels Madonna. Fast hatte er sie so weit, dass sie von sich aus die kaum wahrnehmbare Distanz zu ihm überwand, aber dann sah sie den Schalk in seinen Augen aufblitzen. Er hatte bloß mit ihr gespielt. Sie stieß ihn von sich weg. »Ihr seid unmöglich, Monsieur Gael.« Ihr Herz pochte wie wild. Was fiel ihm ein?

Er lachte. »Nur Gael bitte, Aveline.«

Sie schüttelte den Kopf. Der Klang ihres Namens aus seinem Mund schien ihre ohnehin kaum vorhandene Selbstbeherrschung wegzuspülen. Er kam wieder auf sie zu und schnappte nach ihren Händen, mit denen sie ihn eigentlich wegstoßen wollte. Er strich mit der Fingerkuppe über ihren Handrücken, und der Ausdruck in seinem Gesicht änderte sich.

»Aber ich sehe auch den Schmerz, Mademoiselle. Er ist wie ein dunkles Echo meiner Seele.« Er ließ sie los und griff nach seinem Notizbuch. Er schlug die letzte Seite auf.

Dort sah Aveline das Porträt einer jungen Frau, die ihr bekannt vorkam. Als könnte sie in der Zeichnung die Zukunft sehen und jene Frau erkennen, die sie gern wäre. Sie schnappte nach Luft.

»Seit Simons Tod habe ich es nicht mehr über mich gebracht, einen Stift zur Hand zu nehmen. Dann seid Ihr mit Euren Pfirsichen durch meine Tür gestolpert.« Seine Finger fanden den Weg zu ihren Lippen und berührten sie für einen Wimpernschlag, bevor seine Hand sich glühend heiß an ihr Gesicht schmiegte.

»Gael!« Aveline drohte, den Boden unter ihren Füßen zu verlieren. Jetzt war der Zeitpunkt gekommen, sich totzustellen. *Sei nicht dumm, Aveline!* Doch da war er wieder, der Schmerz in seinen Augen. Wie ein Magnet zog sie seine Trauer an. Als läge seine Seele genauso wie ihre in tausend Scherben da, und nur gemeinsam könnten sie wieder ein Ganzes sein.

»Ich sehe Euch an«, wisperte er. »Und das erste Mal seit einer unendlich langen Zeit fühle ich mich verstanden.«

Er kam ihr so nah, dass sich ihre Nasenspitzen beinahe berührten. Sie nahm seinen warmen Atem auf ihrer Haut wahr, roch die Himbeeren und die Minze, die sie in der Früh mitgebracht hatte. »Die waren eigentlich für die Kinder«, flüsterte Aveline, unfähig, nur einen klaren Gedanken zu fassen.

Gael war alles, was sie sah, und ihr wild pochendes Herz alles, was sie hörte. Die Zeit, sich totzustellen, war verstrichen. Aveline hob zitternd ihre Hände und legte sie an sein Gesicht. Wie lange hatte sie sich im Stillen danach gesehnt, ihn zu berühren und berührt zu werden? Nur für einen Moment wollte sie den Sturm der Gefühle zulassen. Sie schlang ihre Arme um seinen Hals, und Gael hob sie empor. Aveline wusste nicht, was geschehen wäre, wenn sie nicht unterbrochen worden wären. Doch im oberen Stock ertönte das Glöckchen über der Tür, und eilende Schritte polterten über den hölzernen Boden.

»Mademoiselle!«, hallte Cordelias aufgebrachte Stimme durch die stillen Räume.

Gael entließ sie aus seiner Umarmung und stellte sie wieder auf ihre Füße. Gerade rechtzeitig, denn Cordelia erschien auf dem Treppenabsatz. Sie schien kurz aus der Bahn geworfen zu sein von der innigen Szene, die sie störte, doch die Kammerzofe hatte sich schnell wieder im Griff. Aveline meinte, einen Anflug von Verachtung im

Gesicht der anderen wahrzunehmen, und das schlechte Gewissen regte sich in ihr. Was hatte sie getan? Doch jegliches Gefühl in ihr erstarb, als sie hörte, weswegen Cordelia hier war.

»Euer Vater sucht nach Euch!«, brachte sie atemlos hervor.

22. Saint Roseraie

Gegenwart

Zwei Tage vergingen, in denen er nichts anderes tat, als Gaels Notizen zu durchforsten, die versiegelten Briefe anzustarren und Ähnlichkeiten zwischen Aurélie und der Frau auf den Bildern zu erkennen.

Am Morgen des dritten Tages beschloss er, dass er eine Abkühlung brauchte, und ging zum Weiher. Der morsche Steg ächzte unter seinem Gewicht, aber Damien ignorierte den Warnhinweis, zog sich aus und sprang hinein. Das Wasser war eiskalt und stach wie Nadeln in seine Haut.

»Ich dachte schon, du tauchst nie wieder auf.«

Die tiefe Melodie ihrer Stimme ließ ihn innerlich erstarren, doch er ließ sich nichts anmerken. Sie war ihm also nachgekommen.

»Hat Kosmas dich geschickt?«

»Niemand hat mich geschickt. Ich wollte dich sehen.«

Damien hievte sich auf den Steg. Einmal mehr ignorierte er das verräterische Knarzen der von Feuchtigkeit durchzogenen Holzbretter.

»Es geht dir besser«, stellte er fest und richtete sich auf.

Dort stand sie. Am anderen Ende des Steges. Mit einer dunklen Jeans, einem T-Shirt und einem übergroßen Hemd bekleidet, sah sie gesund und munter aus. Ihre

Haare fielen in wilden Wellen um ihr Gesicht, und sie trug kein Make-up.

»Willst du ...?« Sie rang nach Worten und errötete. »Willst du dir nichts anziehen?«, flüsterte sie und biss sich auf die Unterlippe.

»Nein.«

Ihr Blick glitt von seiner festen Brust über seinen Bauch hinab bis zu seiner Mitte und wieder zurück. Obwohl sie es zu verbergen versuchte, konnte sie nicht anders, als ihn anzustarren. Seine Nacktheit schien ihr unangenehm zu sein. Oder zumindest glaubte er das. Damiens Lippen verzogen sich zu einem kleinen Lächeln. Langsam kam er auf sie zu, und als sie einander so nahe waren, dass er ihren warmen Atem auf seiner Haut spüren konnte, beugte er sich zu ihr herab und flüsterte ihr ins Ohr. »Ich will jetzt nicht mit dir reden, verstehst du? Ich will allein sein. Fahr nach Hause.« Dann hob er seine Klamotten auf, ging an ihr vorbei und ließ sie am Steg zurück.

In der Hütte angekommen atmete er geräuschvoll aus. Seine Finger verkrampften sich in seinen Klamotten, und er gab ein verzweifeltes Knurren von sich. Warum nur fiel es ihm so schwer, die Fassung zu bewahren? *Eigentlich will ich doch mit dir reden, verdammt ...*

Er trocknete sich ab, stieg in seine Hose und war gerade dabei, sich ein frisches T-Shirt über den Kopf zu ziehen, als es geräuschvoll zu donnern begann. Damien spähte aus dem Fenster. Der Himmel hatte sich schlagartig verdunkelt; heftige Unwetter waren zu dieser Jahreszeit keine Seltenheit. Meistens kündigten sie sich mit ohrenbetäubender Lautstärke an und zogen nach einem kurzen, aber kräftigen Regenguss weiter. Trotzdem war es gefährlich, draußen zu sein. Er linste zu dem Platz, an dem sein Auto stand. Einsam.

Wo war Aurélie? War sie inzwischen nach Hause gefahren?

Als er die Tür öffnete, schüttete es bereits in Strömen, und der Wind peitschte ihm die Regentropfen ins Gesicht. Er kniff die Augen zusammen und starrte zum Wasser. Aurélie ... Wie festgefroren stand sie immer noch genau dort, wo er sie zurückgelassen hatte! Was zum Teufel tat sie da?

Ohne auch nur einen weiteren Gedanken zu fassen, rannte er los. »Bist du von allen guten Geistern verlassen?«, brüllte er. »Das ist gefährlich!«

Völlig durchnässt erreichte er sie und packte sie am Arm, doch sie reagierte nicht. Weinte sie etwa?

»Aurélie, komm rein!«

»Nein«, schrie sie.

»Nein?« Er zerrte an ihr, doch sie versuchte, sich mit aller Kraft aus seiner Umklammerung zu winden.

»Ist mir egal, ob es gefährlich ist!«

Der Steg gab ein drohendes Knurren von sich, aber das hielt Aurélie nicht davon ab, ihn fortzustoßen und an den Rand zu taumeln.

»Ach, scheiß drauf!«, fluchte Damien und hob sie hoch.

Aurélie kreischte und strampelte mit den Beinen, doch er hielt sie fest. Alles war besser, als in den Weiher zu stürzen oder von einem Blitz getroffen zu werden! Mit der tobenden Frau im Arm lief er das kleine Stück zum Haus zurück und ließ sie aufs Sofa fallen. »Jetzt beruhige dich endlich!«

»Zum Teufel mit dir, Damien Roix! Du hast alles kaputtgemacht! Ich wollte das Parfum doch nur, um endlich frei zu sein! Ungebunden, ohne Verpflichtungen. Ich will nicht mehr an Plakatwänden vorbeigehen, von denen mein Gesicht auf mich herabstarrt! Frieden will ich und ja, meine französischen Wurzeln sind mir wichtig! Ich will dahin zurück, wo alles begann! Die Vergangenheit meiner Ururgroßmutter entschlüsseln! Und eigentlich hatte ich gar nicht vor, so lange in Saint Roseraie zu bleiben, sondern so schnell wie möglich wieder von hier zu verschwinden und meinem Vater das Parfum zu geben ... *Das* war mein Plan!«, zischte sie ihm entgegen. Ihr Brustkorb hob und senkte sich in qualvollem Rhythmus.

»Bist du jetzt fertig?«

»Ich ... ich habe dich ... weggeschickt! Damals ...«, brachte sie mühselig hervor.

Er wusste sofort, worüber sie sprach. Der Moment, als sie zusammen in ihrem Bett gelegen hatten und so kurz davor gewesen waren ...

»Und ich bin gegangen, so, wie du es wolltest! Aber jetzt bist du hier. Warum?«

Aurélie schluckte. Ihre Lippen öffneten sich, doch ehe sie etwas sagen konnte, küsste er sie. Sein Mund prallte auf ihren und entlockte ihr einen erschrockenen Laut, der sich schnell in ein tiefes Seufzen verwandelte. Mit nur einem Kuss hatte Damien ihren Widerstand gebrochen. Sehnsüchtig reckte sie sich ihm entgegen und vergrub ihre Finger in seinen Haaren, um sich daran festzuhalten, bis sie atemlos voneinander abließen.

»Ich kann nicht schlafen, nicht essen ... Alles dreht sich nur um dich und *Au revoir*!« Aurélie schlug die Hände vors Gesicht.

Damien nahm sie fort. »Warum bist du dann nicht längst geflohen, Aurélie?«

Sie schluchzte. »Weil ... Es geht einfach nicht. Ich will nicht zurück, aber ich kann auch nicht hierbleiben. Egal was ich auch mache, ich lande immer wieder in deiner Nähe. Wie eine Motte, die das Licht umkreist. Irgendwann werde ich mir die Flügel verbrennen … Und ich weiß nicht, ob ich das ertragen kann …«

»Ich weiß nicht, wer von uns beiden die Motte ist«, unterbrach er sie und ließ von ihr ab. »Wenn das hier vorbei ist, wirst du dich einfach umdrehen und gehen. Du wirst nicht mehr zurückblicken. Aber ich? Ich lebe hier und kann nicht einfach so verschwinden. Dabei habe ich oft genug versucht, dir aus dem Weg zu gehen!«

Aurélie zuckte zusammen.

War er zu barsch gewesen? »Diese Sache … das, was da zwischen uns ist, wird nicht gut enden, wenn wir so weitermachen«, flüsterte er und strich mit dem Daumen über ihre Lippen.

»Nein, das wird es nicht.«

Ihr warmer Atem benetzte seine Haut und entfachte die Glut in seinem Bauch. Damien kämpfte um jeden noch so winzigen Funken Selbstbeherrschung. Dann erhob er sich und entzündete ein Feuer, um sie nicht ansehen zu müssen.

»Zieh deine nassen Sachen lieber aus. Cassandra und Kosmas werden mir die Augen auskratzen, wenn ich dich erkältet nach Hause schicke.« Er deutete auf eine Ablage neben dem Sofa. »Ich hänge deine Klamotten zum Trocknen auf.«

Aus dem Augenwinkel sah er, dass sie sich aufsetzte, aus ihrem Hemd und T-Shirt schlüpfte und die Jeans von ihren Schenkeln zerrte. Sein Puls beschleunigte sich. Erzwungene Gefasstheit wurde von roher Begierde abgelöst, die sich lustvoll zwischen seinen Beinen manifestierte und gegen den Stoff seiner Hose drückte.

»Was willst du, Damien?«

»Frieden.«

Er kniete sich hin, griff nach einem Stück Holz und warf es ins Feuer. Die Flammen zischten eine knisternde Warnung in seine Richtung. Obwohl sie sich beinahe lautlos bewegte, dröhnten ihre Schritte in seinen Ohren. Dann war sie ihm so nahe, dass er sie spüren konnte, noch bevor sie ihn berührte.

»Damien ...«

Er hielt den Atem an. Was wollte sie von ihm hören? Was konnte er sagen?

»Damien«, wiederholte sie seinen Namen, und er drehte sich ruckartig um und erstarrte.

Ihr Anblick raubte ihm den Atem. Nur mit ihrer nassen Unterwäsche bekleidet und seinem übergroßen Shirt in der Hand, stand sie da und blickte zu ihm herab. Ihr Haar wellte sich um ihre Schultern, und er beobachtete, wie ein Wassertropfen über die Ansätze ihrer Brüste rollte und in dem seidigen schwarzen Stoff versickerte.

»Aurélie.« Seine Stimme klang rau.

Sie erschauderte.

Weil er ihren Namen gesagt hatte? Langsam erhob er sich. Die Luft zwischen ihnen sprühte Funken. Seine Gedanken zerstreuten sich und wurden von einem unbändigen Verlangen abgelöst. Dem Verlangen, sie erneut über die Schulter zu werfen, aufs Sofa zu legen und ihre Lippen zu küssen, bis sie seinen Namen stöhnte. Das war es, was er wollte. Von ihr gesehen, gehört werden ... Er streichelte ihre Wange. Aurélie atmete geräuschvoll aus und schmiegte sich in die Berührung. »Ich will dich ... seit unserem Tanz, nein eigentlich seit unserer ersten Begegnung am Zaun. Dich, nicht das Werbegesicht, die Geschäftsfrau, verstehst du? Ich will die Frau, die mir eine Ohrfeige verpasst und sich betrinkt, um ihren Kummer zu vergessen. Die, die mir sagt, wo es lang geht und die kein Blatt vor den Mund nimmt!«

Angst erfüllte ihn, während er sie abwartend betrachtete. Würde sie gehen? Ihn erneut wegschicken und davonlaufen? Aber das würde er nicht zulassen. Nicht dieses Mal! Weil sie zu ihm gekommen war und nicht umgekehrt. Damien überbrückte den Abstand zwischen ihnen, seine Stirn berührte ihre.

»Egal was ich auch sage oder tue, *Au revoir* wird immer zwischen uns stehen. Aber ich kann dich nicht gehen lassen ...«, flüsterte er.

Das Shirt landete auf dem Boden. Aurélie stellte sich auf die Zehenspitzen. Ihre Lippen fanden seine. Damien atmete kehlig aus. Dann erwiderte er den Kuss. Langsam und zärtlich; nicht so ungestüm wie zuvor, als er sie so grob zum Schweigen gebracht hatte. Aurélie brauchte jemanden, der ihr ebenbürtig war. Und das wollte er sein. Nein, Damien wollte alles für sie sein ... Ein Hochgefühl durchflutete seinen Körper und die Zweifel fielen von ihm ab. Dieser winzige Kuss veränderte alles. Ohne zu wissen, was ihn erwartete, sprang er über die Klippe. Waren es Schmerz, Verlust oder Liebe? Er wusste es nicht. Diese Frau könnte sein Untergang sein. Denn wenn er sie jetzt in sein Herz ließ, gab es kein Zurück mehr. Selbst wenn sie irgendwann gehen würde. Es war ihm egal.

Aurélie schlang ihre Arme um seinen Hals. Gleichzeitig öffnete sie die Augen. Flammen spiegelten sich darin. Wie in seinem Traum ... Aber das hier war echt.

»Ich bin hier, Damien«, flüsterte sie. »Hier bei dir ...«

Ihre Lippen küssten seine Mundwinkel, arbeiteten sich über seine Kieferpartie hinab und hinterließen prickelnde Stellen auf seiner nackten Haut. Damien stöhnte und grub seine Finger in die Weichheit ihrer Hüfte.

Eine Warnung.

»Wenn du so weitermachst, werde ich die Beherrschung verlieren«, raunte er.

Aurélie ließ ihre Hand über seine harte Brust gleiten. »Dann verlier die Beherrschung«, hauchte sie.

»Sei lieber vorsichtig mit dem, was du dir wünschst ...«

Er packte sie und hob sie hoch. Dann trug er sie durch das Zimmer und legte sie auf das Sofa. Aurélie lächelte und streckte die Hände nach ihm aus. Gold-rote Strähnen umrahmten ihren Kopf wie ein brennender Heiligenschein.

Auf seine Ellenbogen gestützt betrachtete er sie. Sie wirkte beinahe unwirklich ... »Du knabberst schon wieder an deiner Unterlippe.«

Ihre Pupillen verdunkelten sich. »Oh ...«

Damien gab ein kehliges Seufzen von sich. Diese Frau ... Wusste sie überhaupt, wie sehr er sie begehrte? Ihr süßlicher Duft drang in seine Nase und vernebelte seine Sinne. »Hm ...«, brummte er und verteilte sanfte Küsse auf ihrem weißen Hals. Aurélie erschauderte und zog ihn näher an sich heran.

»Mehr ...«, hauchte sie und legte ihre Beine um seine Hüfte.

»Ich gebe dir mehr ...«

Erneut fanden seine Lippen ihre, diesmal fordernder. Seine Zunge stieß in ihren Mund und entlockte ihr ein wohliges Stöhnen. Schwarze Spitze glitt zu Boden und verwehrte ihm nicht länger den Blick auf ihren bebenden Körper. Er liebkoste die Kuhle zwischen ihren Schlüsselbeinen und presste seine Erregung gegen ihre Scham. Dabei genoss er den lustvollen Schmerz, den diese Berührung zwischen seinen Beinen auslöste.

»Damien ...«

Ihre Brustwarzen streiften seine Haut. Hart und rosig reckten sie sich ihm entgegen, und er rutschte tiefer, streichelte sie und saugte an ihnen, bis sich Aurélie unter ihm wand und keuchend an seinen Haaren zog.

Mit geröteten Wangen umklammerte sie seinen Unterarm. »Hier«, wisperte sie und drückte seine Hand zwischen ihre Schenkel.

Der dünne Stoff ihres Höschens war triefend nass. »So bereit ...«, murrte er, schob es quälend langsam beiseite und glitt durch die seidig-warme Feuchtigkeit in ihr Inneres, während er die zarte Haut ihres Oberschenkels küsste. Oh mein Gott, er konnte ihr Verlangen beinahe in der Luft schmecken! Aber das reichte nicht aus. Nein ...

»Bitte ...«, flehte sie.

Ein tiefes Stöhnen ließ ihre Beine erzittern, als er seine Finger durch seine Zunge ersetzte. Sie schmeckte genauso süß wie sie roch.

»Aurélie ...« Er zog sich aus ihr zurück. »Ich will in dir sein.«

Aurélies Augen glänzten vor Lust, als er ein Kondom überstreifte, sie zu sich zog und ihr Becken anhob. Dann glitt er in sie hinein. Ein prickelnder Schauer, der jede einzelne Empfindung verstärkte, jagte sein Rückgrat entlang und mündete brennend heiß zwischen seine Lenden. Er wusste nicht, wann er das letzte Mal so hart gewesen war. Ja, er wollte diese Frau! Mehr, als er es in Worte fassen konnte.

»Ahh ...« Sie umklammerte seine Arme.

»Spürst du es?« Damien hielt sie an sich gepresst und spreizte seine Finger über ihrem Bauch.

»Ja ...«

Langsam zog er sich aus ihr zurück und stieß erneut zu. Sie wimmerte. Sanft streichelte er die empfindliche Stelle zwischen ihren Beinen. Ihr verklärter Blick spornte ihn an, und er beobachtete, wie sie sich hilflos am Laken festkrallte und darum kämpfte, nicht in den Abgrund gestoßen zu werden, während er sie liebte. Aber das war es, was er wollte. Sie sollte fallen. Damit er kommen und sie auffangen konnte.

»Nicht zurückhalten …«, raunte er an ihrem Mund und küsste sie.

Aurélie bäumte sich auf und stöhnte an seinen Lippen. Ihre Beine spannten sich an und ihre Hüften zuckten. »Damien, ich …«

Er vergrub sich noch tiefer in ihr. »Zeig es mir!«

Sie blickte ihn an, und ihm war, als könnte er Sterne in ihren Augen sehen. Dann kam sie. Eine Träne stahl sich aus ihrem Augenwinkel, und ihr überhitzter Atem schlug ihm ins Gesicht.

»Damien …«

Sein Name verhallte im Halbdunkel des Zimmers.

Er bebte und das Brennen zwischen seinen Lenden explodierte wie ein Feuerwerk. Diese Frau hatte ihn bezwungen. Ohne sich von ihr zu lösen, rollte er sich herum, sodass sie auf seiner Brust liegen konnte. Ihre Augen waren geschlossen, und sie schmiegte sich in seine Umarmung. Ihr schneller Herzschlag verhallte in seinem Inneren.

Zärtlich strich er über ihren Nacken, bevor er damit begann, ihre Kopfhaut zu massieren. »Im Licht sehen deine Haare rötlich aus«, flüsterte er.

»Ich bin eine Hexe …«, kicherte sie. »Und ich habe beschlossen, sie nicht mehr zu färben.«

»Warum?«

»Weil ich es hasse, jemand zu sein, der ich nicht bin.« Sie verschränkte ihre Finger mit seinen.

»Du siehst ihr ähnlich …«

»Wem?«

»Dem Mädchen auf den Bildern.«

Aurélie hob den Kopf. »Welchen Bildern?«

Damien streckte die Hand aus und tastete über den Tisch. Er knipste die Nachttischlampe an.

»Hier!« Er reichte ihr das Foto, das er in Gaels Buch gefunden hatte. »Mein Großvater hatte es in dem Einband seines Buches versteckt. Ich weiß nicht, wer sie ist. Aber es scheint, als wäre sie seine Muse gewesen. Sie ist einfach überall. Und ich glaube, dass mehr dahintersteckt, als wir ahnen können. Viel mehr.«

Aurélie betrachtete die Zeichnung. »Grandma …«, flüsterte sie und richtete sich auf.

»Deine Ururgroßmutter?«

Sie nickte. »Die Frau … sie sieht aus wie meine Granny …«

Damien griff nach dem verschnürten Pack Briefe. Wahllos zog er einen heraus und reichte ihn ihr. Dann schlug er das ledergebundene Buch auf. Hier und da fanden sich Notizen darin. Kryptische Einträge zwischen den Rezepten. Er hatte es nie verstanden, den geschwungenen Zeilen keine Bedeutung beigemessen.

A. war heute bei mir. Sie möchte bei mir in die Lehre gehen … Wann ist aus dem kleinen Wildfang eine junge Frau geworden?

»A«, wiederholte er.

»A steht für Aveline«, erklärte Aurélie. »Der Name meiner Ururgroßmutter war Aveline. Sie kam als junges Mädchen nach Amerika. Mit ihr hat alles begonnen. Es ist ihr Geheimnis … *Au revoir …*«

»Vielleicht ist doch etwas an Kosmas' Geschichte dran ...«, murmelte er und blätterte durch die beschriebenen Seiten.

Aurélie rückte näher. Ihr Kopf lag auf seiner Schulter. »Was meinst du damit?«

»Mein Bruder hat erst kürzlich davon gesprochen ... Über die erste französische Parfümerie in Amerika. Es muss ungefähr zur selben Zeit gewesen sein. Und da du hier bist und unsere Apotheke immer die einzige in Saint Roseraie war, könnte es sein, dass sie sich gekannt haben.«

Aurélie schüttelte leicht den Kopf. »Meine Ururgroßmutter reiste mit gefälschten Papieren nach Amerika. Niemand kannte ihren wahren Namen. Erst als sie krank wurde, sprach sie von ihrer Heimat, der Bretagne ... Saint Roseraie. Ich meine, welches französische Mädchen trägt den Namen Ann Smith?«

Damien blätterte weiter durch das Buch.

Neben ihr zu sitzen und ihre Hand zu halten ... Nie hätte ich dies zu träumen gewagt. Und doch saßen wir dort, unter dem Pfirsichbaum und beobachteten die Sterne.

»Wie bist du auf *Au revoir* gekommen?«, wollte er wissen.

»Grandma besaß genau so ein Buch wie dieses hier.« Aurélie legte die Hand über seine, während sie weitersprach. »Ein Sammelsurium an Anleitungen, Rezepturen und Gedanken. Später fügte sie auch noch Tagebucheinträge hinzu. *Au revoir* und deine Apotheke ziehen sich wie ein roter Faden durch die Seiten. Irgendwo in der

Mitte wird es genauer beschrieben. Aber dann werden die Zeilen unleserlich. Ich glaube, dass sie geweint hat …«

»Sie schreibt über ihn? Hat sie denn jemals seinen Namen erwähnt?«

Aurélie nickte. »Das hat sie.« Sie löste sich von ihm. Die Decke landete auf dem Boden.

»Sie wollte Kosmetik herstellen …« Aurélie kicherte. »Meine Liebe zur Schönheitspflege habe ich von ihr geerbt. Sie hat immer alles selbst gemacht. Cremen, Lippenfarbe, Rouge … Was man zu dieser Zeit eben verwendet hat.« Sie holte ihr Handy. »Als ich zum ersten Mal in deine Apotheke kam, wolltest du es nicht sehen. Aber ich wollte es dir unbedingt zeigen. Dieses Bild habe ich gemacht, bevor Cassandra das Buch dem Gutachter übergeben hat.«

Damien nahm das Telefon und vergrößerte das Foto.

Der Schmerz ist zu groß. Viel größer, als ich es erwartet habe. Ist es recht, dass ich mich nach all der Zeit immer noch frage, ob er noch an mich denkt?

»Es war ihr Rezept, Damien … Obwohl ich kaum ein Wort davon verstehe, weiß ich, dass ich richtig liege.«

Das Bild zeigte *Au revoir,* in Bildsprache verpackt. Aveline hatte notiert, was sie tat – mit blumigen Umschreibungen und ohne Mengenangaben. Aber das hieße ja, dass *Au revoir* niemals hatte hergestellt werden können! Aurélie wollte das Rezept, weil sie glaubte, dass es sowohl die Zutaten als auch die Herstellung beschrieb. Was nicht der Fall war. Sollte er es ihr sagen? Oder wusste sie es bereits? Eine böse Vorahnung beschlich ihn. »Wenn Aveline wirklich bei meinem Ururgroßvater in die Lehre gegangen ist, dann müssten sie zusammen an *Au revoir* gearbeitet haben. Es gehört dann wohl ihnen beiden.« Damien legte das Handy auf den Tisch. Er musste es ihr sagen. Aber nicht hier. Nicht jetzt. »Öffne den Brief«, sagte er.

»Nein, das darf ich nicht ...«

»Mein Ururgroßvater hat ihn geschrieben. Vielleicht erwähnt er Aveline darin. Wolltest du nicht mehr über die Vergangenheit deiner Grandma herausfinden?«

Aurélie strich über den Brief auf ihrem Schoß. »Du hast sie nicht gelesen?«

»Nein, ich wollte auf Kosmas warten, aber dann ...«

Dann bin ich wie ein Feigling vor dir geflohen und habe mich hier oben versteckt.

Damien nahm einen zweiten Brief und brach das Siegel. »Jetzt öffne ihn schon. Worauf wartest du?«

Ihr ehrfürchtiger Blick wärmte sein Herz. Gerade wirkte sie so, als ob sie den Heiligen Gral und nicht die Gedankengänge seines Ururgroßvaters in den Händen hielt.

»Nein, das kann ich nicht tun! Sie gehören euch, ich darf doch nicht ...«

Da umschlang er ihre Taille und zog sie auf seinen Schoß. »Aber es könnte eine schöne Gutenachtgeschichte sein«, raunte er und küsste ihren Hals. Sie erschauderte und hob den Kopf. Die zarte Röte auf ihren Wangen, zusammen mit ihren von seinen Küssen geschwollenen Lippen, würden ihn noch um den Verstand bringen. »Bitte ...«, fügte er hinzu.

Das Siegel brach.

Meine liebste Aveline,

»Komm mit mir!«, hast du mir in jener Nacht ins Ohr geflüstert. Du dachtest, ich würde dich nicht hören. Ob du je geahnt hast, wie schwach mein Wille war? Wie kurz ich davor war, dir zu folgen? Aber so viele Leben sind an meines gebunden. Die Last der Pflichten wiegt zu schwer auf mir. Wäre ich mit dir gekommen, hätte ich meine Familie ohne Schutz zurückgelassen, und du hättest nie bei mir hier in Frankreich bleiben können. Sie hätten dich nicht gelassen. Wir waren nur für den Augenblick bestimmt, nicht für die Ewigkeit.
Und dann kam das Feuer.
Und jetzt ist es zu spät.
Für immer zu spät.

»Damien, was steht da?« Aurélies Finger zitterten.

»Das Gael Aveline aus tiefstem Herzen geliebt hat. So sehr, dass er sich niemals von ihrem Verlust erholt hat. Deshalb steckt mein Haus voller Erinnerungen an sie.« Sein Herz zog sich schmerzhaft zusammen. *Und mir wird es ähnlich ergehen, sobald du mich verlässt* ... Nein, er wollte nicht, dass sie ging.

»Und trotzdem ist sie ... geflohen?« Aurélie starrte immer noch wie gebannt auf das vergilbte Stück Papier. »Obwohl sie seine Liebe erwidert hat, sogar mit ihm zusammen nach Amerika gehen wollte.«

»Sie hatten wohl keine andere Wahl.«

»Also kam meine Ururgroßmutter tatsächlich aus diesem Dorf?«

Plötzlich fiel ihm etwas ein. Und zum ersten Mal überhaupt war er dankbar für das unzerstörbare Gedächtnis seines Dorfes. »Es gab hier mal Gerüchte über ein Mädchen. Die Tochter des Marquis. Die Familie hieß Vieuville.«

»Dann war sie eine Adelige?«

Er nickte. »Dieses Land war im Besitz der Familie Vieuville. Allesamt furchtbar habgierige Menschen ... bis auf die Tochter. Sie soll ein Freigeist gewesen sein und sogar an der Dorfschule unterrichtet haben. Nicolas erzählt das den Kindern heute noch.«

»Und du glaubst, dass sie das war?«

»Gael schreibt von einem Feuer. Und da an diesem Ort kein Hahn krähen kann, ohne dass sich die Menschen noch Jahrzehnte später Geschichten darüber zuflüstern ... « Damien atmete hörbar aus, während er versuchte, sich die Details ins Gedächtnis zurückzurufen. »Der einzig große Brand, von dem sich hier erzählt wurde, war die Nacht, in der das Anwesen der Familie Vieuville niederbrannte.«

Aurélies Augen weiteten sich, und wie gebannt hing sie an seinen Lippen.

»Das Feuer hat die Familie zerrüttet. Ein Sohn starb, das Anwesen wurde zerstört, und von der Tochter hat man nie wieder etwas gehört. Manche meinen, dass sie einfach verheiratet wurde, wie es zu diesen Zeiten üblich war. Andere behaupten, dass sie wie ihr Bruder im Feuer umgekommen sei. Aber sie könnte auch« – er schloss Aurélie fester in seine Arme – »geflohen sein. Und wohin flohen die Leute damals in Scharen, um sich ein neues Leben aufzubauen?«

»Nach Amerika«, schlussfolgerte Aurélie.

Damien nahm ihr den Brief aus der Hand und zog sie mit sich auf das Sofa zurück. Ihren Kopf auf seinen Arm gebettet blickte sie ihn an.

»Vielleicht. Das Unglück geschah nicht lange, nachdem Gael nach Roseraie zurückgekehrt war, um die Apotheke zu übernehmen. Das war nie sein Plan gewesen.«

»Er wollte die Apotheke gar nicht übernehmen?«

»Nein, aber er hatte keine Wahl. Sein Bruder war im Krieg gefallen und hinterließ Frau und Kind. Außerdem waren da noch Gaels kleinere Geschwister. Es war seine Pflicht, sich um die Familie zu kümmern.«

»Wie traurig.«

»Gael war Maler und lebte in Paris. Das Apothekerhandwerk hatte er nur dem Zwang seines Vaters zu verdanken. Aber er war ein Meister in der Herstellung verschiedener Rezepturen für Tinkturen, Salben und andere Arzneien, die den Menschen geholfen haben. Und obwohl er es nicht ganz freiwillig tat, glaube ich, dass er es trotzdem irgendwie mochte, für die Menschen da zu sein.«

»Warum dann nicht auch ein Parfum herstellen?«, schlussfolgerte Aurélie.

»Genau.«

Aurélie legte ihre Hand auf seine Brust. Die Berührung fühlte sich viel zu gut an. »Hältst du das wirklich für möglich?«

»Warum nicht? Du hast doch gesagt, dass Aveline in ihren Notizen von *Au revoir* und der Apotheke spricht. Und da ist Gael, der besessen ist von dieser einen Frau, die dir ganz zufällig zum Verwechseln ähnlichsieht. Außerdem passt es zu den Geschichten der verschwundenen Tochter des Marquis Vieuville, die man sich seit hundert Jahren hier erzählt. Auch du wirst hier vermutlich noch die nächsten hundert Jahre Thema sein. Die Amerikanerin, die den mürrischen Dorfapotheker aufs Kreuz gelegt hat und danach einfach verschwunden ist.«

Aurélie erstarrte. »Warum glaubst du so beharrlich, dass ich wieder verschwinden werde?«

Sie war wütend. Verständlich. Jetzt wäre ein guter Moment, um ihr alles zu erklären. Ihr zu sagen, dass er das vollständige Rezept nicht hatte. Ihr zu sagen, dass ihm das Rezept egal war, solange nur sie bei ihm bleiben würde. Dass seine Welt endlich wieder voller Farbe war, dass er sich auf jeden Morgen freuen würde, weil die winzige Chance bestand, sie zu sehen – und dass der Gedanke, dieses Gefühl wieder zu verlieren, sein Herz zu Eis gefrieren ließ. Das alles hätte er sagen sollen, aber er schwieg wie der Feigling, den Kosmas in ihm sah. »Ich frage mich ... woher ihr euch alle das Recht nehmt, besser zu wissen, was ich will, als ich selbst? Mein Vater, *er* ... und jetzt auch noch du!« Sie löste sich aus seiner Umklammerung, sprang auf und schnappte sich sein Shirt. »Ich brauche frische Luft!« Die Tür knallte lautstark ins Schloss.

Damien drehte sich auf den Rücken und fuhr sich seufzend über das Gesicht. Und wer war bitte »er«? Ein mulmiges Gefühl breitete sich in seiner Magengegend aus. Damien richtete sich auf und stieg in seine Hose, um ihr zu folgen. Mit verschränkten Armen, vor Kälte zitternd und ohne Schuhe stand sie am Rand des Weihers und starrte hinein. Plötzlich machte sie einen Schritt vorwärts.

Horror ergriff von ihm Besitz. Wollte sie etwa springen? Er rannte los. Der Mond schien taghell auf sie herab. Sie warf einen Blick auf ihre geballte Hand. Eine Kette schimmerte silbern zwischen ihren verkrampften Fingern. Sie holte aus. Ein leises Plopp ertönte. Damien hatte sie erreicht. Er umschloss sie von hinten und zog sie fest an sich.

»Habe ich etwas Falsches gesagt?«

»Ja, das hast du!« Sie bohrte ihre Nägel in seinen Arm. »Ich ... ich möchte hierbleiben!«

»Was?«

Sie lehnte sich an ihn. Damien schluckte schwer. Hatte er sich verhört?

»Warum bist du so überrascht? Es gefällt mir hier! Ich mag die Menschen, mag den Frieden. Ich hätte nie gedacht, dass ich alles, was ich mir je gewünscht habe, ausgerechnet hier finden würde! Hier darf ich mein Gesicht behalten und einfach so sein, wie ich bin …«

»Aber was ist mit *Au revoir*?«

Statt einer Antwort seufzte sie. Dann drehte sie sich um und blickte zu ihm hoch. In ihren sonst so klaren Augen lag ein Hauch von Angst.

»Ich will dich.« Ihre Stimme war nicht mehr als ein Flüstern. »Dich, Damien. Ich weiß das und trotzdem kann ich *Au revoir* …«, sie hielt kurz inne, »kann ich das Rezept nicht aufgeben. Ich brauche es.«

»Warum?«

»Weil ich es brauche, verdammt noch mal!« Ihr Körper begann zu zittern, während sich ihre Wangen knallrot färbten. »Warum reicht dir mein Wort nicht? Warum reicht mein Wort nie aus?« Tränen quollen aus ihren Augen hervor.

Sein Herz setzte aus. Fuck! Unzählige Emotionen stürzten auf ihn ein. Damien löste sich aus seiner Starre und hob die Hand an ihre Wange. Ihre Augen waren glasig, als sie sich in seine Berührung schmiegte.

»Was soll ich nur tun?«, hauchte sie.

Er wusste, was er tun wollte.

Mit beiden Händen umschloss er ihr Gesicht und küsste sie. Tränen rollten über seine Finger, doch er hörte nicht auf. Nein, er wollte sie in seine Wärme hüllen, ihr Trost spenden und sie nie wieder loslassen.

Damien wusste nicht mehr, wie lange sie dort gestanden hatten, ehe sie sich voneinander lösten. Das Mondlicht tanzte auf Aurélies Gesicht, und er gab ihr einen letzten Kuss, bevor er sie zurück zum Haus führte.

Später, als sie nackt und eng umschlungen nebeneinanderlagen, fasste Damien einen Entschluss. Aurélie war auf der Suche nach *Au revoir* und der Vergangenheit ihrer Großmutter ... Vielleicht war das Mädchen auf den Porträts ja wirklich die verschwundene Vieuville-Tochter? Und wenn sie es war, konnte ihnen die Ruine des Anwesens vielleicht irgendwie von Nutzen sein ...

23. Saint Roseraie

Gegenwart

Damien neigte den Kopf und blickte zur Seite. Aurélie saß neben ihm auf dem Beifahrersitz und knetete ihre Finger. Sie war nervös und zu aufgeregt, um zu sprechen. Seine Mundwinkel verzogen sich zu einem kleinen Lächeln, als er ihre Hand nahm und sie drückte. Das Vieuville-Anwesen lag nur unweit seiner Hütte, verborgen hinter einem verdörrten Obsthain, direkt an der Waldgrenze. Von dem Hügel aus konnte man auf ganz Saint Roseraie hinabschauen.

Es dauerte nicht lange, bis er den Wagen vor den traurigen Resten der einst so prachtvollen Mauer parkte, die das Grundstück wie ein Bilderrahmen einfasste.

»Das Anwesen der Familie Vieuville.« Damien zog die Handbremse an und lehnte sich zurück. »Vielleicht finden wir etwas, vielleicht aber auch nicht. Willst du es trotzdem versuchen?«

Aurélie knabberte auf ihrer Unterlippe, dann nickte sie knapp. »Ich will es versuchen ...« Entschlossenheit zeichnete sich auf ihrem Gesicht ab. Wie damals, als sie in die Apotheke gekommen war, um die Herausgabe des Parfums zu verlangen. »Ich gebe nicht so einfach auf.« Sie schnallte sich ab und sprang aus dem Wagen. »Kommst du?«, fragte sie.

Ihre Augen leuchteten vor Aufregung. Damien löste den Gurt. Die Hände in die Hosentaschen gebohrt trat er neben sie. Aurélie berührte seinen Arm. Er blickte an sich herab. Es war eine stumme Aufforderung ... Seine Finger verschränkten sich mit ihren. Als seien sie so viel mehr als nur zwei Menschen, die sich erst die Köpfe einschlugen, nur um sich anschließend keuchend im Bett zu wälzen.

Sie folgten dem überwucherten Weg, der sie direkt zu den Überresten des verfallenen Hauses führte. Überall lagen Gesteinsbrocken, abgebrochene Holzbalken und Dachschindeln. Glasscherben ragten aus der Erde heraus.

»Warum hat sich niemand um das Anwesen gekümmert?«, fragte sie und bückte sich nach einem Stück Buntglasfenster, welches in der Mittagssonne schillerte und bunte Punkte auf den verbrannten Boden warf.

»Gute Frage.«

Nicolas und er waren als Jugendliche öfter hergekommen, aber außer ein paar Teenagern, die nach Schätzen suchten, heimlich rauchten oder ihre Freundinnen zum Knutschen mitnahmen, war hier nie jemand gewesen. Und ehrlich gesagt hatte er sich noch nie Gedanken darüber gemacht.

»Wer es wohl gekauft hat?«

»Du könntest Cassandra auf eine geheime Mission schicken. Sie findet es bestimmt heraus. Wo hast du sie überhaupt aufgegabelt? FBI?«

Aurélie kicherte. »Auf der Highschool.«

»Sie scheint trotzdem genau die Richtige für den Job der Assistentin zu sein.«

»Sie ist die Einzige für den Job. Ich vertraute nur ihr. Cassandra hat mich noch nie enttäuscht.« Ihre Miene verfinsterte sich.

Damien blieb stehen. Hinter diesem Blick steckte definitiv mehr, als sie preisgab. In seinem Hals bildete sich ein bitterer Kloß.

Die Angst, die immerzu darin mitschwang, bedeutete etwas. Er konnte es fühlen. Sie hatte es ihm schon so oft gezeigt. Ob sie es ihm wohl jemals erzählen würde? Den wahren Grund für ihre Flucht? Dieser Gedanke war ihm erst gestern Nacht gekommen, während er sie im Arm gehalten hatte. Er hatte sie gestreichelt, mit ihrem Haar gespielt und ihren fruchtigen Duft eingeatmet. Was, wenn sie geflohen war und *Au revoir* tatsächlich für etwas ... brauchte? Kosmas war es gewesen, der ihn zuerst darauf gebracht hatte. Aurélie war reich. Ihre Firma erfolgreich. Sie brauchte *Au revoir* nicht des Geldes wegen? Aber wofür dann?

»Damien, kommst du?«

Die vertraute Tiefe ihrer Stimme riss ihn aus seinen Gedanken. Sie wartete ein paar Schritte abseits auf ihn. Verwirrt starrte er auf seine Hände. Wann hatte sie ihn losgelassen? Er setzte sich in Bewegung. Ihr hoher erdbeerblonder Pferdeschwanz baumelte um ihren zarten Hals.

Sie erreichten das Eingangstor. An der Tür steckte ein goldener Knauf. Ein Wunder, das ihn bis jetzt noch niemand mitgenommen hatte. Das Gerippe des Hauses stand noch, gesprungene Fenster samt Fensterläden hingen bedrohlich in den Angeln, was auch die Glasscherben erklärte, die sich überall verstreut auf dem erdigen Boden befanden. Schwarze Schlieren verzierten das Gemäuer und erinnerten an Klauen, die sich gewaltsam nach dem Anwesen ausgestreckt hatten.

Aurélie öffnete die Tür. Ein schrilles Knarzen zerriss die Stille.

»Wir müssen vorsichtig sein, der erste Stock ist vor ein paar Jahren eingestürzt«, sagte Damien.

»Okay.«

Diesmal war sie es, die ihre Finger in seine schob. Hand in Hand betraten sie die Eingangshalle. Alles war noch genau so, wie Damien es in Erinnerung hatte. Abgekratzte Tapeten, zersplittertes Holz und umgefallene Stühle. Vorhangreste, die Staub und Dreck über den Boden wehten. Von hier aus konnte man die schwarz verbrannte Treppe sehen und das zerfallene Geländer, welches Puzzleteilen gleich verstreut im Zimmer lag. Die Natur hatte sich ihren Weg zurückerobert. Efeu rankte an den Wänden entlang, Grasbüschel wuchsen aus den breiten Furchen des Holzbodens.

»Fühlst du das?«, flüsterte Aurélie.

Damien nickte. Tod und Verderben hingen immer noch in der Luft. Ebenso wie der Geruch des Feuers, der wohl niemals aus den verbrannten Ziegeln verschwinden würde. »Lass uns weitergehen.«

Aurélie beschleunigte ihren Schritt. Immer tiefer drangen sie in das Herz des Hauses vor, bis sie die andere Seite erreichten. Sie löste sich von ihm, trat über die Schwelle des letzten Raumes ... und blieb abrupt stehen. Geräuschvoll schnappte sie nach Luft.

»Alles okay?« Damien trat neben sie.

»Das hier ... ist ... anders ...«

Er blickte sich um. Dieses Zimmer war tatsächlich anders als die anderen. Teile des prachtvollen Parkettbodens waren noch da, ebenso wie ein hölzernes Bettgestell und ein Schminktisch, der das Feuer auf wundersame Weise unbeschadet überstanden hatte. Nur der ovale Spiegel war zerbrochen.

»Es war ihr Zimmer. Ich bin mir sicher.« Aurélie ging in die Hocke. Sie öffnete eine Schublade. Ein paar Glasphiolen und ein Löffel lagen darin. Unter einer dicken Staubschicht fanden sie ein feinmaschiges Gitter und einen Mörser, der zwischen einem Tischbein und einer hölzernen Bodenschindel steckte. Aurélie zog ihn heraus. Mit dem elfenbeinfarbenen Mörser in der Hand inspizierte sie das Zimmer. Damien folgte ihr.

Damien hob den Kopf. »Aurélie ...«

»Hast du etwas gefunden?« Sie blieb stehen.

»Schau!«

Aurélie folgte seinem Blick und ihr Mund klappte auf. An der Decke erstreckte sich ein prachtvolles Fresko.

»Dreizehn Apfelbäume, drei Pflaumenbäume, sieben Kirschbäume und ... ein Pfirsichbaum.« Ohne den Blick von dem Bild abzuwenden, trat sie zurück, stolperte und prallte gegen ihn. »O sorry«, flüsterte sie, doch anstatt sich von ihm zu lösen, lehnte sie sich an ihn. »Erkennst du es? Es ist ein Liebespaar ...« Sie zeigte nach oben.

Und tatsächlich, unter den Ästen des gewaltigen Pfirsichbaumes saß ein Pärchen. Das Mädchen schlief auf dem Schoß ihres Geliebten, während er sie mit einem verträumten Blick bedachte.

Damien schluckte. *Ein Liebespaar.* Nachdenklich studierte er die Szene und wusste nicht, wie ihm geschah. War dies nicht eines dieser Omen, die Kosmas so oft erwähnte? Aber nein, das Bild zeigte nicht sie beide.

»Damien?« Aurélie neigte den Kopf nach hinten.

Er sah sie an, und sein Puls beschleunigte sich. Wie in Zeitlupe drehte sie sich um. Jetzt standen sie einander so nahe, dass er ihren betörenden Duft einatmen könnte, wenn er sich noch weiter zu ihr herabbeugte.

Das klare Blau ihrer Augen verdunkelte sich. Damien hielt den Atem an. Nur ein Blick reichte aus, um diese Frau so tief in sein Herz zu lassen, dass es schmerzte. Er schloss die Arme um sie. So standen sie stumm und bewegungslos da, sein Kinn ruhte auf ihrem Scheitel.

Eine niedliche Röte zierte ihre Wangen, als sie sich regte. »Lass uns weitergehen …«

Nur widerwillig ließ er sie los. Gemeinsam traten sie durch eine gläserne Flügeltür in einen kleinen Wintergarten.

»Das muss der Garten meiner Ururgroßmutter sein. Sie hat ihn ein paar Mal erwähnt, bevor sie gestorben ist. Und wie gern sie hier war.« Aurélie stieg über wuchernde Pflanzen, Scherben von Tontöpfen und Laubranken, die diesen Ort erfolgreich zurückerobert hatten. Die Vorderseite des filigranen Konstrukts war in sich zusammengefallen. Und dahinter erstreckte sich ein Obsthain. Tote Bäume säumten den Hügel wie kleine Mahnmale.

»Der Obsthain der Familie Vieuville«, sagte Damien.

Aurélie verließ den Glasgarten. Trauer legte sich wie ein Schatten auf ihr Gesicht. »Alles ist zerstört …«, wisperte sie.

»Man erzählt sich, dass das Feuer hier seinen Ursprung gehabt habe.«

Ein silberner Schleier lag über den knorrigen Ästen.

»Aber warum hat man sich nie um diesen Ort gekümmert?« Aurélie ließ sich auf einen Baumstumpf sinken. Ruß verzierte ihre Hose mit einem schwarzen Muster.

Damien setzte sich neben sie auf den Boden. »Womöglich gibt es dafür gar keinen richtigen Grund. Die Vieuville-Ländereien gehören mit Sicherheit irgendjemandem, aber keiner hat sich jemals darüber beschwert. Manchmal ist es so einfach.«

»Nichts ist je einfach.« Aurélie rutschte von dem Baumstumpf und bettete ihren Kopf auf Damiens Schoß.

Sie schloss die Augen, und er sah eine einzelne Träne, die über ihre Wange kullerte. Sanft strich er eine erdbeerblonde Locke aus ihrem Gesicht. Kosmas hätte sie bestimmt schon längst danach gefragt, warum sie so traurig war. Aber er war nicht sein Bruder. Er tat sich schwer damit. Wie sollte er sie danach fragen? Wo er doch seine eigenen Gefühle schon sein ganzes Leben lang für sich behielt? »Tut mir leid, dass wir außer einem Mörser und ein paar verbrannten Bäumen nichts gefunden haben.«

Aurélie blinzelte. »Es ist mehr, als ich erwartet hatte. Noch nie habe ich mich meiner Vergangenheit so nahe gefühlt wie heute.« Ihre Lippen verzogen sich zu einem kleinen Lächeln. »Danke«, fügte sie hinzu.

Damien musste all seine Beherrschung aufbringen, um sie nicht in seine Arme zu ziehen. Gott, er wollte sie küssen. Mitten hier zwischen den Scherben ihres Lebens und ihrem verbrannten Erbe.

Als die Sonne zu sinken begann, rappelte sie sich hoch, wischte sich mit dem Ärmel übers Gesicht und stand auf. Ohne auf ihn zu warten, ging sie voraus. Seufzend kehrte auch er dem Obsthain den Rücken und betrat das Zimmer, doch sie war nirgendwo zu sehen.

»Aurélie?«, fragte er.

»Hier bin ich.«

Er fand sie um die Ecke, wo sie den Spiegel inspizierte. »Irgendetwas an dem Ding ist eigenartig.«

Damien trat neben sie und befühlte den kunstvoll geschnitzten Rahmen. »Der Spiegel ist locker.«

»Er ist alt ...«

»Ob etwas dahinter ist?« Aurélie stemmte sich gegen den Spiegeltisch, doch er wollte sich nicht vom Fleck bewegen.

Damien umfasste den Rahmen. »Vielleicht ...« Ein kräftiger Ruck genügte, und er hielt den Spiegel in den Händen. Aurélie gab einen überraschten Laut von sich. »Damien, da ist ein Loch in der Wand! Ich hatte recht!« Sie reckte sich und streckte ihre Hand in die Finsternis. Triumphierend hielt sie einen bestickten Beutel hoch. Sie zog an dem Band und ein goldenes Medaillon kam zum Vorschein. Auf der Rückseite war etwas eingraviert.

»Ich kann das leider nicht lesen ... *Liebe*?« Sie klang, als schämte sie sich dafür. Damien schob seine Hand unter ihre. Mit dem Daumen strich er über die feinen Linien.

»Amour éternel!«, flüsterte er. »Ewige Liebe!«

Das leise Zwitschern eines Vogels ließ sie beide aufhorchen. Völlig unbeirrt hüpfte der kleine Kerl auf sie zu. Neben ihren Händen blieb er sitzen, wo er fröhlich vor sich hin sang. Dann schien ihm aufzufallen, dass er nicht allein hier war. Er drehte den Kopf und entfaltete sein braun-weiß gesprenkeltes Gefieder. Anmutig stieß er sich ab und flatterte durch das Zimmer, bis er das Loch in der Wand erreicht hatte.

»Ein Sperling ...«

Aurélie wiegte das Medaillon auf ihrer Handfläche. »Es ist so leicht«, hauchte sie und versuchte, es zu öffnen, aber die Schließe klemmte.

»Bestimmt kann man es reparieren.« Sie legte das Schmuckstück um ihren Hals.

»Es steht dir«, versuchte sich Damien an einem Kompliment. Er liebte es, wie sich ihre Wangen zartrosa färbten.

»Es passt besser als mein letztes Schmuckstück.« Sie blickte verträumt in die Ferne. Damien fragte sich, woran sie wohl dachte. »Wenn es wahr ist und sie sich so sehr geliebt haben, wie wir es vermuten, warum haben sie sich dann getrennt?«, fragte Aurélie plötzlich.

»Weil Aveline gegangen ist. Sie hat sich gegen ihn entschieden.«

Ihre Blicke trafen sich.

»Ich habe dir gesagt, dass ich hierbleiben möchte.«

»Das hast du.« *Aber du hast nicht gesagt, dass du bei mir bleiben wirst.*

Aurélie sah ihn nicht einmal an, während sie das Anwesen verließen. Eine böse Vorahnung beschlich ihn.

»Lass uns bald wieder hierherkommen«, sagte sie und ließ das Medaillon unter ihrem T-Shirt verschwinden.

24. Saint Roseraie

Gegenwart

Die restliche Fahrt schwiegen sie einander an, bis Damien die Stille nicht länger ertragen konnte. »Wie soll es jetzt zwischen uns weitergehen?«

Aurélie zuckte zusammen. »Halt an.«

»Was?«

»Du sollst den Wagen anhalten. Bitte, Damien!«

Mitten in einem Feld, direkt unterhalb des Obsthains, brachte Damien den Landrover zum Stillstand. Aurélie löste den Gurt und beugte sich zu ihm hinüber. Sie nahm sein Gesicht in ihre Hände und küsste ihn. Es war ein Kuss voller Sehnsucht, aber auch Traurigkeit.

»Ich ... muss nachdenken ...«, hauchte sie an seinen Lippen. »Es ist nicht so einfach. Ich ... ich brauche mehr Zeit, um meine Angelegenheiten zu regeln.«

Das Medaillon war aus ihrem Shirt gerutscht und baumelte zwischen ihnen.

»Was für Angelegenheiten?« Übelkeit kroch seine Speiseröhre hoch, als er den alarmierten Ausdruck auf ihrem Gesicht erkannte. Sorge flutete seine Eingeweide, und Damien atmete kehlig aus. Er wollte es nicht. Nein! Aber die drei Wörter kamen ihm nahezu mühelos über die Lippen. Drei kleine Wörter, die er nie wieder zurücknehmen konnte, wenn er sie erst einmal ausgesprochen hatte. Egal was jetzt passierte, sie würde sie nie vergessen.

»Ich liebe dich.«

Ihre Augen wurden feucht. »Damien ...«

»Du musst jetzt nichts sagen, aber ich habe keine Kraft mehr, mir noch etwas vorzumachen. Ich bin müde, Aurélie.«

»Warte, ich ...«

Der Motor startete.

»Lass uns nach Hause fahren.« Ausdruckslos starrte er geradeaus, unfähig, auch nur einen einzigen klaren Gedanken zu fassen.

»Damien, jetzt warte ... Das ist nicht fair!«

Sein Hirn war leer. Plötzlich kam ihm der kurze Weg ins Dorf wie eine verfluchte Ewigkeit vor. Verdammt!

In der Ferne erkannte er Kosmas, der stocksteif und mit verschränkten Armen mitten auf der Straße stand. Vor Aurélies Haus parkte ein schwarzer SUV. Cassandra stand neben seinem Bruder.

Aurélie stieß einen erschrockenen Laut aus und wurde kreidebleich. Aus den Augenwinkeln erkannte er, wie sie ihre Fingernägel in die Armstütze bohrte und sich in den Sitz drückte, als wollte sie darin verschwinden.

Damien parkte an der Straße. Kosmas stürmte auf ihn zu.

»Du musst jetzt ganz ruhig bleiben ... Ruhig, Damien! Verstehst du mich? Bei dieser Sache geht es nicht um dich.« Er legte die Hände auf Damiens Schultern. Sein Griff war ungewöhnlich fest. »Sag mir, liebst du sie?«

Damien biss die Zähne zusammen. »Was ist hier los?«

»Antworte mir!«

»Als ob du nicht wüsstest, wie ich fühle. Schluss mit diesem Bullshit! Was geht hier vor sich? Wessen Wagen ist das?«

Kosmas trippelte vor ihm her.

»Lass mich los!« Damien schüttelte die Hände seines Bruders ab.

Die Wagentür öffnete sich, und ein Mann im Anzug stieg aus. Cassandra setzte sich in Bewegung und preschte an ihm vorbei. Dabei rempelte sie ihn an und warf ihm einen Blick zu, der ihm das Blut in den Adern gefrieren ließ. Blanker Schock war darin zu sehen.

Damien fuhr herum. Irgendetwas war in seiner Abwesenheit passiert. Wer war dieser Kerl? Die Wagentür des Landrovers knallte mit solch einer Wucht zu, dass das Geräusch schmerzhaft in seinen Ohren dröhnte. Er blieb stehen und drehte sich um. Aurélie war ausgestiegen. Cassandra schloss sie in ihre Arme und flüsterte ihr etwas zu, ehe sie sich schützend vor ihr aufbaute.

»Darling!«

Der Anzugträger blieb auf gleicher Höhe mit ihm stehen, würdigte ihn jedoch keines Blickes.

»Jake ...« Aurélies Stimme klang dünn. Plötzlich wirkte sie wieder genauso kränklich wie das letzte Mal, als sie hier gestanden hatten. Ihre Augen waren fahl und leer, die Finger zitterten. »Was tust du denn hier?«

Der Typ lachte. »Ich habe dich gesucht ... nachdem du das Land Hals über Kopf verlassen hast, ohne mir Bescheid zu geben.«

»Woher ...?«

»O Darling ... Du kannst dir doch denken, wer es mir verraten hat?«

»Mein Vater würde nie ...«

»Er würde nie *was*? Dich erpressen? Versprechungen machen?«

Aurélie verzog das Gesicht. »Wage es ja nicht, dich mit ihm zu vergleichen ... Im Gegensatz zu dir hat er mich nie betrogen ...«

Der Anzugträger kicherte. »Nein, überhaupt nicht. Er hat dir ja auch das Tagebuch sofort ausgehändigt und es dir nicht eine Ewigkeit lang vorenthalten.« Ein schrilles, viel zu hohes Lachen, das überhaupt nicht zu seinem Auftreten passte, ertönte. »Du kennst deinen Daddy wohl doch nicht so gut, wie du glaubst ...«

»Fahr zur Hölle!«, stieß Cassandra aus.

»Halt du dich da raus, Schlampe! Sonst wirst du sehen, was mit dir geschieht!«

Mit einem Schlag schienen Aurélies Lebensgeister wiederzuerwachen. »Wage es ja nicht, ihr zu drohen!« Sie trat vor und schob Cassandra hinter sich.

»Aurélie, wer ist das?«, fragte Damien.

»Wer ich bin?« Der Mann neigte den Kopf und schenkte ihm ein falsches zahnpastaweißes Lächeln.

»Damien, nicht ...«, flehte Aurélie.

»Komm, wir gehen ins Haus, ich bitte dich, Damien!« Kosmas stellte sich ihm erneut in den Weg.

»Was mich wirklich traurig stimmt, ist die Tatsache, dass du deinen Ring nicht mehr trägst«, sagte Jake, wobei er nicht Aurélie ansprach, sondern Damien. »Deinen Verlobten einfach zurückzulassen, das sieht dir gar nicht ähnlich! Hast du etwa kalte Füße bekommen?«

»Ich weiß nicht ... wovon du sprichst!«

»Ach, Herzchen! Spiel doch vor deinem Geliebten hier nicht das Unschuldslamm!« Er grinste. »Sie hat Ihnen also nicht gesagt, dass sie einen Verlobten hat?«

»Ich habe keinen Verlobten!«

»O doch, den hast du.«

»Nein …« Aurélie zitterte am ganzen Körper. »Ich habe keinen Verlobten!«, sagte sie mit fester Stimme.

Der Anzugträger lachte. »Jetzt habe ich doch glatt meine guten Manieren vergessen!« Er streckte Damien seine Hand entgegen. »Ich bin Jake, Jake Vermount, Aurélies Verlobter und Miteigentümer von *Parfait Fragrance Inc.* Danke, dass Sie sich so gut um meine zukünftige Frau gekümmert haben.«

Damien ballte die Hände zu Fäusten und starrte finster auf den hager gebauten Mann herab. Obwohl er kleiner und nicht von annähernd so breiter Statur war wie er, strömte er etwas Niederträchtiges, ja beinahe Bösartiges aus.

»Wenn Aurélie sagt, sie hat keinen Verlobten, dann hat sie auch keinen.« Damiens Stimme dröhnte ihm selbst in den Ohren und das Blut rauschte durch seine Adern.

»Du bist ihr wohl in die Falle getappt?« Jakes Grinsen wurde noch breiter.

»Und hast du gefunden, wonach du gesucht hast?«, fragte er an Aurélie gerichtet.

Damien erstarrte. Dieser Mann wusste von *Au revoir*?

»Du hast keine Ahnung, wovon du sprichst! Das geht dich doch alles gar nichts an!«, schrie Aurélie.

»Und wie mich das etwas angeht! Immerhin wird das, was dein ist, auch bald mein sein.« Er leckte sich über die Lippen und strich sich eine schmierige Haarsträhne aus dem Gesicht. »Also hast du deinem Geliebten das Rezept nun abluchsen können, oder nicht? Und hör auf, die Unschuldige zu spielen, das steht dir nicht.«

»Aurélie, was hat das zu bedeuten?« Damien trat zurück. Noch vor ein paar Stunden war er sich ihrer Liebe so sicher gewesen. Aber jetzt trafen ihn die Zweifel, die er glaubte überwunden zu haben, wie ein heftiger Schlag in der Magengrube. Er spürte die Gegenwart seines Bruders, vertraute Hände, die sich auf seinen Schultern legten. Plötzlich fühlte sich sein Herz so unsagbar schwer an. Wie ein Stein, der dort nicht hingehörte.

Ein bedauernder Ausdruck verzerrte Jakes spitze Gesichtszüge.

»Damien, wir gehen. Jetzt!« Kosmas zerrte an ihm.

Aber Damien konnte sich nicht bewegen.

Aurélie hatte ihn betrogen ... Hatte sie ihm die ganze Zeit nur etwas vorgemacht? Er konnte es nicht glauben, nein! Er wollte es nicht glauben! Aber hier stand sie und sagte nichts. Diese Frau hatte ihn zum Narren gehalten! Die Erinnerung an den roten Lippenstift, ihre Tränen, ihre zärtlichen Küsse und die Wärme ihres weichen Körpers, Haut an Haut, versetzten ihm einen schmerzhaften Stich. Das Bild von ihrem Kopf auf seinem Schoß verschwamm vor seinen Augen. Scheiß auf das Liebespaar an dieser gottverdammten Decke!

Wortlos drehte er sich um. Wie dumm er doch gewesen war. Er hatte ihr gerade eben seine Liebe gestanden! *Fuck!*

Jemand rief seinen Namen. War es ihre Stimme? Kosmas'? Cassandras? Er erkannte sie nicht. Aber das war nicht weiter von Bedeutung.

Nichts war mehr von Bedeutung.

25. Saint Roseraie

Donnerstag, 22. Juli 1875

Cordelia zog sie durch die Straßen von Saint Roseraie.

Fast … fast hätten sie sich geküsst. Das war Avelines einziger Gedanke. Ein Kuss. Seine Lippen nur Millimeter entfernt von ihren. Konnte man es ihr etwa ansehen? Als würde die Erinnerung daran sichtbar über ihrem Haupt schwirren. Hatte der Bäcker ihr eben seltsam hinterhergesehen?

»Der Herzog ist angereist«, sagte die Kammerzofe zwischen zwei japsenden Luftzügen. »Eine Küchenmagd aus dem Anwesen war in der Schule und hat nach Euch gesucht.«

Nein. Aveline erstarrte.

Doch Cordelia zog sie unerbittlich hinter sich her. »Wir haben keine Zeit«, wisperte sie eindringlich.

»W…warum ist e…er hier?«, stammelte Aveline erschüttert. Sie hatten die ersten Baumreihen des Obsthains erreicht.

»Warum wohl?«, fuhr Cordelia sie hektisch an. »Er möchte seine zukünftige Braut begutachten.«

Die Kammerzofe schubste ihre irritierte Herrin den Hang hinauf. Bis hin zum Anwesen ihres Vaters, dann durch die geöffnete Flügeltür und hinein in ihr Gemach.

Dort standen zwei weitere Dienerinnen bereit, um Aveline vorzeigbar herzurichten.

In den nächsten Stunden wurde an ihr gezupft, gerüttelt, gezogen und geschnürt. Bis sie sich im Spiegel selbst nicht mehr erkannte und jede Bewegung mit Anstrengung verbunden war.

»Seid Ihr bereit?«, fragte Cordelia, wartete ihre Antwort jedoch nicht ab, sondern scheuchte Aveline durch die Gänge des Herrenhauses.

Sie hatte ihn sich anders vorgestellt.

Der Herzog und ihr Vater empfingen sie im Salon. Beide nippten an einem Kristallglas, das sicher angefüllt war mit dem besten Rotwein, den der Weinkeller des Marquis zu bieten hatte. Aveline kam sich in ihrem Kleid furchtbar fehl am Platz vor. Es bestand aus einem Meer von Goldfäden und aquamarinblauem Seidenstoff und hatte ihrer Mutter gehört. Die Marquise hatte es einst auf einem kaiserlichen Ball getragen. Das Haar hatte ihr Cordelia so streng hochfrisiert, dass sie meinte, ihr Gesicht würde bald zerreißen. Sie benötigte ihre gesamte Konzentration, um in diesem Gebilde aus einengendem Stoff zu atmen und langsam zu gehen. Jeder Schritt schmerzte. Die Schuhe schnitten sie ein, das Korsett presste sich gegen ihre Rippen, der Stoff rieb an ihrer ungeschützten Haut. Kein Wunder, dass die meisten Frauen von höherem Rang nichts anders taten, als dazustehen und sich hie und da mit dem Fächer Luft zuzuwedeln. Mehr war in dieser Aufmachung auch nicht möglich. Nicht einmal, in einem normalen Tempo zu sprechen. Jedes Wort benötigte Luft, die sie nicht hatte.

Also nickte sie und lächelte, so oft es ging, anstatt eine Antwort zu geben. Die Männer wussten schon, warum sie ihnen diese Mode aufzwangen, es war wie ein Gefängnis ohne Gitterstäbe, ein unsichtbarer Maulkorb, der jede Frau in eine hilflose Marionette verwandelte. Aveline fehlte es sogar an Kraft, um wütend zu werden, und sie hoffte auf ein baldiges Ende dieser Brautschau.

»Sie ist nicht gerade schön ... im klassischen Sinn«, meinte der Herzog. Er schwenkte seinen Wein und legte sein Monokel zur Seite. Seine Augen hatten bereits einen milchigen Film um die Pupillen herum.

Aveline war sich nicht sicher, wie viel er tatsächlich von ihr sehen konnte. Wie alt war dieser Mann? Seit gut fünf Minuten begaffte er sie und machte eine abfällige Bemerkung nach der anderen. Dabei war es sein Gesicht, das mehr Falten als das ihres Vaters aufwies, und ihm fehlte jegliche tugendhafte Ausstrahlung. In seiner Körperhaltung lag genau dieselbe seltsame Ruckartigkeit, die auch Jean-Luc zeigte. War er krank? Sprachen deswegen alle immer von seinem baldigen Ableben?

Aveline atmete. Viel mehr konnte sie im Augenblick nicht tun.

Sie ließ sich die Beleidigungen gefallen. Bald würde sie ihrer Familie und diesem Land für immer den Rücken kehren. Warum jetzt noch einen Aufstand machen und damit ihren Plan gefährden?

»Sie ist noch jung, ihre Mutter wurde auch erst mit den Jahren schöner«, kam ihr Vater ihr zweifelhaft zur Hilfe.

»Ist sie denn gebildet?«

»Nur das Nötigste, werter Vetter. Lesen, schreiben, ein wenig Mathematik ... gerade genug, um das Haushaltsbudget zu verwalten.«

»Wie steht es mit den schönen Künsten? Ich genieße den Anblick einer Frau, die an der Leinwand steht oder am Klavier sitzt.«

Aveline knirschte mit den Zähnen, ihr Vater wusste, dass dies nicht zu ihren Stärken gehörte. Wie wollte er sich da nun rausreden? Und welchen Anblick wollte der Herzog genießen, er war doch so gut wie blind? Und sicherlich auch taub.

»Ihre Mutter pflegte Kontakt zu zahlreichen Künstlern, Aveline hat also einiges gelernt.«

Welch nette Halbwahrheit.

Aveline atmete langsam ein und aus. Schwarze Punkte tanzten vor ihren Augen. Cordelia hatte das Korsett zu eng geschnürt.

Der Herzog stand auf und umrundete sie. Es dauerte, da er sich dabei auf einem Stock stützen musste. Dabei kam er ihr so nahe, dass sein Puderduft sie einhüllte. Nur mit Mühe unterdrückte sie ein Husten. Sein Blick wanderte ihren Körper entlang, und trotz der vielen Lagen Stoff fühlte sich Aveline bis auf die Haut entblößt.

»Löst Euer Haar aus seinem Knoten!«

Wie bitte? Aveline war mit der Anweisung gänzlich überfordert. Wusste der Herzog denn nicht, wie viele Hunderte von Haarnadeln ihre Frisur zusammenhielten? Gut, dass Cordelia im Raum war und schneller reagierte als sie. In Windeseile war die Kammerzofe an ihrer Seite und begann, die Nadeln aus ihren Haaren zu entfernen. Strähne für Strähne lösten sich die feinen Locken und ummantelten ihre Schultern. Als Cordelia die letzte Klammer gezogen hatte, entfernte sie sich, und der Herzog baute sich erneut vor Aveline auf. Er betrachtete sie wie ein Gemälde im Louvre.

Avelines Kopfhaut prickelte, und Röte stieg ihr ins Gesicht, weil ihr Blut endlich wieder zirkulieren konnte.

Als der Herzog sich wieder setzte, hoffte Aveline, es überstanden zu haben.

»Erfreut uns doch mit einem Gedicht.«

»Einem ... Gedicht?« Warum wollte er ein Gedicht von ihr hören? Sie war doch kein kleines Kind mehr! Aveline presste die Lippen aufeinander.

»Ihr kennt doch sicher das ein oder andere auswendig?« Der Herzog hob herablassend die Augenbrauen.

Aveline schluckte. Ihre Mutter hatte so einiges mit ihr gelesen, aber Gedichtbände waren keine dabei gewesen. Avelines Mund wurde trocken. Selbst wenn ihr eines einfallen würde, hätte sie doch keine Luft in der Lunge, um ein Gedicht richtig zu betonen.

Ihr Vater blickte sie streng an, ein Versagen würde er hart bestrafen. Und sie konnte es sich nicht leisten, unter Hausarrest gestellt zu werden. Doch ihr Kopf war leer, was sollte sie tun?

»Ist sie etwas langsam?«, fragte der Herzog hinter vorgehaltener Hand. »Oder geistig so instabil wie ihre Mutter? Ich möchte keine Frau aus dem Wasser fischen müssen.«

Aveline ballte ihre Hände zu Fäusten.

»Ihr könnt auch ein Lied singen«, sagte der Herzog gönnerhaft sowie extralaut und langsam.

Wie konnte es dieser impertinente, senile alte Mann nur wagen? »Es tut mir leid, Monsieur, aber ich bin keine dieser neuartigen Apparaturen, die auf Knopfdruck singen, tanzen und apportieren können«, rutschte es Aveline heraus, noch bevor sie sich selbst aufhalten konnte.

Ihr Großonkel verschränkte die Arme vor der berüschten Brust. »Ihr könnt also doch sprechen?« Er stand auf und kam wieder auf sie zu.

Aveline unterdrückte den Drang zurückzuweichen. Grob umfasste er ihr Kinn und drehte ihren Kopf hin und her. So viel Kraft hätte sie ihm nicht zugetraut.

»Es scheint mir, werter Herr Vetter, als hättet Ihr die Erziehung dieses Mädchens schwer vernachlässigt.«

Aveline konnte die Wut ihres Vaters förmlich riechen, doch wie konnte er erwarten, dass sie sich die Frechheiten dieses Mannes widerstandslos gefallen ließ?

»Doch das schreckt mich nicht ab«, säuselte der Herzog. Sein Blick glitt ins Leere. »Meine Gerte hat bereits viel zu lange nur die Pferde gezüchtigt.«

Aveline wurde bleich. Würde ihr Vater es tatsächlich zulassen, dass dieser Mann so mit ihr sprach? Schlimmer noch: Würde er sie so einem zur Frau geben? Seine einzige Tochter?

Sie sah am Herzog vorbei und suchte den Blick ihres Vaters. Dieser zwirbelte sich lächelnd den Schnurrbart. Eine seiner Unarten, die immer dann zum Vorschein kam, wenn er ein erfolgreiches Geschäft abgeschlossen hatte. Aveline vergaß für einen Augenblick zu atmen, und die schwarzen Punkte tanzten wild um sie herum. Doch sie fing sich, bevor sie in Ohnmacht fallen konnte. Sie durfte jetzt keine Schwäche zeigen. Niemals! Denn sie war allein. Niemand konnte sie jetzt noch retten außer sie selbst.

»Bitte hört auf zu weinen, Mademoiselle.« Cordelia saß wie jeden Abend auf der Bettkante. Nur dieses Mal hielt sie anstelle eines Buches ein Taschentuch in der Hand.

»Ich bin ihm egal«, schluchzte Aveline. »Wie kann ich ihm nur so egal sein? Bin ich nicht seine Tochter? Aber er sieht nur das Geld.« Sie blies sich die Nase lautstark aus.

Cordelia stand auf und holte ein weiteres Stofftaschentuch. Sie öffnete außerdem die Flügeltür, die zum Garten hinausführte. Ein herrlicher Kräuterduft erfüllte den Raum, und die schwüle Nachtluft lullte Aveline ein.

»Wir haben uns beinahe geküsst«, gestand sie ihrer Kammerzofe, weil sie es irgendwem gestehen musste.

»So nahe ist Euch der Herzog nun auch wieder nicht gekommen«, sagte Cordelia grinsend.

Aveline verdrehte lächelnd die Augen. Sie wischte sich mit ihrem Handrücken die Tränen von den Wagen.

»Wirklich nur beinahe, Mademoiselle?«

Aveline nickte und ihre Ohren glühten. Cordelia setzte sich wieder zu ihr ans Bett. Sie wartete geduldig, bis Aveline bereit war weiterzuerzählen.

»Ich hatte das nicht geplant, ich wollte eigentlich deinen Rat befolgen und mich tot stellen.« Sie schüttelte den Kopf. »Er hat so etwas an sich, dem ich mich nicht entziehen kann. Ich kann es kaum in Worte fassen.« Aveline knetete ihre Hände. Sollte sie es wagen? »Ich habe vor, von hier zu flüchten«, flüsterte sie und blickte zur Tür, um sich zu vergewissern, dass niemand im Schatten lauerte. »Es ist nicht *mein* Plan, sondern der meiner Mutter«, erzählte sie schnell weiter. »Sie hat eine Tante in Amerika, im Westen des Kontinents, und die beiden hatten geplant, eine kleine französische Parfümerie zu eröffnen.« Aveline holte tief Luft, sie hatte das Gefühl, Cordelia so schnell wie möglich alles erzählen zu müssen. »Mutter wollte weg von hier, schon letzten Sommer, und ich sollte sie begleiten, doch dann … Es war alles vorbereitet, die neuen Pässe erworben, die Überfahrt bezahlt, eine Anzahlung geleistet.« Aveline hielt inne, weil sie drohte, über ihre Worte zu stolpern. So vieles konnte und wollte sie Cordelia erzählen, aber sie brachte es nicht über sich, über den Tod ihrer Mutter zu sprechen. »Ich habe meiner Großtante geschrieben. Sie sollte mich statt Mutter zu ihrer Geschäftspartnerin machen. Sie war einverstanden, aber nur dann, wenn ich es schaffen würde, die Rezepturen meiner Mutter herzustellen, doch nun …«

»Doch nun will Euer Vater, dass Ihr heiratet«, beendete Cordelia ihren Satz, und Aveline nickte. Tränen liefen ihr über die Wangen.

Sie holte erneut Luft. »Ich dachte, ich hätte noch mehr Zeit. Ich habe noch so viel von Gael zu lernen und …«

»Eure Gefühle stehen Euch im Weg.«

»Ich weiß ja nicht einmal, ob ich Gefühle habe«, fluchte Aveline. »Wenn ich bei ihm bin, setzt mein Hirn einfach aus.«

Cordelia wiegte den Kopf hin und her und schien zu überlegen. »Ich könnte Euch helfen«, meinte sie etwas zaghaft, und Aveline hielt vor Spannung die Luft an. »Aber …« Cordelia stand auf und ging auf und ab.

»Aber was?« Aveline erhob sich ebenfalls aus ihrem Bett, der kalte Fußboden jagte ihr Schauer über die nackte Haut, doch das war jetzt nebensächlich.

»Nehmt mich mit!« Nun war es Cordelia, die gar nicht schnell genug sprechen konnte. »Ich habe nichts, das mich hier hält, im Gegenteil, und Ihr sagt, es ist bereits alles für zwei Personen abgedeckt. Ich könnte Euch helfen, und ich würde in Eurer Parfümerie für Kost und Logis arbeiten, um meine Schulden für die Überfahrt abzubezahlen. Ihr wisst, dass ich eine gute Arbeitskraft bin. Ich könnte jetzt bereits anfangen, Englisch zu lernen, das Lesen hab ich doch auch recht schnell verstanden …«

Aveline unterbrach den Redefluss ihrer Kammerzofe, indem sie ihr um den Hals fiel und sie so fest umarmte, wie sie seit einem Jahr keinen mehr umarmt hatte. Der Gedanke, die Überfahrt nicht allein antreten zu müssen, nicht allein in einem fremden Land zu sein, nahm ihr eine gewaltige Last von den Schultern.

»Tausendmal ja, Cordelia!«, stieß sie aus und hätte die junge Frau am liebsten geküsst. Aber sie besann sich eines Besseren. Küssen brachte sie nur in Teufels Küche.

Cordelia starrte sie mit offenem Mund an, bevor ihr ein freudiges Quietschen entfuhr. Die beiden griffen sich an den Händen und sprangen wie kleine Mädchen auf und ab, bevor sie sich wieder in die Arme fielen.

»Doch was tue ich nun wegen Gael?«, fragte Aveline besorgt. »Ich brauche ihn, aber in diesem Zustand kann ich wohl kaum von ihm lernen.«

Cordelia geleitete Aveline zurück ins Bett und warf die Decke über ihre nackten Füße. »Lasst den Apotheker ruhig meine Sorge sein. Morgen Abend findet ein fest-noz im Dorf statt, das werden wir besuchen«, sagte sie und klang dabei so abenteuerlustig, dass sich Aveline noch einmal in ihrem Bett aufrichtete.

»Das wird mir Vater nie erlauben.«

»Wer hat gesagt, dass wir um Erlaubnis bitten werden?«

Cordelia lachte diabolisch, und Aveline war sich nicht sicher, ob sie diese neue Seite an ihrer Kammerzofe mochte. »Und was machen wir auf diesem Fest?«, fragte sie.

»Ich werde Euch zeigen, dass Euer Apotheker genauso ein Windhund ist wie jeder andere Mann auch. Daraufhin werden sich die Gefühle, die Ihr für ihn entwickelt habt, in rauschende Wut verwandeln, und Wut ist ein guter Antrieb, um zu lernen.«

Aveline schluckte. »Meinst du wirklich?«

»Vertrau mir, Aveline, morgen um diese Zeit wirst du dir den Apotheker sechs Meter unter die Erde wünschen.«

26. Saint Roseraie

Gegenwart

»Damien? Bist du wach?« Es war Kosmas, der neben ihm saß.

»Geht es ihm gut? Was ist mit ihm?«, fragte eine bekannte Stimme.

»Er ist betrunken. Sternhagelvoll, um genau zu sein. Hilf mir, ihn aufs Bett zu legen. Na los!«

Das Gesicht seines Bruders erschien über ihm. »Du musst jetzt damit aufhören, Damien! Hörst du mich? Du wirst dich sonst noch umbringen.«

»Aufhören? Womit?« Damien verzog die Lippen zu einem schiefen Grinsen.

»Aurélie hat einen Verlobten? Das kann ich nicht glauben!«, sagte Nicolas.

Stille.

Ja, den hat sie …

»Und du bist wirklich damit einverstanden?«

»Ja, ja … Mach dir keine Sorgen. Er sollte in diesem Zustand auf gar keinen Fall allein sein.«

»Danke, Nicolas. Wenn ich mich nicht um die Apotheke und die Verfahrenssache kümmern müsste, dann würde ich hier einziehen, bis es ihm wieder besser geht, aber …«

»Keine Ursache. Er würde das auch für mich tun, wenn ich in dieser beschissenen Lage wäre.«

Nicolas war auch hier? Damien wälzte sich auf die Seite. Mühsam versuchte er, sich aufzurichten. Alles drehte sich.

Kosmas drückte ihn zurück auf … wo auch immer er gerade lag. »Bleib einfach hier liegen und beweg dich nicht, Damien.«

»Geht weg! Ich brauche eure Hilfe nicht! Es geht mir gut …«

»Es geht dir nicht gut!«

»Nein, Mann. Was ist nur in dich gefahren?« Nicolas rüttelte an seiner Schulter.

Lachend rollte sich Damien wieder auf den Rücken. Dabei liefen ihm Tränen über die Wangen. »Ich bin so ein Idiot! Ich … ich habe ihr gesagt, dass ich sie liebe! Aber sie hat mich die ganze Zeit nur verarscht.«

»Er hat was gemacht?«, fragte Nicolas entsetzt.

»Er hat ihr gesagt, dass er sie liebt.«

»Wusste ich's doch, dass er in sie verknallt ist! Aber dass sich die Sache so entwickelt … Das hat er wirklich nicht verdient!«

»Nein, das hat er nicht.«

»Nein, das habe ich nicht!« Damien fuhr hoch. »Warum zum Teufel hast du sie dann zu mir gebracht? Das ist alles deine Schuld, Kosmas! Deine verdammte Schuld, dass ich ihr mein Herz ausgeschüttet habe. Deine verdammte Schuld, dass ich mit ihr geschlafen habe! Deine … deine Schuld …« Ächzend sank er zurück auf das Sofa.

»Er ist so was von am Arsch«, stellte Nicolas fest.

»Ich rede mit ihm, sobald er wieder klar denken kann. Aber dafür muss er aufhören, sich jeden Tag bis zur Bewusstlosigkeit zu besaufen.«

»Warum hast du mich nicht schon früher angerufen? Hätte ich es gewusst, dann wäre ich eher gekommen.«

»Ich hatte die Hoffnung, dass er von selbst damit aufhört.«

»Du weißt doch, wie er ist! Mich wundert nur, dass der Buschfunk nicht bis zu mir durchgedrungen ist. Dachte nicht, dass das jemals passieren könnte.«

»Ich kann euch hören ...«, krächzte Damien.

»Niemand hat etwas davon mitbekommen. Und das soll auch so bleiben. Für Saint Roseraie hat er die Grippe.«

»Ich schweige wie ein Grab.«

»Dann mache ich mich jetzt auf den Heimweg. Ruf mich an, wenn was sein sollte. Ich bin die ganze Nacht erreichbar.«

»Mach ich.«

Die Tür fiel ins Schloss. Waren sie nach unten gegangen? Gott verdammt, er wollte endlich allein sein! Stöhnend stemmte er sich hoch und langte nach der Flasche auf dem Tisch.

»Lass es!« Nicolas ließ sich neben ihm auf das Sofa fallen.

Warum war er immer noch hier? »Ach, was weißt du denn schon ...?« Damien nahm einen tiefen Schluck.

Sein bester Freund riss ihm den Whiskey aus der Hand. »Jetzt reiß dich endlich zusammen! Merkst du überhaupt noch was? Und das alles wegen einer Frau! Zieh endlich den Kopf aus deinem Allerwertesten! Drei Tage sind genug!«

»Aurélie ...« Damien ließ den Kopf hängen und raufte sich die Haare. »Fuck.« Erneut setzte er sich auf und stemmte sich hoch, bevor er sich auf wackeligen Beinen zum Fenster schleppte.

Das Licht in ihrem Zimmer brannte.

»Wie spät ist es?«

»Zeit zum Schlafen gehen, würde ich meinen ...«

»Sie ist noch wach.«

Nicolas trat neben ihn. »Na und?«

»Ich ... ich weiß nicht. Ich will doch nur ... nur schauen, ob es ihr gut geht.«

»Aber das wirst du wohl kaum aus der Ferne erfahren!«

Da tauchten zwei Schatten hinter dem Vorhang auf. Der eine war groß und hager ... Cassandra?

»Der Verlobte«, schlussfolgerte Nicolas.

Damien erkannte Aurélies Umrisse sofort. Wie könnte er auch nicht? Er hatte sie schließlich oft genug im Arm gehalten. Sein Herz wurde schwer. Was wollte dieser Typ bei ihr? Worüber sprachen sie? Machten sie sich über ihn lustig? Die Gedanken in seinem beduselten Hirn überschlugen sich.

»Hast du etwa erwartet, dass sie allein zu Hause ist, jetzt, da ihr Verlobter extra nach Frankreich gekommen ist, um bei ihr zu sein?«

Damien seufzte. Er liebte seinen besten Freund. Ja, das tat er wirklich! Aber gerade war ihm eher danach, seine Faust in dieses attraktive Männergesicht zu rammen. Konnte Nicolas nicht wenigstens einmal die Klappe halten? Ein schmerzhafter Stich verengte ihm die Brust, und er umklammerte das Fensterbrett, um auf den Beinen zu bleiben. Die Traurigkeit verebbte und wurde durch blanke Wut ersetzt. Natürlich wohnte dieser Jake bei ihr! Sie waren schließlich verlobt!

Warum hatte sie ihn belogen? Er presste die Stirn an die Fensterscheibe.

»Und das soll bequem sein?« Nicolas imitierte seine Haltung. Dabei warf er ihm einen fragenden Blick zu.

»Lass mich in Ruhe.«

»Hm, lass mich nachdenken ... Nein, tut mir leid!«

Die Schatten fanden zueinander. Umarmten sie sich? Sein Magen krampfte, und er konnte die Bitterkeit nur mit Mühe unterdrücken.

»Hör endlich auf, dich zu quälen.« Nicolas packte ihn und zerrte ihn vom Fenster weg.

Damien schloss die Augen. Sein Kopf dröhnte, und er konnte sich kaum aufrecht halten. Der viele Alkohol der letzten Tage zollte seinen Tribut. »Ich will nicht ... mehr reden. Geh endlich nach Hause, Nicolas!«

»Damit du ungebremst weitersaufen kannst? Ich bin doch nicht blöd.«

Damien plumpste aufs Sofa.

Die Whiskeyflasche verschwand aus seinem Blickfeld. Dafür schaltete sich der Fernseher ein. »Fußball bringt dich auf andere Gedanken, vertrau mir! Ich werde auch nichts mehr sagen. Lass uns einfach hier sitzen, Toast essen und in die Glotze starren. Und ehe du dich's versiehst, wirst du wieder nüchtern und ganz der Alte sein.«

27. Saint Roseraie

Gegenwart

Orientierungslos öffnete Damien die Augen und starrte in die Dunkelheit. Wo zum Teufel war er? Und warum warf der Fernseher bunte Lichter in seine Richtung? Ein leises Schnarchen drang in sein Ohr, und er neigte den Kopf. Neben ihm lag Nicolas und kuschelte mit einem Kissen.

Damien seufzte.

Wie viel Zeit war vergangen? Er tastete nach seinem Handy, doch er konnte es nicht finden, weil er zu betrunken war. Wie hatte er sich nur so gehen lassen können? Aber dann erinnerte er sich an den Moment, als er den schwarzen Wagen am Straßenrand hatte stehen sehen und wie jegliche Farbe aus Aurélies Gesicht gewichen war.

Natürlich hatte dieser Typ von der Apotheke und *Au revoir* gewusst. Wer war der eigentliche Kopf hinter dieser Sache? War es dieser Jake gewesen, der sie geschickt hatte, um an die Rezeptur zu gelangen? Immerhin schienen sie einen gemeinsamen Plan gehabt zu haben, bevor Aurélie nach Saint Roseraie gekommen war. Damien gab ein enttäuschtes Zischen von sich. Für seine betrunkenen Gehirnwindungen ergab nichts von alledem Sinn. Warum war sie ihm überhaupt in die Hütte gefolgt? Den einzigen Trost, der sich ihm bot, war, dass *Au revoir* niemals hergestellt werden konnte. Also war es scheißegal, ob sie das Rezept hatte oder nicht. Sie hätte nicht einmal nach Frankreich kommen müssen, um das Parfum von ihm zu erzwingen. Dafür bezahlte sie schließlich ihre Anwälte. Aber stattdessen war sie in sein Dorf gereist, hatte sich hier häuslich eingerichtet, ihm zwei Ohrfeigen verpasst und zugelassen, dass er sie in den Arm nahm und küsste. Und ihre Küsse hatten sich echt angefühlt. Als ob sie wirklich etwas für ihn empfand.

»Warum bist du so überrascht? Es gefällt mir hier! Ich mag die Menschen, mag den Frieden.« Das waren ihre Worte gewesen.

Damien schüttelte den Kopf. Er durfte sich keine Hoffnungen mehr machen! Aurélie hatte ihm nur etwas vorgespielt, und er war so dumm gewesen, in ihre Falle zu tappen und ernsthaft zu glauben, sie hätte die gleichen Gefühle für ihn entwickelt wie er für sie. Verdammt, er hatte sie in sein Herz gelassen! Es ihr ganz offenherzig auf einem Silbertablett serviert ... Und sie hatte es dankend angenommen, nur um es anschließend mit bloßen Händen zu zerquetschen.

Eigentlich hatte er nicht vorgehabt, es ihr zu sagen. Die Worte waren ihm einfach über die Lippen gekommen. Hätte er es wissen müssen? Ja, er war selbst schuld daran, dass er keinerlei Rückgrat besaß, wenn Aurélie ins Spiel kam. Aber damit war jetzt Schluss!

Damien streckte die Hand aus und ergriff die Flasche neben dem Sofa. Kaltes, klares Wasser floss seine vom Whiskey verätzte Kehle hinab. Dann richtete er sich auf und entdeckte sein Telefon unter einem Sportmagazin. Es blinkte wie verrückt, aber die Zeichen verschwammen. Er kniff die Augen zusammen und wurde schlagartig wieder nüchtern. Die letzten Nachrichten waren von ihr.

Es tut mir leid.
Lass uns reden.
Ich will es dir erklären.
Damien! Lass es mich dir erklären, bitte …

Das Handy entglitt seinen Händen, und er beugte sich vor, um es zu suchen. Beinahe panisch flogen seine Finger über den Teppich, bis er es endlich wieder gefunden hatte. Erneut tippte er auf das Nachrichtensymbol. Aber er hatte sich nicht geirrt. Eine Mischung aus Wut und Verzweiflung stieg in ihm hoch, und sein Magen begann zu rebellieren. Diese Frau musste ihn für den größten Idioten aller Zeiten halten! Wollte sie ihn verarschen? Was hatte sie vor? Zum Teufel mit ihren Lügen! Wutentbrannt sprang er auf und taumelte zum Fenster, welches sich in kürzester Zeit zu seinem neuen Lieblingsort entwickelt hatte, wie er zugeben musste.

Und tatsächlich. Da stand sie. Allein. Wo war ihr Verlobter?

An ihrer Körperhaltung konnte er erkennen, wie verzweifelt sie war. Hoffte sie darauf, dass nur ein paar Worte ausreichten, um ihn wieder ins Spiel zu bringen? Damien ballte die Hände zu Fäusten. Wie armselig er doch war … Denn genau das hatte er gerade getan: Aurélie hatte nach ihm gerufen, und er war zu ihr gekommen. Wie ein geschlagener Hund, der seinem Frauchen trotz allem niemals böse sein konnte.

Aurélie war sein Fluch. So wie Aveline wohl Gaels Fluch gewesen war. Es musste ein verdammter Fluch sein! Sein Ururgroßvater hatte das adelige Mädchen aus tiefster Seele geliebt. Die Briefe bewiesen es. Aber sie war trotzdem gegangen und hatte ihn seiner Trauer überlassen. Es war der gleiche Wahnsinn, der auch ihn befallen würde.

Wieso sah sie so traurig aus? Müsste sie nicht freudestrahlend durchs Zimmer tanzen? Ein tiefes Grollen zwängte sich aus seinem Mund. Sie und dieser schlaksige Widerling! Der bloße Gedanke daran, wie sie sich umarmten, ließ jeden einzelnen Muskel in seinem Körper krampfen. Die Eifersucht schmerzte, und er wünschte, er könnte einfach einen Schalter umlegen und seine Gefühle für sie abstellen. Aber das konnte er nicht, weil er sie liebte. Also würde er einfach weiterleiden, bis er irgendwann zu leer war, um irgendetwas zu fühlen.

Damien linste hinter dem Vorhang hervor. Sie stand immer noch dort.

Dann hob sie ihr Telefon ans Ohr. Sie wirkte so klein und schmächtig – noch zerbrechlicher als jemals zuvor. Ihre Maske war fort. Weil sie wollte, dass er es sah. Ihre Schwäche sah. Sein Handy vibrierte. Ihre Hand begann zu zittern. Eine gefühlte Ewigkeit verging. Das Vibrieren verstummte. Aurélie ließ die Hand sinken und bedeckte ihr Gesicht. Ihr Körper ruckte und er erkannte, dass sie weinte.

»Aurélie.«

Hatte er ihren Namen eben laut ausgesprochen? Ihre verdammten Tränen brachten ihn um den Verstand.

Aurélie hielt inne und presste ihre Finger an das Glas. Aber sie konnte ihn nicht gehört haben …

Nein, nein, nein! Damien, was tust du denn da? Bist du jetzt von allen guten Geistern verlassen?

Aber sein Körper reagierte, ohne dass er es wollte. Oder? Er schob den Vorhang beiseite und starrte sie an. Sein Puls beschleunigte sich, und der Druck auf seiner Brust wurde unerträglich. Jede einzelne Faser seines Körpers schien sich auf sie zu konzentrieren, und selbst das

Rauschen seines Blutes in seinen Ohren nahm er nur mehr ganz dumpf wahr.

Guter Gott. Er liebte diese Frau. Egal was sie getan hatte. Er liebte sie wirklich! Die Erkenntnis traf ihn wie ein Schlag in die Magengegend. Fassungslos wandte er sich ab und zog den Vorhang zu. Und Aurélie weinte immer noch.

28. Saint Roseraie

Gegenwart

»Damien?« Nicolas Stimme hallte durch das Treppenhaus. »Wo zum Teufel bist du? Und was ist das für ein Krach? Falls du die Uhr immer noch nicht lesen kannst: Es ist vier Uhr morgens! Du solltest lieber schlafen, anstatt das Haus zu sanieren!«

Damien gab ein entnervtes Schnauben von sich. Er hatte es versucht. Aber nachdem er Aurélie weinend am Fenster zurückgelassen hatte, hatte er nicht mehr einschlafen können. Nicht einmal in diesem Zustand! Seine Gedanken hatten sich regelrecht überschlagen. Und plötzlich war er die Treppe hinabgestiegen, nein, eher gestolpert und hatte wenigstens zehn Minuten damit verbracht, den Schlüssel ins Schlüsselloch zu stecken. Die Tür hatte geklemmt, und er hatte sich ein paar Mal mit aller Kraft dagegenwerfen müssen, bevor er der Länge nach auf dem Boden gelandet war. Wie lange war er schon nicht mehr hier gewesen? Zuletzt, als sie noch Kinder gewesen waren und den Schlüssel vom Schlüsselbrett gestohlen hatten, obwohl ihr Vater es ihnen strengstens verboten hatte.

Damien öffnete eine Schublade. Sie war leer. Dann noch eine. Und noch eine. Ah, eine uralte Karteikarte! Er kniff die Augen zusammen.

»Alkohol, Cannabis ... Chloro...«, sprach er die Wörter laut aus. Hustensaft? Er seufzte. Womöglich wäre es doch besser, die Finger vom Whiskey zu lassen. Oder gleich ganz mit dem Saufen aufzuhören. Seine Finger glitten über die Anrichte. Da lagen ein Stößel und Gewichte, aber keine Waage. Ein paar braune Flaschen. Ein Gitter, auf einen Holzrahmen gespannt. Es erinnerte ihn an jenes, welches sie auf dem Anwesen gefunden hatten.

Kisten. Unzählige Kisten. Auf dem Boden lag ein Sessel, dem ein Bein fehlte. Das Bein steckte zwischen einem Kasten und der Wand. Was hatte seine Familie nur mit abgebrochenen Stuhlbeinen zu schaffen?

Damien malte mit den Fingern durch den Staub. Er bückte sich und öffnete eine der Kisten. Unter zusammengeknülltem Zeitungspapier fand er angelaufene Schüsseln, ein Pillendrehbrett und eine uralte Spritze aus Glas.

Das Licht der alten Glühbirne flackerte. Damien rieb sich die Augen. Schatten tanzten über die alten Kartons. Je länger er kopfüber dahockte, desto drückender wurde das Pochen in seinen Schläfen. Egal. Er öffnete die nächste Kiste. Dann noch eine. Darin verbargen sich Briefe, Briefe und noch mehr Briefe. Dann stieß er auf eine Schachtel, die mit einer Jutekordel verschnürt war.

»Damien?« Nicolas' Stimme kam näher. »Bist du hier unten?«

Damien löste das Band und hob den Deckel an. Aurélie? Nein, Aveline ... Zeichnungen von ihr. War ihnen der Zutritt deshalb verboten gewesen? Er raffte sich hoch. Hinter einer Kommode lugte ein Bilderrahmen hervor.

Wieder Aveline. Sie hielt einen Obstkorb. Das nächste Bild. Aveline, wie sie Rosenblätter auf ein Gitter legte. Aveline, wie sie ... wie sie Gael mit diesem kleinen, verliebten Lächeln anblickte. Aurélies Ururgroßmutter war überall. Damien schluckte. Zwischen all den Bildern lag ein zerknitterter Zettel.

Für das Duftwasser sind folgende Schritte zu unternehmen: Erst …

Eine Anleitung, um *Au revoir* herzustellen?

»Damien?« Nicolas steckte den Kopf zur Tür herein. Er sah verschlafen aus, und sein Haar stand in alle Richtungen ab.

Aber Damien antwortete nicht. Er nahm das Stück Papier und quetschte sich an seinem Freund vorbei. Sein Herz schlug wie verrückt. Stammte die verknitterte Seite etwa auch aus Gaels Buch?

»Damien, bleib stehen!«, rief sein bester Freund und kam ihm nach. »Schlafwandelst du, oder was? Rede mit mir, Mann!«

Im Zimmer war es dunkel … bis auf den Fernseher. Damien stieß sich am Türrahmen, fluchte und fing sich. Er nahm das Buch aus dem Regal und blätterte es durch. Das Licht ging an.

Nicolas trat neben ihn. »Damien?«

»Kannst du mir etwas gegen die Kopfschmerzen holen?«, fragte Damien.

»Was zum Teufel ist bloß in dich gefahren? Solltest du nicht eigentlich betrunken auf der Couch liegen und dich die nächsten Stunden nicht bewegen, außer du musst kotzen? Aber stattdessen machst du einen auf … Inspektor Gadget? Was hast du da überhaupt?«

»Gaels Buch.«

»Geht es wieder um euer Parfum? Ich dachte, der Gutachter hätte es zur Prüfung?«, fragte Nicolas und begann, nach dem Schmerzmittel zu suchen.

»Hat er«, antwortete Damien knapp.

Bis auf die Zutatenliste waren die Seiten vollständig. Damien entfaltete den Zettel. Konnte er es mit dieser Anleitung herstellen? Die letzte Zutat fehlte, aber wenn er es schaffte ... Vielleicht ...

Nicolas kam wieder und hielt ihm das Aspirin vor die Nase.

Er stürzte es mit einem Glas Wasser hinunter. »Geh wieder schlafen, Nicolas! Und komm ja nicht runter, außer ich rufe dich. Verstanden?«

Der blonde Mann hob eine Augenbraue. »Hast du etwa vor, was ich denke? Du solltest erst deinen Rausch ausschlafen! Damien, das ist gefährlich!«

»Willst du mich jetzt etwa genauso bemuttern wie mein Bruder?«

»Als ob!«

»Ich wüsste nicht, was ich noch zu verlieren hätte ...«, murmelte er und klopfte seinem besten Freund auf die Schulter. »Aber danke.«

Ein kurzer Zwischenstopp im Hinterzimmer der Apotheke, dann fiel die Kellertür ins Schloss.

29. Saint Roseraie

Gegenwart

Erschöpft ließ sich Damien auf den Stuhl fallen, welchen er zuvor repariert hatte, und gab einen klagenden Laut von sich. Sein Blick fiel auf den Tisch, auf dem die angerührten Öle kreuz und quer lagen.

Es funktionierte nicht … Warum funktionierte es nicht? Er war gerade dabei, Kopf und Herznote in Einklang zu bringen. Aber egal, was er auch probierte, es klappte nicht. Die Kombinationen passten nicht zusammen. Damien schwirrte der Kopf von den unzähligen Gerüchen.

Rose und Lavendel. Die dritte Komponente fehlte … Er wusste das. Aber er hatte gehofft, dass es auch ohne sie funktionieren würde. Dass er einen vergleichbaren Ersatz finden würde, wenn er es nur ausprobierte.

Gael hatte *Au revoir* als lieblichen, fruchtigen Duft beschrieben. Süß, aber zugleich frisch wie ein praller Obstkorb auf einer klebrigen Glastheke. Was auch immer das zu bedeuten hatte …

Die Frucht.

Er wusste, dass ihm die fruchtige Note fehlte. Aber er hatte schon alles ausprobiert, was ihm eingefallen war – Apfel, Pflaume, Erdbeere –, nichts harmonierte mit den anderen Komponenten. Irgendetwas übersah er. Etwas, das direkt vor seiner Nase war.

Damien stützte die Ellenbogen auf die Knie und raufte sich die Haare. Wenn er das Parfum nicht herstellen konnte, dann sie erst recht nicht. Müsste er dann nicht eigentlich Genugtuung verspüren? Aber alles, was er fühlte, waren Zorn und Enttäuschung. Zorn, weil es ihm nicht gelingen wollte, die Duftnoten zu kombinieren. Enttäuschung, weil er sich seit Tagen hier unten verschanzte und trotzdem nicht gegen den Schmerz in seiner Brust ankam. Das Parfum herzustellen änderte gar nichts. Das versuchte er, sich zumindest einzureden.

Ja, er hasste seine Gefühle für sie! Aber trotzdem liebte er sie. Wie einst Gael Aveline geliebt hatte. Ein Happy End gab es nicht. Nicht für Gael und nicht für ihn.

Sobald das Gutachten fertig war, würde sie mit ihrem Verlobten nach Amerika zurückkehren. Denn dort gehörte sie hin. Nicht nach Frankreich. Nicht nach Saint Roseraie. Und schon gar nicht in seine Arme. Nicht, dass sie das überhaupt je wirklich gewollt hatte ...

Damien atmete tief durch. Sein Magen gab ein grollendes Geräusch von sich. Was brachte es ihm, wenn er hier unten verhungerte? Nichts hiervon ergab Sinn! Er verschloss die Fläschchen und verräumte die Werkzeuge, die er aus der Apotheke mitgenommen hatte. Ein letzter Blick auf den Tisch, dann öffnete er die Tür.

Ob Nicolas noch hier war? Warum war er überhaupt so lange geblieben? Hatte er denn nichts Besseres zu tun? Sich um Cassandra kümmern zum Beispiel? Immerhin lief da etwas zwischen den beiden ...

Wie in Zeitlupe nahm er eine Stufe nach der anderen und lugte in das Zimmer. Nicolas schnarchte in seinem Bett, als könnte ihn kein Wässerchen trüben. Damiens Mundwinkel zuckten, während er aus den Klamotten schlüpfte.

Er wusch sich den Schweiß und Staub der letzten Tage vom Körper und konnte dabei nur an sie denken. Aurélie war allgegenwärtig. Damien seufzte. Mit einem Handtuch bekleidet schlich er durch das Zimmer und öffnete den Kühlschrank. Dort wartete ein fertiges Sandwich auf ihn. Dankbar verschlang er es und spülte den letzten Bissen mit einem Glas Wasser herunter. Seine Aufmerksamkeit richtete sich auf das Fenster – weil er allem Anschein nach zu Selbstbestrafung neigte. Er schob den Vorhang zur Seite und blickte hinaus. Auf der anderen Seite war es dunkel.

Aber dann sah er einen Schatten und trat näher an das Fenster. Hatte er sich getäuscht? Ein schwacher Schein leuchtete auf.

Sein Handy vibrierte auf der Anrichte; eine Nachricht poppte auf.

Wir müssen reden. Ich habe nicht viel Zeit.

Die Tür schwang auf, und er erkannte Aurélie, die in die Nacht hinaustrat. Mit nichts weiter als ihrem Nachthemd und einem dünnen Morgenmantel bekleidet huschte sie über die Straße.

Damiens Miene verfinsterte sich. Was sollte er jetzt machen? Wenn er es wollte, könnte er sie einfach dort stehen lassen und so tun, als ob er ihre Nachricht nie gesehen hätte. Niemand würde es ihm verübeln, sie zu ignorieren, bis sie fort war. Aber dann warf er das Handtuch weg und schlüpfte in Nicolas' Jogginghose. Adrenalin schoss wie glühendes Magma durch seine Adern, als er die Treppe hinabstürzte. Dabei bemühte er sich nicht einmal, leise zu sein. An der Hintertür hielt er inne. Klirrende Kälte wechselte sich mit sengender Hitze ab. Dazwischen das laute Pochen seines Herzens. Was wollte sie ihm sagen? Wollte sie sich entschuldigen? Wie sollte er darauf reagieren? Seine Gedanken überschlugen sich.

Was, wenn sie wirklich fortging? Womöglich schon morgen ... Seine Finger ergriffen die Messingklinke. Er hielt den Atem an und drückte die Schultern durch. Dann betrat er den Garten. Aurélie wartete hinter dem Zaun auf ihn.

»Damien ...«

Sein geflüsterter Name jagte ihm einen Schauer über den Rücken. Langsam kam er näher, bis sie sich endlich gegenüberstanden. Er musste nur die Hand nach ihr ausstrecken, um sie zu berühren. Aber das würde er nicht tun.

»Ich ...«, setzte sie an und verstummte.

Sie blickte zu ihm auf und kaute dabei auf ihrer Unterlippe, so, wie sie es immer tat, wenn sie über etwas nachdachte oder nervös war. Aurélie schluckte schwer, und die Knöchel ihrer zierlichen Hände wurden weiß, weil sie die Holzlatten so fest umklammerte. Damien verschränkte die Arme und neigte den Kopf zur Seite. Nur ein kleines Stück, einen Zentimeter. Nicht mehr. Das Mondlicht schien auf sie herab und brachte ihre Augen trotz der Traurigkeit darin zum Strahlen. So wie damals, als sie vor dem Chopé gestanden hatten.

»Ich ... Es ...«

Der Klang ihrer Stimme vermischte sich mit dem kräftigen Schlagen seines Herzens.

Sag etwas, Aurélie

Erneut öffneten sich ihre Lippen, doch es kam kein Ton heraus. Aurélie schien wie erstarrt. Oder war er es, der versteinert war?

Jetzt sag doch endlich etwas, verdammt!

Als könnte sie seine Gedanken lesen, regte sie sich. Ihr Brustkorb hob und senkte sich schneller, tiefer; sie suchte nach den richtigen Worten. Damien konnte nichts weiter tun, als sie anzustarren und zu warten. Aber das kam ihm nur recht. Ohnehin wollte er sich jedes einzelne Detail ihres Gesichtes einprägen, damit sie niemals vollständig aus seinem Gedächtnis verschwand. Jede einzelne Sommersprosse, ihre vollen Lippen, das tiefe Blau ihrer Augen. Die niedliche Röte, die sich auf ihren Wangen ausbreitete, wenn sie sich schämte oder erregt war. Das herzförmige Muttermal hinter ihrem Ohr. Er hatte es entdeckt, als sie miteinander geschlafen hatten ...

»Damien, es ... es tut mir so leid. Es ist nicht, wie du denkst ...«, begann sie. »Ich ... bin ... nein, ich war mit Jake verlobt. Ich habe mich schon Monate vor meiner Flucht von ihm getrennt!«

Es stimmte also, dass sie mit ihm zusammen war. Dass sie tatsächlich irgendwann vorgehabt hatte, ihr Leben mit diesem schmierigen Anzugträger zu verbringen. Damien ballte die Hände zu Fäusten, blieb aber stumm.

»Jake wollte es nicht akzeptieren. Eine Trennung von mir hätte bedeutet, dass er die Firma nie übernehmen konnte. Er hat meinem Vater ein großzügiges Darlehen für eine Firmenerweiterung angeboten und ihn dadurch mundtot gemacht. Und wenn ich ihn geheiratet hätte, dann hätte er die Firma für seine schmierigen Machenschaften missbraucht. Das konnte ich nicht zulassen.«

Er wollte es nicht akzeptieren? Damien unterdrückte ein wütendes Knurren.

Ein Schatten legte sich über Aurélies Gesicht, als sie fortfuhr. »Ja, verdammt! Es gab einen Plan! Aber es ist anders, als du denkst. Ich will *Au revoir*. Nein, ich brauche es! Ich ... wollte mir meine Freiheit erkaufen. Aber dann …« Sie wandte den Blick ab und schlang den Morgenmantel fester um ihren Körper. »Dann habe ich dich geküsst … Und irgendwann, waren meine Wurzeln … die Wurzeln meiner Ururgroßmutter zum Greifen nahe! Du hast sie mir gezeigt, und durch dich fühle ich mich noch stärker mit diesem Ort verbunden.«

Damien ließ die Arme sinken. Was hatte sie gerade gesagt? Hatte er nicht verzweifelt versucht, sie zu vergessen? Aber dann war sie mit Kosmas' Hilfe in seinen sicheren Ort eingedrungen und hatte seine schützende Mauer durchbrochen. Nur um ihm anschließend ihren Stöckelschuh ins Herz zu rammen. Er wollte schreien, sie packen und schütteln – aber stattdessen hob er die Hand. Der Drang, sie zu berühren, wurde übermächtig.

»Mit Saint Roseraie und mit dir«, flüsterte sie. »Egal wohin ich auch gehe, du bist überall, Damien. Verstehst du nicht? Ich dachte, ich könnte mich von dir fernhalten. Einfach abhauen, sobald ich Avelines Geheimnis in meinen Besitz gebracht habe! Aber Wurzeln sind stark. Man kann sie nicht so einfach durchtrennen.«

Sie ergriff seine Hand, und ein Ruck ging durch ihn hindurch. Seine Finger schlossen sich um ihre. Plötzlich hatte er keine Macht mehr über seinen Körper. Aurélie hauchte einen Kuss auf seine Handfläche. Dann schmiegte sie sich in seine Wärme, und eine Träne löste sich aus ihrem Augenwinkel.

Geräuschvoll entließ Damien die gesammelte Luft aus seiner brennenden Lunge. Er legte die andere Hand an ihre Wange und fing die Tränen auf, die nasse Spuren auf ihrer porzellanweißen Haut hinterließen. »*Au revoir* kann nicht wiederhergestellt werden.« Seine Stimme klang rau. »Ich habe dir absichtlich verschwiegen, dass die entscheidende Komponente in unserem Rezept fehlt, weil jemand versucht hat, es zu vernichten. Die letzten Tage habe ich damit verbracht, die korrekten Inhaltsstoffe herauszufinden und die Düfte zu kombinieren. Ohne Erfolg.«

Aurélie schloss die Augen. »Ich habe dir auch etwas verschwiegen« Sie trat noch näher heran, bis ihre Stirn gegen sein Herz drückte. »Die Klageschrift ... Ich habe sie zurückgezogen, bevor ich Kosmas um Hilfe gebeten habe. Das Gutachten ist fertig. In ein paar Tagen sollte *Au revoir* wieder in deinem Safe liegen. Die Kosten dafür werde ich selbstverständlich tragen.«

Damien erstarrte. »Du hast was?«

»Du hast mich richtig verstanden, Damien. Jetzt, da ich weiß, was zwischen unseren Ururgroßeltern war, kann ich das nicht mehr. Es wird noch etwas dauern, aber ich werde schon in den nächsten Tagen nach L. A. zurückkehren und meine Angelegenheiten mit meinem Vater regeln. Außerdem wird mich Jake nie in Ruhe lassen, und ich will nicht, dass ihr noch tiefer in diese Sache hineingezogen werdet. Es ist zu gefährlich. *Er* ist gefährlich. Es tut mir so leid ...«

»Darum war mein Bruder also bei dir, hab ich recht?« Damien verkrampfte sich. Wäre er nicht so ein stures Arschloch gewesen, dann hätte er schon viel früher von all diesen Dingen erfahren, anstatt jetzt wie ein Idiot dazustehen.

Aurélie nickte. »Er kam zu mir, weil Cassandra ihn heimlich um Hilfe gebeten hatte. Sie hat sich nur Sorgen um mich gemacht, weil Guinevere verdächtige Anrufe erhalten hatte.«

»Warum bist du nicht eher zu mir gekommen? Ich hätte ...«

»Nein, Damien. Ich konnte es dir nicht sagen! Jake hätte es herausgefunden, irgendwie. Er hat seine Augen und

Ohren überall. Schlimm genug, dass wir Guinevere solch einer Gefahr ausgesetzt haben. Ich konnte es nicht riskieren. Jetzt ist es ohnehin zu spät. Er weiß über uns Bescheid und wird dieses Wissen sicher gegen mich verwenden.«

Ihre Stimme verklang gedämpft an seiner Brust, und ihr warmer Atem prickelte auf seiner Haut.

»Ich war zu leichtgläubig. Zu unvorsichtig. Natürlich hat er mich gefunden. Er hat die Trennung nicht gut verkraftet. Aber wie hätte ich weiter mit einem Betrüger, einem psychotischen Narzissten zusammenleben können? Alles, was ihm je wichtig war, war mein Geld. Er wollte mich nur heiraten, um sich *Parfait Fragrance Inc.* unter den Nagel zu reißen. Aber wenn ich meinen Teil verkaufe, dann verliert er die Mehrheit. Nur darum ist er hier!«

»Das verstehe ich nicht.«

Aurélie atmete geräuschvoll ein, als wappnete sie sich vor dem, was als Nächstes kam. »Ich habe einen Deal mit meinem Vater.«

»Was für einen Deal?«

»Ich wollte aussteigen. Es war zu viel. Alles war mir zu viel ... Seit meinem sechzehnten Lebensjahr posiere ich als eins der Gesichter unserer Firma. Aber ich wollte nicht mehr, nein, ich konnte nicht mehr! So viele vergeudete Tage, an denen ich nicht einmal die Kraft hatte aufzustehen. Oder den Willen ... Ich fiel in ein schwarzes Loch und begann zu trinken. Verlobte mich mit Jake. Ich machte einen Fehler nach dem anderen. Allein Cassandra habe ich es zu verdanken, dass ich nur gestolpert und nicht gefallen bin. Wer weiß, wo ich dann heute wäre?«

Damien drückte sie fester an sich.

»Dabei hatte ich Träume, weißt du?« Ihre Stimme klang gedämpft von all den ungeweinten Tränen. »Ich wollte zurück zu den Ursprüngen unserer Firma und wieder mehr auf Naturkosmetik setzen. Aber mein Vater hat den Vorstand fest in der Hand, auch wenn ich offiziell die Inhaberin der Firma bin. Dann habe ich das Tagebuch gefunden. Es war wie die Erlösung, nach der ich gesucht hatte. Zurück zum Ursprung. Ich wollte nach Frankreich, neu anfangen. Aber Dad und Jake ketteten mich an die Firma. Ich fühlte mich so verloren, ich dachte, ich sei schwach. Das war es, was sie mir die ganze Zeit über eingeredet haben. Deswegen versuchte ich, härter zu werden, unnachgiebiger ... bis zu dem Punkt, an dem ich glaubte zu zerbrechen. Irgendwann hat mein Vater doch eingelenkt. Er versprach, mich aus meiner Verantwortung zu entlassen, wenn ich ihm *Au revoir* bringe.« Aurélie seufzte, während Damien mit aller Kraft darum kämpfte, seine Wut zu unterdrücken, um sie weitersprechen zu lassen. Das hier war ihre Geschichte und nicht seine. »Es war von Anfang an ein unmöglicher Deal und die Chancen, *Au revoir* zu finden, waren sehr gering. Aber ich musste es einfach versuchen! Und dann traf ich dich, und habe mich verliebt. Und den Rest kennst du bereits.« Ein erleichtertes Seufzen entfuhr ihrer Kehle. »Ich will nur, dass du weißt, dass ich dich nie belügen wollte. Du bist der letzte Mensch, den ich je verletzen wollte. Ich wollte mit dir zusammen sein, denn bei dir konnte ich plötzlich so sein, wie ich bin. Aber ich habe mich geirrt. Aveline hatte kein Glück verdient und ich auch nicht.«

»Das stimmt nicht. Wir haben unser Glück verdient, Aurélie.« *Unser Glück ...* Wie richtig sich das anfühlte.

Sie blickte zu ihm auf, und der Damm brach. Aber selbst in diesem Zustand war sie für ihn mehr als nur eine einfache Frau. Sie war seine Frau. Und er liebte sie ...

»Ich liebe dich, Damien.« Aurélie stellte sich auf die Zehenspitzen und hauchte einen Kuss auf seine Lippen. »Du gibst mir den Mut, ich selbst zu sein. Aber ich kann nicht bleiben. Nicht, wenn es dich und alle anderen in Gefahr bringt. Es war ein schöner Traum, den ich eine Zeit lang mit dir träumen durfte. Aber ich muss gehen.«

Damiens Herz setzte aus. »Nein.« Er hielt sie fest und küsste sie voller Verzweiflung. Jede Faser seines Körpers sehnte sich nach ihr. Sie konnte nicht gehen. Nein sie durfte nicht gehen! »Wir finden eine Lösung. Dein Platz ist hier. Vergiss das Parfum, die Firma und den anderen Mist. Ich werde dich nicht gehen lassen! Du bist schon so oft vor mir weggelaufen.«

»Versteh doch, Damien! Ich tue das für euch. Wenn ich fort bin, dann wird auch Jake diesen Ort in Ruhe lassen.«

»Fuck, nein! Aurélie, nein ...«

Sie löste sich aus seiner Umarmung, und ihre erdbeerblonden Strähnen glitten durch seine Finger.

»Versprich mir, dass du *Au revoir* niemals verkaufen wirst, falls dir die Herstellung je gelingt. Und dass du nicht versuchen wirst, mich aufzuhalten.«

Damien verweigerte es, ihr zu antworten.

Aurélie lächelte. Ein bittersüßes Lächeln. »Ich weiß, dass du es nicht tun wirst, und ich danke dir dafür. Für alles. In ein paar Tagen werde ich fort sein, und irgendwann wird es dir selbst wie ein Traum vorkommen, bis du mich schließlich vergessen hast.«

Sie drehte sich um und ging, ohne ein letztes Mal zurückzublicken. Dabei hielt sie sich auf würdevolle Art aufrecht, so wie an jenem Tag, als sie zu ihm in die Apotheke gekommen war, um mit ihm zu verhandeln.

Als ob ich dich jemals vergessen könnte ...

Damien drehte sich um und starrte in den hintersten Winkel seines Gartens. Dorthin, wo die Obstbäume wuchsen. Dorthin, wo er den Pfirsichkern in die Erde gespuckt hatte. Ein plötzliches Hochgefühl durchströmte seine Adern. Nein, er würde sie nicht gehen lassen! Und wenn es das Letzte war, was er tat.

30. Saint Roseraie

Gegenwart

»Soll das etwa heißen, wir können rein gar nichts tun, um ihr zu helfen?« Damien schlug mit der Faust auf den Tisch und brachte die Weingläser zum Schwanken. »Warum verdammt, hast du mir nicht schon früher davon erzählt?«

Kosmas schürzte die Lippen. »Ich hab's doch versucht! Aber du bist ja sofort fuchsteufelswild in deine Hütte abgedampft! Und als du nach Hause gekommen bist, warst du tagelang betrunken.«

Damien umklammerte die Tischkante und biss die Zähne zusammen. »Das stimmt, aber ...«

»Nichts aber! Dein dämliches Verhalten war der Grund, warum Cassandra und Aurélie zu mir gekommen sind und nicht zu dir. Du hättest ihnen doch gar nicht zugehört! Und dann stand auch noch Jake vor der Tür. Hättest du das alles gewusst, was hättest du getan? Ha?«, schimpfte sein Bruder.

»Ich wäre nicht ...«

Kosmas sprang auf, beugte sich über den Tisch und deutete auf Damien. »O doch, du wärst ausgerastet! Und glaub nicht, dass wir dich nicht verstehen! Nachdem ich sie vor der Hütte abgesetzt hatte, dachte ich wirklich, dass sie dir alles erzählen würde und ihr gemeinsam eine Lösung finden würdet! Endlich konnte ich mich auf unsere Hochzeit konzentrieren. Und dann kommt dieser geleckte Arsch daher, zerstört alles, und ihr beide steht da wie zwei planlose Affen. Was habt ihr in der Hütte eigentlich getrieben? Ich meine, außer es miteinander zu treiben?«

Damien verschluckte sich an seinem Wein. François kicherte.

»Was guckst du so erstaunt? Jeder Idiot konnte sehen, dass da etwas zwischen euch ist! Nur ihr beide nicht! Wie man so oft aneinander vorbeirennen kann, werde ich nie verstehen!«

»Beruhige dich, *mon ami*«, bat François.

Kosmas strich seine langen blonden Haare über seine linke Schulter. »Ich habe aber keine Lust, mich zu beruhigen!«

François zwang ihn zurück auf den Stuhl. »Komm, setz dich! Du hast gerade gesagt, dass wir Damien verstehen. Jetzt hör auf, ihm Vorwürfe zu machen! Wir sind hier, um ihm zu helfen. Nicht, um zu streiten.« Er verschränkte die Finger um den Stiel seines Glases. »Aurélie hat ihr Versprechen gehalten.« Er kramte in seiner Aktentasche und reichte Damien das Rezept. »Ich habe auch mit dem Gutachter gesprochen. Willst du das Ergebnis wissen?«

Damien winkte ab. »Ich weiß schon Bescheid.«

Sein Schwager nickte. »Beide Aufzeichnungen stammen aus derselben Zeit. Es gibt keine Fälschung und auch keine Kopie. Der Text in Aurélies Buch und die angesengte Seite aus deinem ...«

»Alles nur wegen ein paar dummer hundert Jahre alter Zeilen ...«, schnaubte Kosmas.

François schüttelte den Kopf. »Aber Kosmas, gäbe es diese Zeilen nicht, dann hätte Damien Aurélie nie getroffen. Ich meine, was für eine Story! Eure Ururgroßeltern, jetzt ihr ... Das ist der Stoff, aus denen Geschichten gemacht werden!«

Kosmas schloss die Augen und atmete tief durch. »Ich weiß, ich weiß ...«, murmelte er.

»Es ist zu spät. Sie wird gehen. Nicht heute, aber bald«, flüsterte Damien und fühlte sich dabei wie betäubt.

Ein Zustand, der seit gestern Nacht in regelmäßigen Abständen auftrat und der nicht vergehen wollte. Er stützte die Ellenbogen ab und rieb sich die Schläfen. Vor seinem inneren Auge sah er Aurélie, die sich in seine Umarmung schmiegte, während sie ihre Tränen zurückkämpfte. Eine Aurélie, die ihm ihre Liebe gestanden und gleichzeitig darum gebeten hatte, sie zu vergessen.

Wie soll ich dich jemals vergessen?

»Aber wir müssen doch etwas tun können! Wir werden dein Glück nicht einfach kampflos aufgeben!«, hörte er seinen Bruder sagen.

Unser Glück ... Es ging nicht nur um ihn. Wenn er sie jetzt gehen ließ, würde auch Aurélie nicht glücklich werden. Sie hatte doch selbst gesagt, dass sie hierbleiben wollte. Er musste kämpfen! Nicht nur für sein Glück, sondern auch für ihres!

François nahm einen tiefen Schluck von seinem Wein. »Solange Aurelie keine Anzeige erstattet, gibt es rein gar nichts, was man gegen diesen Jake tun könnte. Außer man erwischt ihn bei einer Tätlichkeit.«

»Was bedeutet, das Aurelie womöglich verletzt wird! Aber ich verstehe nicht, warum sie nicht gegen ihn vorgegangen ist?«, antwortete Kosmas. »So etwas lässt sich doch keiner gefallen. Und erst recht nicht von einem Ex-Verlobten.«

»Aber genau das hat sie getan.« François starrte in sein Glas.

»Das hat sie?«

Damien horchte auf.

»Ich habe einen Gefallen eingefordert und diesen Jake Vermount überprüfen lassen. Aurélie hat schon mehrmals eine einstweilige Verfügung gegen ihn erwirkt. Aber sie hat sie jedes Mal wieder zurückgezogen.«

»Warum?«

François zuckte mit den Schultern. »Das, mein Lieber, weiß wohl nur sie selbst.«

»Ich werde das nicht zulassen! Wenn sie geglaubt hat, dass ich wieder einmal nach ihrer Pfeife tanze und sie einfach gehen lasse, dann hat sie sich geirrt!« Damien sprang auf und begann, im Zimmer auf und ab zu gehen. »Ich muss sie davon abhalten, Saint Roseraie zu verlassen!«

»Weil du nicht weißt, was aus ihr wird, wenn sie weg ist?«

»Weil ich sie liebe, Kosmas! Und wenn sie jetzt geht, dann weiß ich nicht, was ich tun soll.«

»Du liebst sie ...« Kosmas ergriff François Hand und drückte sie so fest, dass dieser erschrocken aufjaulte. »Hast du gehört, mein Schatz. Er liebt sie! Ich meine, nicht, dass ich das nicht schon längst gewusst hätte, aber jetzt hat er es endlich zugegeben! Mach noch eine Flasche auf, das müssen wir feiern!«

Damien verdrehte die Augen. Vor dem Fenster blieb er stehen und starrte hinaus. Drüben war alles ruhig. Ein erleichtertes Seufzen verhallte zwischen ihm und der Glasscheibe.

Aurélie verlangte das Unmögliche von ihm! Und er hatte keine Ahnung, was er jetzt tun sollte. Er musste ihr begreiflich machen, dass er ihren Schutz nicht brauchte. Sie musste nicht fliehen, um ihn und seinen Bruder zu schützen. Sie hatten keine Angst vor diesem Jake, egal wie übel er auch sein mochte.

»Sag ihr doch noch einmal klar und deutlich, dass du sie nicht gehen lassen wirst, auch wenn sie ans andere Ende der Welt verschwindet. Sag ihr, dass du sie beschützen wirst!« François gesellte sich zu ihm.

»Wenn es nur so einfach wäre.«

»Glaub mir, Damien, es ist so einfach.«

»Aurélie ist mindestens so dickköpfig wie ich«, schnaubte Damien.

»Die perfekte Frau für einen grimmigen Apotheker in seinen Dreißigern, findest du nicht auch?«

»Was schlägst du vor?«

François lächelte. »Ich werde versuchen, noch mehr über diesen Jake in Erfahrung zu bringen. Vertrau mir, ich finde schon etwas, das man gegen ihn verwenden kann!«

»Noch ein Gefallen?«

»Eher vier oder fünf ...«, kicherte er.

»Und was soll ich tun? Einfach die Füße stillhalten?«

»Du kümmerst dich um Aurélie. Vergiss, was du ihr versprochen hast!«

»Ich habe ihr gar nichts versprochen.«

»Nun, was tust du dann noch hier?«

31. Saint Roseraie

Gegenwart

Gegen Mitternacht linste Damien durch die Tür der Apotheke auf die andere Straßenseite. Schwarz gekleidet wie ein Einbrecher stahl er sich hinüber und klingelte.

»Damien?« Schlaftrunken öffnete Aurélie die Tür einen Spalt breit. »Was tust du denn hier?«

Aber Damien antwortete nicht. Stattdessen bugsierte er sie ins Haus hinein, während die Tür lautlos ins Schloss fiel.

»Warte, Damien …« Aurélie taumelte rückwärts und verlor das Gleichgewicht. Sie stieß einen erschrockenen Laut aus, bekam den Kragen seines Shirts zu fassen und riss ihn mit sich. Mit einem dumpfen Aufprall landeten sie auf dem Teppich im Flur.

»Alles in Ordnung?«, fragte er und wollte sich aufrichten, doch sie klammerte sich so fest an ihn, das er sich lediglich auf seine Ellenbogen stützen und die Nase in ihrem Haar vergraben konnte. Ihr warmer Atem streifte seinen Hals und verursachte ihm eine prickelnde Gänsehaut.

»Aurélie?«

Doch sie schüttelte den Kopf. Also hielt er sie fest, bis sie bereit war, ihm in die Augen zu sehen.

»Warum bist du gekommen? Ich habe dir doch gesagt, dass ich nach L. A. zurückkehren werde und …«

»Ich kann mich wirklich nicht daran erinnern, dieser Idee einfach zugestimmt zu haben. Außerdem habe ich nie gesagt, dass ich dich so einfach gehen lassen werde«, unterbrach er sie. »Wenn du also geglaubt hast, dass ich dich aufgeben würde, dann hast du dich geirrt! Nein, ich denke gar nicht daran! Nicht wegen *Au revoir* oder Gael und Aveline und diesem Typen, der behauptet, immer noch dein Verlobter zu sein. Und erst recht nicht nachdem, was zwischen uns war!«

Ihre Hände rutschten von seinem Hals und umschlangen seine Oberarme, gaben Damien frei, und endlich konnte er sie ansehen. Nachdem, was sie ihm vor ein paar Tagen offenbart hatte, hatte er eigentlich mehr Gegenwehr erwartet. So, wie er es von ihr gewohnt war. Aurélie hatte sich seinen Worten noch nie kampflos ergeben. Nicht ohne wenigstens einmal die Krallen auszufahren und ihm zu zeigen, dass sie ihn keineswegs nötig hatte. Aber etwas hatte sich verändert, und die Fassade bröckelte. Seit sie zusammen in der Hütte gewesen waren und das Geheimnis ihrer Großeltern gelüftet hatten. Seit er sie gehalten und nicht mehr losgelassen hatte …

Sie will nicht mehr gegen mich ankämpfen.

Nein, sie brauchte ihn! Auch wenn ihr die Worte gerade nicht über die Lippen kommen wollten. In Wahrheit wollte sie nicht zurück nach L. A., sondern in Frankreich bleiben. Hier bei ihm. In seinen Armen.

»Sag, dass du bei mir bleiben wirst.«

Ihr Gesicht lag ihm Halbdunkel, aber er konnte gerade genug erkennen, um das Gefühlschaos darin zu deuten. Große dunkelblaue Augen starrten ihn an. Aurélie kämpfte mit aller Macht darum, die Fassung zu bewahren.

»Warum quälst du mich so? Ich habe dir doch gesagt ...« Sie umklammerte seine Arme fester.

»Dasselbe könnte ich dich fragen.«

Aurélie zwang sich zu einem kleinen Lächeln. »Das wird sich wohl nie ändern.«

»Nein. Das wird es nicht.« Damien strich eine einzelne Träne von ihrer Wange und zerrieb sie zwischen seinen Fingern. Dann küsste er die Stelle, an der er sie aufgefangen hatte. »Ich werde nicht darauf warten, dass du einfach aus meinem Leben verschwindest.«

»Aber es ist besser so ...«, antwortete sie mit belegter Stimme.

»Ich habe keine Angst vor deinem Ex.«

Aurélie seufzte. »Du kennst ihn nicht. Er ist wie ein vergifteter Apfel. Außen glänzend, aber ihnen modrig und verfault. Jake kennt viele fragwürdige Leute und kann eine Menge *Gefallen* einfordern.« Jetzt bohrte sie ihre Fingernägel schmerzhaft in seine Haut, doch er verzog keine Miene. »Er ist unberechenbar ...«, wisperte sie, so, als befürchtete sie, von jemandem belauscht zu werden. »Und er weiß von dir und mir.«

»Ist er hier?«

Aurélie schüttelte den Kopf. »Cassandra ist da, sie schläft in ihrem Zimmer. Sie hat kein Auge zugetan, seit er sie hier überrascht hat. Ich habe ihr vorgeschlagen, zu Nicolas zu gehen, aber das wollte sie nicht. Sie will mich nicht allein lassen.«

»Hat er dich angefasst?«

Aurélie warf ihm einen verständnislosen Blick zu. Aber dann zuckte sie zusammen, als ob er ihr eine Ohrfeige verpasst hätte. »Eher falle ich auf der Stelle tot um«, spuckte sie ihm entgegen und ballte die Hände zu Fäusten. »Wie kannst du nur so etwas von mir denken? Ich bin doch keine Schlampe, die sich mehrere Männer auf einmal warmhält. Jake wird mich nie wieder berühren!« Sie versteifte sich unter ihm und drückte ihn weg.

Damien richtete sich auf und senkte den Kopf. »Ich dachte, ich hätte euch zusammen gesehen«, gab er schließlich zu. »In jener Nacht. Zwei Schatten, die sich umarmt haben … Gott, ich … Ich war so betrunken, dass ich nicht mehr klar denken konnte!«

»Du hast Cassandra gesehen, niemanden sonst! Jake hat nie auch nur einen Fuß über die Türschwelle meines Schlafzimmers gesetzt. Als du gegangen bist, meinte er, er sei in ein paar Tagen wieder zurück, und fuhr davon.«

Aurélie setzte sich auf und wandte das Gesicht von ihm ab. Erst da fiel ihm auf, dass sie eines seiner T-Shirts trug. Und sonst nichts. Er schluckte und biss die Zähne zusammen. Gleichzeitig wollte er sich einen Arschtritt verpassen. Warum hatte er es überhaupt erwähnt? Um seine Zweifel zu beruhigen? Die Stille zwischen ihnen wurde unerträglich. Was sollte er jetzt tun? Er war nicht zu ihr gekommen, um mit ihr zu streiten, sondern damit sie verstand, dass sie einander brauchten. Auch wenn Streiten scheinbar ihre gemeinsame Lieblingsbeschäftigung war. Dabei hatte er ihr nur sagen wollen, dass er sie liebte. In der Hoffnung, dass sie seine Worte erwiderte – und weil er es unbedingt noch einmal aus ihrem Mund hören wollte. Törichter Idiot. Wie konnte er jetzt noch von ihr erwarten, dass sie ihm ihr Herz öffnete? Wenn er sie gerade gefragt hatte, ob sie die Beine für ihren Ex breitgemacht hatte?

Er löste sich aus seiner Starre und erhob sich. Aurélies Kopf schnellte hoch, sie warf ihm einen durchdringenden Blick zu.

»Bleib ... bitte!« Sie fuhr herum und streckte die Hände nach ihm aus.

Wie auf Kommando fiel er zurück auf die Knie, seine Finger verschränkten sich mit ihren. Erneut waren sie einander so nah, dass er ihren Atem auf seiner Haut spüren konnte. Warm und abgehakt; dabei spiegelte sich Angst und Verzweiflung in ihren Augen.

»Aurélie ...«

»Ich will nicht, dass du gehst, bleib hier.«

Sein Herz pochte ihm bis zum Hals. »Ich gehe nicht weg.« Er schloss die Arme um sie und zog sie auf seinen Schoß. Sie umklammerte ihn wie eine Ertrinkende. Dann küsste sie ihn. Es war ein zärtlicher Kuss, voller Sehnsucht und Liebe. Einem Rausch gleich kamen sie auf die Beine und folgten der Treppe hoch in Aurélies Schlafzimmer. Vor dem Fenster hielt Damien inne. Er schob den Vorhang zur Seite. Erst gestern Nacht hatte er dort drüben gestanden. So wie unzählige Nächte zuvor.

»Was siehst du dort?« Aurélie knipste die Nachttischlampe an.

Das war also der goldene Schein, den er immer beobachtete. Er blickte wieder aus dem Fenster. Wie das Schreckgespenst aus einer Geistererzählung ragte sein altes, mit Kletterrosen überwuchertes Haus gegenüber auf. Und wenn er tief in sich hineinhörte, dann war es nach seiner Rückkehr nach Roseraie nie wieder zu einem richtigen Zuhause geworden. »Verzweiflung, Wut ... und Einsamkeit.« Es war schwer, sich diese Tatsache einzugestehen, aber Aurélie nahm verständnisvoll seine Hand.

Dann führte sie ihn zu ihrem Bett. Sie schlüpfte unter die Decke und rückte zur Seite, um ihm Platz zu machen. Damien sank neben ihr auf das Laken. Das Licht der Lampe zauberte kleine Sterne in das tiefe Blau ihrer Augen, und er konnte nicht anders, als sie zu berühren. Seine Fingerkuppen tanzten über ihre Wange, die volle Unterlippe und weiter zu ihrem Ohr. Unweigerlich rutschte er näher, bis sich ihre Stirnen berührten. Ob er jemals wieder so lieben könnte, wenn sie ihn verließ? Sein Herz pochte unter ihrer Hand, die einen prickelnden Abdruck auf seiner Haut hinterließ.

»Willst du wissen, was *ich* sehe, wenn ich aus dem Fenster schaue?«, flüsterte sie.

»Was?«

»Hoffnung.«

Dann hauchte sie einen weiteren Kuss auf seine Lippen.

32. Saint Roseraie

Freitag, 23. Juli 1875

»Das war eine furchtbare Idee!«

Aveline zog sich die Kapuze ihres Umhanges tiefer ins Gesicht und stellte sich dichter an Cordelia heran. Sie standen im Schatten der Kirche. Ein milder Sommerwind tanzte um Avelines Beine herum, und der Duft von gebratenem Fisch und Knoblauch drang in ihre Nase. Am Marktplatz hatten die Dörfler Tische und Bänke aufgestellt. Musik hallte von den Wänden wider, und Aveline hielt nach den Musikern Ausschau, doch sie konnte sie nicht entdecken. Nicht von ihrem Versteck aus, aber sie wagte es nicht, sich in das Getümmel am Platz zu stürzen. Viel zu groß war ihre Angst, erkannt zu werden. Dabei hatten sie und Cordelia sich echte Mühe gegeben. Aveline trug eines von Cordelias schwarzen Arbeitskleidern, ihre Haare waren zu einem strengen Zopf geknotet und unter einem Häubchen verborgen. Darüber hatte sie einen alten Umhang geworfen, den Tristan ihr einmal überlassen hatte. Sie presste den dicken Wollstoff enger an ihren Körper, obwohl ihr bereits jetzt viel zu heiß war.

»Mach dir keine Sorgen.« Cordelia stupste sie an.

Ein Stimmwirrwarr prasselte auf Aveline ein, und es fiel ihr schwer, die Worte ihrer Kammerzofe zu verstehen. Ein Fest wie dieses hatte sie noch nie erlebt. Sie war auf

Bällen gewesen und Abendgesellschaften, einmal sogar auf einer Soiree, aber nie auf einem fest-noz, wie die Menschen in der Bretagne ihre nächtliche Zusammenkunft bei Tanz und Essen nannten. Sie grub ihre Finger in Cordelias Arm und hätte sich am liebsten noch kleiner gemacht. Wenn sie jemand sehen und ihrem Vater davon berichten würde ... Das wäre ihr Ende. Er würde sie bis zum Tag ihrer Hochzeit im Haus einsperren, da war sie sich sicher, und ihre Flucht wäre nur ein bloßer Traum.

Eine Gruppe Kinder näherte sich ihnen, einige von ihnen begrüßten Cordelia.

»Da ist ja die Mamsell!«, riefen sie, und Aveline atmete erleichtert aus, zumindest dieser Teil ihres Plans hatte gefruchtet. Doch was war, wenn Gerüchte zu ihrer Familie drangen, dass die Mamsell, also Aveline, am Fest teilgenommen hatte? Aveline hatte das Gefühl, sich übergeben zu müssen.

Cordelia stieß ihr in die Rippen und deutete zum Marktplatz. Aveline war zunächst verwirrt, doch dann entdeckte sie Gael. Sofort schlug ihr das Herz bis zum Hals, und ihre Hände fingen an zu schwitzen. Er war so groß und bleich und genauso dunkel gekleidet wie sie. Sein Aufzug passte ganz und gar nicht zu den Dorfleuten und ihren bunt leuchtenden Gewändern. Aveline schluckte. Gael war der Grund, warum Cordelia sie heute verbotenerweise auf dieses Fest geschleppt hatte. Sie war der festen Überzeugung, ihr Gaels wahre Natur offenbaren zu können und sie so von ihren Gefühlen zu heilen. Als wären Emotionen eine Krankheit. Womöglich waren sie das auch ... für Cordelia.

Für Aveline war es ein Luxus, den sie sich nicht erlauben durfte. Ihre Augen verfolgten Gael und dessen Lippen, die nie auch nur den Anflug eines Lächelns zeigten.

Seine veilchenblauen Augen, der umherschweifende Blick. Was tat er hier nur? Er wirkte so verloren. Genauso verloren wie sie. Dann tauchte Antoinette hinter ihm auf, und Aveline wurde das Herz schwer. Die Lehrerin trug ein weinrotes Kleid, und die Haare hingen ihr lose um die Schultern. Wenn ihr Gesicht nicht so scharfkantig und ihre Augen so eiskalt gewesen wären, war sie beinahe lieblich anzusehen. Aveline schüttelte den Kopf. In ihrem Magen bildeten sich eiskalte Klumpen, als sich Antoinette bei Gael unterhakte und ihn zur provisorischen Tanzfläche zog.

War Aveline etwa die Einzige, die bemerkte, wie sehr er sich zierte? Er wollte nicht dort sein zwischen all den feiernden Menschen. Sie konnte sein Widerwillen fast körperlich spüren. Dennoch legte er seine Hände um Antoinettes Taille. Zog er sie etwa näher an sich heran? Näher, als es notwendig wäre? Aveline biss sich auf die Unterlippe. Sie konnte nicht verhindern sich vorzustellen, an Antoinettes Stelle zu sein. Wie es wohl wäre, jetzt eng umschlungen mit Gael zu tanzen? Inmitten der Menschenmassen nicht mehr zu sein als eine Frau, gehalten von einem Mann. Aber Aveline stand im Schatten der Kirche und musste sich verstecken, während eine andere Frau in Gaels Armen lag. Sie knirschte mit den Zähnen.

Jetzt flüsterte Antoinette Gael etwas ins Ohr, und sein Kinn streifte ihren Nacken. Sein Gesicht grub sich in ihr wallendes Haar, und die strenge Frau kicherte. Um Gaels Lippen legte sich der zarte Hauch eines Lächelns. Sie waren glücklich, durchzuckte es Aveline wie ein Donnerschlag. Es war sicher nicht perfekt, eher seltsam und makaber, immerhin war sie die Frau seines verstorbenen Bruders, aber Antoinette schaffte es dennoch, zu Gael durchzudringen und ihm ein Lächeln zu entlocken. Ihn aus seinem Schmerz herauszuholen.

»Weißt du...«, flüsterte Cordelia neben ihr. »Ich denke, es wäre für Antoinette nicht nur praktikabel, ihren Schwager zu heiraten, ich denke tatsächlich, dass sie auch Gefühle für ihn hat.« Aveline wurde übel, ihr Magen zog sich zusammen. »Es ist nicht die große Liebe, aber sie leben bereits zusammen unter einem Dach, sie sind schon eine Familie. Wer braucht da noch große Emotionen? Sie ergänzen einander und machen sich gegenseitig nicht unglücklich.«

Aveline nickte, doch innerlich war sie wie erstarrt. Was wollte sie hier eigentlich? Wieso hatte Cordelia sie auf dieses Fest mitgenommen?

Gael hob seine Hand, um Antoinette eine verirrte Haarsträhne aus dem Gesicht zu streichen. Die Geste war so banal, so alltäglich, als wären solche Berührungen nichts Ungewöhnliches zwischen ihnen.

Aber vielleicht waren sie das ja auch nicht?

Aveline trat aus dem Schatten der Kirche hervor. Nur ein paar Schritte. Getrieben. Wie die Motte zum Licht. Sie wusste nicht, was sie damit bezwecken wollte. Sein Gesicht sehen, vermutlich. Sehen, dass alles nur Fassade war und er nicht glücklich mit Antoinette auf einem Fest tanzte, obwohl er sie gestern beinahe geküsst hätte.

Es war ein Fehler gewesen. Denn genau in diesem Moment endete die Musik, und Gael ließ von Antoinette ab. Sie klatschten beide in die Hände. Und als hätte Gael ihre Anwesenheit gespürt, wandte er den Blick in Richtung Kirche. Seine veilchenblauen Augen trafen ihre. Für den Bruchteil eines ewig langen Augenblicks schien die Welt zwischen ihnen zu verschwimmen, die bunten Farben verblassten, und das Stimmgewirr verklang. Plötzlich gab es nur noch sie beide. Die Sekunden verstrichen, und Aveline stolperte zurück in die Schatten. Ihr Kopf war leer.

Cordelia griff nach ihr, doch Aveline schlug ihre Hand fort. Der Impuls, vor ihm davonzulaufen, wurde übermächtig. Also rannte sie. Sie flüchtete vor dem Licht, fort von Antoinette und Gael und einer Zukunft, die es für sie nie geben würde. Die Dunkelheit von Saint Roseraie verschluckte sie.

Ihre Absätze klackerten über das Kopfsteinpflaster, bis sie es nicht mehr taten, weil es keine Steine mehr gab und der Boden unter ihren Füßen erdig und staubig war. Diese Gegend mied sie normalerweise.

Das war dumm von mir.

Sie blieb stehen.

Orientierungslos.

Haltlos.

Die Häuser waren verfallen, es roch nach Unrat, und sie konnte einen Säugling weinen hören. Und da war noch etwas. Ein Gemurmel. Eine Stimme, die ihr bekannt vorkam. Im Schutz der Dunkelheit folgte sie der Stimme. Die Häuser standen nun etwas weiter auseinander und waren aus Holz. Aus den Hütten kam weder Licht noch Lärm, anscheinend waren alle beim Fest. Aveline schluckte. Was tat sie hier nur? Sie sollte Cordelia suchen und auf dem schnellsten Weg heimlaufen. Vergessen, was sie gesehen hatte. Morgen weitermachen, als wäre nichts geschehen. Die Zeit lief ihr davon, sie hatte keine Ressourcen für gebrochene Herzen und überschäumende Gefühle. Das Meer rief nach ihr … die Freiheit! Das konnte sie nicht riskieren. Auch nicht für Gael.

Sie stockte.

Aveline hatte die Quelle des Gemurmels entdeckt. Sie blieb im Schatten einer Häuserwand stehen und beobachtete einen Mann und eine Frau, die in einem offenen Türrahmen standen. Der Mann hatte ihr den Rücken zugekehrt. Er kam ihr vertraut vor. Die beiden hatten sie nicht bemerkt. Sie hätte gern gehört, was sie diskutierten, doch sie traute sich nicht näher heran. Die Frau hatte einen Säugling an ihre Brust gepresst, der im Sekundentakt einen gellenden Schrei von sich gab. Aus dem Fenster sahen zwei Kleinkinder mit großen Augen in die Nacht hinaus. Der Mann griff in seine Hosentasche und reichte der Frau etwas. Sie verschwand im Haus. Auch die Kinder am Fenster verschwanden, und der Säugling begann zu wimmern. Aveline packte ein Grauen, das sie nicht verstand. Was auch immer hier passierte, es war falsch.

Sie sollte etwas tun, etwas sagen. Zwei Katzen huschten an der Tür vorbei und fauchten sich an. Der Mann hielt inne, seine Haltung war krumm. Aveline hielt die Luft an. Er drehte sich herum und sah in ihre Richtung.

Es war Jean-Luc.

Natürlich musste es ihr Bruder sein, der in den Straßen von Saint Roseraie zwielichtigen Geschäften nachging. Hatte er sie gesehen? Das konnte nicht sein, sie presste sich fester an die Hauswand. Wenn er sie hier entdeckte, war alles vorbei. Dennoch. Ihr Gewissen regte sich. War es nicht umso schlimmer, wenn es ihr Bruder, ihr eigen Fleisch und Blut war, der hier eine Gräueltat beging?

Sie erinnerte sich an den Abend, als sie nach Cordelia gesucht hatte. Seine Hand an ihrer Kehle. In manchen Nächten wachte sie schweißgebadet auf, weil sie den Druck noch immer spüren konnte. Weil es nie aufgehört hatte zu schmerzen. Weil es immer noch wehtat, dass keiner für sie gesprochen hatte. Und weil es ihrem Vater egal gewesen war, so, wie ihm alles egal war.

Aveline schüttelte den Kopf und machte einen Schritt auf ihren Bruder zu. Da legte sich von hinten eine Hand auf ihren Mund, und jemand zog sie zurück in die Dunkelheit. Sie erschrak, aber dann roch sie Seife und Kamille.

Gael? Was wollte er hier?

Schlagartig fiel ihr wieder ein, warum sie überhaupt in dieser dunklen Gasse stand. Ihr Ohren glühten siedend heiß, sie wollte sich aus seiner Umklammerung lösen, doch je mehr sie sich bewegte, desto fester presste er sie gegen seinen Körper. Jean-Luc machte einen Schritt in ihre Richtung. Hatte er sie gehört? Da erschien die Frau wieder an der Tür. Der Säugling war verschwunden, die Nacht war still geworden. Die Frau war in eine leichte Sommerdecke gewickelt. War sie darunter etwa nackt? Aveline drehte es den Magen um. Die Frau griff nach ihrem Bruder und zog ihn in ihr Haus. Die Tür schloss sich quietschend und elendig langsam.

Gael entließ Aveline aus seinem Griff, doch zugleich zog er sie mit sich, weg von dem Haus, an dessen Fenster Kinder mit großen Augen in die Dunkelheit blickten, während im Inneren das Grauen auf sie lauerte. Aveline verstand es nicht. Wollte es nicht verstehen. Jean-Luc hatte dieser Frau etwas gegeben. Geld? Und sie hatte ihn in ihr Haus gelassen. In ihr Heim, in dem auch ihre kleinen Kinder lebten. Um was zu tun? Aveline schüttelte den Kopf immer und immer wieder.

Erst als Gael ein Tor öffnete und sie in einen Garten hineinschob, kam sie wieder zu sich. Sie riss sich von ihm los.

»Was soll das?«, herrschte sie ihn an. In ihrem Bauch war so viel Wut.

Auf Jean-Luc, der Gott weiß was trieb. Auf Gael, weil er ihr Herz zum Rasen brachte. Auf sich selbst, weil sie keine Zeit dafür hatte. Auf ihren Vater, der sie wie ein Stück Vieh am Markt darbot, und auf ihre Brüder, die es schweigend hinnahmen.

»Beruhige dich, Aveline«, sagte Gael und verschränkte die Hände vor der Brust.

Aveline biss sich auf die Zunge – diese vertraute Art, mit der er sie ansprach, verursachte ihr eine Gänsehaut. Doch das durfte nicht sein. Sie zwang sich, an Antoinette zu denken, wie sie sich angelächelt hatten und über den Dorfplatz getänzelt waren. Sie ging ein paar Schritte, atmete die Nachtluft tief ein. Es dauerte eine Weile, bis sie erkannte, wo sie sich befand. Sie waren im Garten hinter der Apotheke.

Der Geruch von Heilkräutern stieg ihr in die Nase … Salbei und Melisse und noch eine Handvoll anderer Düfte, die sich wie ein wohltuender Schleier um ihre geschundene Seele legten. Ihr Fuß stieß gegen ein Objekt am Boden. Es war der Weidenkorb. Der Korb, in dem sie die Pfirsiche hierhergebracht hatte, an dem Tag, als sie Gael aufgefordert hatte, sie zu unterweisen. Es schien eine Ewigkeit her zu sein.

»Aveline.« Gael war hinter sie getreten. Er legte seine Hände um ihre Taille und platzierte sein Kinn auf ihrem Haupt. Es war eine Umarmung, bei der sie ihm nicht in die Augen sehen musste.

Sie sollte sich losreißen. Diese Berührung nicht genießen. Warum nur tat ihr Körper nicht, wozu ihr Verstand ihr riet?

»Warum seid Ihr hier?«, presste sie mühselig hervor und versuchte, ihr verräterisches Herz zum Schweigen zu bringen. »Solltet Ihr nicht mit Antoinette durch die Nacht tanzen, bis der Morgen graut?«

Gael versteifte sich hinter ihr. Fast bereute sie ihre Worte. Hatte sie ihn verärgert? Sie brauchte ihn doch. Brauchte ihn auf so viele Weisen. Verflucht. Wieso war plötzlich alles so kompliziert?

Gael drehte sie herum. Die mondhelle Nacht hatte einen silbernen Schleier auf die Welt gelegt. »Ich habe genug von den Dingen, die ich sollte«, sagte er.

Aveline war die unterschwellige Wut in seiner Stimme nicht entgangen. Doch sein Ärger richtete sich nicht gegen sie. Außerdem lag wieder dieser schmerzvolle Ausdruck in seinen Augen. Er hob eine Hand und legte sie an ihre Wange. Sofort schmiegte sie ihr Gesicht an seine raue Haut – wie ein ausgehungertes Kätzchen, das sich nach jeglicher Art von Berührung sehnte.

Nein.

Nein.

Nein …

»Wäre es nicht wünschenswert«, sagte er, und sein warmer Atem hüllte sie ein und vertrieb die Kälte aus ihren Knochen, »wenn wir alle ein wenig egoistischer wären, weniger darauf bedacht, unsere Pflichten zu erfüllen, und mehr darauf, unserem Verlangen zu folgen?«

Aveline schluckte. War das nicht genau das, was sie tat? Ihre Pflichten als Tochter und zukünftiger Ehefrau den Rücken kehren, um ihrem egoistischen Wunsch nach Freiheit zu folgen? War es ihr nicht wichtiger, den Traum ihrer Mutter zu erfüllen, als die Rolle zu spielen, welche ihr das Leben zugeteilt hatte? Doch wie passte Gael in dieses Leben, welches sie zu führen gedachte?

Sie kannte die Antwort.

Gar nicht. Er passt gar nicht in ihr Leben, ihre Wünsche, ihre Pläne und Träume. Warum sehnte sie sich dann so sehr nach diesem Mann und seinen Berührungen? Wieso pochte ihr Herz, wenn er sie ansah, obwohl er heute mit einer anderen getanzt hatte? Es machte keinen Sinn.

»Such nicht immer nach einer vernünftigen Lösung«, sagte Gael, als könnte er ihre Gedanken lesen. »Das Leben folgt nicht der Logik. Es ist keine Wissenschaft, keine lineare Gleichung. Das Leben ist wild und manchmal schmutzig und unkontrolliert.« Er legte seine Arme wieder um ihre Taille, drückte sie noch mehr an sich, bis ihr Pulsschlag zu seinem wurde und sie nicht mehr wusste, was sie trennte. »Wir wissen beide, dass wir keine Zukunft haben. Unsere Wege führen uns aneinander vorbei, aber das heißt nicht, dass wir kein Hier und Jetzt haben können. Ein Stück Gegenwart, das nur uns gehört. Ein wenig Glück, nach dem wir egoistisch greifen, wenn uns die Welt um uns herum in Formen pressen will, in die wir nicht passen.«

Seine Worte ergaben Sinn. Was sie hatten, war nicht für die Ewigkeit, es war für den Augenblick. Wer wusste schon, was der Morgen brachte? Wieso sollte sie nicht nach diesem kleinen Stück Glück greifen? War es nicht auch das, was sie wollte? Selbstbestimmt sein. Von niemandem gesagt bekommen, wie sie ihr Leben zu gestalten hatte?

Als Gael sich zu ihr hinabbeugte, stieß sie ihn nicht weg. Im Gegenteil: Sie legte ihre Arme um seinen Hals und zog ihn weiter zu sich herab. Hungrig und auch wütend auf eine Welt, die ihr so viele Steine in den Weg legte. Ihre Lippen suchten seine, siedend heiß und voller

Verlangen. Vielleicht war es falsch. Vielleicht würde sie es morgen schon bereuen. Aber heute, in dieser mondhellen Silbernacht, umgeben vom Zirpen der Grillen und dem Duft der Kräuter, da wollte sie genau das. Gefesselt in seinen Armen verharren, seine Lippen auf ihren, ihre Hände, die durch sein Haar rauften, seine Hände, die auf der Suche nach mehr waren. Wer konnte schon sagen, was sie trennte, was sie verband, wieso sie zueinandergefunden hatten. Es war nicht perfekt, nein, es war weit entfernt von perfekt. Aber es war ein kleines Stück Glück, und sie beide griffen danach, wissend, dass es eine Sternschnuppe war, die schnell in der Ewigkeit verglühen würde.

»Du solltest nicht so rasch ein Urteil fällen.« Cordelia breitete die Decke über sie aus und strich sie glatt.

Sie hatten es zurück ins Anwesen geschafft, ohne bemerkt zu werden.

Aveline hätte vor Erleichterung am liebsten geweint. Sie war so erschöpft, dass sie dieses Mal sogar Cordelias Hilfe, sich zu entkleiden, in Anspruch genommen hatte. »Ich urteile nicht, ich beobachte nur«, meine Aveline kleinlaut, doch sie konnte den Ärger in dem Blick ihrer Kammerzofe deutlich erkennen. Sie hatte ihr von ihrer Begegnung mit Jean-Luc erzählt, aber nicht von Gael. Ihr Herz riet ihr, es geheim zu halten. Trotz der Müdigkeit fühlte sie sich so leicht, als würde sie schweben. Was war das nur für ein seltsames Gefühl?

»Ich kenne das Haus, von dem du sprichst«, sagte Cordelia, während sie sich mit einem Finger übers Kinn fuhr. »Die Frau hat erst vor Kurzem ihren Mann verloren. Er soll ein furchtbarer Mensch gewesen sein.«

»Sie hatte so viele Kinder, eines war noch sehr klein«, sagte Aveline gähnend und streckte sich, bevor sie sich zu einer Kugel zusammenrollte.

»Sie verkauft Morphin, um sich über Wasser zu halten.«

»Wie bitte?« Ihr Bruder nahm Rauschgift? Und wieso wirkte Cordelia plötzlich so erleichtert? Sie wollte die Kammerzofe danach fragen, aber die Müdigkeit zwang sie dazu, die Augen zu schließen. Wenn sie ehrlich war, dann wollte sie nicht mehr an ihren Bruder denken, sich keine Sorgen darüber machen, was für einen Unsinn er wieder veranstaltete. Sie schob ihre Hand unter ihre Wange. Kamillenduft stieg ihr in die Nase, und eine wohlige Wärme kribbelte in ihrem Bauch. Sie wollte nicht an die Ewigkeit denken. Auch nicht an morgen, nur an den Augenblick.

33. Saint Roseraie

Gegenwart

»Arme ausstrecken!« Der kleine, überaus grimmige Mann neben Damien straffte das Schneidermaßband in gekonnter Manier. »Ja, genau so. Halte dich gerade! Nicht wackeln! Damien, was soll denn das? Porca miseria!«

»Ich mache doch gar nichts!«, brummte Damien.

»Eben, du machst nicht das, was du sollst!«

»Lorenzo erinnert mich an Damien.« François kicherte hinter vorgehaltener Hand. »Wenn du ihn zum Dienst am Kunden verdonnerst.«

»Wie wahr ...«, bestätigte Kosmas.

Damien verdrehte die Augen, ebenso wie der geschäftige Schneider, der ihm nicht weiter als bis zur Brust reichte.

»Umdrehen!«

Kosmas setzte eine strenge Miene auf und deutete einen Salut an.

»Sehr lustig«, zischte Damien, während er sich um die eigene Achse drehte.

»Jetzt die Beine. Kannst du denn nicht einmal stillstehen, Damien?«, blaffte Lorenzo und legte das Maßband ein zweites Mal an, um die Länge seines rechten Hosenbeines zu vermessen. »Und ihr da, hört gefälligst auf zu lachen! Wer soll sich denn da konzentrieren können?«

»Eindeutig Damien.«

»Ganz eindeutig.«

Damien straffte die Schultern.

»Als du noch ein Junge warst, war das alles etwas einfacher. Aber jetzt brauche ich eine Leiter …«, murmelte der Schneider. Er zog eine Nadel aus dem Nadelkissen und steckte sie sich in den Mund.

»Er ist ein Tier.« Kosmas schnurrte wie eine Katze.

François knöpfte sein Hemd auf. »Superman.«

»O ja!«

»Hört ihr jetzt endlich auf?«, rief Damien.

»Aurélie sieht das bestimmt auch so.«

Lorenzo verharrte in seiner Bewegung. »Die Amerikanerin ist noch hier? Dann hast du also endlich ihr Herz gewonnen?« Er klopfte ihm anerkennend auf die Schulter.

»Au, verdammt!«, fluchte Damien und zog eine Nadel aus dem hellgrauen Stoff.

Der Schneider schien wie ausgewechselt. Freudig tänzelte er durch den winzigen Laden. »Ich gebe euch fünfundzwanzig Prozent Rabatt auf alles!« Er schnappte sich eine Stoffprobe. »Aber ich werde ein ernstes Wort mit Guinevere wechseln müssen! Mir einfach so diese erfreuliche Nachricht zu verschweigen!«

Damien warf seinem Bruder einen verzweifelten Blick zu, aber Kosmas zuckte nur mit den Schultern.

François schürzte seine Lippen. »Wir wissen, was du jede Nacht tust, Damien!«, flüsterte er. »Ich wette, sie hat noch nicht *eine* Kiste gepackt?«

Cassandra. Bestimmt hatte sie es den beiden Schwätzern verraten. Das würde sie büßen!

»Nicolas wird sich freuen, falls Cassandra hierbleibt.«

»Jeder in Roseraie wird sich freuen, wenn sie hierbleiben«, bemerkte Lorenzo.

Damiens Mundwinkel zuckten. Das Wort Hoffnung hatte seinen Weg wie ein Anker in sein Herz gefunden. Und er hielt sich daran fest wie ein Ertrinkender. Jeden einzelnen verdammten Tag seit Jakes Auftauchen. Aber noch hatte dieser Kerl seine Drohung nicht wahr gemacht …

»Damien?«

Er hob den Kopf.

»Also, hat sie gepackt?«

Ein kleines, wissendes Lächeln erschien auf Kosmas' Lippen. Sein feinfühliger Bruder, der alles so einfach durchschaute. Manchmal war ihm Kosmas richtig unheimlich. Wie eine alte Wahrsagerin mit ihrer Glaskugel.

»Warum fragst du Aurélie nicht einfach selbst? Du bist doch ihre beste Freundin und triffst sie jeden Mittag zum Lunch.«

»Das stimmt! Und seinen Verlobten lässt er ganz und gar links liegen!«, schmollte François.

Sein Bruder rollte mit den Augen. »Bist du nicht derjenige, der immer wieder von Nicolettes Essen schwärmt?« Er verschränkte die Arme vor der Brust. »Ich will eben, dass Aurélie bei uns bleibt.«

Ich will auch, dass sie bleibt …

Jede Nacht, die er bei ihr verbrachte, wuchs die Angst vor dem ersten Umzugskarton. Aber da ihre Kleidung immer noch im Schrank hing, bestand nach wie vor Hoffnung. Aurélie hatte ihm gesagt, dass sie gehen wolle. Aber in jener Nacht hatte sich etwas verändert. Und Damien war zu feige, es anzusprechen.

Während er weitergrübelte, vollendete Lorenzo seine Arbeit und notierte die Maße auf einen angegilbten Block.

»Fertig! Aber deine Schultern sind eindeutig zu breit, mein Junge! Mein guter Freund Alfonso hätte bestimmt Verwendung für jemanden wie dich!«

»Ein Mafioso?«, fragte Kosmas.

»Ein ehrenwerter Mann!«, protestierte Lorenzo.

François kicherte. »Bist du deshalb in den Sechzigern aus Piemont geflüchtet?«

Die Männer lachten.

Damien zog eine Augenbraue hoch. Der Schneider hatte recht. Im Gegensatz zu Aurélie, die so zart wie eine Elfe war, wirkte er wie ein Hüne. Ein Beschützer. Auch wenn sie ihn gar nicht nötig hatte. Aber anders als zu Beginn wollte sie es. Sie wollte mit ihm zusammen sein, die Geborgenheit genießen, die er ihr gab.

»Es wird wohl eine Weile dauern, bis ich alle Anzüge fertig habe. Wann findet die Trauung statt?«, fragte Lorenzo.

»Im Spätsommer. Dir bleibt also noch genug Zeit, um den Stoff an seine Schultern anzupassen«, kicherte sein Bruder und gesellte sich zu François, der gerade Lorenzos Auswahl an teuren Manschettenknöpfen begutachtete.

»Auch von meinem Freund Alfonso. Das Schmuckgeschäft läuft gut«, zwinkerte Lorenzo ihnen zu.

»Also doch ein Mafioso!«

Damien warf einen Blick auf sein Handy. Keine neuen WhatsApps. Aurélie hatte seine letzte Nachricht zwar gelesen, aber nicht darauf geantwortet. Ein unbehagliches Gefühl breitete sich in seiner Magengegend aus. Das sah ihr nicht ähnlich.

»Alles in Ordnung?« Kosmas trat neben ihn.

Damien schüttelte den Kopf und steckte das Telefon zurück in seine Hosentasche. »Aurélie beantwortet meine Nachrichten nicht.«

»Die Frau hat auch noch eine Firma zu führen, wenn sie sich nicht gerade mit dir in den Laken wälzt. Und falls du es vergessen hast ... wir übrigens auch.«

»Ich habe kein gutes Gefühl.«

»Bestimmt brütet sie vor dem Computer, vergraben in Firmenangelegenheiten, von denen wir keine Ahnung haben. Lass uns jetzt ins Bistro gehen. Sie wird kommen, du wirst sehen. Aurélie ist bestimmt nicht Hals über Kopf abgehauen!«

Damien nickte. Trotzdem konnte er nicht einfach mit den Fingern schnippen und seine Gefühle abstellen.

»Ich melde mich, sobald ich fertig bin!« Lorenzo öffnete die Tür. »Und Damien?«

»Hm?«

»Versau es nicht. Ich bitte dich!«

Die Türglocke bimmelte.

Kosmas und François schlenderten Arm in Arm über den Bürgersteig. Dabei grüßten sie jeden einzelnen Menschen, der ihren Weg kreuzte. Damien seufzte. Mit zusammengebissenen Zähnen und tief in die Hosentaschen gebohrten Fäusten folgte er ihnen.

Als sie ankamen, war Aurélie noch nicht da. Sein Herz sackte ihm in die Hose. Nur widerwillig ließ er sich auf einen der Stühle sinken. Kosmas und François bestellten die Getränke und begannen, sich tuschelnd über Lorenzos mafiöse Geschäfte zu unterhalten.

Sie wird nicht kommen. Irgendetwas muss passiert sein!

Seine Gedanken kreisten wirr, bis er es nicht mehr aushielt. Er sprang auf, und der Stuhl krachte zu Boden. »Ich muss gehen, irgendetwas stimmt hier nicht.«

So schnell seine Füße ihn trugen, rannte er den Weg nach Hause.

»Damien, bleib stehen!«, hörte er Kosmas hinter sich.

Aber Damien blieb nicht stehen. Er rannte, bis er die Apotheke erreicht hatte. Es war still. Beinahe gespenstisch still. Wo waren die neugierigen Nachbarn? Die alten Damen, die ihre Hüte zusammensteckten, um zu tuscheln? Sein Kopf schwankte zwischen seiner und Aurélies Haustür.

Ihre Tür stand offen ... Damien rannte über die Straße. Das Splittern von Glas und ein ängstliches Wimmern war zu hören. Dann ein Poltern, gefolgt von einem spitzen Schrei. War das Cassandra oder ... Aurélie? Kopflos stürmte Damien die Treppe hinauf, bis er ihr Schlafzimmer erreichte.

»Ah, da ist er ja, dein französischer Apotheker.« Schwarz gekleidet wie das letzte Mal lehnte Jake mit verschränkten Armen am Fensterbrett. Ein amüsierter Zug lag auf seinen Lippen. »Überrascht? Ich habe Aurélie gesagt, dass ich wiederkommen werde.«

Damien straffte die Schultern und betrat den Raum. Unter seinen Füßen knirschte es. Ein Bilderrahmen, der sonst auf dem Nachttisch stand. Das Glas war herausgefallen und das Foto zerkratzt. Damien bückte sich und hob es auf. Alles war verwüstet. Schubladen hingen aus der Kommode, der Inhalt war über den Boden verstreut. Ebenso wie Aurélies Bücher. In einer Ecke kauerte Cassandra und schluchzte leise vor sich hin. Glassplitter säumten den Boden zu ihren blutenden Füßen.

Aber wo war Aurélie?

»Wie du siehst, haben wir schon auf dich gewartet, Damien Roix. Mein Miststück von Verlobter behauptet nämlich, dass sie das Rezept des Parfums nicht hat! Also dachte ich, dass du mich vielleicht über seinen Verbleib aufklären könntest.«

»Und warum sollte ich das tun?«

»Weil ich da etwas habe, von dem du glaubst, dass es dir gehört …« Er stieß sich vom Fensterbrett ab. »Bring sie rein!«

Unsanft wurde Aurélie von einem zweiten Mann in den Raum gedrängt. Sie wehrte sich, doch der Mann versetzte ihr einen harten Stoß, sodass sie kreischend vor Jakes Füßen landete.

»Das hat wehgetan, du Arschloch!«, schnauzte sie. Schwankend kam sie zurück auf die Beine.

»Immer noch das gleiche lose Mundwerk«, kicherte Jake. »Ich hoffe, du hast dich bei ihm von deiner besseren Seite gezeigt, Darling.«

Erschrocken fuhr Aurélie herum. »Damien? Nein! Was tust du denn hier?«

Damien erstarrte. Der Anblick, der sich ihm bot, ließ ihm regelrecht das Blut in den Adern gefrieren. Aurélie trug noch das gleiche Shirt, in dem er sie heute Morgen zurückgelassen hatte. *Sein* Shirt. Blut tropfte aus ihrer Nase und vermischte sich mit dem dünnen Rinnsal der Platzwunde, die an ihrer Stirn klaffte. Seinem Blick folgend tastete sie über ihr Gesicht und starrte auf die rote Flüssigkeit an ihren Händen.

»Wirklich süß, wie du mit aller Macht verhindern wolltest, dass ich der Apotheke deines Geliebten einen Besuch abstatte. Dabei warst du es doch, die mir den Tagebucheintrag dieser verwirrten, alten Frau gezeigt hat. Du bist genauso eine dumme Gans wie sie, verliebst dich in den einzigen Mann, den du nicht haben kannst!«

»Aveline war nicht verwirrt!«, spuckte sie ihm entgegen. »Sie hat Gael geliebt! Darum hat sie ihn gehen lassen. Aber was weißt du schon von der Liebe? Du hast ja kein Herz!«

Jake lachte. »Du bist immer noch so tough wie vor einem halben Jahr, das muss ich dir lassen. Sehr erregend. Aber jetzt rück endlich raus mit der Sprache, Darling! Wo ist das Parfum?« Nur zwei Schritte, dann stand er vor ihr. Seine Hände schossen vor, er packte sie und zerrte unsanft an ihrem Haar, damit sie ihn ansehen musste.

Damien machte einen Satz nach vorn, doch Jakes Männer stellten sich ihm in den Weg.

»Fass mich nicht an!« Sie schrie und versuchte, ihn von sich zu stoßen. Jake lachte nur. Dann drehte er sie herum. »Du kleine Hure stinkst nach einem anderen Mann. Hast dich wohl ausgiebig von ihm durchficken lassen, hab ich recht?« Seine Hand wanderte unter ihr Shirt. Aurélie warf Damien einen beschwörenden Blick zu. *Beruhige dich! Er will dich doch nur provozieren!*

»Sobald ich das Rezept habe, gehörst du mir! Deine Firma gehört mir! Und daran kann auch dein Apotheker nichts ändern, auch wenn er sich gerade nichts sehnlicher wünscht, als mir den Hals umzudrehen!« Ein wissendes Funkeln blitzte in seinen Augen auf. Dann presste er seine Lippen auf ihre.

Damien sah rot. Ein Schrei dröhnte in seinen Ohren. Ebenso wie die Rufe seines Bruders, die irgendwo zwischen der Explosion in seinem Kopf widerhallten.

Blut spritzte, als seine Faust wieder und wieder auf Jakes Gesicht traf. Das Nächste, was er sah, waren drei Männer, die sich vom Boden aufrafften, um sich auf ihn zu stürzen.

»Damien, hör auf! Du bringst diesen Idioten noch um!«

»Er hat ihr wehgetan!«, brachte Damien zwischen zusammengebissenen Zähnen hervor. Seine Finger schlossen sich um den Hals des nahezu leblosen Mannes. Alles um ihn herum wurde schwarz, bis er nur noch Jakes blutüberströmtes Gesicht vor sich sah. Aber dann veränderte sich das Bild.

Aurélie warf sich auf ihn.

Seine Finger lösten sich, und er schloss die Arme um ihren zitternden Körper. »Ich liebe dich«, war alles, was er zu sagen imstande war.

34. Saint Roseraie

Gegenwart

Zwei Tage später fand sich Damien in seiner Wohnung über der Apotheke auf dem Sofa vor Gaels Briefen und Zeichnungen wieder. Bis auf das schwache Licht seiner Nachttischlampe war es stockdunkel im Zimmer. Er drehte den Kopf zur Seite. Erleichtert atmete er aus. Sie lag dort. In seinem Bett. In Sicherheit. Aber es hätte auch ganz anders kommen können ... Was, wenn er nicht rechtzeitig vor Ort gewesen wäre? Die Vorstellung, Aurélie könnte noch schlimmer verletzt worden sein, ließ ihm übel werden. Sein Blick fiel auf die blutverkrusteten Stellen an seinen Fingerknöcheln. Es tat weh. Aber das war nichts im Vergleich zu der Platzwunde, die Aurélie davongetragen hatte. Damien presste die Lippen zu einem schmalen Strich. Obwohl er wusste, dass es falsch war, wünschte er sich, er hätte Jake einfach erschlagen. In jenem Moment, als er sie geküsst hatte. Jake hatte ihn absichtlich provoziert, damit er ausrastete. Und genau diesen Gefallen hatte er ihm getan. Aber der Anzugträger hatte ihn sichtlich unterschätzt und nicht damit gerechnet, dass er dazu in der Lage war, seine Männer auszuschalten und ihm die Stirn zu bieten. Verdammt, Damien hätte doch selbst nie damit gerechnet! Bis heute fehlten ihm immer noch Fragmente seiner Erinnerungen. Kosmas meinte, er sei kaum zu bändigen gewesen. Schlussendlich war es nur Aurélie gelungen, ihn zur Räson zu bringen. Bevor noch Schlimmeres geschah.

François hatte die Polizei gerufen, die Damien zur Befragung mitgenommen hatten, aber weder Jake noch seine Männer waren auffindbar gewesen.

»Damien …«

Aurélie flüsterte seinen Namen. Er sah, wie sie sich bewegte und die Hand nach ihm ausstreckte. Als sie ihn nicht fand, stieß sie ein enttäuschtes Seufzen aus und drehte sich herum. Jetzt lag sie ihm zugewandt da. Damiens Herz zog sich schmerzhaft zusammen. Dieses Arschloch hatte ihr Gesicht entstellt. Die Wunde an ihrer Stirn war so tief gewesen, dass sie genäht werden musste. Sechs Stiche. Eine böse Erinnerung, die nie wieder zur Gänze verschwinden würde. Aurélie hatte es mit Humor genommen. Er hingegen …

Damien entkrampfte seine Finger. Dann langte er nach der Holzschatulle. Darin verborgen versteckte sich *Au revoir.* Damien zückte sein Handy und schaltete die Taschenlampe an. Um Aurélie nicht zu wecken, musste das schwache Licht seines Telefons genügen. Er lehnte es an sein Wasserglas. Dann nahm er den losen Zettel heraus. Das Parfum konnte nicht mehr in seiner Ursprungsform hergestellt werden. Er hatte es versucht, es Aurélie gezeigt und sie daran riechen lassen. Aber sie hatte, genau wie er, die Nase gerümpft und den Kopf geschüttelt. Danach waren sie übereingekommen, die Abschrift zusammen mit Avelines Buch in seinen Safe zu schließen, wo sie sicher verwahrt bleiben sollten. Damien hatte die Schatulle längst nach unten bringen wollen …

Ein leises Wimmern riss ihn aus den Gedanken. Er blickte auf und erhaschte einen Blick auf Aurélie, die sich mit schmerzverzerrtem Gesicht auf den Rücken drehte und die Hände ins Laken krallte. Dann begann sie, am ganzen Leib zu zittern. Erschrocken sprang er auf und beugte sich über sie.

»Ist alles okay, hast du Schmerzen?« Er legte seine Hand an ihre Wange.

Aurélie streckte die Arme nach ihm aus und stieß ein erleichtertes Seufzen aus, als sie ihn spürte. »Lass mich nicht allein«, murmelte sie und vergrub ihr Gesicht an seiner Brust.

»Ich lass dich nicht allein, mein Herz. Nie wieder! Er kann dich nicht mehr verletzen«, versprach er ihr und barg sie in seinen Armen. Dabei strich er ihr vorsichtig ein paar Haarsträhnen aus der Stirn, immer darauf bedacht, die frisch genähte Wunde nicht zu berühren.

Erneut kochte Wut in ihm hoch. Eigentlich wusste er gar nicht, ob er dieses Versprechen einhalten konnte. Jake war zwar schon fort gewesen, bevor François überhaupt dazu in der Lage gewesen war, die 17 zu wählen, aber wer wusste schon, ob und wann er zurückkommen würde? Die Polizei hatte noch keine Hinweise auf seinen Verbleib gefunden.

»Damien ...« Aurélie hatte die Augen halb geöffnet und starrte ihn wie durch einen Schleier hindurch an. Dann schob sie sich ein Stück weit nach oben. Ihre Lippen drückten sich auf seine. »Halt mich fest«, bat sie und wickelte ihr rechtes Bein um seine Hüfte.

Damien sog ihren Duft in seine Lunge und atmete erleichtert aus. Dann schloss er die Arme fester um sie.

Lautes Gepolter. Das Geräusch von splitterndem Glas. Jemand fluchte. Ruckartig richtete sich Damien auf und starrte zur Tür. Er musste eingeschlafen sein ... Oder träumte er?

»Schnauze, du Nichtsnutz!«, zischte eine bekannte Stimme.

Jake ...

Aurélies Ex hatte nicht lange auf sich warten lassen. Weniger lange, als er es ihm zugetraut hatte. Scheiße ... François hatte doch recht behalten. Er hätte Aurélie auch gegen ihren Willen von der Polizei unterbringen lassen sollen! So leise wie möglich löste er sich aus Aurélies Umklammerung und zog die Decke über ihre Schultern. Im Vorbeigehen langte er nach der losen Seite und stopfte sie in die Hosentasche seiner Jogginghose. Er ergriff einen Brieföffner und sein Handy, bevor er die Tür öffnete und lauschte.

»Hast du es?«

»Nein, Sir.«

»Dann such es, und beeil dich, na los!«

Damiens Herz klopfte bis zum Hals. Fieberhaft überlegte er, wie er die Eindringlinge davon abhalten sollte, nach oben zu kommen. Egal was passierte, er musste um jeden Preis verhindern, dass sie Aurélie in die Finger bekamen. Noch mehr Glas splitterte, und der starke Geruch von Lavendel drang in seine Nase.

»Widerliches Zeug!«, schimpfte der vermeintliche Nichtsnutz.

»Lavendel, du Depp«, sagte ein anderer.

»Maul halten und weitersuchen! Und wehe, ihr versaut es diesmal! Hast du die Lage auch gründlich gecheckt?«

»Keine Aktivität in den letzten Stunden. Sein Auto steht nicht in der Einfahrt. Die Luft ist rein.«

»Dieser Apotheker wird auch kaum so blöd sein und hierbleiben. Er weiß, dass wir es auf das Rezept abgesehen haben.«

Leises Lachen ertönte.

Sie glaubten, dass er nicht da war? Damien schloss die Tür hinter sich und beugte sich über das Geländer der Treppe. Wie gut, dass er Kosmas und François mit seinem Auto nach Hause geschickt hatte.

Schranktüren klapperten. Läden wurden aufgezogen.

Da wühlte sich jemand durch die Unterlagen auf seinem Schreibtisch. Den Schlüssel in der braunen Arzneiflasche schienen sie jedenfalls noch nicht gefunden zu haben.

So leise wie möglich schlich Damien nach unten. Immer wieder flackerte der Schein einer Taschenlampe durch den Türschlitz.

»Es ist nicht hier, Sir!«

»Wofür bezahle ich euch Idioten eigentlich? Heutzutage muss man wirklich alles selbst machen! Da kann ich ja gleich allein nach dem Parfum suchen!«, zischte Jake.

»Aber es könnte überall sein, und wir haben doch schon alles durchsucht!«

»Habt ihr das? Wirklich? Na, dann sucht noch einmal, bis ihr es gefunden habt.«

»Jawohl!«

»Bourne, du kommst mit mir nach oben.«

Sie wollen hochkommen. Damien atmete tief durch. Dann wählte er die Nummer des zuständigen Inspektors und legte das Telefon auf die Stiege. Seine einzige Möglichkeit war, das Überraschungsmoment für sich zu nutzen. Er musste sie ablenken ... Scheiße, er hätte Aurélie doch wecken sollen! Aber dafür war es jetzt zu spät.

Den Brieföffner in der Hand öffnete er die Tür. Jake stand nur eine Armlänge von ihm entfernt da. Bevor der Mann reagieren konnte, wurde er von den Füßen gerissen und stürzte zu Boden. Seine Handlanger kamen auf Damien zu, aber er machte einen Satz nach vorn und richtete die Spitze des Dolches auf Jakes Brust.

Das Licht ging an.

»Na, hast du endlich gefunden, wonach du gesucht hast?«, fragte Damien.

»Du bist doch dämlicher, als du aussiehst.« Jake, der sich viel zu schnell von dem Schock des Überraschungsangriffes erholt hatte, deutete seinen Männern, Ruhe zu bewahren. »Bleibt, wo ihr seid. Wir werden uns nur unterhalten.«

Mit teuflischer Genugtuung stellte Damien fest, dass er ihn tatsächlich so schlimm zugerichtet hatte, wie Kosmas es ihm so eindrucksvoll erzählt hatte. Seine Nase schien gebrochen zu sein, das rechte Auge geschwollen, und eine blau-violette Kontur zierte seine andere Gesichtshälfte.

»Da ist er ja, Aurélies kleiner Bluthund ... Ich hatte angenommen, du hättest längst mit ihr das Weite gesucht. Aber du bist ja immer noch hier ... Schlummert meine Süße etwa selig da oben in deinem Bett?« Er lächelte. Grotesk.

»Aurélie ist nicht hier. Also, was willst du?«, antwortete Damien ruhig. Er würde sich um keinen Preis von ihm provozieren lassen. Nicht, wenn sich Aurélie genau dort befand, wo Jake sie vermutete.

»Du weißt, was ich will.«

»Sag ihnen, sie sollen gehen. Dann können wir reden.«

»Für wie blöd hältst du mich eigentlich? Du bist bewaffnet. Ich nicht. Sie sind alles, was ich habe. Woher weiß ich, dass du mich nicht erstechen wirst?«

»Das weißt du nicht.« Damien ließ den Brieföffner sinken. »Aber ich zeige dir meinen guten Willen.«

Jake richtete sich auf und deutete in Richtung der Tür. »Geht.«

»Aber, Boss ...«

»Haltet den Wagen bereit.«

»Jawohl, Boss.«

Die Männer gingen. Mit dem Brieföffner in der Hand verschränkte Damien die Arme.

»Also, was soll diese Farce? Warum willst du die Abschrift meines Ururgroßvaters in deinen Besitz bringen?«

Jake gab ein entnervtes Schnauben von sich. »Stell dich nicht dumm. Natürlich, weil ich Aurélie will! Gehört das Rezept mir, halte ich ihre Freiheit in meinen Händen. Ihr Vater ist zwar ein Idiot, aber leider ein ehrlicher Idiot, der sich an sein Wort hält.« Ein heiseres Lachen entwich Jakes Kehle. »Mein armes Vögelchen hat doch tatsächlich geglaubt, sie könnte einfach aus meinem Blickfeld verschwinden.«

Damien schnaubte. »Du bist verrückt.«

»Verrückt nach ihr.«

»Bullshit! Du willst sie doch gar nicht. Nicht wirklich. Und ich werde dir das Parfum niemals überlassen.«

Jake kicherte. »Das dachte ich mir schon. Darum bin ich ja hier!«

Betont lässig lehnte Damien am Türstock, als machte er es sich für eine nette Plauderstunde bequem. »Obwohl meine Apotheke einem Schlachtfeld gleicht, hast du das Rezept noch nicht gefunden. Was macht dich so sicher, dass es hier ist?«

»Ich weiß, dass dein Anwalt, der zufällig auch dein Schwager ist, es dir zurückgegeben hat. Verwundert? Ich habe meine Augen und Ohren überall. Außerdem frage ich mich, in welches Schloss der hier wohl passen wird.« Jake hob die Hand und fasste in die Innentasche seines Jacketts. Triumphierend hielt er den Safeschlüssel hoch.

Wie hatte dieser Wahnsinnige den Schlüssel in der Flasche nur finden können? Er schien doch intelligenter zu sein, als Damian vermutet hatte.

»Ich wette, du hast das Rezept an eben jenem Ort versteckt, zu dem der hier gehört. Und deiner überraschten Fratze nach zu urteilen, habe ich recht?« Jake starrte ihn mit schief gelegtem Kopf an.

Damien verengte die Augen zu schmalen Schlitzen. Dann straffte er die Schultern. Ein selbstzufriedenes Lächeln verzog Jakes geschwollene Gesichtshälfte zu einer hässlichen Grimasse.

Sollte dieser Idiot ruhig glauben, etwas gegen ihn in der Hand zu haben. So konnte er diesen schmierigen Typen länger davon abhalten, in den ersten Stock zu gehen, um nach dem Rezept und Aurélie zu suchen. »Und du erwartest, dass ich dich einfach so, ohne Gegenwehr, weiter in meinem Haus herumschnüffeln lasse?«

Die Polizei muss längst auf dem Weg sein.

»Du hast keine Wahl. Auch wenn ich zugeben muss, dass es ein bemühter Schachzug war, mich in dem Glauben zu lassen, du seist nicht hier ...« Er machte eine abwertende Handbewegung. »Ich dachte, du würdest unsere Kleine an der Hand nehmen und sofort das Weite suchen ...«

»Sie ist nicht *unsere* Kleine. Aurélie gehört niemandem, du müsstest das eigentlich am besten wissen.«

»Was glaubst du, warum sie weggelaufen ist?«

»Sie hat mir alles erzählt ... Aber das ändert gar nichts.«

»*Sie* zu besitzen, heißt, eine Firma zu besitzen, Geld, Macht und Verbindungen ... *Parfait Fragrance Inc.* mag klein sein ... aber die Nebengeräusche bringen mich überall hin. Ihr Vater hat seine Finger nicht nur in der Kosmetikindustrie. Aurélie ist die Kreuzung, an der wir beide stehen.«

»Ich will Aurélie, nicht ihr Geld.«

Jake lachte. »Und ich will beides und noch viel mehr ...«

»Was hast du getan, dass sie dich angezeigt hat?«, fragte Damien.

Jake zuckte die Schultern und machte einen Schritt auf ihn zu. Jetzt standen sich die beiden Männer direkt gegenüber.

»Sie hat dir also doch nicht ALLES erzählt ... Es wird dich vielleicht überraschen, aber mein kleines Vögelchen hat die Anzeigen eigenhändig zurückgezogen.«

»Hast du sie bedroht? Oder ihre Familie?«

Jake horchte auf. »Als ob du das nicht wüsstest, du bist schließlich auch nur ein Mann ...«

»Ich bin nicht wie du!«, knurrte Damien.

»Ein treuer Schwächling also? Dass ich nicht lache! Aber hören wir auf mit dieser Scheiße. Ich weiß, was du vorhast! Du versuchst, mich hinzuhalten.«

Erneut lüftete er sein Jackett, und Damien erkannte den ledernen Waffengürtel. An seiner linken Seite steckte eine Pistole. Darum also hatte er seine Männer so bereitwillig nach draußen geschickt.

»Und wenn nicht? Erschießt du mich dann?«

Jake zog die Waffe aus dem Gürtel.

Damien erstarrte.

»Her mit dem Rezept! Oder willst du ernsthaft dein Leben für diese Schlampe riskieren? Aurélies Firma gehört ohnehin schon so gut wie mir! Außerdem schuldet mir ihr Vater eine ganze Menge Geld.«

»Er hat dir von dem Deal mit seiner Tochter erzählt.«

Jake grinste. »Nicht ganz freiwillig, nein ... Aber er hatte keine Wahl! Glaub ja nicht, ich wäre der einzige Mann, der seine Spielchen mit Aurélie gespielt hat. Der Alte dachte, er könnte sie zur Vernunft bringen, wenn er sie wie eine Idiotin nach *Au revoir* suchen lässt. Dass sie heulend angekrochen kommen wird, sobald ihr klar wird, dass das Parfum verloren ist. Aber er hat nicht damit gerechnet, dass sie es tatsächlich finden würde ... Wie auch immer ...«

Er richtete die Waffe auf Damien. Und plötzlich ging alles ganz schnell. Er stieß Damien zur Seite und rannte in Richtung Treppe. »Ich schlage zwei Fliegen mit einer Klappe. Aurélie und ihre Anteile gehören mir! Ich hoffe, du hast sie gut gefickt, denn das war das letzte Mal, dass ihr zusammen wart!« Doch ehe er sie erreichen konnte, hatte Damien ihn gepackt und zu Boden geworfen. Die Waffe rutschte aus seiner Hand und flog durch die Luft. Jake riss sich los.

Ein lauter Knall ertönte. Damien war wie versteinert. Der Schuss dröhnte wie ein Presslufthammer in seinen Ohren. Das Nächste, an das er sich erinnerte, war der dumpfe Aufprall seines Körpers auf dem harten Boden. Überrascht blickte er an sich herab. Blut ergoss sich über seine Hose.

Fuck ... Er wusste, was das bedeutete ... Ächzend drehte er sich und tastete nach der losen Papierseite in seiner Tasche. Ein kehliges Lachen zwängte sich aus seinem Mund. Jake würde nicht bekommen, wonach es ihn verlangte. Blut schmierte über die Zeilen, und der Duft von verkohltem Papier stieg ihm in die Nase.

»Was zum ...?«

Damien lachte. Wer hätte gedacht, dass seine Nikotinsucht, dieses elende Laster, noch einmal für irgendetwas gut sein würde?

Irgendwo schrie jemand seinen Namen. Das blutverschmierte Papier ging in Flammen auf. Sirenengeheul, ganz nah. Durch das Feuer hindurch sah er, wie sich Jakes Augen entsetzt weiteten. Lautes Gebrüll. Flüche, das Klicken von Handschellen. Dann wurde sein Gesicht durch etwas viel Schöneres ersetzt.

Aurélie beugte sich über ihn. Ihre Lippen bewegten sich, und sie drückte die Hand auf seinen Bauch. Ein brennender Schmerz jagte durch ihn hindurch. Er krümmte sich, hustete und sprenkelte Aurélies Gesicht mit seinem Blut. Aus den Augenwinkeln erkannte er die Reste des verkohlten Papiers neben sich auf dem Boden.

Der Anblick des verlorenen Rezeptes fühlte sich unglaublich ... befreiend an.

»Damien ... Damien!« Aurélie weinte. »Hörst du mich?«

Ich höre dich, aber ich bin so müde ... Er wollte die Hand nach ihr ausstrecken, aber seine Glieder versagten ihm den Dienst.

»Nicht einschlafen, hörst du? Der Krankenwagen ist gleich da.«

Ein Lächeln legte sich auf seine Lippen. Gott, er war so müde. Wenn er doch nur schlafen könnte! Sein Körper wollte endlich zur Seite kippen und fallen.

»Nicht einschlafen, Damien! Bleib bei mir, bitte!«, flehte sie. »Lass mich nicht allein!«

Tränenüberströmt, aber wunderschön ...

»Ich bin hier«, flüsterte er.

»Ich liebe dich«, waren die letzten Worte, die er hörte.

35. Saint Roseraie

Montag, 2. August 1875

»Gael und ich haben beschlossen, das Arrangement mit Euch zu beenden.«

Aveline stand vor der Apotheke und war starr vor Entsetzen. Woher kam dieser Sinneswandel? Hatte Antoinette etwas erfahren, was sie nicht hätte erfahren sollen? Gael und sie waren diskret gewesen. Ihre flüchtigen Berührungen waren nur im Schutze des Kellers passiert. Und nie hatte der Apotheker sich mehr als einen Kuss von ihr gestohlen.

Antoinette stemmte die Hände in die Hüften und baute sich wie eine Mauer zwischen Aveline und der Apotheke auf.

Der Schrecken verließ Aveline, und was folgte, war eine innerliche Stille, die sie mit einer plötzlichen Leere in der Brust und im Kopf zurückließ. Womöglich war es besser so. Ihre Gefühle für Gael glühten wie Sternschnuppen in ihrem Herzen. Und sie würden noch heller leuchten, bevor sie verglühten. Was würde mit ihr passieren, wenn nur noch Asche und Dunkelheit zurückblieb? Aveline ließ den Moment der Verzweiflung zu, bevor sie ihren Rücken durchstreckte.

Nein. Sie durfte sich von Antoinette nicht zurückdrängen lassen. Sie brauchte Gael! Nicht für ihr Herz, sondern für ihre Freiheit.

»Vielleicht sollte ich dies mit Monsieur Gael selbst besprechen«, sagte Aveline mit so viel aristokratischer Arroganz in der Stimme, wie sie aufbringen konnte. Sie wollte sich an Antoinette vorbeidrängen, doch diese schubste sie unsanft nach hinten. Hätte Cordelia sie nicht aufgefangen, wäre sie auf ihrem Hinterteil gelandet. Aveline hatte ja mit vielem gerechnet, aber auf keinen Fall damit, dass die Lehrerin handgreiflich werden würde. Was war nur in sie gefahren?

»Kommt, Mademoiselle«, sagte Cordelia und richtete sich zu ihrer vollen Größe auf. »Lasst Euch nicht auf das Niveau solch kleingeistiger Wesen hinunterziehen.« Sie griff nach ihrem Arm und flüsterte dicht an ihrem Ohr: »Außerdem können wir uns nicht leisten, einen Aufstand zu riskieren.«

Aveline biss sich auf die Lippen. Sie wusste, dass Cordelia recht hatte.

Doch sie war immer noch die Tochter des Marquis! Wie konnte Antoinette es wagen, so mit ihr umzugehen? Das würde ihr noch leidtun! Sie formulierte im Kopf bereits wüste Drohungen, die Antoinette in der Nacht erzittern lassen würden. Aber dann sah sie die Kinder im Fenster der Apotheke stehen. Henrys große Augen und Élodie, die sich an ihren Bruder krallte.

Dieser Anblick warf sie zurück in jene Nacht, als sie Jean-Luc vor dem Haus der Witwe gesehen hatte. Ihr schmieriger Bruder mit seinem Geld und die verzweifelte Frau mit den vielen Kindern. Ein Grauen überkam sie. Sie war genau wie ihr Bruder. Aveline schaffte es, hinter den Schleier ihrer Wut zu blicken, und sie verstand, dass Antoinette nur gegen sie kämpfte, weil sie etwas zu verteidigen versuchte.

Sie war keine Mauer, sie war ein Schutzwall, und Aveline war der Feind. In diesem Spiel war sie die Böse. Und sie konnte es nicht einmal verneinen. Was hatte sie sich nur dabei gedacht? Sie spielte Spielchen mit Gael, während es für Antoinette und die Kinder um ihre Existenz ging. Scham breitete sich wie ein rotes Tuch über ihr aus. Wie hatte sie nur zu jemandem werden können, den sie selbst so verachtete?

Antoinette hatte ihr einen Spiegel vors Gesicht gehalten, und was sie sah, gefiel ihr ganz und gar nicht.

»Wir brauchen den Apotheker nicht.« Cordelia stiefelte im kleinen Salon auf und ab. »Du hast doch sicherlich bereits genügend gelernt. Wozu also noch warten?«

Aveline legte den Kopf schief und entfernte Blütenblätter aus dem Sud, den sie selbst angerührt hatte. Sie experimentierte mit den Techniken, die Gael ihr gezeigt hatte, und arbeitete bevorzugt mit den Pflanzen aus ihrem Garten. Auf dem runden Esstisch hatte sie die Konstruktion aus Gaels Keller nachgebaut und Pfirsichblüten auf eine mit Schmalz bedeckte Glasscheibe gelegt. Außerdem hatte sie mit Gesichtsmasken auf Basis von Heilerde experimentiert. Sie hat der Heilerde getrocknete Lavendelblüten und Rosenblätter beigemischt. Nach nur einer Anwendung war ihre Haut spürbar zarter und verströmte einen leicht blumigen Geruch. Ob Amerikanerinnen solche Kosmetik kaufen würden?

»Hörst du mir überhaupt zu?«

Aveline nickte, obwohl sie mit ihren Gedanken ganz und gar bei den Verkaufsstrategien für ihre kommenden Produkte war. Seit dem Abend vom Dorffest war Cordelia gereizter. Sie wirkte gehetzt und ungeduldig und wäre am liebsten sofort in See gestochen. »Was treibt dich so an, Cordelia? Bis zum Herbst sind es nur noch wenige Wochen. Nutze die Zeit, um zu lernen.«

Cordelia tat sich mit dem Englischen schwer. Aveline dagegen fand, dass sie sich keine Mühe gab. Ob es doch ein Fehler war, die Zofe mitzunehmen? Aber wenn sie an die beschwerliche Reise dachte ... Nein, sie wollte sie nicht allein begehen.

»Es ist ein Brief für dich gekommen«, lenkte Cordelia ab und überreichte Aveline einen schmuddeligen Umschlag. Sie erkannte die Handschrift sofort. Renée. Aber warum sah das Kuvert so mitgenommen aus? Briefe, die ihr Vater von ihrem Wohnsitz in Paris empfing, wurden von den Bediensteten stets nur mit weißen Stoffhandschuhen angefasst. Ihre Finger zitterten, als sie den Umschlag öffnete.

»Vater, wie konntet Ihr nur!« Aveline hatte den Rauchersalon gestürmt. Ohne Vorankündigung, ohne passend gekleidet zu sein. Es war eine Kurzschlussreaktion.

Genauso perplex waren dementsprechend die Gesichter ihres Vaters und ihrer Brüder.

Das Abendessen stand kurz bevor, und die Männer gönnten sich noch einen Aperitif. Sie standen um den Billardtisch herum und hatten in ihrem Spiel innegehalten. Ihr Vater schaffte es am schnellsten, seine Gesichtszüge neu zu sortieren. Er war verärgert. Noel war belustigt. Tristan warf ihr den ewig mitleidigen Blick zu, Isaac ignorierte sie und spielte einfach weiter. Jean-Luc lungerte im Schatten herum wie eine räudige Katze. Das war ihre Familie. Aveline spürte einen Stich im Herzen. Von diesen Menschen würde sich niemand, einem Schutzwall gleich, vor sie stellen.

Maman ... Renée ... Aveline zerdrückte das Briefpapier an ihrer Brust.

»Kind, was willst du, siehst du nicht, dass du störst?«, fragte ihr Vater und nahm einen Queue zur Hand. Sein Glas reichte er an Noel weiter.

Aveline stand immer noch in der offenen Tür. »Tun wir das nicht alle, Vater?« Ihre Stimme bebte, ihre Hände zitterten. »Stört Euch nicht ein jeder von uns? Oder gibt es auch nur einen einzigen Menschen, der über Euren egoistischen Wünschen steht?«

Ihr Vater knallte den Holzstock auf den Billardtisch. »Ich denke, es reicht! Du nimmst dein Abendessen heute auf deinem Zimmer ein!«

»Interessiert es Euch überhaupt, warum ich wütend bin?«

Der Marquis machte eine wegwerfende Handbewegung. »Du hast vermutlich nicht die passenden Schuhe zu deinem Kleid gefunden. Gut, dass du bald das Problem eines anderen sein wirst.« Ihr Vater verfiel in schallendes Gelächter.

Noel warf ihr einen missbilligenden Blick zu. Isaac blieb still, Tristan sah aus dem Fenster. Aveline schritt durch den Raum und baute sich vor Isaac auf. Sie wusste, dass sie zumindest Tristans Unterstützung hatte, aber sie brauchte mehr. Jemanden, der gegen ihren Vater und Noel kämpfen konnte. Denn Noel würde sicher hinter ihrem Vater stehen.

Isaac sah sie an. Dunkle Ringe umrahmten seine ohnehin schon so düsteren Augen. Das Leid in ihnen schien kein Ende zu nehmen. Der Krieg hatte ihn gezeichnet. Wie viel konnte er noch ertragen?

Renée. Sie war nicht nur für Aveline wie eine Mutter gewesen. Sie hatte auch ihre Brüder großgezogen.

»*Er* hat sie in ein Armenhaus gesteckt!«, schrie Aveline nahezu hysterisch.

Wenn nur ein Funken Anstand in ihrem Bruder steckte, dann musste er diese Ungerechtigkeit erkennen.

»Wen?« Tristan war hinter sie getreten und hatte ihr eine Hand auf die Schulter gelegt.

Doch sie brauchte nicht seine Besorgnis und sein Mitleid. Sie brauchte Wut und Ärger und Hass. Sie hielt Isaac den Brief entgegen, den er mit einem Augenrollen entgegennahm. Aber er nahm ihn. Noel kam ebenfalls heran. Nur Jean-Luc zeigte kein Interesse. Noel beugte sich über Isaacs breite Schultern, um einen Blick auf den Brief zu erhaschen, bevor Isaac das Kuvert an Tristan weiterreichte. Es wurde still im Raum. Totenstill.

Aveline beobachtete, wie ihren Brüdern einem nach dem anderen die Farbe aus dem Gesicht wich.

»Ihr habt Renée ins Armenhaus gesteckt?« Es war Noel, der als Erster seine Sprache wiederfand.

»Vater?« Tristans Stimme zitterte. »Ist Euch denn gar nichts heilig?«

Isaac schwieg, und sein Schweigen war gefährlicher als jede Drohung. Renée hatte ihn immer besonders geliebt, ihren dunklen Prinzen.

Der Marquis räusperte sich und stellte sich in die offene Tür. »Was hätte ich denn sonst tun sollen? Ihre Dienste waren nicht mehr vonnöten!« Er lachte ein kaltes Lachen. »Außerdem ist sie alt, hätte ich sie etwa kostenfrei durchfüttern sollen?«

»Ja!« Es war Noel, der mit der blanken Hand auf den Tisch knallte und aus dessen Augen eine Wut strömte, die Aurélie nicht von ihm erwartet hätte. »Denn wenn jemand Eure fünf Kinder aufzieht, ihnen Trost und Liebe spendet und ihr Bett bei jeder Krankheit hütet, dann ist er kein Bediensteter mehr, sondern ein Teil der Familie!«, donnerte er seinem Vater entgegen.

»Ich werde sofort veranlassen, dass sie aus dem Armenhaus herausgeholt wird.« Tristan schob sich an seinem Vater vorbei, ohne ihn anzusehen.

Jean-Luc folgte ihm. Avelines Herz pochte. Sie hatte nicht mit Noels Unterstützung gerechnet. Er und ihr Vater lieferten sich ein Blickduell.

»Du bist zu weich«, meinte der Marquis.

»Besser zu weich sein, als gar kein Herz haben.« Isaac schien endlich seine Sprache wiedergefunden zu haben. Er war so leise und dennoch vibrierte der Raum.

Avelines Nackenhaare stellten sich auf, als stünde sie im Wald einem hungrigen Wolf gegenüber. »Aveline hat recht«, flüsterte Isaac. »Wofür lebt Ihr eigentlich, wenn Euch kein Mensch außer Euch selbst etwas wert ist?« Isaac verließ den Raum durch die Hintertür.

»Ich hoffe, du bist nun zufrieden«, richtete der Marquis das Wort an Aveline. Als wäre es ihre Schuld.

Sie verschränkte die Arme vor der Brust. »Zufrieden damit, dass Renée aus dem Elend, in das Ihr sie geschickt habt, nach Hause geholt wird, ja«, presste sie zwischen ihren Lippen hervor.

Ihr Vater verengte die Augen zu schmalen Schlitzen. »Du hättest zu mir kommen können. Wie ein vernünftiger Mensch. Stattdessen entscheidest du dich, Zwietracht in deiner eigenen Familie zu säen.«

Bevor Aveline etwas erwidern konnte, stellte sich Noel vor sie. »Es reicht«, er klang beherrschter als noch vor ein paar Minuten. »Was habt Ihr erwartet, Vater? Sie ist noch ein Kind, und Ihr habt ihr die einzige Mutter genommen, die sie noch hatte.«

Aveline biss sich auf die Zunge. Tränen drückten hinter ihren Augen. Sie sprachen nicht über Mutters Tod. Niemals. Ihr Vater seufzte.

»Ich hätte nachsichtiger sein können«, stimmte ihr Vater zu.

Aveline hielt die Luft an.

Der Marquis schüttelte den Kopf. »Ich muss aufhören, Jean-Lucs Worten Gehör zu schenken, aus seinem Mund kam noch nie ein intelligenter Vorschlag«, murmelte er und verließ den Raum.

Aveline rauchte der Kopf, das Blut pulsierte viel zu schnell durch ihre Adern. Was hatte Jean-Luc mit all dem zu tun? Aber Renée würde nach Hause kommen, das war alles, was zählte. Ihr Brüder waren hinter ihr gestanden oder wenigstens hinter Renée. Sie wollte bereits erleichtert ausatmen, als sich Noel zu ihr umdrehte.

Sein Blick war nicht kalt, er war abschätzend, wissend, lauernd. Wenn Jean-Luc eine Katze war, die auf Beute lauerte, dann war Noel eine Schlange – geduldiger und so viel tödlicher.

»Das war sehr ungeschickt von dir, kleine Schwester. Du solltest unseren Vater nicht so reizen.«

Noel schritt an ihr vorbei zu einem Globus. Er öffnete den hölzernen Körper und nahm eine Schatulle heraus. Darin befanden sich Zigarren. Es dauerte eine gefühlte Ewigkeit, bevor das eine Ende endlich glühte, und Aveline begann sofort zu husten, als der süßlich schwere Tabakgeruch den Raum erfüllte. Noel setzte sich in den Ledersessel, in dem zuvor Jean-Luc gesessen hatte. Er schlug die Beine übereinander und blickte sie mit hochgezogenen Augenbrauen an.

Seine Haltung reizte Aveline. Glaubte er tatsächlich, so viel besser zu sein als sie? »Wie Vater schon gesagt hat, bin ich nicht mehr lange das Problem dieses Haushaltes«, kam es ihr bitterer über die Lippen, als sie es beabsichtigt hatte. Aber es war nicht einmal gelogen. Wenn ihr Plan aufging, dann war sie in wenigen Wochen weg. Ob sie Gael noch Lebewohl sagen konnte?

Noel nahm einen tiefen Zug von seiner Zigarre. Asche rieselte zu Boden und Rauchschwaden waberten durch den Raum.

»Zwei Livre für deine Gedanken, Aveline. Du denkst an *ihn* nicht wahr? Den Apotheker?«

Aveline sog scharf die Luft ein und musste sogleich husten. Sie konnte es nicht verhindern. Woher wusste Noel von Gael? *Was* wusste er?

Ja, er war wie eine Schlange. Nein, keine Schlange, eine Hydra, und jedes Mal, wenn man ihr den Kopf abschlug, wuchs ein neuer nach! Ihr ältester Bruder war ein Ungeheuer, gegen das sie keine Chance hatte. Aveline bemühte sich um Haltung. Leugnen war zwecklos. Also eine Halbwahrheit?

»Ist es denn so falsch, etwas lernen zu wollen?«, fragte sie unschuldig. Noels Misstrauen entging ihr nicht. »Mutter liebte ihren Garten, die Kräuter und die Blumen, doch viele der Pflanzen benötigen spezielle Pflege. Monsieur Gael ist der Einzige hier, der sich ebenfalls damit auskennt.«

Noel lachte. »Verkauf mich doch nicht für dumm, kleine Schwester! Wenn das wirklich dein Anliegen ist, dann könntest du auch jeden Bauern um Hilfe bitten!«

Er erhob sich, um sich an der Bar ein Glas Brandy einzuschenken. »Ich bin ehrlich ... Es ist mir gleich, was du mit dem Apotheker treibst oder ob du es mit ihm treibst.«

Aveline keuchte erschrocken auf – so vulgär hatte ihr Bruder noch nie vor ihr gesprochen. »Noel, wie kannst du nur so von mir denken?« Er brachte sie mit einer wegwerfenden Handbewegung zum Schweigen.

»Versteh mich nicht falsch, deine Tugend ist mir nicht wichtig. Wichtig ist mir, dass du im September Sebastien ehelichst.«

Plötzlich fiel Aveline das Atmen unendlich schwer. Es war, als ob ihr Bruder ihr eigenhändig einen Schlag in die Magengrube verpasst hätte. »Du bist genauso wie Vater. Du interessierst dich nur dafür, den Reichtum unserer Familie zu mehren!«

Noel wandte sich ihr zu. »Natürlich interessiert mich das, Aveline. Sei doch nicht dumm! Möchtest du etwa, dass einer von uns auf der Straße endet? Isaac wird nicht ewig Soldat bleiben können, Jean-Luc wird immer medizinische Unterstützung brauchen, und wer weiß, wohin es Tristan einmal ziehen wird? Vater steckt sein Geld in unmögliche Projekte.«

»Es war deine Idee!«, kam es Aveline, und ihre Worte fühlten sich bitter auf ihrer Zunge an. »Es war deine Idee, dass ich Großonkel Sebastien heirate.«

»Eine großartige Idee!« Noels Augen glänzten. »Kannst du die Perfektion dahinter nicht erkennen, Schwester? Der alte Mann hat höchstens noch ein paar Jahre zu leben, wenn überhaupt. Er hat keine männlichen Erben. All sein Besitz würde uns zufallen. Und du ... du wärst sofort wieder frei. Aveline, verstehst du denn nicht, was das bedeutet?«

Aveline schluckte und konnte nicht verhindern, dass ihr die Galle hochstieg. Säure breitete sich ätzend in ihrer Mundhöhle aus. Doch dieser Schmerz war nicht annähernd so betäubend wie der seelische.

»Frei?« Sie spukte Noel das Wort vor die Füße, doch er schien es nicht zu verstehen.

»Natürlich, sobald er tot ist, kommst du unter meiner Obhut hierher zurück. Dir wird es an nichts fehlen! Vielleicht mache ich dich sogar zur Gouvernante meiner Kinder, wäre das nicht wunderbar?«

»Und ich kann kommen und gehen, wie und wann ich will? Reisen? Mich weiterbilden? Mein eigenes Geld verdienen?«

»Mach dich nicht lächerlich, Aveline! Du müsstest dich dennoch an die Etikette halten!«

»Wo ist dann die Freiheit, von der du sprichst?«

So starrten sie einander eine Ewigkeit lang an, bevor sie den Raum verließ. Sie wusste, dass Noel keine Antwort für sie hatte.

36. Saint Roseraie

Gegenwart

»Ich liebe dich …«

»Und ich liebe dich …«

»Dann lass uns für immer hierbleiben.«

»Nein, du musst nach Hause gehen.«

»Aber ich will noch nicht gehen.«

»Geh zurück. Sie wartet auf dich.«

Aurelie beugte sich über ihn und hauchte einen Kuss auf seine Stirn. »Nur du und ich. Irgendwann.«

Damien schloss seine Arme um sie und drehte sie herum. Ihre roten Locken verteilten sich über das satte Gras. Dann küsste er sie.

»Du hast versprochen, dass du bei mir bleibst.«

»Aber ich bin doch hier.«

»Nicht an diesem Ort«, beharrte sie.

Das stete Plätschern des Wassers wurde lauter.

»Ich will noch nicht gehen«, hörte er sich selbst flüstern.

Aurélie schenkte ihm ein warmes Lächeln. »Du musst gehen. Ich warte dort auf dich.«

Das Geräusch des Weihers vermischte sich mit einem bekannten, monotonen Piepton, den er früher so oft gehört hatte.

»Nein …«

Ein letztes Lächeln, dann wurde Aurélies Gesicht von einem grellen Licht verschluckt.

Zaghaft öffnete Damien die Augen, aber es war so hell, dass sich seine Lider unweigerlich wieder schlossen. Verdammt, irgendetwas stimmte nicht! Träumte er? Es hatte sich so echt angefühlt ... Verbissen kämpfte er sich durch die Schwere und blinzelte, wobei sich eine Träne aus seinem Augenwinkel stahl. Das grelle Licht verwandelte sich in eine runde Deckenlampe, und das Bild wurde klarer.

Weißer Bettrahmen, weiße Decke. An der Wand gegenüber hing ein kleiner Monitor. Damien blickte an sich hinab. Er trug ein sauberes weißes Shirt, und das gewebte Laken war sorgfältig über seine Hüften gezogen. Der Geruch kam ihm ebenso bekannt vor wie das beharrliche Piepen. Schweiß, Desinfektionsmittel und verwelkte Blumen. Dann verstand er. Er war im Hospital ...

Damien neigte den Kopf. An seinem linken Arm steckte ein intravenöser Zugang, welcher durch einen Schlauch mit einem Beutel verbunden war, der an einem Infusionsständer baumelte.

Schmerzmittel ...

Zentrale Venenzugänge. Er räusperte sich. Fuck! Sein Hals tat weh. Er wollte etwas sagen, aber stattdessen biss er die Zähne zusammen und unterdrückte den Schluckreflex. Er war intubiert worden ... Sein Mund war trocken, die Zunge so rau wie Schleifpapier. Warum konnte er sich nicht daran erinnern, aufgeweckt worden zu sein? Ein ächzendes Geräusch zwängte sich durch seine Lippen. Wie in Zeitlupe hob er die Hand und schob die Decke fort. Er konnte es fühlen. Durch das Shirt hindurch. Den Verband. Das nagende Brennen unter dem festen Stoff. Das stete Pulsieren ...

Ein scharfer Schmerz durchfuhr seinen Kopf. Die Wand und der Fernseher verschwammen vor seinen Augen. Jakes Gesicht erschien über ihm. Der psychotische Ausdruck, der Wahnsinn. Es versetzte ihm einen qualvollen Stich, als er die Worte dieses Bastards in seinen Gedanken wiederholte: »Ich schlage zwei Fliegen mit einer Klappe. Aurélie und ihre Anteile gehören mir! Ich hoffe, du hast sie gut gefickt, denn das war das letzte Mal, dass ihr zusammen wart!«

Damien hatte ihn aufhalten wollen. Dann hatte sich der Schuss gelöst und die Kugel sich in seinen Körper gebohrt. Sein Blut war überall gewesen. Jakes Fratze wurde von Aurélies blutbesudeltem Gesicht abgelöst.

Aurélie ... Wo bist du?

Er zwang sich erneut, die Augen zu öffnen. Und dann sah er sie. Sie kauerte neben ihm, zusammengerollt in einem Stuhl. Ihr Kopf ruhte halb auf seiner linken Hand, die sie fest umklammert hielt. Sie sah blass aus. Schwach. Abgekämpft. Ihre erdbeerblonden Locken waren zu einem einfachen Zopf zusammengefasst, aus dem wirre Strähnen hingen. Damien bewegte die Finger, um ihre Wärme durch den Schmerz dringen zu lassen. Ein Schauer prickelte auf seiner Haut. Aurélie war hier, hier bei ihm. Sie waren am Leben.

Das stete Piepen beschleunigte sich.

Was wäre geschehen, wenn er es nicht geschafft hätte, Jake so lange hinzuhalten, bis die Polizei eintraf? Wer wusste schon, was dieser Psychopath mit Aurélie angestellt hätte? Damien atmete tief ein und aus, während er darum kämpfte, sein Herz unter Kontrolle zu bringen. Er zog seine Hand aus ihrer Umklammerung und berührte ihre Wange.

Erleichterung flutete sein Herz. Ob sie wusste, wie sehr er sie liebte?

Ein leises Klopfen an der Tür unterbrach den Moment. Damien ließ die Hand sinken und schloss die Augen.

»Aurélie?«

Es war sein Bruder. Stuhlbeine kratzten über den Boden.

»Hm? Bin ich eingeschlafen? Ist er aufgewacht?«, hauchte sie.

»Nein, er schläft. Die Ärzte haben gesagt, dass es eine Weile dauern kann, bis er aufwacht.«

»Ich ... ich verstehe das nicht. Er war doch wach, als sie ihn zurückgeholt haben. Warum will er nicht zurückkommen?«

»Dr. Darin sagt, er sei stabil. Manche Patienten brauchen eben etwas länger.«

»Als er das letzte Mal wach war, hat er mich nicht erkannt. Er hat mich angesehen, als ob ich eine Fremde wäre.«

Aurélie gab ein hicksendes Geräusch von sich. »Es ist meine Schuld.« Erneut umfasste sie seine Hand. Damien konnte ihre Tränen auf seiner Haut spüren.

Mist, es zerriss ihm das Herz. Warum bewegte er sich nicht einfach?

»Es ist nicht deine Schuld. Niemand hat Schuld daran. Außer diesem amerikanischen Bastard natürlich.«

»Und mein Vater ... Ich hätte einfach gehen sollen, wie ich es Damien gesagt habe! Aber ich konnte es nicht länger ertragen! Ich wollte mir nichts mehr vormachen. Ich hätte wissen müssen, dass Jake mich finden wird. Aber ich war so egoistisch ...«

»Weil du Damien liebst.«

»Ja«, schniefte sie.

»Und er liebt dich …«

»Nein, er hasst mich. Er … er muss mich hassen! Kosmas, meinetwegen wäre er fast gestorben!«

Kosmas seufzte. »Wärst du einfach gegangen, dann würde ich dir die Schuld daran geben. Diese Kugel ist nichts im Vergleich zu dem Leid, das du hinterlassen hättest, wenn du gegangen wärst.«

Aurélie nahm Damiens Hand und legte sie an ihre Wange. Dann hauchte sie einen Kuss auf seine Handfläche.

»Du solltest dich ausruhen, Aurélie.«

»Ich gehe hier nicht weg, bis er aufwacht. Ich habe mich schon genug ausgeruht. Du hast mich doch gerade aufgeweckt!«, antwortete sie lachend.

»Aber du brauchst frische Klamotten, eine heiße Dusche. Und ein wenig erholsamer Schlaf könnte auch nicht schaden.«

»Ich will nicht.«

»Cassandra wartet draußen auf dich.«

»Verräter …«

Damien musste sich zusammenreißen, um nicht zu lächeln.

»Du bist genau wie er! Was nützt es, wenn du erschöpft und ausgehungert hier neben ihm sitzt? Er wird sich nur aufregen, wenn er erfährt, dass du tagelang kein Auge zugetan und jede freie Minute neben ihm verbracht hast, während er nur hier rumlag. Mach dir keine Sorgen, ich kümmere mich um ihn. Darin habe ich Erfahrung.«

Das *hier rumlag* betonte er extralaut. Kosmas wusste, dass er nicht schlief.

Die Tür öffnete sich.

»Aurélie?« Das war Cassandra. »Nicolas wartet draußen auf uns. Ich habe mich schon um die wichtigsten Dinge gekümmert.«

»Aber ich möchte bei ihm bleiben.« Aurélies Stimme klang angsterfüllt.

»Alles wird gut. Kosmas passt auf ihn auf, während du dich bei Guinevere ausruhen kannst.«

»Nein. Ich ... möchte lieber in seinem Haus sein.«

»Dann bring sie eben in die Apotheke. François ist gerade dort. Die Polizei hat das Haus schon freigegeben«, sagte Kosmas.

»In Ordnung.«

Erneut rutschten Stuhlbeine mit einem Quietschen über den Boden. Eine Locke kitzelte seine Nase. Sie hauchte einen Kuss auf seine Stirn. »Ich komme bald wieder ...«, flüsterte sie.

Dann war sie weg.

Stille. Er zögerte.

»Ich weiß, dass du wach bist. Verrätst du mir auch, warum *sie* es nicht weiß?«

Damien öffnete die Augen. Sein Bruder wechselte den Platz und überschlug die Beine. Dann stützte er sich auf das Bett.

»Drück doch mal auf den Knopf«, krächzte Damien heiser.

»Warum, hast du Schmerzen?«

»Vielleicht schlafe ich dann wieder ein und muss mir deine Vorwürfe nicht anhören.«

Kosmas verdrehte die Augen. »Findest du das etwa witzig? Wir dachten, du stirbst.«

»Aber ich lebe noch.«

»Und es war knapp!«, fuhr ihn sein Bruder an. Tränen schossen aus seinen Augenwinkeln.

»Ich kann mich noch nicht an alles erinnern ...«

»Wäre Aurélie nicht bei dir gewesen, dann wärst du auf dem Boden verblutet. Als Polizei und Rettung ankamen, warst du schon nicht mehr ansprechbar. Die Ärzte mussten dich notoperieren! Die Kugel hatte deine Leber getroffen und steckte noch in einer deiner Rippen. Die dir im Übrigen jetzt fehlt«, fuhr er fort.

Damien gab ein Krächzen von sich, welches wie ein Lachen klang. »Damit kann ich leben.«

»Was hast du dir nur dabei gedacht, Damien? Wie konntest du dein Leben so leichtfertig aufs Spiel setzen? Du wusstest weder, was Jake vorhatte, noch, wann die Polizei da sein würde. Warum musstest du den Helden spielen?«

»Ich habe den Notruf gewählt, bevor ich mich ihm in den Weg gestellt habe. Denkst du, ich hätte eine Wahl gehabt? Dieser Psychopath hatte es auf uns abgesehen!«

»Wenigstens haben sie ihn dieses Mal geschnappt. Ich hoffe, er verrottet in der hässlichsten Zelle, die sie finden konnten.«

»Gut.«

»Gut?«

»Er wird nicht wiederkommen.« Damien drückte die Hand seines Bruders. »Hilfst du mir? Ich will mich aufsetzen. Wenn sie mich besucht, will ich nicht hier herumliegen wie ein ...«

»Wie jemand, der fast gestorben wäre? Außerdem wirst du sie die nächsten Stunden nicht wiedersehen«, schimpfte Kosmas.

»Ich würde es immer wieder tun ... um sie zu schützen.«

Kosmas atmete hörbar laut aus, dann erhob er sich und half Damien, sich aufzusetzen. Die Schmerzen breiteten sich wie ein Lauffeuer in seinem Bauch aus und strahlten bis in seine Fingerspitzen.

»Fuck, warum muss das nur so verdammt wehtun?«, fluchte Damien. Sein Atem beschleunigte sich, und er stöhnte, während er so langsam wie möglich auf das Kissen zurücksank.

»Soll ich die Schwester rufen?«

»Nein.«

Eine Zeit lang sahen sie einander an.

»Du bist genauso stur wie immer! Ich dachte, beinahe zu sterben, würde dich kooperativer machen. Aber da habe ich mich wohl geirrt.«

»Nur, weil ich nicht weinend im Bett herumliege und um eine fehlende Rippe trauere?«

»Du bist erstaunlich gut gelaunt für jemanden, der dem Tod gerade so von der Klinge gesprungen ist. Sonst grummelst du doch auch immer den ganzen Tag vor dich hin und ärgerst dich.« Sein Bruder verschränkte die Arme und lehnte sich in dem Stuhl zurück. »Da ist doch was faul!«

»Es ist genau so gekommen, wie ich es mir erhofft hatte.«

»Drehst du jetzt völlig durch? Wovon zum Teufel redest du da, Damien? Nichts, gar nichts, ist so gekommen, wie wir es uns erhofft haben. Muss ich dich wirklich noch einmal daran erinnern, dass du fast gestorben wärest?«

Behutsam tastete Damien über den festen Verband unter dem Shirt. »Ich habe mir diese Kugel eingefangen, nicht sie. Das war alles, was ich wollte.«

»Aber das war doch nur Glück. Jake hätte einfach weitergehen und auf Aurélie feuern können! So wie auf dich.«

»Glaubst du, ich hatte das geplant? Ich hatte nur Vaters Brieföffner. Aber als Jake mir die Waffe zeigte, wusste ich, was ich tun musste. Dieser Idiot hat mich fünfmal verfehlt.«

»Was?«

»Er war wie ferngesteuert! Ich musste ihn ablenken! Wenigstens so lange, bis die Polizei hier war. Durch das Sirenengeheul blieb Jake keine Zeit mehr, um ...«

Kosmas fuhr hoch und umklammerte die Armlehnen, bis seine Knöchel weiß wurden. »Du bist ein Idiot, ein Trottel, ein Kretin ... Wenn ich könnte, würde ich dich erwürgen! Aber das würde sie traurig machen. Oh, Damien ... Das war das Dümmste, was du jemals getan hast! Und trotzdem ...«

Damien reckte sich, um die Hand seines Bruders zu fassen zu bekommen. Dabei wurde ihm kurz schwarz vor Augen, aber er besann sich.

Kosmas streckte sich und drückte den Knopf. »Trotzdem bin ich stolz auf dich. Weil du die Frau, die du liebst, mit deinem Leben beschützt hast. Auch wenn du uns allen eine Heidenangst eingejagt hast, und ich hoffe, nein, ich weiß, dass sie es verdammt noch mal wert war!«

Das Schmerzmittel wirkte schneller als gedacht.

»Du grinst gerade wie ein dummer Teenager, weißt du das? Zur Strafe werde ich jetzt ein Foto von dir machen und es dir bis ans Ende aller Tage unter die Nase reiben.«

Kosmas zückte sein Handy, dann erhob er sich und umarmte ihn. Damien spürte die Feuchtigkeit an seiner Wange. »Schlaf jetzt, Bruderherz. Ich bleibe bei dir, bis Aurélie zurückkommt.«

»Die Apotheke ...« Damien schloss die Augen. Das Sprechen fiel ihm zunehmend schwerer.

»Um die Apotheke brauchst du dir keine Sorgen zu machen. Ich kümmere mich um alles, bis du wieder auf den Beinen bist.«

Gegen seinen Willen fielen ihm die Augen zu.

37. Saint Roseraie

Samstag, 21. August 1875

Das Fett war zur Genüge angereichert. Aveline klopfte auf die dicke Platte, aus der sich die Pfirsichblütenblätter kaum noch lösen ließen. Wie ging es nun weiter?

Sie entfernte die letzten Blätter. Gut, dass ihre Mutter jahrelang die Blüten in Zuckeralkohol konserviert hatte, um die Entwicklung der Pflanzen zu beobachten. Aveline hatte ihren Vorrat bis auf das letzte Blatt aufgebraucht.

Cordelia wirbelte in ihren Gemächern umher und durchwühlte die Schränke. Sie hatte damit begonnen, Reisetaschen zu packen. Solche, die nur das Nötigste enthielten. Aveline bestand darauf, Korsett und Tournüre zurückzulassen. So etwas wollte sie in ihrem neuen Leben nie wieder tragen.

»Kommt noch etwas in die Taschen?«, fragte Cordelia.

Aveline zuckte mit den Schultern, sie hatte das Packen der Kammerzofe überlassen. Ihre Gedanken drifteten immer wieder zu Gael ab, sie hatte ihn seit Wochen nicht gesehen. Würde sie Abschied nehmen und noch ein letztes Mal in seinen veilchenblauen Augen versinken können? Seine Lippen auf ihren ... Sie seufzte.

»Du denkst an den Apotheker!« Cordelia klang verärgert. »Es gibt im Augenblick Wichtigeres«, ermahnte sie sie.

Aveline schüttelte den Kopf. »Ich brauche ihn. Ich weiß sonst nicht, wie ich das Öl aus dem Fett lösen soll.«

»Koche es einfach, dann wird es flüssig.«

»Und wie bleibt es flüssig? Es stockt doch, wenn es auskühlt.« Aveline legte den Kopf schief. Nein, selbst wenn sie sich nicht nach Gael sehnen würde, sie brauchte ihn. Nachdenklich sah sie zum Fenster hinaus.

»Morgen ist Sonntag.« Cordelia hielt inne.

»Alle werden in der Kirche sein.«

»Alle, bis auf den Apotheker, der das Gotteshaus meidet wie die Pest«, schlussfolgerte Cordelia. »Aber was ist mit deinem Vater und deinen Brüdern ... und Antoinette? Sie werden merken, dass du nicht da bist.«

Aveline kicherte. »Ich bin einfach unpässlich. Irgendeinen Vorteil muss es doch haben, eine Frau zu sein.«

Er schien nicht überrascht zu sein, sie zu sehen.

Gael kniete in der frisch aufgewühlten Erde. Seine Hände gruben sich in den dunklen Untergrund, und für einen Moment wusste Aveline nicht mehr, was sie hier überhaupt wollte.

»Was tust du da?«

Gael sah auf. »Ich pflanze Erinnerungen.« Er deutete auf den Weidenkorb, welchen sie vor drei Monaten auf seiner Theke platziert hatte. Pfirsichkerne befanden sich darin.

Aveline presste die Lippen zusammen. Er würde sie nicht vergessen, so, wie Cordelia es ihr ständig gepredigt hatte. Er wollte sie nicht vergessen! Sie war ihm wichtig.

Als er endlich aufstand, war sie unfähig, etwas zu sagen. In ihrem Inneren prallten Welten aufeinander. Er umarmte sie und küsste ihre Stirn. Sie kämpfte darum, die Tränen zurückzuhalten.

»Wir haben nicht viel Zeit«, flüsterte er in ihr Haar, und der Klang seiner Stimme ließ sie erschaudern.

»Zeig mir erst, wie man das Öl herstellt«, bat sie ihn.

Er nahm ihre Hand und führte sie in den Keller. Der Rosenduft lag schwer in der Luft, obwohl nirgendwo mehr Rosenblüten zu sehen waren.

Auf den Glasplatten befand sich das milchig schimmernde Fett, in das sich die Form der Blütenblätter eingepresst hatte. Es war so viel Arbeit gewesen. Würde es sich lohnen? Gael löste sich von ihr. Er ging zu der Platte und begann damit, das erhärtete Fett mit einem Spatel vorsichtig zu lösen. Es bröckelte und zerfiel. Er achtete darauf, jedes Fragment aufzufangen, und legte es in ein Einmachglas.

Aveline sollte sich auf den Prozess konzentrieren, aber stattdessen konzentrierten sich all ihre Sinne auf Gael. Jeden noch so kleinen Moment wollte sie einfangen. Seine Bewegungen, den fokussierten Blick, ja, sogar jeden Atemzug. Wie eine Fotografie wollte sie diese Erinnerungen in ihrem Gedächtnis aufbewahren. Er holte eine braune Glasflasche aus einem Kasten und entkorkte sie.

Aveline schnupperte an dem Inhalt. »Ich rieche nichts«, bemerkte sie.

Gael nickte. »Es ist ein hochprozentiger Alkohol, nicht zum Trinken geeignet.«

Er füllte den Alkohol in das Einmachglas und schraubte es zu. »Du lässt es stehen. Mindestens eine Woche, an einem kühlen Ort. Dann filterst du die festen Partikel heraus. Immer und immer wieder, bis nur noch das Öl übrig bleibt.«

Aveline presste die Lippen aufeinander, fest davon überzeugt, sich das alles merken zu können. Sie musste. Sie hatte keine Wahl, außer sie wollte als Prügelsklavin für ihren Großonkel enden. Der bloße Gedanke daran verursachte ihr eine schmerzhafte Gänsehaut.

Gael bemerkte es sofort. »Ich habe von dem hohen Besuch gehört …«

Ein Kloß bildete sich in ihrem Hals. Schweigen. Stille. Wie konnte sie Gael erzählen, dass ihr Vater sie wie auf dem Viehmarkt vorgeführt hatte? Sie war eine Sklavin, die um einen angemessenen Preis verschachert worden war. Gael nahm sie in den Arm, so, als könnte seine Umarmung das Böse der Welt von ihr fernhalten. Sie hatte immer gewusst, dass ein Ende kommen würde, auch wenn ihr Herz gehofft hatte, es gäbe eine andere Lösung, als diesen Mann in Frankreich zurückzulassen. Doch es gab sie nicht. Seine Geschwister, Antoinette und der kleine Charlie waren auf ihn angewiesen. Sie schob den Gedanken weit von sich. Nur das Hier und Jetzt zählte. Egoistisch für einen Moment. Nicht an die Konsequenzen denken. Als er sich hinabbeugte, um sie zu küssen, schob sie sich ihm entgegen. Viel zu lange hatte sie verzichten müssen. Viel zu kurz war ihre gemeinsame Zeit gewesen, und viel zu schnell war sie verstrichen.

Die Kirchenglocke schlug und erinnerte sie daran, dass sie nicht ewig im Moment verharren konnten.

»Triff mich noch ein letztes Mal«, hauchte er atemlos.

»Wann und wo?« Sie dachte nicht weiter nach. Sie wollte sich in seiner Umarmung verlieren. In seinen Küssen. Sie wollte mehr. Und es war ihr egal, ob es richtig oder falsch war. Ob sie egoistisch war.

Aber Gael schob sie von sich fort. »Du musst jetzt gehen. Die Messe endet gleich.«

Sie griff nach Gaels Gesicht, und er hauchte ihr einen letzten Kuss auf die Lippen. Zart wie ein Blütenblatt, intensiv wie der Rosenduft.

»Ich besitze einen kleinen Verschlag oben am Weiher, weißt du, wo das ist?«

Aveline nickte, unfähig zu sprechen. Ihr Körper erzitterte, als Gaels Finger über ihre Schläfen fuhren.

»Manchmal ziehe ich mich dorthin zurück«, flüsterte er und küsste sie sachte hinter ihrem Ohr. »Ich werde nächsten Freitag bei Sonnenuntergang dort sein. Und nun geh, Aveline, bevor ich meine gute Kinderstube vergesse.«

Aber sie wollte sich nicht aus seiner Umarmung lösen, nur noch ein Kuss, doch die Kirchenglocken läuteten unnachgiebig. Jetzt half kein Betteln und Flehen mehr. Sie musste gehen. Wenn ihr dieser Abschied schon so schwerfiel ... Womöglich sollte sie es hier enden lassen.

»Lass uns nicht so auseinandergehen«, wisperte Gael, als könnte er ihre Gedanken lesen. Er vergrub seine Hand in ihren weichen Locken und presste seine Stirn gegen ihre. »Gib uns die Chance, uns Lebwohl zu sagen. Einen Abschluss zu finden, mit dem wir beide leben können.«

Aveline schloss die Augen, bevor sie sich abwandte. Ein letztes Treffen. Ein Abschied.

Au revoir für immer.

38. Saint Roseraie

Gegenwart

Wie durch eine Nebelwand bekam Damien mit, dass eine Krankenschwester neben ihm stand und ihm sagte, dass sie den Verband wechseln müsse. Behutsam lüftete sie die Decke. Aber statt ihres gewohnten Lächelns weiteten sich ihre Augen vor Schreck.

Das Piepen des Überwachungsgerätes wurde schneller. Es dröhnte durch die Nebelwand in Damiens Ohren.

»Versuchen Sie, ruhig zu bleiben, Monsieur Roix. Alles wird gut.«

Dabei hämmerte sie auf den Notrufknopf ihres Pagers. Damien wollte sich bewegen, doch die plötzliche Schwere in seinem Körper zwang ihn dazu, still liegen zu bleiben. Angestrengt drehte er den Kopf. Die Krankenschwester setzte sich in Bewegung und brüllte Anweisungen.

Wo war Aurélie? War sie nicht zu ihm gekommen, nachdem Kosmas gegangen war?

»Was ... was ist mit ihm?«

War das ihre Stimme? Sie klang aufgeregt.

»Treten Sie bitte zur Seite, Madame. Dr. Darin ist schon auf dem Weg.«

»Aber wir haben doch nur miteinander geredet! Er hat sich nicht bewegt. Nur seine Hand nach mir ausgestreckt!

Sie haben es doch gesehen, ich … Er hat sich nicht bewegt! Habe … habe ich ihn aufgeregt?«

»Es ist nicht Ihre Schuld. Die Kugel hat seine Leber getroffen. Innere Blutungen nach Schusswunden sind keine Seltenheit und passieren häufiger, als es uns lieb ist.«

»Aber …«

Das Bett klappte nach hinten und setzte sich in Bewegung. Irgendwo im hintersten Winkel seiner Gedanken hörte er Aurélies Schluchzen. Dann wurde das Licht über seinem Kopf immer kleiner, bis er es nur mehr als glühenden Punkt wahrnehmen konnte.

Damien öffnete die Augen und erkannte Aurélie, die über die Treppe nach unten und auf ihn zustürzte.

»Damien!«, schrie sie und fiel vor ihm auf die Knie.

Das Telefon, welches sie an ihr Ohr gedrückt hielt, entglitt ihren Fingern, flog wie Jakes Pistole durch die Luft und zerschellte mit einem ohrenbetäubenden Knall auf dem Boden.

Damien erstarrte und reckte sich, versuchte aufzustehen, doch seine Beine wollten sich nicht bewegen; waren taub geworden. Wieso? Wieso, zum Teufel, konnte er sich nicht bewegen? Sein Kopf schwankte hin und her, während er den Raum nach dem fremden Mann absuchte. Aurélie musste so schnell wie möglich von hier verschwinden!

»Beruhige dich, Damien, hörst du? Du musst ruhig bleiben!«

»Nein, geh nach oben und versteck dich! Er ist noch hier …«, krächzte er und streckte die Finger nach ihr aus, um sie dazu zu bewegen aufzustehen. Doch sie ließ sich nicht fortscheuchen. Natürlich nicht! Aurélie hatte sich kaum jemals etwas von ihm sagen lassen!

Sie ergriff seine Hand.

»Ver…versteck dich!«

»Ich lasse dich nicht allein.« Sie küsste seine Handfläche und schmierte sein Blut über ihre helle Haut.

Entsetzt atmete Damien aus und biss die Zähne zusammen. Sein Handabdruck hatte ein blutrotes Muster auf ihr hinterlassen …

»Halte durch …«, flehte sie ihn an und richtete sich auf. »Sie müssten jeden Moment hier sein.«

»Aurélie …« Damien kämpfte gegen die Müdigkeit, die seine Lider dazu brachte, sich immer wieder zu schließen.

»Bleib wach, Damien! Hörst du mich? Du musst wach bleiben!«

Ein spitzer Schmerz durchfuhr seine Glieder. Obwohl er aufrecht an der Wand lehnte, begann der Raum, sich um ihn zu drehen. Ein Schwall Blut ergoss sich auf seine Brust, besudelte seine Hose.

Ob der Schwindel wohl aufhörte, wenn er sich geschlagen gab und einfach einschlief?

»Damien, sieh mich an!«, schimpfte Aurélie und zwang ihn dazu, seine Aufmerksamkeit auf sie zu richten. Gleichzeitig drückte sie ihre Hände auf das Loch in seinem Bauch, um den Blutfluss zu stoppen.

»Fuck …«

»Denk daran, was passiert, wenn du einschläfst! Kannst du dich denn nicht mehr an dein Studium erinnern, Damien? Was passiert, wenn du einschläfst?«

»Ich … ich werde mich entspannen, und mein Gehirn wird …« Er hustete und erneut bespritzte er Aurélie mit seinem Blut.

»Was, Damien, was?« Ihre Stimme überschlug sich und dröhnte schrill in seinen Ohren.

Damien konnte sehen, wie die Angst ihre Augen fahl werden ließ. Oder waren es seine Augen? Er konnte es nicht mehr genau erkennen.

»Madame? Madame! Treten Sie beiseite.«

Dunkle Gestalten tauchten hinter Aurélie auf. War das sein Ende?

»Wage es ja nicht, mich allein zurückzulassen, Damien Roix. Nicht jetzt. Niemals. Ich verbiete es dir! Ich liebe dich!«, hörte er ihre Stimme.

Damien öffnete die Augen. Von draußen drangen leise Stimmen zu ihm durch.

Jemand beugte sich über ihn. »Willkommen zurück im Leben, Monsieur. Roix.«

39. Saint Roseraie

Freitag, 27. August 1875

Sie hatte sich die gesamte Woche unpässlich gegeben.

Bis auf Tristan, der ihr einen Krankenbesuch abgestattet hatte, war sie in Ruhe gelassen worden. Freitag früh hatte ihr Vater ihr ein Schreiben zukommen lassen, in dem der Termin für die Hochzeit fixiert wurde. Ende September, genau so, wie sie es vermutet hatte. Am Montag würde ein Schneider aus Paris kommen, um Maße für das Hochzeitskleid zu nehmen. Aveline zog es den Magen zusammen. Sie hatte beschlossen, dass dieses Wochenende ihr letztes auf französischem Boden sein würde.

Aveline siebte das Alkohol-Fett-Gemenge durch ein Leintuch in einen Trichter, um das klare Öl in einer kleinen Phiole aufzufangen. Es war zwar noch ein wenig zu früh für diesen Vorgang, aber ihr blieb nicht mehr viel Zeit.

Die Menge war gering. Umso intensiver war die Arbeit gewesen, aber das Endprodukt übertraf all ihre Vorstellungen. Der Raum roch wie ein Pfirsichbaum in voller Blüte. Aber nicht wie irgendein Pfirsichbaum, nein, wie der ihrer Mutter. Aurélie würde den Geruch aus Millionen anderen wiedererkennen. Vermutlich reichte ein Tropfen des ätherischen Öls für ein Duftwässerchen aus. Das Pfirsichblumenöl wäre ein gutes Startkapital für ihr

Geschäft. Trotz der Schwere in ihrem Herzen freute sich Aveline wie ein Spatz über Brotkrumen.

Cordelia kam in den Salon und blickte sie missbilligend an. In den letzten Tagen war die Kammerzofe immer gereizter geworden. War sie nervös? Hatte sie Bedenken wegen der Reise? Machte sie sich Sorgen?

»Fürchtest du dich vor dem Sonntag, Cordelia?«, fragte Aveline. »Immerhin verlässt du deine Heimat, um dein Glück im großen Unbekannten zu suchen.«

Cordelia legte den Kopf schief. »Das gilt wohl auch für dich, Aveline.«

Aveline lächelte. »Aber ich hatte ein wenig mehr Zeit, mich an den Gedanken zu gewöhnen.«

»Dafür muss ich keinen Geliebten zurücklassen«, konterte Cordelia.

Aveline griff sich an die Brust. Sie hatte Cordelia nichts von ihrem Treffen heute Abend erzählt. Irgendetwas hielt sie davon ab, sich ihrer Kammerzofe anzuvertrauen. Gael sollte ihr Geheimnis bleiben. Nur wie sollte sie sich vom Anwesen schleichen, ohne bemerkt zu werden?

»Ich habe eine Bitte, Cordelia.«

Die Kammerzofe horchte auf. »Gewiss doch.«

»Als ich noch klein war, nahm mich meine Mutter abends oft mit in ihren Garten zu den Pfirsichbäumen. Wir legten uns auf Decken ins hohe Gras und beobachteten den Himmel. Sie studierte die Sternenbilder, und ich suchte nach Sternschnuppen.« Das war nicht einmal gelogen, bei der Erinnerung stiegen Aveline Tränen in die Augen. Diese Flucht in ein neues Leben war *ihr* Traum gewesen. *Ach, Maman, wieso kannst du nicht hier sein?*

»Du sprichst kaum über deine Mutter.«

»Ich vermisse sie, aber über sie zu sprechen, macht das Grauen nicht ungeschehen.«

Cordelia nahm ihr das Leintuch aus der Hand und gab ihr ein Neues, um das Öl erneut zu sieben.

Nur noch ein letztes Mal, dann verkorkte Aveline die Flasche.

»Stimmt es, was man über deine Mutter sagt? Ich meine die Umstände ihres To ...?«

Aveline deutete Cordelia an zu schweigen. »Bitte frag mich nicht danach.« Ihre Stimme zitterte. »Diese Reise war ihre Idee. Sie hatte alles bis ins kleinste Detail geplant, und als sie herausfand, das sie erneut guter Hoffnung war, da ... da konnte sie ihren Plan nicht mehr ausführen und verfiel in tiefe Verzweiflung.«

Cordelia nickte. »Du willst also die Nacht im Garten verbringen ... Ich hoffe doch nicht, um den Apotheker zu treffen?«, fragte sie.

Aveline errötete. »Ich habe mich bereits am Sonntag von ihm verabschiedet.«

Cordelia sah sie lange an und zuckte dann mit den Schultern. »Nachdem dich ohnehin nie jemand besucht, sollte es kein Problem sein.«

»Danke.« Aveline strahlte.

Erneut wippte die Kammerzofe hin und her, sah nach oben und nach unten und schaffte es nicht, still zu stehen.

»Was ist los, Cordelia?«

»Nun ja, ich weiß nicht, wie ich es ansprechen soll ...«

»Tu es einfach, ich werde dich schon nicht fressen«, sagte Aveline kichernd.

Cordelia wurde rot. »Diese Reise. Du hast gesagt, dass die Kosten gedeckt sind.«

Aveline nickte.

»Aber es ist ja nicht nur die Überfahrt zu begleichen, sondern auch die Verpflegung und unsere Unterkunft für die ersten Tage. Und wir dürfen auch das Startkapital für dein Unternehmen nicht vergessen. Ich habe kein Geld, und ich befürchte, dass dieser Traum wie eine Seifenblase zerplatzen wird.«

Aveline runzelte die Stirn. »Glaubst du wirklich, dass ich all diese Dinge nicht bedacht habe?«

Cordelia zupfte an ihrer Schürze. »Wir haben nie darüber gesprochen.«

»Ich dachte, das sei klar.« Aveline seufzte. »Meine Mutter hat Goldschmuck besessen, den mein Vater mir als Aussteuer gelassen hat. Außerdem hat sie schon zu Lebzeiten einen Teil ihres Schmuckes verkauft und in Wertpapiere investiert. Sie war eine geschäftstüchtige Frau und hat sich ein geheimes Vermögen angehäuft. Mach dir also keine Sorgen, Cordelia, wir sind versorgt.«

Cordelia nickte und wirkte tatsächlich erleichtert. »Soll ich den Schmuck und die Wertpapiere einpacken?«, fragte sie.

Aveline schüttelte den Kopf. »Es liegt bereits alles in einer Kassette, die ich in einem kleinen Köfferchen verstaut habe.«

Die Kammerzofe blickte sie fragend an. Wahrscheinlich wunderte sie sich darüber, wann Aveline das bewerkstelligt hatte, aber Cordelia hatte einen genauso tiefen Schlaf wie Renée.

Der Name Renée verursachte Aveline keine Bauchschmerzen mehr. Tristan hatte ihr erzählt, dass die alte Frau sich gut erholt habe und auf dem Weg hierher sei. Schade, dass Aveline ihr nicht Lebewohl sagen konnte. Aber das war nicht weiter schlimm, weil sie wusste, dass es Renée gut gehen würde. Isaac überlegte, ein neues Haus zu erwerben und sie mitzunehmen.

Die Sonne stand kurz davor unterzugehen, als Aveline ihre Gemächer verließ. Sie trug eine Decke unter dem Arm, welche sie unter dem Pfirsichbaum zurückließ, und begab sich auf den versteckten Pfad zum Weiher. Zuvor nahm sie noch eine Phiole an sich, die sie in der Decke versteckt hatte. Es war das Pfirsichblütenöl.

Sie kannte den Weg, auch wenn es schon länger her war, dass sie sich mit ihren Brüdern davongeschlichen hatte, um in dem klaren Gewässer zu baden. Isaac hatte sie huckepack genommen, Noel hatte sie alle angeführt und Tristan mit Jean-Luc das Schlusslicht gebildet. Wo waren diese Zeiten hin, als sie Kinder gewesen waren, Geschwister, und nicht nur die Träger ihrer Verpflichtungen. Eine Zeit, in der sie mehr gewesen waren als nur ein Erbe, Soldat, Priester, Pfand und Monster.

Vor der Familie ihrer Kindheit wäre sie nie geflüchtet. Vor Händen, die sie trugen, und Menschen, die hinter ihr standen. Sie presste die Phiole mit dem Pfirsichblütenöl an ihr Herz. Ein letzter Schritt, und sie brach durch das Dickicht hindurch.

Aveline entdeckte Gael sofort. Er saß auf einem aus dem Wasser ragenden Stein. Die Hose hochgekrempelt und die Füße im kühlen Nass, das Jackett achtlos ins Gras geworfen. Auf seinem Schoß lag sein Notizbuch, und seine Finger waren verfärbt von dem dünnen Kohlestift, den er zum Zeichnen benutzte. Zum ersten Mal seit Langem ähnelte er dem Jungen aus ihrer Erinnerung mehr als dem gestrengen Apotheker. Aveline schlich sich an, um ihn nicht zu stören. So könnte sie vielleicht einen verstohlenen Blick auf seine Zeichnung werfen und sie bewundern, bevor er sie bemerkte. Denn was seine Werke anging, war er trotz seines Talentes schüchtern. Sie beugte sich über seine Schulter.

Sofort hielt er in seiner Bewegung inne, schloss die Augen und atmete tief ein. Sein Bild zeigte eine Frau, die am Weiher saß – es war nur eine Skizze, aber Aveline meinte, sich selbst in den Konturen zu erkennen. Ihr Herz wurde ihr schwer. Sie wollte niemals an einen Mann gebunden sein, aber an diesen einen Mann, an Gael, der sie ansah und wirklich sah ... an ihn hätte sie sich binden können. Er legte seine Notizen beiseite und griff nach ihr. Sie glitt auf seinen Schoß. In den letzten Sonnenstrahlen funkelten seine Augen voller Sehnsucht.

»Aveline ...«

Der raue Ton seiner Stimme jagte einen prickelnden Schauer über ihren Rücken. Sie konnte es durch den roséfarbenen Stoff ihres dünnen Sommerkleides fühlen, welches so zart war, dass sich jede seiner Berührungen anfühlten, als würde er ihre nackte Haut streicheln. Ein Kribbeln machte sich in ihrem Bauch breit.

»Du bist gekommen.« Er wartete nicht auf eine Antwort, sondern drückte seine Lippen auf ihren Nacken. Sein warmer Atem tanzte über ihre Haut, und seine Finger gruben sich verzweifelt in ihr Fleisch. Hatte er befürchtet, sie würde nicht erscheinen?

»Bist du schon wieder auf die Pfirsichbäume geklettert?«, fragte er mit erstickter Stimme, als würde sie ihm jeden Moment versagen.

Aveline schüttelte den Kopf, ebenfalls unfähig zu sprechen.

Dann schnupperte er und blickte sie erstaunt an. »Woher kommt dann der Duft?«

Sie enthüllte die Phiole, die sie zwischen ihren Händen verborgen gehalten hatte. Der Anflug eines Lächelns erschien auf Gaels Lippen. »Ich scheine ein guter Lehrer gewesen zu sein.«

»Etwas mürrisch und frech und außerdem ziemlich teuer, wenn du mich fragst«, sagte Aveline in gespieltem Ernst, doch Gael erstickte ihre Aufmüpfigkeit mit einem Kuss, dem sie sich ohne Gegenwehr ergab.

Als sie sich atemlos voneinander lösten, war die Nacht hereingebrochen.

»Komm!« Er zog sie hoch und führte sie um den Weiher herum. Der Mond beleuchtete ihren Weg und tauchte die Umgebung in einen Hauch von Silber. Sternenlicht verfing sich in den Baumkronen, und Glühwürmchen blinkten zwischen den Ästen. Sie erreichten einen Holzverschlag. Im Gras vor der kleinen Fischerhütte, lag eine Wolldecke, auf der ein Weidenkorb stand. *Ihr* Weidenkorb. Er war gefüllt mit Erdbeeren und anderen Leckereien, einer Flasche Rotwein und zwei Gläsern.

»Ich dachte, wir feiern den erfolgreichen Abschluss deiner Lehre.«

Aveline kämpfte mit den Tränen. Noch nie hatte sich jemand so um sie bemüht. Selbst wenn seine Gefühle nicht aufrichtig sein sollten, konnte sie sich damit trösten, dass sie es nie erfahren würde, denn diese Nacht würde ihre letzte sein. Sie würde Gael nie wiedersehen. In ihrer Erinnerung könnte er der sein, für den sie ihn hielt. Der Mann, der ihr zwischen Grillengezirpe und Lavendelbüschen eine Hand reichte und sie dabei ansah, als wäre sie die einzige Frau auf der ganzen Welt.

Sie ließ sich auf die Decke sinken, und Gael folgte ihrem Beispiel. »Ich habe so eine Vermutung«, sagte er und schenkte ihnen den Wein ein. Aveline stieg bereits nach dem ersten Schluck die Röte in die Wangen.

»Was für eine Vermutung?«, fragte sie, dankbar, dass ihre Stimme nicht zitterte, obwohl ihr Innerstes zum Zerreißen gespannt war.

»Dass dieses nicht nur unser letztes vertrautes Treffen sein wird, sondern dass es ein Abschied für immer ist.«

Aveline schwieg. Natürlich hatte er sie schon längst durchschaut.

»Willst du mir davon erzählen?«

Aveline nickte und trank noch einen Schluck von dem bittersüßen Wein, um sich Mut zuzusprechen. Gegen die Tränen kämpfend vertraute sie sich Gael an und erzählte ihm ihre Geschichte. Vom Freitod ihrer Mutter, dem Rezeptbuch, der geplanten Hochzeit mit dem Herzog, ihrer Unsicherheit und ihrem Wunsch nach Freiheit. Alles sprudelte auf einmal aus Aveline heraus, und Gael entpuppte sich als ein geduldiger Zuhörer. Er unterbrach sie nicht, lauschte nur, und als sie fertig war, nahm er sie in den Arm.

Sie weinte, alle Gefühle des letzten Jahres brachen aus ihr hervor. Ihre Tränen durchnässten sein Hemd, doch er schob sie nicht fort, sondern hielt sie nur noch fester, bis auch ihr letztes Schluchzen verebbt war. Sie dachte, dass sich etwas verändern würde, jetzt, da all ihre Geheimnisse gelüftet waren, doch dem war nicht so. Gael hatte sie immer schon gesehen, *wirklich* gesehen. Sie war das offene Buch, in dem er besser lesen konnte als in jedem anderen Menschen. Er ließ sich nach hinten auf die Decke sinken und sah in den Sternenhimmel hinauf. Aveline tat es ihm gleich, kuschelte sich in seine Armbeuge und starrte in die tiefschwarze Nacht, die dank ihm so unendlich hell erschien.

»Du tust recht daran zu gehen, Aveline«, sagte er. »Das Leben, das dich hier erwartet, würde dich zugrunde richten.«

Aveline schluchzte, und eine weitere Träne rollte über ihre Wange. Hatte sie etwa gehofft, er würde sie aufhalten wollen? War sie enttäuscht, dass er es nicht einmal versuchte?

»Außerdem ist es nur logisch, dass du gehst ...« Er drehte sich auf die Seite, um ihr in die Augen sehen zu können. »Alle Menschen, die ich liebe, verlassen mich früher oder später.«

Avelines Herz stolperte über seine Worte. Hatte er ihr gerade seine Liebe gestanden? Sie wagte es kaum, ihn anzusehen. In der Dunkelheit suchte sie nach seiner Hand, und ihre Finger verhakten sich ineinander. Seine Finger, die so rau und gleichzeitig so zärtlich waren.

Er richtete sich auf und beugte sich über sie. Behutsam löste er einen Zweig aus ihrem Haar und legte ihn zur Seite. Aveline verfolgte jede seiner Bewegungen, während sengende Hitze in jede Faser ihres Körpers strahlte.

»Wir müssen nichts tun, das du nicht tun willst.«

Avelines Ohren glühten, denn es war eindeutig, worauf er anspielte. Aber hatte sie nicht genau darauf gewartet? War sie nicht deswegen hier? Ihr Innerstes erzitterte, ob vor Furcht oder gebannter Vorfreude, konnte sie nicht sagen.

Sie wartete nicht darauf, dass er sie in eine Umarmung zog. Sie streckte sich ihm entgegen, denn es war ihre Entscheidung. Nur für einen Augenblick, nicht für die Ewigkeit.

Für einen Augenblick war sie die Seine.

Sie erwachte in Gaels Armen. Er schlief. Aveline wusste, dass sie gehen sollte, doch sie konnte nicht widerstehen, mit ihren Fingerspitzen die Konturen seines Gesichtes nachzufahren. Er war wie einer von Raphaels Engeln – zu schön für einen einfachen Menschen. Vielleicht war das sein Fluch? Er war zu weich, zu sanft für eine von Härte dominierte Welt. So, wie es ihr Fluch war, zu ehrgeizig zu sein – in einer Welt, in der ihr nur wenige Türen offen standen. Es war unfair, sich gefunden zu haben, nur um sich wieder trennen zu müssen. Doch sie würden nicht glücklich werden, das hatte er selbst gesagt. Wenn er ihr jetzt in diesem Moment gestehen würde, dass er sie liebte, dann würde sie bei ihm bleiben. Aber ihr Glück würde schnell verblassen, und die Schuldgefühle würden sie beide wie Albträume heimsuchen. Nein, sie musste gehen!

Nachdem das Feuer der Leidenschaft abgekühlt und die Begierde gestillt war, herrschte wieder Klarheit in ihrem Kopf.

Könntest du doch mit mir kommen …

Hatte sie eben laut gedacht? Erschrocken horchte sie in die Nacht hinaus, doch Gael atmete tief und ruhig. Vorsichtig hob sie seinen Arm und löste sich aus seiner Umarmung. Die Wärme, welche sein Körper ihr gespendet hatte, wurde durch Kälte ersetzt, die sich wie Eiswasser auf ihrer Haut anfühlte. Schnell zog sie ihr Kleid wieder an. In ihrer Rocktasche klirrte es, und sie erinnerte sich daran, dass sie ein Abschiedsgeschenk für Gael hatte. Sie musste es nur noch fertigstellen. Mit zittrigen Fingern griff sie nach dem Flakon, der sich in ihrer Tasche befand. Gleichzeitig suchte sie nach der Phiole, die sie mitgebracht hatte. Dann drehte sie sich um und griff zielsicher nach dem Glasfläschchen voller Rosenöl, welches sie zuvor schon im Weidenkorb entdeckt hatte. So, wie sie gehofft hatte, musste Gael es für sie mitgebracht haben.

Wer hätte geahnt, dass dieser Korb so tief mit ihrem Schicksal verwoben sein würde?

In dem schmalen hohen Flakon schimmerte eine klare Flüssigkeit. Ein geruchsneutrales Alkoholpräparat. Ein Lavendelzweig trieb schwerelos in der Flasche. Lavendel, der in Saint Roseraie wie Unkraut wuchs, Pfirsichblüten, die nur im Garten ihrer Mutter erstrahlten, und Kletterrosen, die sich an dem Gemäuer der Apotheke hinaufschlängelten. So viel von ihr und so viel von ihm und so viel von ihrer Heimat. Sie gab vier Tropfen von jedem Öl hinzu. Vier Tropfen für jeden Monat, den sie mit Gael verbracht hatte.

Aveline schloss den Flakon und schüttelte ihn. Ihr Blick glitt zum Mond hinauf. Vollmond. Er würde ihr den Weg zurück zum Anwesen leuchten. Sie wagte es nicht, Gael noch einmal anzusehen. Vielleicht könnte sie dann nicht mehr gehen. Sie ließ den Flakon auf die Decke gleiten. Ihre Finger streiften das Etikett, das sie noch am vergangenen Morgen beschriftet hatte: *Au revoir.*

Aveline schlich durch den Garten. Die Tränen auf ihren Wangen waren getrocknet. Langsam öffnete sie die gläserne Verandatür, die sie zu ihrem Zimmer führen würde. Sie hatte schon wieder vergessen, die Kerzen auszublasen. Seltsam, dass Cordelia sie nicht gelöscht hatte ... Verwundert sah Aveline auf ihr Bett, es sah zerwühlt aus, die Matratze war zur Seite geschoben worden, außerdem lag der Inhalt ihrer Kleidertruhe auf dem Boden. Angst ergriff sie. Was war hier geschehen? Dann hörte sie Stimmen aus dem Salon.

»Warum hast du nicht warten können?«, schimpfte Cordelia. »Sonntagmorgen wäre es endlich so weit gewesen.«

Aveline sackte das Herz in den Magen. Ihre eigene Kammerzofe hatte sie verraten! Aber an wen und warum?

»Ich hab dir doch erklärt, dass ich das Geld morgen brauche!«, zischte jemand.

Jean-Luc.

Nein!

Erneut brannten Tränen in Avelines Augen. Was sollte sie tun? Sie musste weg. Jetzt.

Aber sie brauchte zumindest das Köfferchen mit der Kassette.

»Wie konntest du nur so dumm sein und dich dermaßen verschulden?« Cordelia war wütend, und das machte sie laut.

Aveline ergriff die Chance, schlich sich in ihr Zimmer und entfernte so leise wie möglich den Spiegel von dem Schminktisch.

»Ich habe Schmerzen ...«, raunte Jean-Luc. »Aber davon verstehst du ja nichts. Ich brauche das Morphin, und Vater ist zu geizig, um es mir zu besorgen.« Seine Stimme wurde zärtlicher. »Ich bin weder ein Trinker noch ein Spieler, so wie dein alter Herr ...«, säuselte er.

Aveline wurde übel. Sie zog den Ziegel aus der Mauer heraus.

»Als ob Rauschgift so viel besser wäre«, hörte sie Cordelia murmeln.

»Ich bin nicht süchtig, ich bin krank, und das weißt du!« Jean-Luc klang verärgert. »Lass es mich nicht bereuen, dich aus der Gosse gerettet und dafür die Alte ins Armenhaus verfrachtet zu haben.«

Aveline hielt inne. Cordelias Verrat ging tiefer, als sie gedacht hatte, doch daran durfte sie jetzt nicht denken. Endlich hielt sie das Köfferchen in der Hand. Ihr Herz pochte ihr bis zum Hals. Jetzt musste sie nur noch unbemerkt von hier verschwinden. Wie gut, dass sie Cordelia nichts von dem Weiher erzählt hatte. Sie könnte sich in dem Verschlag verstecken, zumindest bis zum Morgengrauen. Doch was dann?

Würden Jean-Luc und Cordelia sie am Hafen abpassen? Die Kammerzofe kannte die Reiseroute. Aveline hob das Köfferchen an ihre Brust und wandte sich der Glastür zu. Ihre Panik hatte sie unaufmerksam gemacht, und mit dem Ellbogen stieß sie einen der Kerzenständer um, der auf ihrem Schreibtisch stand. Klirrend fiel das Metall zu Boden, und die Kerzen rollten brennend auf den Kleiderhaufen zu.

»Hast du das gehört?« Jean-Luc erschien in der Tür, doch sie war bereits die zehn Schritte zum Garten gelaufen.

Sie blickte nicht zurück. Sie rannte.

»Verflucht! Lösch das Feuer, ich folge ihr!«, hörte sie ihren Bruder rufen.

Aveline stolperte durch die Dunkelheit. Ihr Herz war ihr drei Schritte voraus, so schnell, wie es pochte.

Nein! Nein! Nein!

So hätte das nicht passieren dürfen! Wenn Jean-Luc sie erwischte, dann konnte sie wie ihre Mutter ins Wasser gehen. Niemals würde sie den Herzog heiraten und sich die Seele aus dem Leib prügeln lassen. Sie war so knapp davor gewesen, ihr Ziel zu erreichen. Sie hatte Gael geopfert, den einzigen Mann, den sie je geliebt hatte … ihn für ihren Traum zurückgelassen, damit sie ein Leben haben konnte! Und nun drohte ihr eigener Bruder, ihren Plan zu vereiteln. Und warum? Wegen des Geldes! Und Cordelia? Was hatte Jean-Luc ihr versprochen? Sie hatte ihr ein Leben in Freiheit geboten, was konnte wichtiger sein?

Als sie bei den Pfirsichbäumen angelangt war, stolperte sie über einen Stein und landete unsanft auf dem harten Boden. Bevor sie sich aufrappeln konnte, beugte sich Jean-Luc über sie und zog sie an ihren Haaren hoch. Er ergriff das Köfferchen, doch sie ließ es nicht los. Seine

Faust landete mit voller Wucht in ihrem Gesicht. Ihre Lippe platzte auf. Er wirbelte sie herum und sie landete auf einem Stein. Wimmernd rollte sie sich zur Seite, während sie nach Luft rang.

»Jean-Luc, was tust du da?« Cordelia war hinter ihm erschienen. Sie hatte das Feuer nicht löschen können, denn der Schein der Flammen drang bis zu den Pfirsichbäumen hindurch. Er tauchte alles in ein orangefarbenes Licht, das sich durch die Dunkelheit schlängelte.

»Was ist mit dem Feuer?« Jean-Luc ließ sie nicht aus den Augen.

»Ich habe es in ihrem Zimmer löschen können, aber dafür hat es sich im Garten ausgebreitet. Wir müssen weg von hier.«

»Die verfluchte Schlampe will den Koffer nicht loslassen!«

Schwarze Punkte tanzten vor Avelines Augen. Blut lief ihr Kinn hinab. Cordelia beugte sich zu ihr herunter, doch sie kroch bebend vor ihr davon.

»Sei nicht dumm!«, zischte Cordelia. »Gib ihm das Geld und flieh! Er interessiert sich doch gar nicht für dich!«

»Wieso?« Aveline hustete.

Cordelia baute sich bedrohlich vor ihr auf. »Wieso? Weil er mir ein Leben in Bequemlichkeit versprochen hat. Mit so viel Einkommen, dass ich nie wieder arbeiten muss.«

»Aber ich habe dir Freiheit versprochen!«

Cordelia lachte. »Freiheit? Wie kannst du nur so naiv sein?« Cordelia spuckte ihr vor die Füße. »Nicht wer über sich selbst bestimmen kann, ist frei, Aveline. Freiheit erkauft man sich mit Reichtum.« Cordelia stellte sich neben Jean-Luc. »Und nun sei ein gutes Mädchen und gib deinem Bruder die Kassette.«

Wenigstens in einem hatte Cordelia nicht unrecht. Ohne ihr Geld konnte Aveline nicht fliehen. Sie brauchte ihr Startkapital, um sich ihre Freiheit zu erkaufen.

»Das dauert mir alles zu lange.«

Mit einem Mal hatte ihr Bruder ein Messer in der Hand. Sie sah das Metall aufblitzen, als Jean-Luc sich ihr näherte. Genauso wie Cordelias vor Angst geweitete Augen. Die Kammerzofe hatte den Wahnsinn ihres Bruders eindeutig unterschätzt.

Er kam immer näher.

Aveline rappelte sich hoch, knickte um, stolperte erneut und landete unsanft auf ihrem Bauch, den Koffer zwischen sich und der Erde ihrer Heimat begraben. Jean-Luc erreichte sie. Dann spürte sie seinen Fuß auf ihrem Rücken. Zunächst nur ganz leicht, als würde er zögern, doch dann mit voller Wucht. Woher nahm er nur diese Kraft? War er nicht ein lahmer Schwächling, der sich kaum aufrecht halten konnte?

Ihr Bruder trat zu. Immer und immer wieder. Ein Schrei entfloh ihrer Kehle, aber schon bald fehlte ihr die Luft zum Schreien. Schmerz überrollte sie, und sie wollte nur noch, dass er aufhörte ... aufhörte, nach ihr zu treten!

»Jean-Luc, das reicht!«, hörte sie Cordelia rufen, aber es klang furchtbar weit weg.

Aveline robbte vorwärts, um dem Fuß ihres Bruders zu entkommen, aber er trat immer weiter nach ihr. Nein, so durfte es nicht enden! Wut sammelte sich in ihrem Bauch und kämpfte sich durch den Schmerz hindurch.

Zwischen zwei Tritten schaffte sie es, sich umzudrehen. Sie benutzte den Koffer, um den nächsten Tritt abzuwehren, und rammte ihr Bein mit voller Wucht gegen die Weichteile ihres Bruders, der stöhnend neben ihr zu Boden ging.

»Du verfluchtes Weibsbild, lerne endlich, wo dein Platz auf dieser Welt ist!«, schrie er.

Aveline kam auf die Beine.

Vor ihren Augen blitze das Metall des Messers auf.

Der Schmerz kam nicht sofort. Erst Sekunden nach dem Schnitt. Erst, nachdem das Blut ihr die Sicht verklärte und ihre Lippen benetzte. Was hatte er getan?

Der Schmerz setzte ein ... wie glühende Kohlen auf ihrer Haut. Von ihrem linken Auge bis zum Ansatz ihres rechten Ohres. Eine Wunde, von der sie jetzt schon wusste, dass sie sich nie gänzlich schließen würde. Eine Narbe, die sie für immer entstellen würde ... Aber war das wichtig? Würde sie diese Nacht überhaupt überleben? Den Schmerzen zum Trotz presste sie den Koffer immer noch an ihre Brust. Darin befand sich nicht nur ihr Besitz, sondern auch das Rezeptbuch ihrer Mutter. Ihr Traum.

Nur schemenhaft nahm sie wahr, wie Jean-Luc das Messer hochriss. Hinter ihm flackerten die Flammen, und das Mondlicht tauchte alles in ein surreales Licht. Er würde zustechen. Sein vom Wahnsinn verzerrter Blick brannte auf ihrem Gesicht. Aber egal was sie sagte, kein Wort würde ihn jetzt noch erreichen.

Sie dachte an ihre Mutter, an Renée, an Gael. Bald war alles vorbei. Der Kampf, der Schmerz ... Würde sie frei sein? Anders frei, als sie gedacht hätte, aber dennoch frei?

Aveline hätte gern die Augen geschlossen, doch sie schaffte es nicht, sich vor dem drohenden Unheil abzuwenden. Das Messer sauste auf sie hinab. Dann hielt Jean-Luc mitten in der Luft inne. Sie hörte das ohrenbetäubende Geräusch des Schusses. Blut spritzte in ihr Gesicht, und sie erkannte das klaffende Loch in Jean-Lucs Stirn. Seine vor Schreck geweiteten Augen, die in ihre starrten, bevor sie nach hinten rollten und sein Körper zu Boden fiel.

Es war vorbei.

Aveline wollte etwas sagen, kämpfte gegen die Ohnmacht an, doch die Dunkelheit hatte sie schneller geschluckt, als ihr lieb war.

Eine Decke hüllte Aveline ein, dennoch zitterte sie. Ihr Kopf lag weich gebettet, und als sie die Augen öffnete, sah sie ihn. Gael.

War das ein Traum? War sie tot?

Dann holte der Schmerz sie ein. Nein, tot war sie sicher nicht! Sie lag immer noch unter den Pfirsichbäumen.

Sie wollte sich nach Gael ausstrecken, doch ihr fehlte die Kraft.

»Was hat sich Jean-Luc nur dabei gedacht?«

War das Noel?

»Er hat schon viel zu lange gegen seine bösartige Natur angekämpft. Heute Nacht hat er den Kampf verloren.« Das war Tristan.

»Er war schwach ...«, sagte Isaac.

Ihre Brüder standen im Kreis. Um Jean-Luc herum?

War er tot? Aber wieso?

Isaac? Er hielt seinen Colt in der Hand.

Aveline sog die Luft scharf ein. Sie wollte sich hochziehen, aber Gael legte sachte eine Hand auf ihre Brust. Warum war er hier? Erneut rollte der Schmerz über sie hinweg, und sie musste sich auf die Seite drehen, um sich zu übergeben.

»Ist sie wach?« Noels Stimme klang geschäftig.

Gael erhob sich.

Sanfte Hände griffen nach ihr. Hände, die sie schon ihr Leben lang kannte. Hände, die sie in der dunkelsten Nacht wiedererkennen würde.

Renée.

Die Kinderfrau zog sie in eine Umarmung und strich ihr über den Rücken. Die Übelkeit legte sich, nur der Schmerz pochte weiter in ihrem Körper.

»Was sollen wir jetzt tun? So kann sie den Herzog nächste Woche unmöglich heiraten.«

»Schämt Euch, Noel, dass Ihr in dieser Situation nur daran denken könnt!«, rief Renée erbost.

Gael stellte sich zwischen Aveline und ihre Brüder. Wie ein Schutzwall.

»Sie hatte vor, nach Amerika zu fliehen, zur Familie Eurer Mutter.« Gaels Stimme war von Wut verzerrt.

Sie erkannte ihn kaum wieder. Avelines Magen krampfte, während die Übelkeit wiederkehrte. Warum verriet er sie?

»Lasst sie fliehen, erzählt Eurem Vater, sie sei gestorben.« Seine Stimme triefte vor Verzweiflung.

Ihr Herzschlag beschleunigte sich. Gäbe es nur eine andere Möglichkeit ... Aber Gael trug immer noch die Verantwortung für seine Familie, während sie in Frankreich in einem goldenen Käfig würde leben müssen.

Schweigen legt sich über die Lichtung. Das Knistern der nahenden Flammen wurde immer drängender. Die Zeit lief ihnen davon. Wie würden sich ihre Brüder entscheiden?

»Und was ist mit dem Herzog?« Noel klang wie ein schmollendes Kind, dem man sein Geburtstagsgeschenk weggenommen hatte.

»Was ist mit der hier?« Isaac trat gegen ein Bündel, das am Boden gekauert dalag. Cordelia hob erschrocken den Kopf.

»Sie sieht Aveline ähnlich genug, der Herzog wird es kaum bemerken.«

»Das wäre skandalös!« Tristan schlug die Hände über dem Kopf zusammen.

»Keine schlechte Idee«, meinte Noel. »Aveline hat fast nie an irgendwelchen Veranstaltungen teilgenommen, kaum einer weiß, wie sie aussieht, und nach dem Tod des Herzogs wäre das Mädchen wieder in unserer Obhut.«

Cordelia schnappte nach Luft. »Ihr wollt mich als die Mademoiselle ausgeben?«

Isaac stieß sie wieder sachte mit dem Fuß, doch es reichte, dass sie zur Seite kippte. »Ich bin eigentlich nicht dafür, dass du belohnt wirst«, knurrte er. »Andererseits ... Ich hörte, er sei sehr grausam zu seinen Frauen. Aber sieh es positiv! Du wirst im Luxus schwelgen. Wenigstens eine Zeit lang ...«

Cordelia schwieg. Aveline hielt die Luft an. War es möglich, dass sie trotz allem in die Freiheit fliehen könnte?

»In solch einer schlechten Verfassung kann Aveline unmöglich heiraten ... Und wird sie eine Reise überstehen?« Das war Renée.

Würde ihr die alte Dame einen Strich durch die Rechnung machen?

Aveline wollte etwa sagen, doch sie konnte sich kaum bei Bewusstsein halten.

»Ich werde sie begleiten.« Renée drückte Aveline fest an sich.

Tränen traten in Avelines Augen. Was? Hatte ihre alte Kinderfrau das gerade eben wirklich gesagt?

Renée ließ sie los, und zwei starke Arme hoben sie empor. Seife, Kamille und Feuer. Gael. Er hielt sie fest.

»Ich werde sie zum Hafen bringen und ihre Wunden versorgen.«

»Nehmt eine unserer Kutschen«, sagte Noel.

Die Turmglocke der Kirche läutete bereits, bald würden die Menschen aus Saint Roseraie herbeieilen, um beim Löschen des Brandes zu helfen.

»Wir sollten uns beeilen, die Flammen kommen immer näher«, drängte Tristan.

»Ach, sollen sie den Garten und unseren Bruder ruhig verschlingen.« Kein Funken Reue lag in Isaacs Stimme.

Erneut griff die Dunkelheit nach Aveline, doch dieses Mal raubte sie ihr nicht mehr den Atem. Die Angst war verschwunden. Ihr Traum würde wahr werden. Sie würde mit ihrer Mutter nach Amerika reisen.

40. Saint Roseraie

Gegenwart

»Na, sind die Schwestern froh, dass sie dich endlich los sind?« Kosmas lachte, während er Damiens Kleidung faltete und penibel ordentlich in die Reisetasche stapelte.

»Ich wollte ja heimgehen, aber kein verdammter Arzt in diesem Krankenhaus wollte mich entlassen!«

»Ja, weil niemand wollte, dass du unterwegs verblutest!«, antwortete sein Bruder.

»Mhm.«

»Ich habe zwar nicht damit gerechnet, dich nach drei Wochen Krankenhausaufenthalt komplett verändert zurückzubekommen, aber gerade du müsstest es doch besser wissen. Ich meine ein, zwei Nahtoderfahrungen dürften doch etwas mit dir angestellt haben«, stellte Kosmas trocken fest.

»Sehr witzig ...« Damien verdrehte die Augen.

»Nicht wahr? Ich finde das auch ganz besonders witzig.«

Damien lehnte sich in dem Stuhl zurück und seufzte. Dann stellte er die Frage, die ihm schon auf der Seele brannte, seit sein Bruder zur Tür hereingekommen war, um ihn abzuholen. »Wo ist sie, Kosmas? Ich dachte, sie würde dich begleiten.«

Kosmas hielt kurz inne, aber dann machte er sich daran, Damiens Kulturbeutel zu packen.

Hatte er ihn nicht gehört? »Kosmas? Was ist los?« Jetzt wurde er misstrauisch. Denn wenn sein Bruder seine überschüssige Energie dazu nutzte, unnötige Dinge zu tun, wie dreckige Wäsche in eine Sporttasche zu sortieren, dann stimmte irgendetwas ganz und gar nicht. Damien langte nach seinem Handy. Keine neuen Nachrichten.

»François wartet im Auto auf uns. Soll ich dich stützen?« Kosmas hatte die Tasche über seine Schulter geworfen und trat neben ihn.

»Ich bin doch nicht gehbehindert!«, zischte Damien und richtete sich auf. Die Schmerzen waren leichter geworden, beinahe verkraftbar. Aber immer noch stark genug, um ihn daran zu erinnern, dass er sich schonen sollte. Gott, wie sehr er diesen bemitleidenswerten Zustand hasste! Langsam bewegte er sich vorwärts, die Hand schützend auf den Verband gelegt, welchen Schwester Shah eben gewechselt hatte.

»Nein, aber du wurdest angeschossen und bist zweimal fast gestorben. Entschuldige, wenn ich mir Sorgen um dich mache!«, schnappte Kosmas. Trotzig hakte sich sein Bruder bei ihm unter, und Damien schluckte den Fluch, der ihm auf der Zunge lag, hinunter.

»Du hast recht.«

Kosmas erstarrte. »Wie bitte?«

»Glaub ja nicht, dass ich das ein zweites Mal zugeben werde.«

Eine beringte Hand legte sich auf seine Stirn. »Fieber hast du jedenfalls keines mehr.«

»Spuck's aus, Bruder. Ich kann es verkraften.«

»Ich spucke nicht.« Kosmas verzog angewidert das Gesicht.

»Warum meldet sie sich seit Tagen nicht bei mir? Warum holt sie mich nicht ab?«, bohrte Damien weiter.

»Hast du alles? Dann können wir ja endlich los.«

»Beantworte meine Fragen, verdammt!«

Kosmas schüttelte verärgert den Kopf und ließ von ihm ab. Hinfort war sein immerzu gut gelaunter Zwillingsbruder.

»Du verschweigst mir doch etwas?« Doch ehe er noch etwas sagen konnte, war Kosmas schon zur Tür draußen.

Was zum Teufel ist hier im Busch?

»Geben Sie gut auf ihn acht. Er muss sich unbedingt schonen.«

Kosmas wartete neben dem Pflegestützpunkt auf ihn und unterhielt sich mit dem behandelnden Arzt. Es war Dr. Darin, der Chirurg, der ihm zweimal hintereinander das Leben gerettet hatte.

»Ich werde ihn daran erinnern. Aber da sich mein Bruder manchmal wie ein trotziges Kleinkind benimmt, kann ich für nichts garantieren. Seien Sie also nicht verwundert, wenn Sie ihn schon in ein paar Tagen wieder zusammenflicken müssen.« Kosmas verdrehte die Augen und warf Damien einen eindeutigen Blick zu, welchen dieser mit einem leisen »Pfft« quittierte.

Dr. Darin lachte. Die Schwestern kicherten.

Dann verließen sie endlich das Hospital. François parkte direkt neben dem Haupteingang und stieg sofort aus, als er sie kommen sah. Er runzelte die Stirn, vermutlich weil Kosmas hoch erhobenen Hauptes vor Damien herging, ohne ihn zu stützen oder sich anderweitig um ihn zu kümmern.

»Ist irgendetwas passiert?«, fragte er vorsichtig.

»Wo ist Aurélie?«, brach es aus Damien hervor.

»Ach, darum geht's.« François setzte sein Pokerface auf. »Dazu kann ich dir leider auch nichts sagen.«

»Nicht du auch noch ...« Damien seufzte.

François half ihm ins Auto. Dann rutschte sein Bald-Schwager hinters Steuer und ergriff die Hand seines Bruders. Ihre Finger verhakten sich miteinander. Ein Stich verengte Damiens Brust. Weil er sie vermisste. Weil er sich danach sehnte, sie zu berühren. Der Motor des stahlgrauen Mercedes startete. Damien lehnte sich zurück und beobachtete die vorbeiziehenden Wolken durch die Autoscheibe. Obwohl es draußen unerträglich heiß war, sah es nach Regen aus; passend zu dem Gewittersturm, der sich in seinem Inneren zusammenbraute.

Wo bist du?

Ich habe auf dich gewartet.

Aurélie?

Damien atmete tief durch und ließ das Handy sinken. Immer wieder linste er verstohlen auf das Display. Gott, er war wie besessen von ihr ... Vielleicht weil er sich tief im Inneren immer noch davor fürchtete, dass sie ihn verlassen hatte und nach L. A. zurückgekehrt war. Trotz allem, was sie miteinander durchgemacht hatten. Aber reichte das aus? Ein brüchiges Band, das seinen Weg aus der Vergangenheit in die Gegenwart gefunden hatte? Aurélies Weg in die Freiheit war verloren. Der Deal, den sie mit ihrem Vater gemacht hatte, geplatzt.

»Alles in Ordnung?« Kosmas warf ihm einen besorgten Blick zu.

Damien antwortete nicht. Das musste er auch nicht. Denn sein Bruder kannte ihn gut genug, um zu wissen, was in ihm vorging.

Eine gute Stunde später erreichten sie Saint Roseraie. François parkte direkt neben dem Gartenzaun, an dem sie ihm zuletzt ihre Liebe gestanden und ihn wieder verlassen hatte. Aber das war, bevor er ihren Ex verprügelt hatte und von ihm angeschossen worden war. Damien rutschte über den Sitz auf die andere Seite und stieg aus. Kosmas war gerade dabei, seine Sachen aus dem Wagen zu holen, als er an ihm vorbeiging.

»Wo willst du hin?«, rief er ihm nach, doch Damien ignorierten ihn.

Seine Knie zitterten, als er das gegenüberliegende Haus erreichte.

À vendre

Damien schluckte. Sie war fort? Nein ... Er umfasste den goldenen Türknauf und rüttelte daran. Abgeschlossen. Die ersten Regentropfen fielen. Damien atmete geräuschvoll aus. Dann wandte er sich ab. Kosmas und François warteten bereits auf ihn. Wie ferngesteuert überquerte er die Straße und trat zwischen die beiden Männer, die ihn wie ein Kind in ihre Mitte nahmen. Die Apotheke war wiederhergestellt. Nichts erinnerte mehr an das Blutbad, das hier stattgefunden hatte.

»Wir haben uns darum gekümmert, während du weg warst.«

Kosmas hatte seine unausgesprochene Frage beantwortet. Damien ging um die Theke herum. Seine Finger glitten über die blank geputzte Glasplatte, und er dachte an den Obstkorb, den Gael einst so eindrucksvoll in seinen Memoiren beschrieben hatte. Damien verzog die Lippen zu einem kleinen Lächeln. Er sollte sich glücklich fühlen, wieder hier zu sein. Noch am Leben zu sein. Aber das war es nicht, was er fühlte. Denn gerade fühlte er gar nichts. In einem der losen Tagebucheinträge, die er zwischen den Briefen und Zeichnungen gefunden hatte, erzählte Gael von den tropfenden Früchten und einer engelsgleichen Erscheinung, die ihn daran erinnert hatte, was wirklich wichtig war. Natürlich war das hier nicht mehr dieselbe Platte wie damals. Er sah Aurélies Gesicht und spürte ihre Wärme, erinnerte sich an ihre geflüsterten Worte, bevor er das Bewusstsein verloren hatte. Aber was nützte all das, wenn sie wirklich fort war? All diese Erinnerungen, das Vermächtnis ihrer Großeltern, das er mit ihr hatte teilen wollen.

»Der Schlüssel ist wieder in der Glasflasche. Aurélie hat ihn gefunden.«

Gemeinsam betraten sie das Hinterzimmer. Die Blutlache war verschwunden. Jetzt stand er direkt darauf. Das versiegelte Loch in seinem Bauch versetzte ihm einen schmerzhaften Stich, und sein Magen vollführte einen Salto. Sein Puls beschleunigte sich, und er rang nach Atem.

»Alles okay?«

Kosmas legte einen Arm um seine Schultern. Damien spannte sich an und umfasste das Geländer. Fuck, es tat so weh! Dabei konnte er kaum mehr unterscheiden, ob die Schmerzen aus seinem Bauch oder aus seinem Herzen kamen.

»Nicolas hat das Stiegenhaus gestrichen«, flüsterte sein Bruder, um ihn abzulenken.

»Danke.«

Weil sein Blut eine mächtige Sauerei hinterlassen hatte … Damien ließ die Hand fallen. »Ich möchte jetzt allein sein.«

»Kommst du klar?«

»Die Treppe wird mich schon nicht umbringen.«

»Ruf an, wenn du Hilfe brauchst.«

»Ja, ja.«

Kosmas umarmte ihn.

»Kosmas?«

»Ja?«

»Ich habe *Au revoir* verbrannt.«

»Und?«

Und? War er denn nicht wütend auf ihn? Wenigstens ein kleines bisschen? Immerhin hatte er einen Teil des Familienerbes zerstört. Es einfach in Flammen aufgehen lassen …

»Ist mir egal, Damien. Du hast getan, was nötig war. Anders als du hänge ich nicht an diesen alten Kamellen. Das war schon immer eher dein Ding. Unsere Familie wollte nie, dass es verkauft wird. Wunderbar! Jetzt ist es weg. Es hat uns sowieso nur Unglück gebracht …«

Damien horchte auf. Aber hatte es das wirklich? Denn wenn es das Parfum nicht gäbe, dann hätte er Aurélie nie kennengelernt. Sich nie in sie verliebt …

»Und Damien?«

»Hm?«

»Ich wollte es dir sagen, aber ich konnte es nicht. Aurélie hat mich darum gebeten, und was wäre ich für eine beste Freundin, wenn ich ihr diesen Wunsch einfach ausgeschlagen hätte? Aber wenigstens bist du mein Bruder und wirst mir das irgendwann verzeihen …«

Damien sagte nichts. Kosmas und François verabschiedeten sich. Dann war er endlich allein. Aber anstatt nach oben zu gehen und sich hinzulegen, ging er nach draußen. Die vereinzelten Regentropfen hatten sich in einen warmen Sommerschauer verwandelt.

Dass er nass wurde, war ihm egal. Es war ihm auch egal, dass er doppelt so lange brauchte, um zu den Obstbäumen zu gelangen. Im Vorbeigehen warf er prüfende Blicke auf seine Beete. Kosmas hatte sich gut um seine Pflanzen und Kräuter gekümmert. Als er endlich auf der anderen Seite angekommen war, war seine Kleidung durchnässt. Wie damals, als er durch den Regen gelaufen war, um bei Aurélie zu sein.

Es tat weh. So unsagbar weh ... Er lehnte sich an einen der drei Pfirsichbäume und schloss die Augen. Dann ließ er den Tränen freien Lauf. Aber nicht aus Wut oder Enttäuschung. Nein, es war Trauer. Aurélie war gegangen. Trauer und Wut. Weil sie ihm die Möglichkeit genommen hatte, sich von ihr zu verabschieden. Nach allem, was sie gemeinsam durchgemacht hatten, hätte er das Recht gehabt, diese Entscheidung selbst zu treffen.

Warum?

Er verstand es nicht. Sie hatte ihn regelmäßig besucht und noch vor ein paar Tagen hatte sie ihm geschrieben, wie sehr sie ihn vermisste. Seitdem meldete sie sich nicht mehr. Ein heiserer Laut drang aus seinem Mund. Ein Schluchzen. Damien ballte die Hände zu Fäusten. Selbst der Tod seiner Eltern hatte ihn nicht so aus der Fassung bringen können. Verdammt! Er hasste es. Alles hier. Ob es Gael ähnlich ergangen war, nachdem Aveline das Schiff betreten hatte? Welch Ironie ... Damien schluckte.

Dann öffnete er die Augen. Die grauen Wolkenschwaden waren jetzt noch dunkler als zuvor. Beinahe schwarz. Er sollte ins Haus gehen, aber seine Beine wollten sich nicht bewegen. Wie lange stand er schon hier? Sekunden, Minuten oder Stunden? Erneut atmete er kehlig aus. In der Ferne zeichnete sich ein Schatten ab, der sich immer schneller auf ihn zubewegte. Halluzinierte er? War ihm der süßliche Duft der Pfirsiche zu Kopf gestiegen? Vor ihm manifestierte sich eine schmächtige Gestalt, die ihm merkwürdig vertraut war.

Die Pfirsiche ...

Damiens Knie wurden weich wie Gummi. Er strauchelte und bekam einen der knorrigen Äste zu fassen.

... der tropfende Obstkorb.

Gael hatte ihn immer wieder gezeichnet, fast so oft, wie er Aveline porträtiert hatte. Ein Obstkorb voller weißer Pfirsiche. Konnte es tatsächlich so einfach sein? Fassungslos griff er nach einer der jetzt reifen Früchte und pflückte sie. Dann biss er hinein und der Geschmack explodierte in seinem Mund. War das die Lösung, nach der sie so lang gesucht hatten? Er hatte schon so oft von ihnen gegessen, und Kosmas' Kompott hing ihm mittlerweile zum Hals heraus. Ein frischer Duft erfüllte die regenschwere Luft um ihn herum. Noch nie hatte er ihren Geruch so intensiv wahrgenommen. Aus den Augenwinkeln erkannte er ein Gesicht. Ihr Gesicht.

Aveline? Nein, es war Aurélie. Seine Aurélie.

Keuchend kam sie vor ihm zum Stehen. Ihre Kleidung war durchnässt, das Haar klebte in feuchten Wellen an ihrem Kopf. Der Pfirsichkern fiel auf den Boden.

Und plötzlich war er sich ganz sicher. Die fehlende Komponente ... Pfirsiche. Avelines Pfirsiche ...

»Ich habe dich gesucht.« Ihre Stimme klang erleichtert. Wollte sie sich etwa doch noch von ihm verabschieden? Sie blickte ihn an, ihr Brustkorb hob und senkte sich bebend, weil sie so schnell gelaufen war. »Warum bist du hier draußen? Der Garten kann doch warten! Oder habe ich mich etwa nicht gut genug darum gekümmert, dass du auf der Stelle alles in Ordnung bringen musst?« Sie überbrückte den Abstand zwischen ihnen.

Damien erstarrte. *Sie* hatte sich um den Garten gekümmert? Er dachte, Kosmas wäre es gewesen.

»Damien, hörst du mich?«

Ihre Finger streiften seine Wange. Ohne es zu wollen, zuckte er zusammen und trat einen Schritt zurück. Dabei starrte er zu Boden, weil er es kaum ertragen konnte, sie anzusehen. Jetzt wusste er, wie Gael sich gefühlt haben musste, als er Aveline fortgeschickt hatte.

»Ich habe das Verkaufsschild gesehen«, brachte er mühselig hervor. Der Muskel über seinem Auge zuckte, doch er würde nicht nachgeben. Er würde ihr nicht zeigen, welchen Scherbenhaufen sie in ihm hinterlassen hatte.

»Was? Ach das ... Ich wollte es dir eher sagen, aber der Papierkram hat mich die ganze Woche beschäftigt. Ehrlich gesagt habe ich mir das alles auch viel einfacher vorgestellt. Und weil mein Anwalt nicht eher Zeit hatte, musste ich das mit den Papieren heute regeln. Dabei habe ich mir solche Mühe gegeben, Kosmas durfte dir auch nichts verraten! Also, kommst du?« Ihre Lippen verzogen sich zu einem Lächeln.

Warum lächelte sie?

»Es war die richtige Entscheidung. Die richtige Wahl.«

»Eine gute Entscheidung?«, entfuhr es ihm. »Ist es wirklich so einfach für dich?«

»Ja, das war es. Einfach. Ich habe meinem Vater erzählt, was passiert ist. Die Schuld hat ihn buchstäblich aufgefressen, also hat er zugestimmt.«

»Nein, zum Teufel!«, grollte er. Er vergaß das Loch in seinem Bauch und ergab sich dem qualvollen Schmerz, den die Scherbe, die sie ihm direkt in die Brust gedrückt hatte, in ihm auslöste. Zielgenau, mit Präzision. Wie eine Chirurgin. Jetzt war er es, der einen Schritt auf sie zumachte. Mit brennenden Augen blickte er auf sie herab. Dabei war es ihm scheißegal, ob sie es sah – die Spuren, die seine Tränen dort hinterlassen hatten.

»Ich dachte, du willst das auch?« Sie sah ihn unsicher an.

»Denkst du, ich will, dass du gehst? Nein, ich will, dass du hierbleibst! Ich wollte mit dir alt werden, verdammt noch mal!«

Aurélie zuckte zusammen. Verwirrt starrte sie zu ihm hoch. Fassungslos, während dicke Regentropfen über ihr Gesicht perlten. Aber dann begannen ihre Augen zu leuchten, und sie schenkte ihm ein Lächeln voller Liebe und Zuneigung. Wortlos ergriff sie seine Hand und führte ihn langsam weg von den Pfirsichbäumen ... bis zu dem Ort ihrer ersten Begegnung, dem Zaun, der ihnen schon des Öfteren als Treffpunkt gedient hatte.

»Was hast du vor?« Seine Stimme klang rau, während er sie dabei beobachtete, wie sie über die nassen Holzlatten auf die andere Seite kletterte.

Dann zückte sie ihr Handy und grinste ihn breit an. »Hey, Sie! Können Sie mir sagen, wo ich die hiesige Dorfapotheke finden kann? *La pharmacie.*« Ihr Französisch klang jetzt bedeutend besser als damals.

»La pharmacie se trouve juste au coin de la rue«, antwortete er.

»Ach wirklich? Ich suche den Inhaber. Ein gewisser Damien Roix. Kennen Sie ihn zufällig?«, fragte sie.

»Ich kenne ihn. Er ist ein mürrischer Zeitgenosse.« *Und ein Vollidiot!*

Aurélie lachte. »Ich denke nicht, dass wir Probleme miteinander haben werden. Ich danke Ihnen für Ihre Hilfe, jetzt werde ich sie bestimmt gleich finden.« Sie winkte ihm zu und verschwand ums Eck. Damien starrte ihr nach, dann machte er auf dem Absatz kehrt. Völlig außer Atem erreichte er die Hintertür und betrat den Verkaufsraum. Aurélie wartete dort auf ihn.

»Bonjour, sind Sie der Inhaber der Apotheke? Monsieur Roix?«, fragte sie ernst.

»So, wie es aussieht, bin ich das wohl.«

»Gut, ich habe Sie gesucht, weil ich eine Bitte an Sie habe. Ich bin auf der Suche nach der Rezeptur eines bestimmten Duftwassers. Es gehörte meiner Ururgroßmutter, und ich vermute, dass Sie im Besitz einer Abschrift dieser Rezeptur sind.«

»Warum suchen Sie danach?«

»Ich brauche es, um die Bedingungen eines unmöglichen Deals mit meinem Vater zu erfüllen, damit ich endlich frei sein kann. Darum hatte ich gehofft, Sie könnten mir dabei helfen, es zu vervollständigen.«

»Nun ...« Damien beugte sich über die Theke, bis sich ihre Nasenspitzen berührten. »Ich habe da vielleicht etwas für Sie, was Sie tatsächlich interessieren könnte! Wenn Sie mir fünf Minuten geben, dann hole ich es. Ich bin momentan körperlich etwas ... na ja, sagen wir ... eingeschränkt.«

Eine Träne rollte über Aurélies Wange, als sie ihre Finger nach ihm ausstreckte. Er atmete geräuschvoll aus und schmiegte sich in ihre warme Handfläche. »Natürlich warte ich«, flüsterte sie so leise, dass er Mühe hatte, sie zu verstehen.

Dann entzog er sich ihrer Berührung, drehte sich um und ging nach oben. Er brauchte eine gefühlte Ewigkeit, aber Damien wusste, dass sie unten auf ihn warten würde. Egal wie lange es dauerte. Was er suchte, lag in dem Regal zwischen all den Briefen, Notizen und losen Tagebucheinträgen seines Ururgroßvaters. Er hatte es im Keller gefunden, bevor er sich daran versucht hatte, *Au revoir* herzustellen. Ein kleiner, runder Flakon aus Glas. Er strich mit dem Daumen darüber und verschloss ihn in seiner Faust. Dabei klopfte ihm sein Herz bis zum Hals. Das unbeschriftete Gefäß war leer. Aber das war egal. Er war sich sicher, dass es jener Flakon war, in dem sich einst auch *Au revoir* befunden hatte. Und er würde ihn ihr geben. Weil er ihr gehörte. Für einen Moment schloss er die Augen und stützte sich auf das Regal. Ein warmes Gefühl breitete sich in seiner Magengegend aus. Aurélie war geblieben. Und er würde sie nie wieder gehen lassen.

Sie war noch da, als er keuchend unten ankam. Die Wunde schmerzte, und er hörte Dr. Darins warnende Stimme, die ihn eindringlich mahnte, sich zu schonen. Aber das war ihm jetzt egal. Aurélie warf ihm einen fragenden Blick zu, als er den alten Flakon vor ihr abstellte.

»Ich habe ihn im Keller gefunden. Er hatte ihn gut versteckt.« Aurélie nahm ihn in die Hand und schüttelte das stark angelaufene Glas. »Da ist etwas drin«, sagte sie erstaunt.

»Was?« Wie hatte Damien das übersehen können? Er musste wirklich sehr betrunken gewesen sein ... Gemeinsam entkorkten sie den Flakon, und tatsächlich kam ein vergilbter Zettel zum Vorschein. Vorsichtig, um das brüchige Papier nicht zu beschädigen, entrollte Aurelie das Notizblatt und las vor.

Sie ist fort. Für immer. Das Schiff ist mir ihr und der Gouvernante in See gestochen. Sie hat mein Herz mitgenommen. Nun bleibt mir nichts mehr von ihr als Erinnerungen. Und ihr Geschenk. Der verlorene Duft der Pfirsiche. Und dieser vermaledeite Obstkorb.
Ich werde beides in Ehren halten. Antoinette und ich werden heiraten, und meine Seele splittert bereits bei dem Gedanken, sie am Altar stehen zu sehen und nicht meine geliebte kleine Mademoiselle.

»Der verlorene Duft der Pfirsiche …«, flüsterte Aurélie, das gläserne Gefäß in ihrer Hand haltend, als wäre es der kostbarste Schatz, den sie je gesehen hatte. Er hatte recht gehabt. Es war tatsächlich der Pfirsich gewesen!

»Nun, Mademoiselle Evans. Jetzt, da Sie *Au revoir* in Ihrem Besitz haben, was werden Sie damit tun?« Damien stützte das Kinn auf seine Hand und blickte sie an. Das Blut pochte in seinen Ohren, und er fühlte sich einer Ohnmacht nahe, während er auf ihre Antwort wartete.

Aurélie blickte ihn an.

Plötzlich stand sie vor ihm. Obwohl er in sich zusammengesunken an der Theke lehnte, war sie immer noch viel kleiner als er. So wunderbar passend … Sie strich ihm das nasse Haar aus der Stirn. Dann nahm sie sein Gesicht in ihre Hände und küsste ihn voller Sehnsucht.

»Ich werde das Parfum in Ehren halten und jeden Tag daran denken, wie dankbar ich meiner Ururgroßmutter bin, dass ich dich treffen durfte.« Sie ergriff den goldenen Anhänger um ihren Hals und öffnete die Schließe. »Ich habe es reparieren lassen, als du im Krankenhaus warst.«

Damien betrachtete die Porträts im Inneren. Eines zeigte Aveline. Sie lächelte ... zufrieden. Das zweite zeigte Gael als jungen Mann. »Ist das so, Mademoiselle Evans?«

»Das ist so, Monsieur Roix. Denn falls es dir doch entgangen sein sollte ... Ich habe mich in deine mürrische Art verliebt.«

Epilog

»Danke, dass du extra für mich eine Ausnahme gemacht hast, mein Junge. Dabei hast du doch bestimmt noch genug zu tun?«

Damien verzog die Lippen zu einem kaum merklichen Lächeln und schüttelte den Kopf. »Manche Dinge lassen sich eben nicht aufschieben, Madame … auch nicht, wenn man eine Hochzeit feiert. Wir wollen ja nicht, dass Sie einen Herzinfarkt bekommen, während Kosmas und François die Ringe tauschen.«

Madame Rivans nickte dankbar, richtete ihren federgeschmückten Hut und streifte den braunen Papierbeutel wie einen teuren Armreif über ihr Handgelenk. »Dabei bin ich doch noch gar nicht so alt!«, jammerte sie, schürzte die Lippen und kicherte. »Bitte richte Kosmas meine herzlichsten Glückwünsche aus. Das ganze Dorf freut sich mit ihm und François.«

»Ich würde niemals wagen, das zu vergessen, meine Liebe.« Damien hielt ihr die Tür auf.

Die ältere Dame lächelte. »Ich erkenne dich kaum wieder, mein Junge! Dieses Mädchen hat so einen guten Einfluss auf dich! Ein Glück, dass sie auf ihr Herz gehört und in Saint Roseraie geblieben ist.«

»Das hat sie getan, ja«, bestätigte er.

»Au revoir, Damien.«

»Au revoir, Madame.«

Die Tür fiel ins Schloss. Erleichtert lehnte sich Damien an die Tür. Es war eine Lüge. Eigentlich hatte er sich kein Stück weit verändert. Aber er hatte dazugelernt. Weil Aurélie ihm dabei geholfen hatte. Ihre bloße Anwesenheit reichte aus, um ihn zur Räson zu bringen. So wie vorhin, als sie so enthusiastisch darum bemüht gewesen war, seine Krawatte zu binden. Dabei war sie zwar erfolglos geblieben, aber das war nicht ihre Schuld gewesen. Schließlich hatte er sie mit seinen Lippen erfolgreich von ihrer Mission abgelenkt und in seine Arme gelockt, wo sie wie ein schnurrendes Kätzchen geblieben war, bis sein Handy geläutet hatte.

Wieder einmal hatte die alte Schachtel von nebenan seine Pläne durchkreuzt. Damien öffnete den Kittel und lüftete den Hemdkragen. Die lose Krawatte baumelte immer noch um seinen Hals. Er seufzte und verschränkte die Arme vor der Brust. Fünf Minuten. Nur fünf verdammte Minuten Frieden, bevor sie sich auf den Weg machen mussten ...

Sein Blick schweifte durch den Verkaufsraum der Apotheke. Fast ein Jahr war es her, seit Aurélie zu ihm gezogen war. Sein Herzschlag beschleunigte sich und verstärkte das warme Gefühl in seiner Brust. Einiges hatte sich verändert. Er stieß sich von der Tür ab und betrachtete die Porträtwand, welche Aurélie und Kosmas erst vor ein paar Tagen in trauter Zweisamkeit gestaltet hatten. Wie zwei Kleinkinder waren sie hier gestanden; stolz und den Tränen nahe. Mit Farbe und pingeliger Genauigkeit war auf der Wand ein Pfirsichbaum entstanden, dessen Früchte schneeweiß leuchteten. Endlich hatten die alten Schwarz-Weiß-Fotografien der Familie ihren Platz gefunden. Das Herzstück bildeten zwei Porträts in einem prunkvollen Goldrahmen: Gael und Aveline. Zeichnungen und ein paar Skizzen. Diplome, Urkunden, der Familienstammbaum des Marquis Vieuville, und ein Artikel über das Parfum, den sie zusammen für Saint Roseraies Dorfblatt geschrieben hatten. Außerdem ihre Diplome und ein Foto von Aveline, das sie bei ihrer Ladeneröffnung in Port Angeles zeigte.

Sie wirkt so glücklich und traurig zugleich ...

In Gedanken versunken ertastete Damien die wulstige Narbe. *Aurélie* ... Wäre sie in jener Nacht nicht bei ihm gewesen, dann wäre er auf der Treppe verblutet und gestorben. Sie hatte ihm das Leben gerettet. Jake hatte bekommen, was er verdiente und saß in Amerika im Gefängnis, wo er noch immer auf seinen Prozess wartete. Aber das alles lag in der Vergangenheit.

Er atmete hörbar laut aus und trat hinter die Theke. Seine Augen weiteten sich. Was zum Teufel? Die gesamte Glasfläche war mit kleinen klebrigen Obstflecken übersät ... Warum war ihm das zuvor nicht aufgefallen? Vermutlich weil er Madame Rivans an der Tür empfangen hatte, um sie daran zu hindern, ihn mit ihren Geschichten zuzutexten. Ärgerlich krempelte er die Ärmel hoch und langte nach dem Reinigungsspray im Schrank.

»Damien?« Aurélies Stimme hallte die Treppe herab. »Ist sie endlich weg? Ich warte schon seit einer halben Ewigkeit auf dich. Wir müssen los!«

»Wenn ich hier mit Putzen fertig bin. Irgendjemand hat Saft auf die Theke gekleckert ...«

Er horchte. Keine Antwort. War ja klar ...

»Ich ... ich weiß nicht, was da passiert ist ... Aber viel wichtiger ist, dass ich mein Kleid jetzt endlich zubekomme! Der verdammte Reißverschluss klemmt!«

Damiens Lippen verzogen sich zu einem gemeinen Grinsen, während er weiterpolierte.

»Damien, ich brauche dich!«

Ein angenehmer Schauer prickelte über seinen Rücken und entfachte ein Feuer in seiner Magengegend.

»Ich komme gleich!«

Halbherzig wischte er die Theke sauber und warf Lappen und Putzmittel in einen leeren Kübel. Immer zwei Stufen nehmend erklomm er die Treppe.

»Aurélie?«, rief er. Sie schien noch im Schlafzimmer zu sein. Er hatte es endlich entrümpelt, nachdem sie bei ihm eingezogen war.

Die Klänge eines alten, französischen Liebesliedes ließen ihn innehalten. Er horchte. Es war Aurélies Stimme. In letzter Zeit sang sie öfter, weil es ihr leichter fiel, die Vokabel richtig zu betonen. Dabei bemühte sie sich eisern, ihren amerikanischen Akzent loszuwerden, obwohl er ihr immer wieder versicherte, dass sie die Einzige war, die sich daran störte. Er verlangsamte seine Schritte, um das Lied zu Ende zu hören. Damien liebte es, wenn sie sang ...

Als er den Raum betrat, stand sie vor dem Spiegel und bürstete ihr langen Locken. *Sie sah umwerfend aus.*

Sein Puls beschleunigte sich und brachte sein Blut zum Kochen. Er trat hinter sie. Obwohl sie hohe Schuhe trug, war sie immer noch ein ganzes Stück kleiner als er.

»Warum werde ich das Gefühl nicht los, dass dein Kleid gar keinen Reißverschluss hat?«, flüsterte er ihr ins Ohr.

Aurélie legte die Bürste weg und blickte ihn durch den Spiegel hindurch an. »Ich weiß auch nicht«, antwortete sie und klimperte unschuldig mit den Wimpern. Dann fasste sie ihr Haar zusammen, um es lose über die linke Schulter baumeln zu lassen.

Damien hauchte einen Kuss auf ihren Hals. Sie duftete nach Pfirsichen ...

»Oh.«

Eine Gänsehaut breitete sich auf ihren Armen aus, und sie lehnte sich an ihn. Dabei ließ sie ihn keine Sekunde lang aus den Augen.

»Du bist wunderschön …«, raunte er.

»Gefällt es dir? Kosmas hat es für mich ausgesucht. Er wollte wirklich nichts dem Zufall überlassen. Nicht einmal mein Kleid durfte ich selbst wählen …« Ein breites Lächeln erschien auf ihrem Gesicht.

»Du bist ihm eben wichtig. Und wann hat Kosmas schon jemals etwas dem Zufall überlassen, wenn es ihm wichtig war?« Damien schlang seine Arme um ihren Körper und liebkoste die empfindliche Stelle hinter ihrem Ohr. Die Krawatte fiel zu Boden. Aurélie wollte sich bücken, um sie aufzuheben, doch er hielt sie fest.

»Hiergeblieben!«

Er drehte sie um und suchte ihren Blick. *Au revoir* strömte ihm entgegen. Sie schlang ihre Arme um seinen Hals und küsste ihn. Ihre Lippen schmeckten fruchtig – da hatte er also seine kleine Pfirsich-Übeltäterin. Ohne Vorwarnung hob er sie hoch und legte sie aufs Bett.

»Nein, Damien … der Bruder des Bräutigams darf nicht zu spät kommen!«

»Das ist ja wohl nicht meine Schuld, sondern deine!«, antwortete er und liebkoste die Kuhle zwischen ihren Schlüsselbeinen. »Hätte ich die Theke nicht putzen müssen, dann …«

Doch bevor er den Satz aussprechen konnte, umfasste sie sein Gesicht und zog es so nahe an ihres heran, dass er gezwungen war, die Augen zu schließen und nur auf ihre Stimme zu hören.

»Ich liebe dich.«

Damien stöhnte. Jedes Mal wenn sie es ihm so direkt sagte, explodierte ein Feuerwerk in seiner Brust, und er wollte sie nur noch mehr. Er beobachtete sie, während er langsam das Kleid hochschob.

»Da...damien ... warte!«

Er küsste die Innenseite ihres rechten Oberschenkels und hakte den Finger in den zarten Stoff des Slips.

Da ertönte ein lautes Hupen.

»Schluss mit der Schmuserei! Richte dein Krönchen, Aurélie, wir kommen zu spät zur Hochzeit!«, brüllte eine bekannte Stimme von der Straße durch das Fenster.

»Nicolas ...«, knurrte Damien und richtete sich auf.

Aurélie kicherte. Schnell stieg sie aus dem Bett und richtete ihr Haar.

Nicolas wartete bereits vor dem Haus auf sie und hielt ihr wie ein echter Gentleman die Tür des Wagens auf. »Oh, du siehst einfach umwerfend aus, Aurélie! Bist du sicher, dass du bei diesem Trottel bleiben willst?« Er lachte und klopfte Damien auf die Schulter.

Aurélie errötete. »Ganz sicher.«

Dann gab sie Nicolas ein Küsschen auf die Wange und stieg ins Auto. Cassandra umarmte Aurélie. Damien warf seinem besten Freund einen finsteren Blick zu. »Ah, wo sind nur die Zeiten hin, als dein roter Lippenstift Damien dazu gebracht hat, zum Tier zu werden? Du hast ihm ja regelrecht den Garaus gemacht!«

»Ich werde dir gleich den Garaus machen!« Damien ließ sich auf den Beifahrersitz sinken.

Aurélie und Cassandra kicherten, Nicolas schürzte die Lippen und hob entschuldigend die Hände.

Wenig später erreichten sie den kleinen Park hinter dem Standesamt. Die Trauung fand im Freien statt. François und Kosmas begrüßten sie überschwänglich. Beide trugen einen weißen Anzug und hatten ihre Haare zu einem ordentlichen Zopf geflochten.

Lorenzo hatte ganze Arbeit geleistet. Damien nahm seinen Platz neben dem Standesbeamten ein, während sich Aurélie zusammen mit Cassandra und Nicolas in die erste Reihe setzte. Sanfte Musik erklang. Blütenblätter regneten auf den Boden nieder. Die beiden Bräutigame schritten Hand in Hand den Weg entlang.

Wie es wohl wäre, hier zu stehen und sie den Weg entlangschreiten zu sehen? Geistesabwesend fasste er sich an die Brust.

»Damien?«

Kosmas umarmte ihn und folgte seinem Blick. »Danke, dass du unser Trauzeuge sein möchtest und irgendwann, wenn du bereit dazu bist, werde ich dasselbe für dich tun ...«

Der Standesbeamte richtete das Wort an die versammelten Gäste. »Wir sind heute hier zusammengekommen ...«

Damien drehte sich um. Aurélie saß direkt hinter ihm und hielt Cassandras Hand, die bereits ein Taschentuch zückte.

Sie strahlte.

Irgendwann, wenn du bereit dazu bist ...

Nicolas stopfte gerade das letzte Stück *Kouign-amann* in den Mund, während Kosmas und François den letzten Tanz des Abends beendeten. Freunde und Verwandte klatschten und jubelten. Gegen Mitternacht machten sie sich auf den Heimweg.

»Gute Nacht, wir sehen uns morgen beim Brunch!«, sagte Damien und umarmte seinen Bruder. Er hauchte ihm einen Kuss auf die Wangen. Ein letztes gemeinsames Treffen, bevor Kosmas und François für ihre Flitterwochen in die Toskana reisten.

Damien ergriff Aurélies Hand, und sie schmiegte sich an seine Seite.

»Wollt ihr wirklich nicht mitfahren?«, fragte Nicolas.

»Es ist ja nicht weit ... Die frische Luft wird uns guttun«, schlug Aurélie die Mitfahrgelegenheit aus.

Damien nickte.

»Pass gut auf unseren Apotheker auf«, sagte Kosmas kichernd.

Aurélie lächelte.

Eng umschlungen traten sie auf den vom schwachen Schein der Straßenlaternen beleuchteten Bürgersteig. In Gedanken versunken gingen sie nebeneinander her, bis sie den Gartenzaun erreichten. Der Geruch von Kletterrosen hing in der Luft, und Aurélie atmete tief ein.

»Ich hätte nicht gedacht, dass ich jemals so zufrieden sein könnte ...«, sagte sie und verschränkte ihre Finger mit seinen.

Damien antwortete nicht. Stattdessen öffnete er die Tür und führte sie durch die Apotheke hindurch in den Garten auf der Rückseite des Hauses.

Vor den Pfirsichbäumen blieben sie stehen. Der Mond schien groß und klar auf sie herab und füllte Aurélies Augen mit strahlenden Sternen. Damien verringerte den Abstand zwischen ihnen und blickte auf sie hinunter. Konnte sie es sehen?

»Damien? Was hast du vor?«

Ihre Stimme prickelte über seine Arme. Seine Finger zitterten leicht, als er in die Innentasche seines Jacketts langte.

»Darf ich dich küssen?«, fragte er.

»Ja«, hauchte sie. Ihre Hände legten sich auf seine Brust.

Spürte sie es? Das Pochen seines Herzens ... Er beugte sich ihr entgegen. Sein Mund traf auf ihren. Sie schmeckte nach fruchtigem Wein und unbeschreiblich süß.

Zielsicher schob er einen kleinen goldenen Ring über ihren Ringfinger und umschlang ihre Taille. Den Pfirsichbaum im Rücken beendete er den Kuss.

»Irgendwann, wenn du bereit dazu bist ...«, flüsterte er in ihr Ohr.

Sie nickte. Tränen benetzten ihre Wangen.

»Ich werde dich niemals gehen lassen, ma chère. Je t'aime pour toujours ...«

Au revoir

Danksagung

Aus einer Challenge-Idee über zwei Zeitebenen ist eine wundervolle Geschichte entstanden, und das haben wir zwei zusammen geschafft.

Zuallererst möchten wir uns bei unseren Ehemännern Bernd und Markus bedanken, die uns den Rücken freigehalten und uns sogar zum Arbeiten in die Therme geschickt haben. Wir lieben euch über alles!

Dann möchten wir uns bei unseren Familien, Freunden, Arbeitskollegen (die viel mehr als nur das sind) und all den lieben Menschen bedanken, die an uns geglaubt haben. Ihr wisst, wer gemeint ist!

Danke, Manuela, dass du *Au revoir* für uns probegelesen hast, dein Input war uns sehr wichtig!

Ein großer Dank gebührt dem ganzen Piper-Team, darunter besonders Paulina und Daniela, und unserer Lektorin Julia Feldbaum, die uns den besten Input gegeben hat.

Und zu guter Letzt wollen wir uns noch bei uns selbst bedanken. Danke für die letzten zwanzig Jahre, in denen wir immer wie Schwestern aufeinander zählen konnten. Danke, dass wir einander auf einer Ebene verstehen, wie es nicht vielen Menschen vergönnt ist. Danke, dass wir immer zusammen sein können.